TONY CASTELLAMARE JAMAIS PERDOA

Sílvio Lancellotti

TONY CASTELLAMARE JAMAIS PERDOA

L&PM EDITORES

Texto de acordo com a nova ortografia.
Capa: L&PM Editores
Produção e revisão: L&PM Editores

CIP-Brasil. Catalogação-na-Fonte
Sindicato Nacional dos Editores de Livros, RJ

L238t

Lancellotti, Sílvio
Tony Castellamare jamais perdoa / Sílvio Lancellotti. – Porto Alegre, RS: L&PM, 2009.
280p.

Continuação de: *Honra ou vendetta*
ISBN 978-85-254-1957-6

1. Ficção brasileira. I. Título.

09-4552. CDD: 869.93
CDU: 821.134.3(81)-3

Rua Comendador Coruja, 314, loja 9 – Floresta – 90220-180
Porto Alegre – RS – Brasil / Fone: 51.3225.5777 – Fax: 51.3221-5380

PEDIDOS & DEPTO. COMERCIAL: vendas@lpm.com.br
FALE CONOSCO: info@lpm.com.br
www.lpm.com.br

Impresso no Brasil
Primavera de 2009

Sumário

Homenagens

Escancaradamente, a Lauro César Muniz. Mas, também, a Gabriel Braga Nunes, o irretocável Tony Castellamare da telenovela do Lauro, Poder paralelo, *na Rede Record. Ao velho amigo Antonio Abujamra, que aprimorou, extraordinariamente, o meu personagem Marco Iago. E ao novo amigo Nicola Siri, que incorporou Paolo Garzya de forma estupenda, e que, torcedor do Genoa, ainda me propiciou uma infinidade de papos futebolísticos nas transmissões do Calcio*

Evidentemente, à minha Famìglia, em particular aos meus netos, a Rafaela e o Eduardo. E, claro, à Vi, ao Dado e à Dani, ao Renato, à Giu e à Luli, à Fernanda e ao Du, à Mamma Nena e aos Pacheco, ao Valdemar e aos Cury, ao Bibo e à Matilde – e, também, aos seus correlatos.

Às memórias do meu saudosíssimo babbo, o precioso Vodudu; do meu irmão de fato, o Gigio; da Dona Lourdes; da Dirce; do Rubão e do meu irmão de cuore, Leonardo, o Lindy Regazzoni, que originou um dos melhores personagens destes exercícios de romance-reportagem.

Ao meu irmão de escolha, o galhardo Nunzio Brigùglio. À Márcia, ao Polé, ao Rica, ao K-Dra e ao Luís. À Fifa, ao Bruno, à Mariana e ao Brian. À Cármen Lúcia e à Dona Yvonne.

Aos Bueno, sempre presentes, Inha, Tati, Marcelo etcetera.

Ao Zé Trajano – e a toda a trupe dos canais ESPN.
Ao Adílson – e aos Monteiro Alves da trupe do Circus Club.
Ao Ivan e ao Paulo – e à trupe da L&PM.

Ainda, desde os Estados Unidos, ao incansável David Banchs, que continuou a me fornecer todas as informações assessórias que eu, cá no Brasil, nem sempre conseguia colecionar.

Às estrelas das Constelações que tanto me ajudaram em 2008.

Enfim, ao Calvin, o meu cãozinho fiel, eternamente receptivo.
E ao outro bicho, que catei na rua, e que virou Felipe.

Prólogo

Agosto de 1990

(Último capítulo de Honra ou Vendetta
o livro que inspirou a telenovela Poder paralelo,
de Lauro César Muniz, na Rede Record)

Tony Castellamare e Lídia Brandini enfim se casaram, numa celebração discreta, três meses depois. Tony tentou, várias vezes, convencer a mulher a se mudar com ele para Palermo. Lídia, todavia, retorquiu – peremptória:

– Esqueça a Sicília, Tony! Eu quero o meu homem, inteirinho!

De fato, no rastro da destruição dos Tucci, da dilapidação dos Gotti e da infernal pressão que a Justiça da Sicília passou a exercer contra as quadrilhas dos corleoneses, eclodiu na Ilha uma sucessão de atentados tão aterrorizantes quanto a explosão da Via Dante. Tony sucumbiu aos desejos de Lídia. Optou pela precoce aposentadoria. Decidiu acompanhar Pippo, à distância, na criação da sua rede de restaurantes. Decidiu escrever um livro de memórias, relato das suas experiências clandestinas. Deu certo. O livro viraria filme, nos EUA.

Tony também tentou, várias vezes, convencer Lídia a se transferir a uma outra casa, um apartamento que fosse, longe do sítio da Granja. Lídia, no entanto, adorava o chalé, a comida da Mamma Freda, as conversas de fim-de-semana com Don Caló. Por causa do seu furo, e do seu Prêmio Esso, o Grupo Perfil, de Betinho Vinhas, triplicou o seu salário e lhe entregou a condução de um *talk show* de comecinho de madrugada, rapidamente um programa líder de audiência e de críticas elogiosas. A incumbência e o horário não incomodaram Tony, pelo contrário. Um marido orgulhoso, Tony passou a escoltar a mulher, sempre com um batalhão de guarda-costas, todas as noites, ao estúdio da TV do Grupo. Até que, paulatinamente, o risco de uma represália se esvaiu.

E até que, certa ocasião, na varanda do sítio, Lídia lhe disse:

– Amor, chegou o dia...

Tony não entendeu:

– Quê?

– Chegou o dia...

Tony continuou perplexo:

– Que dia? Dia do quê?

Meigamente, Lídia afagou o próprio ventre com as mãos do marido:

– Chegou o dia de você me contar o que significa *sciccareddu*...

Tony quase sufocou com aquela surpresa – extraordinária:

– *Cazzo*, amor, você jura? *Dio mio*, cê tá esperando um bebê?

Lídia não respondeu. Simplesmente, docilmente, sorriu.

Bastou a Tony a luz que emanou da expressão alucinante da *sposina*.

Embasbacado, o *capo* rememorou uma frase clássica de Don Caló:

– Tonino, o nosso mundo é feito de esquinas...

Capo? Não. Naquele instante, Tony se sentiu um homem trivial.

Pensou em Marina, nas crianças que perdera na Via Dante. E concluiu que, de algum lugar, no Céu, alguém lhe garantia, sem mágoa e rancor:

– Cada dia é um dia. Pois faça do seu dia uma alegria...

Tony abraçou a mulher, como marido e como futuro pai.

Puxou Lídia pela mão – e a conduziu ao piano.

Tocou Chopin. O apaixonante prelúdio de número quatro.

Precisava ninar o bebê que Lídia já engendrava.

P. S.: No dialeto popular da Sicília, sciccareddu *é o nome carinhoso com que as crianças do campo chamam os seus jumentos de estimação.*

PRELÚDIO

DEZEMBRO DE 1990

Na celebração da noite de Natal daquele ano de 1990, tão recheado de inesperados e de impactos, de tensões e de alívios, a *Famìglia* Castellamare se congregou, para uma ceia especialíssima, no seu sítio da Granja Vianna, nos arredores da cidade de São Paulo, três hectares circundados por uma muralha de concreto ciclópico e por um fundo fosso de água, de quase três metros de largura, à maneira rusticana de uma edificação medieval da Ilha da Sicília.

Mais. À parte o rodízio dos homens que, por fora, se incumbiam da sua garantia, internamente galopavam, do portal ao seu jardim, e ao seu pomar, os oito magníficos pastores alemães que Raúl Argenteanu, um cigano, mestiço de romeno e espanhol, havia treinado numa *tenuta* das vizinhanças de Palermo, às expensas de Antonio Salvatore, o Tony, filho de Don Calógero e de Dona Freda, os donos do sítio. Com o cigano, no trato dos cachorros, costumava trabalhar Dominic Pignatello, um rapagão muito bonito, de nome de pontífice e os instintos de um demônio: Dominic, o cão do Senhor. Tony o conhecera por suposta coincidência. Certa jornada de chuva, entre Palermo e Mondello, a oeste da capital da Ilha, estourou um pneu do carro do *capo*. Enquanto Tony e Filippo Caroté, o Pippo, seu motorista e factótum, se empenhavam na troca, cinco babacas ameaçaram um assalto. Domi Pignatello viu, e não titubeou.

Meninote, Domi testemunhara o seu progenitor receber três balaços, nas costas, enquanto colhia uvas em Camporeale. Uma tocaia vil. Esmerou-se na *vendetta* e, aos dezessete anos de idade, pressionado pelo ódio da mãe, degolou o assassino do seu *babbo*. A sua fúria sem complacência atraiu as atenções da quadrilha de Totò Riina, um dos líderes boçais da Nova Máfia que fermentava na Sicília. E Pignatello se tornou um sicário de Riina, no tiro e na faca, no torniquete e na porrada pura. Naquela jornada de chuva, na via de Palermo a Mondello, aos 24 anos de idade, já acumulava exatas 24 missões fatais. Ora, e por que não ampliar o seu rol de cadáveres? Na briga, se aliou aos desfavorecidos, contra os seus cinco agressores. Furou dois rapazelhos, com a ponta de uma sevilhana. A polícia logo apareceu, deteve os sobreviventes. E também deteve Pignatello, para averiguações. Mas, depressa, graças ao depoimento de Tony que, imediatamente, lhe pareceu um *capo* muito mais digno, mais obedecível, do que o ignóbil Riina, Pignatello obteve o seu alvará e mudou de padrinho.

Não imaginava que Tony forjara tal ataque – para roubá-lo de Riina...

Tony então residia na Via Dante de Palermo, com a *duchessina* Marina Squilacci di Salaparuta, e os seus três filhos. Do seu grupo, no mesmo prédio, em um outro andar, também habitavam o Pippo, um baixotinho barrigudo, desajeitado, mas bastante engraçado, e piadista, quando queria; e um jovem ultravigoroso, adepto do *cooper* e da musculação, de cabelos cuidadosamente aparados e uma expressão triste no olhar, um jovem eternamente silencioso, Ropertino Pellegrino, o Pellê. Ocasionalmente, por lá dormia o gordo, sisudo e calvo Sílvio Sparapani, o Sissi, dono de quitanda e cozinheiro de ofício – de fato, porém, o capitão da guarda pessoal de Tony. Os três provinham de Punta Raisi, a região de base dos ancestrais dos Castellamare. O Pippo emigrara ao Brasil, décadas antes. Fora verdureiro na Moóca, sob a proteção de Don Caló, e Tony o adotara como o seu braço direito. Sissi se encarregara de indicar a Pellê as minúcias do cotidiano de conduta dentro da *Famìglia*. Domi? Ah, não necessitava de parâmetros. A violência fazia parte do seu sistema nervoso.

Na Via Dante, um personagem a quem Domi admirava, um personagem charmoso, de bigodinho enrodilhado, sempre vestido num blazer Armani, com brasão no bolso, uma roseta de condecoração no furo da lapela, habitualmente visitava Tony. O seu nome: Paolo Garzya; o seu apelido: Paolì. O *capo* havia contado a Domi que Garzya era um diplomata, e o Ministro do Comércio da República de Malta. Que Paolì carregara as velas nos tempos do seu namoro com Marina. E o *capo* ainda explicitara a Domi, textualmente, solenemente:

– Na minha ausência, Dominic, a palavra do Paolì vira Lei, *capisce*?

Além de tal determinação, diretíssima, Tony nunca deu qualquer ordem ostensiva a Pignatello. Limitava-se a insinuar os seus desejos obliquamente – sempre através de metáforas e de simbologias. Pignatello compreendia e, com uma eficiência maquinal, ajudou o *capo* a dizimar corjas inteiras de facínoras da Nova Máfia e do tráfico de drogas na Sicília. Quando alguém, das súcias adversárias, intentava uma revanche, o Pippo, Sissi e Pellê robusteciam a sua cobertura. E, quando a polícia o procurava para um depoimento, Tony lhe fornecia um regimento de álibis incontestáveis. Domi parecia de duralumínio. Mas, ainda assim, naquela noite, se emocionou por participar, com a *Famìglia* Castellamare, da sua primeira ceia de Natal em seu novo País – na realidade, da sua primeira ceia de Natal desde a tocaia do seu *babbo*. Domi se comoveu, principalmente, porque, além de Pellê, pôde levar ao sítio a sua Elisabeth, a mulata a quem se juntara, no Rio de Janeiro, nove meses antes, no estopim da *vendetta* de Tony contra os detonadores de Marina e dos seus três bambinos. Assim que estacionou o seu Uno na propriedade, liberou Pellê, entregou Beth aos carinhos da Mamma Freda e de Don Caló – e iniciou uma caminhada fundamental de tonificação através de lugar tão aprazível e tão bucólico.

▼

A casa principal não sugeria a riqueza toda da *Famìglia*. Prosaica, de paredes brancas e de madeiras esmaltadas em azul, dispunha de uma suíte e de quatro aposentos generosos. Na suíte, um conjunto de escritório, dormitório, banheiro e *closet*, se acomodavam o patriarca e a Mamma. Os quatro quartos emolduravam a suíte, com uma toalete comum no seu meio. Nícia de Souza, a Nicinha, governanta da Mamma, e a caçulinha Regina, a Gigi, desfrutavam a face norte da casa, melhor banhada pelo sol de cada tarde. Ao sul, mofavam dois aposentos vazios – aqueles reservados aos manos Ruggiero e Tony.

Um *hall* zenitalmente iluminado ligava a suíte e os quartos a um *living* muito comprido, de móveis em estilo bandeirante, pesados mas confortáveis. Num canto, pairavam um bar e uma mesa recoberta de veludo verde, para as pelejas de Bridge. No extremo oposto, resplandecia o piano Boesendorfer, que fora de Marina, austríaco, centenário, e que Tony trouxera da Via Dante.

Enlaçava o *living*, em toda a sua extensão, o primor da residência, a sua varanda fenomenal – que abrigava os repastos da Mamma. Daí, atrás da casa, numa curva de nível seis metros abaixo, ficava uma edícula enorme, com os aposentos de Pippo Carotè; do vigilante Vito LoRusso, chefe da segurança do sítio; de Elia Grazie, o mastodonte que Don Caló adotara, por décadas, como um seu *fratello*; e dos empregados de plantão. No mesmo alinhamento, a trinta jardas de distância, bem ao pé de uma jabuticabeira, descomunal, se incrustava o antigo chalé de hóspedes, que Tony assumira – para dividir com Lídia.

Um perfumado pomar enrodilhava o chalé. Em fileiras decrescentes, e em estrias impecáveis do terreno, Don Caló plantara laranjeiras, nespereiras, tangerineiras, pessegueiros. Uma trilhazinha de cascalho atravessava o frutal e conduzia a uma piscina e a um salão de jogos, num caramanchão com mesa de sinuca, sauna, vestiários, uma churrasqueira e um forno de pizzas. Mais além do caramanchão, o patriarca edificara um suntuoso canil. Os cães retidos, por causa da ceia, Domi se achegou, sem que nenhum se assustasse. Ao contrário, todos se eriçaram de felicidade. Domi soltou a tranca – e entrou. Cada um dos animais portava uma coleira de tom diferente. Confiantemente, Domi afagou os oito, coleira a coleira, cor a cor, nome a nome. Então, se deteve nos diletos, Bill e Lola, também os preferidos do seu *capo*. Num rompante, chorou – e fez uma oração a Santa Rosalía, a padroeira da sua terra. Tinha de agradecer.

▼

Basicamente sem funções efetivas, dentro da sua especialidade, desde o desfecho da *vendetta* de Tony, em Março, um desfecho sanguinolento, em duas mansões nos altos da Serra da Cantareira, na zona norte da cidade, Domi aceitara tocar, com Pellegrino, a boate L'Omertà, que fora de Ruggiero. Mas, incapaz de se acostumar à vida noturna, solicitara um outro encargo e o *capo* o promovera ao posto alegórico de supervisor do nada, na nova sede da rede de supermercados da *Famìglia*, na afluente Avenida Luís Carlos Berrini. Cabia-lhe simplesmente andar, corredor após corredor, e marcar presença, como lhe propusera Tony. Claro que a ociosidade e a desocupação o sufocavam. Domi, porém, não mais recebia incumbências. Numa quadra de insólito recesso, de paz aparente, ao menos no Brasil, Tony não mais apelava à sua garra – e, por isso, Domi conseguia aperfeiçoar o seu controle do idioma português nas revistinhas de palavras-cruzadas que comprava, aos quilos. Ainda, ele curtia o privilégio e o prazer de estar sempre com Beth no serviço – o *capo* encaixara a sua garota como a secretária-executiva da seção de câmbio do departamento financeiro da rede de supermercados. Melhor, presenteara Domi e Beth com um apartamento num prédio zerinho do bairro de Moema, no mesmo em que Pellegrino merecera o seu refúgio. Situação irretocável, para a *Famìglia*.

Outro mimo de Tony: o Uno, no qual Domi e Beth iam ao escritório da rede, no qual passeavam em seus finais de semana, e no qual conduziam Pellê a uma clínica de fisioterapia e à boate. No tiroteio brutal da Cantareira, Pellê recebera três balaços – dois na perna direita, um no ombro canhoto. Obrigado a passar meses, internado, na clínica do *dottore* Diógenes Marone, um amigo de Don Caló, por pouco Pellê não tinha perdido o seu braço arrebentado.

▼

Haveria duas lembranças a se homenagearem na ceia. Uma, ostensiva, pelas saudades do Ruggiero, o Gero, o irrequieto primogênito de Don Caló e da Mamma Freda – que sucumbira, com um petardaço nas costas, na desforra da Cantareira e na tentativa, estabanada, de participar da *salvezza* de Gigi, a sua *sorellina* sequestrada por um terrorista jordaniano e por um bandoleiro imbecil. E uma outra, sutilíssima, camuflada nos corações e nas mentes dos protagonistas primordiais daquele clã, pelas saudades de Sissi, o seu soldado mais precioso – que tombara, com Ruggiero, na mesma operação enraivecida. Mas, descontadas as lamúrias, ainda haveria um punhado de esperanças a se saborearem no banquete que a matriarca ofereceria, na varanda aureolada, aos seus dois filhos e aos agregados da *Famìglia* Castellamare. Daí, na tardezinha de 25, num encontro recatado, apenas com os moradores do sítio, aconteceria o rito indefectível da distribuição dos presentes, dispostos junto a um presépio – maravilhoso, que a Mamma Freda, minuciosa, se esmerava em delinear.

Com a ajuda da sensibilidade de Nicinha, mais o apoio dos braços fortes do Pippo, de Elia Grazie e de Vito, a Mamma montou uma mesa enorme, para dezesseis lugares. Don Calógero, o seu marido, logicamente, com ela ocuparia uma das cabeceiras. Antonio Salvatore, o filho Tony que perdera a esposa, e três herdeiros, em um atentado à bomba, em Palermo, em 10 de Novembro de 1988, o *capo* que envolvera a sua *Famìglia* numa *vendetta* impiedosíssima, a ponto de provocar o rapto de Gigi, e o fim de Ruggiero, se acomodaria no lado oposto, pertinho de Lídia, a sua nova *sposina* – contagiante na gravidez.

Através das laterais, além de Nicinha, do Pippo, de Elia e de Vito, que partilhavam, com seus patrões, as refeições cerimoniais, se alojariam Gigi e os outros ditosos degustadores da gastronomia esplêndida da Mamma. Dentre os felizardos, claro, Telônio Meira, o pretendente de Gigi, ex-delegado Federal – que, enfim, aceitara um convite de Tony para se incorporar ao seu clã e para cuidar da *sicurezza* das centenas de lojas da rede de supermercados, das suas centenas de caminhões de transporte e das suas dezenas de depósitos, dos galpões no porto de Santos. Melhor, livre das suas tarefas na Federal, dos seus plantões nas madrugadas, ou das suas investigações intermináveis, Telônio dispusera de tempo para retornar à sua paixão natural, o piano. Faria justiça ao nome que recebera do pai, um bravo jazzista de boate na Pauliceia e um fã de Thelonious Monk, o mago do improviso. Comprara um teclado e mergulhara em aulas do instrumento com um professor estupendo, Amílton Godoy.

Ineditamente, dentro dos padrões rigorosos de Don Caló, a ceia também hospedaria Pellê, de quem a Dona Freda gostava bastante, embora suspeitasse se tratar de um corsário envolvido na *salvezza* da Cantareira – assim sugeria o seu flanco *sinistro*, ainda imobilizado numa tipoia, um ferimento que Tony, de forma tosca, justificara como consequência de uma batida de automóvel. Mais Beth, e Domi – de quem a Mamma também gostava, embora estivesse segura de ser o matador do time de Tony. Obviamente, o Lindy, Leonardo Regazzoni, seu afilhado de batismo, mais irmão de Tony do que Ruggiero. E um visitante habitual de Palermo, o estiloso Paolo Garzya, o Paolì, a quem Dona Freda admirava, embora acreditasse que fora ele o mentor da *vendetta* da Serra.

▼

Mesmo superengajados, Gigi e Telônio Meira se encabulavam diante da Mamma, de Don Caló, e até de Tony, e evitavam expor o seu amor no sítio. Nas ocasiões em que se encontravam, no jardim ou na varanda, no máximo os dois se mantinham de dedos entrelaçados. Consumiam os momentos de tesão, inclusive em algumas madrugadas, no *flat* do ex-delegado. Ironia: sem que o experiente Telônio sacasse, sem que Gigi fantasiasse, três detetives indicados por Paolì se incumbiam 24 horas da sua guarda – em três turnos de oito.

▼

Cidadãos anônimos, em trajes escuros, também se revezavam, agora, 24 horas, em três turnos de oito, alguns num jipe em movimento permanente, no *cul-de-sac* que conectava uma estradinha regional da Granja ao portal do sítio. Antes que Tony retornasse de Palermo, a Dona Freda jamais se apercebera de qualquer gênero de diligência, tão volumosa, e tão ostensiva, na frente da sua propriedade. Meramente, com os oito pastores alemães em estado de alerta, Elia Grazie e Vito LoRusso se incumbiam de permitir o acesso, à casa e à edícula, dos visitantes eventuais, os funcionários da rede de lojas da *Famìglia* e os entregadores das mercadorias que a senhora adquiria, na feira e nas lojas de alimentos e de bebidas da região. A Dona Freda rememorou as tensas jornadas imediatamente posteriores ao súbito sumiço de Gigi. Então, mesmo confinada por Don Caló aos seus aposentos, mas muito esperta, em silêncio, observadora e vivaz, à distância, ela notara que Tony havia instalado um pequeno batalhão de homens soturnos, ultra-armados, nas espreguiçadeiras da varanda e do salão de jogos no pomar. E havia acossado o seu *ragazzo*:

– *Dio*, Tony, eu estou velha. *Però*, eu ainda não fiquei gagá. Faz quase três dias que a nossa casa se transformou num castelo mal-assombrado... Você que troca fofocas com o seu pai e com o delegado. E a Regina não aparece pra dormir. O Elia some na hora de fazer a feira comigo. O Caló me obriga a me esconder, na minha própria suíte. E esse montão de caras, com instrumentos esquisitos, pregados às nossas linhas telefônicas. Esse outro montão de caras, que falam em dialeto. *Dio mio*, Tony, eu assisto televisão. E ontem vi você e o delegado, na boate do Gero, e a prisão dos canalhas dos Tucci, os *schifosi* que acabaram com a Marina e com os meus três netinhos. Eu vi, Tony. E ouvi que você é um agente da promotoria de Palermo! *Dio*, eu sei de tudo. E você ainda imagina que eu me porte como uma cretina? Tony, não me deprecie, tá?

O *capo* não soube como retrucar. E nem soube como se definir. Daí, no entanto, pelo seu resultado benfazejo, a Mamma Freda acabou por se inteirar de que uma investida quase militarista, desbaratadora, sob o comando de Tony e de Paolì, havia propiciado a *salvezza* de Gigi e de Lídia, enclausuradas por uma quadrilha de canalhas em um cativeiro qualquer. Desconhecia os detalhes da operação. Apenas se certificara da morte do seu Ruggiero. Mas, nem de longe, imaginava que um certo Sissi tinha se sacrificado no entrevero fatal.

▼

Nicinha contou as pessoas. A Mamma. Don Caló. Lídia. Tony. Ela. Elia. Vito. Gigi. Telônio. Pippo. Pellê. Domi. Elisabeth. Lindy. Paolì. Quinze. E por que dezesseis cadeiras e mais dezesseis jogos de pratos, de talheres e de copos, guardanapos etcetera e tal? Por que os dezesseis mimos delicados que a Dona Freda escolhera, e embalara, em papelzinho multicolorido e em fitas de debruns violáceos? Obviamente, decidiu conferir o número com a Mamma.

– Dona Freda, Dona Freda... Dezesseis lugares, e só quinze pessoas...

A Mamma não hesitou. E desferiu uma das suas frases avassaladoras:

– Nícia, não me contrarie! Sempre existe quem chegue de improviso!

▼

Paolo Garzya despontou de mala e cuia – prejudicado pelo atraso do seu voo, desde a Itália, não dispusera do tempo justo para se instalar no seu hotel predileto, o histórico Cà d'Oro do Centro Velho da Pauliceia, onde preservava uma suíte cativa. A cada par de meses costumava retornar ao Brasil. Precisava transmitir a Tony, verbalmente, face a face, informações recolhidas na Sicília: as formais, seu pretexto, sobre as importações e as exportações de alimentos e de bebidas dos Castellamare; e as clandestinas, as atividades da Nova Máfia, as quais fisgava dentre as suas fontes de Palermo. Depois dos abraços e dos beijos de praxe, Tony o conduziu ao dormitório que fora de Gero. Ajudou o amigo, na verdade o seu *consigliere*, a desmanchar a bagagem. Antecipou-lhe um segredo que pretendia desvendar, garbosamente, durante a ceia. Recebeu mais abraços de aplauso – e, no instante em que deveria escutar de Paolì um recado crucial, exclusivo aos seus ouvidos, batidas à porta interromperam.

Era a Mamma Freda, de voz trêmula, e ansiosíssima:

– Tonino, uma surpresa inacreditável. Venha logo, venha logo...

Sem hesitação, zelosos, Tony e Paolì avançaram até a varanda.

Lindy aparecera com o improviso, uma jovem exuberante, quase da sua altura, 1 metro e 85, o porte sensual de uma ninfa, uma esvoaçante cabeleira castanha e uma coleção de tatuagens místicas nas costas praticamente nuas. Apresentou a garota como Marcella, colega em um curso de artes plásticas. Tony sorriu por dentro – e quase entendeu. Um cartesiano na rede de supermercados de Don Caló, Lindy compensava, nas aulas de pintura, o rigor das transações e dos balancetes. Tony já cruzara com algumas das bonequinhas do seu amigo-irmão. Jamais, porém, com uma moça que ostentasse as artes na sua pele.

Quase entendeu. Sim, quase. Pois, simultaneamente, Tony abominou a moça copiosa. Algo insopitável, nos poros dos seus braços, na sua epiderme normalmente inflamável pelas advertências do destino, lhe remeteu um aviso. Aquela ceia pertencia à sua *Famìglia*, só. Por mais que Tony adorasse Lindy, e por mais que Tony se fiasse no *fratello*, a intrusa lhe produziu urticárias.

▼

Na *Famìglia* Castellamare desde que nascera, praticamente na paralela do amigo-irmão, Lindy não desgrudava de Tony nos saraus ornamentados pelas longas narrativas de Don Caló ou pelos ensinamentos suplementares de Elia Grazie. Havia aprendido, claro, os mesmos parâmetros que orientavam os preceitos do clã. Aprendido – mas, nem sempre, apreendido. Infelizmente, carecia de uma virtude ingênita, de uma prenda que transbordava em Tony: a percepção, a previsão, a capacidade extraordinária de detectar um inimigo potencial ao simples olhar ou durante um toque trivial de pele. Lindy escutara e reescutara as aulas de Don Caló e de Elia Grazie sobre como analisar e interpretar os desígnios de uma pessoa através da sua postura, ou dos seus movimentos, ou dos seus cacoetes, ou dos seus tiques nervosos. Escutara e reescutara exaustivas preleções a respeito dos indícios da linguagem do corpo. Mas, não conseguira desenvolver os atributos que, enfim, fariam de Tony um *capo* – enquanto ele, Lindy, não passaria do suplente eventual de Paolì.

Tony se entristeceu ao digerir aquela constatação inexorável.

De qualquer modo, apenas em honra do *fratello*, para não contundi-lo, para não humilhá-lo, aceitou a mão que Marcella lhe estendia – e se arrepiou por dentro. Respirou bem fundo e se perguntou: como o seu *fratello* não tinha distinguido as energias tão ruins que emanavam da garota? E por que Lindy se deixara envolver por alguém que só prometia negligência, desmazelo, talvez uma calamidade? Na defensiva, num reflexo, recorreu a um chiste jocoso:

– Bem-vinda, Marcella. Em nossa mesa, sempre cabe mais beleza...

Resistiu ao beliscão que mereceu de Lídia, obviamente enciumada pela janotice do galanteio. Daí, se encolheu – pela ríspida reação da Mamma:

– Nicinha, agora, somos dezessete. *Un posto in più, nel tàvolo*!

Tony pensou em cobrar a conta da Mamma. Dezesseis ou dezessete? De todo modo, ele ainda necessitava, talvez, esquadrinhar, e um pouquinho mais, aquela jovem perturbadora. Uma erupção indefinível fervilhou no seu esôfago, a azia obstinada que já friccionava, fazia décadas, a sua intuição maldita. No caso da *giornata* de Natal do sítio da *Famìglia*, a sua decifração premonitória da conduta da garota que Lindy havia infiltrado na varanda, sem aviso. Por um instante, o beliscão de Lídia, e a reação da Mamma, comprometeram a sua concentração. Num esforço ingente, porém, depois de contar até duzentos, o *capo* se recompôs. Montou uma dose de Jack Daniel's, sem gelo, acendeu um mentolado, inalou, expeliu a fumaceira – e registrou, no recôndito do seu hipocampo, a imperiosidade inescapável: teria de sondar a trajetória inteirinha de Marcella, do seu parto até a noite daquela fértil celebração na Granja.

Plácida, emudecida, a governanta rearranjou os lugares.

E dezesseis se adaptariam a uma mesa de dezessete.

▼

Chamava-se Salvatore Castellamare, Turìddu, o *babbo* de Don Caló, na década de 1920 um integrante respeitado da Velha Tradição, *uomo d'onore* da província de Punta Raisi, a um punhado de quilômetros de Palermo. Plantava alcaparras, colhia laranjas *sanguinaccie*, dirigia um hotel e havia enriquecido com o crescente comércio do atum. Um político por hereditariedade milenar,

Don Turìddu também liderava um valoroso clã antifascista no norte da Ilha. Quando soube que o *duce* Benito Mussolini encomendara a sua execução, precavido remeteu ao Brasil um sócio, e seu compadre fiel, Luca Regazzoni, o encarregado de aplicar a sua fortuna razoável em uma empresa de azeites, de frutas secas, de vinhos, de queijos e de embutidos. Com Luca, viajaram o seu filho Pietro e o único bambino de Don Turìddu, exatamente Caló, então dois adolescentes. Esbirros do *duce* de fato fuzilaram Don Turìddu, de tocaia.

Mussolini logo açambarcou os bens dos Castellamare e dos Regazzoni na Sicília. Mas, em São Paulo, e no bairro da Moóca, evoluiu velozmente o comércio entregue a Luca. Azar, Luca faleceria em um dos primeiros choques de veículos na cidade. No entanto, determinado como Don Turìddu, o jovem Caló, antes mesmo de atingir a sua maioridade legal, assumiu o comando da empresa – que se multiplicou, valente. Rapidamente, Caló se tornou o árbitro das quizílias entre os vizinhos de comunidade. Brincava que, se desejasse, se elegeria deputado. Mas, ao estilo da sua terra de raiz, preferiu virar *capo*.

Depois da Segunda Guerra Mundial, acompanhado por Pietro, numa visita de reconhecimento de clientes em Palermo, compras e vendas de alimentos e de bebidas, bateu-lhe o *fùlmine*, o raio, o amor à primeira vista, e o já Don Caló, pouco adiante dos seus trinta de idade, se apaixonou. Casou-se com uma linda *ragazzina*, Alfreda Fragale – que lhe daria três pimpolhos: Ruggiero, Antonio Salvatore e Regina. Ao seu modelo, Don Caló tentou educar Ruggiero. Inútil. À romântica dignidade da Velha Tradição, que repudiava as drogas, o abuso das mulheres e das crianças, o primogênito preferiu a gandaia – e, ao invés de sorver os nobres.preceitos dos seus ancestrais, optou pela parte mais obscura e nefasta do mito da Máfia. Era a Tony, a Leonardo, o Lindy, e a Massimiliano, o Max, os dois rebentos de Pietro, que Don Caló, o astuto Elia Grazie na sua escolta, depois de cada jantar, revelava as lendas e as realidades da antologia da sua Ilha e dos seus notáveis. Os três rapazes estudaram juntos, num colégio de religiosos; na FVG; e em Stanford, na Califórnia, Estados Unidos. Tony se diplomou em marketing; Lindy, em importações e exportações; e Max, em economia internacional. Num salto, graças à criatividade e à competência dos três, a empresa se transformou numa solidérrima rede de supermercados.

Enquanto Ruggiero aderia à esbórnia das madrugadas e ao consumo dos tóxicos, Tony se instalava em Palermo, Lindy administrava a distribuição das mercadorias, Max supervisionava os novos investimentos. Na Sicília, Tony passou a frequentar a alta sociedade, aprendeu a jogar Bridge, formou uma dupla quase imbatível com Paolo Garzya, um *playboy* bonachão, diplomata credenciado pela singela República de Malta. Através de Garzya, conheceu a *duchessina* Marina Schilacci di Salaparuta, com quem se casou e teve três filhos. Nos seus tempos de Estados Unidos, já fora sondado por gente da DIA, a Divisão Anti-Máfia da Bota, que começava a estruturar um grupo de ação paralegal. Em Palermo, seu sogro, pai de Marina, o convenceria, de vez.

O nobre o apresentou a um projeto instigante, curiosamente inspirado no conceito do *Intelectual Orgânico* de Antonio Gramsci, bravo comunista que Mussolini engaiolara de 1926 a 1937: introduzir gente jovem, proveniente da Velha Tradição, na Nova Máfia – e solapá-la, por dentro. O projeto exigia um personagem capaz de representar o papel de um *capo* não-convencional, de sangue siciliano e de sobrenome legendário, nível universitário, o domínio de vários idiomas. Antonio Salvatore Castellamare se adequava integralmente a tal perfil: neto de um herói da Ilha nos tempos do Fascismo, de ficha limpa na Itália e nas Américas. Melhor, Tony já sabia, então, da adesão de Ruggiero aos negócios do tráfico. Gosto pela aventura à parte, topou o encargo também para impedir que seu mano degenerado infectasse o brasão da *Famìglia*.

Tony designou Paolì, Lindy e Max como os seus escudeiros. Azar, logo depois de contrair matrimônio com Nícia de Souza, aguerrida remanescente da oposição à Ditadura Militar no Brasil, Max partiu, vítima de uma rara doença do sangue, a talassemia, típica dos povos do Mediterrâneo. A Mamma Freda adotou Nicinha como governanta e a acolheu no seu sítio. Quanto a Ruggiero, ah, esse se desperdiçou, cruelmente – seduzido pela grana da Nova Máfia.

▼

Oficialmente Don Caló representaria o papel de imperador naquela ceia. Extrairia as rolhas dos vinhos. Orientaria a distribuição das iguarias e, com as suas poéticas dissertações, descreveria as relações dos ingredientes e os seus modos de fazer. Lideraria a sequência das conversações e apaziguaria todas as possíveis discussões intempestivas. Proporia os brindes, cada felicitação.

À sua frente, porém, na outra das cabeceiras da mesa, quase dez metros distante, era Tony quem ocupava, automaticamente, por condição adquirida, o trono de *capo* da *Famìglia*. Tony não interferiria, nunca, nos procedimentos substanciais do *babbo*, numa noite de Natal. Mas, atavicamente, sabia que, ao mais insignificante escorregão de qualquer dos membros daquele conclave, ao mais ridículo rompimento de regras que aprendera a defender, com as ideias e com o corpo, pontualmente teria de atropelar a crise no seu manancial. Dedos entrelaçados com os de Lídia, a nuca da esposa a roçar o seu ombro, voltou atrás no tempo e reavivou os fatos que o tinham arremessado num abismo.

A destruição da sua BMW na Via Dante da capital da Ilha e a estúpida cremação de sua *carinìssima* duquesa Marina Schilacci di Salaparuta, parceira de fervor, de cama, de fogão, de Bridge, de navegações por veleiro na *Conca d'Oro*, de projetos ambiciosos de futuro; do seu molecote Calogerino, a quem Tony se empenhava em mostrar os prolegômenos do *calcio*; das suas *gemelle* Alessandra e Graziella, que se enfeitiçavam ao escutá-lo no Boesendorfer, o piano centenário, no qual ele mergulhava, caudalosamente, para o fascínio das meninas, entre Beethoven, Chopin e Debussy. A descoberta do mandante do atentado, Francesco Tucci, um *pisciotto* de oitavo escalão que se acreditava o dignitário de John Gotti, o *capo* de Nova York, em todo o Mediterrâneo.

Lentos e dolorosos meses de planificação de uma *vendetta* infalível, na Itália e no Brasil, com o aval de árbitros da Justiça e da política da Bota, com o selo de aprovação da Divisão Anti-Máfia e de um magnata basilar, o seu ídolo, herdeiro dileto de um *generale* abatido pela Cosa Nostra. A cooptação de Lídia, uma jornalista, que se tornaria a sua segunda mulher. A cooptação de Telônio Meira, um delegado da Polícia Federal em São Paulo, que se tornaria o seu quase cunhado. O azar da abdução da sua caçula Gigi, e de Lídia, pelos malefícios de Ruggiero, o seu próprio irmão, dependente de drogas, dominado por um brutamontes insano, Broderick Villapiano, assecla de Gotti e sócio de um insolente terrorista jordaniano, Khalid Haissa Khwyis, procurado inclusive pelo Mossad, o serviço secreto de Israel. Na Serra da Cantareira, o morticínio de quase todos os autores da abdução. O balaço que acabou com Ruggiero. O holocausto sublime do precioso Sissi. A arriscada *salvezza* de Lídia e de Gigi, e um *happy ending*, felizes para sempre, como nas lendas dos duendes.

Muito felizes, no papel, Tony engoliu, a sua adrenalina a borbulhar...

Ao percorrer, com as pupilas exauridas pela relembrança, os dois lados da mesa de Natal, no sítio de Don Caló e da Mamma, o *capo* resolveu que, ao menos naquela noite, se desenredaria das assombrações do passado. Melhor agiria, pensou, se vislumbrasse, ali, apenas o porvir, a revelação que pretendia fazer à *Famìglia* toda, naquela celebração. Sua *carinìssima* Lídia, afinal...

▼

Algo, entretanto, na genética milenar e antológica de Tony Castellamare como um *capo* sem saída, o impediu de romper de vez os seus liames com a tragédia. Agrilhoado diante das pessoas que se alinhavam na varanda do sítio, depressa certificou a impossibilidade de se desligar. Inevitavelmente, alguns tiques, ou manifestações de corpo, fora dos padrões costumeiros que já havia recolhido, traduzido e arquivado na sua mente, ainda aguçariam o seu sistema nervoso. Claro, não tinha sentido desconfiar da *Famìglia* e dos seus agregados comprovadamente fidelíssimos. Mas, e a Marcella, o improviso de Lindy?

Um examinador por natureza, além de quinze anos de aperfeiçoamentos permanentes na sua metodologia atávica e quase psiquiátrica de averiguações, inicialmente Tony concentrou todas as suas atenções na linguagem física do *fratello* – e, incomodado, depressa sacou que Lindy não conseguia dissimular o constrangimento. Aliviou-se um pouquinho ao ponderar que, ao menos, o amigo-irmão já deduzira que incorrera num equívoco ao imiscuir Marcella, sem aviso, na ceia de Natal dos Castellamare. Talvez, um erro boboca – mas, um erro. Lindy raramente reportava os seus casos de cama. E o *capo* não lhe exigia qualquer tipo de relatório. Naquela mesma data, porém, ele estivera um tempão, com Tony, no almoço de confraternização dos funcionários da rede de supermercados. Sequer tangenciara o tema. Por que não dissera nada?

Benone, Lindy nunca tinha carregado, antes, ao sítio, qualquer das suas alegorias de farra. O *capo* já cruzara com diversas, sim – mas, em bares ou em restaurantes. A exposição da tal Marcella significaria que, enfim, de fato uma surpresa inacreditável, conforme apregoara a Mamma, o *fratello* resolvera se amarrar? Aparentemente, o porte da jovem, a fluência com que se integrava às conversas, faziam dela uma escolha de choque. Aparentemente – apesar da aversão espontânea que despertara em Tony. Mecanicamente, o *capo* optou por trocar de alvo e redirecionou o seu aparelhinho medular de raios-X até a moça que, com um resquício de bom humor, batizou de Mulher-Mandala.

Depois, ah, depois reclamaria de Lindy os ulteriores esclarecimentos.

▼

O repasto transcorreu sensacionalmente. Rotundos *crostini* de miolo de pão italiano com tomatinhos sem sementes, triturados, e os filezinhos de *alici* que Paolì trouxera da Sicília. *Supplìs*, bolinhos crocantes de arroz com nacos derretidos de *mozzarella* de leite de búfala no interior. A *caponata* obrigatória de berinjela, abobrinha e pimentões no agridoce de azeite, vinagre balsâmico e o sumo das laranjas *sanguinaccie* do pomar do sítio. O risoto de *pecorino* que o mano Ruggiero adorava comer, ao frequentar a propriedade da Granja.

Pois em pleno serviço do seu risoto a Mamma desandou a chorar. Um pranto lancinante, e incontrolável, que transformou a varanda num sepulcro.

Don Caló abraçou a mulher, sem compreender o que ocorria. O recado do pranto da Dona Freda, no entanto, atingiu Tony em pleno peito, como uma adaga sarracena. Num relance, Tony voltou a ser um chefe em ação. Entendeu a intensidade da carência da Mamma. E, num ímpeto desmedido de canalhice, os fins justificariam os meios, decidiu navegar no embalo da dor da senhora. Considerou que havia empacado em uma encruzilhada infernal, diante de um torvelinho, talvez fatal. Um *capo* sem saída, necessitava emaranhar a Mulher-Mandala nas simbologias da sua *Famìglia*, e da Velha Tradição. Mesmo que a moça não passasse de mais uma putinha idiota na agenda do *fratello*. E ainda que a sua rota maluca atordoasse Lindy. Tony se levantou – e discursou:

– Senhoras, senhores, queridos componentes da *Famìglia* Castellamare, e, nessa *Famìglia*, eu incluo o Telônio, a Elisabeth e, de agora em diante, se o Lindy me concede a primazia, também a Marcella. Peço que me perdoem e que me permitam uma singela argumentação. Cerca de meio século atrás, Don Calógero Castellamare, o meu papi, vero *uomo d'onore*, então parceiro, numa viagem, até a Sicília dos nossos ancestrais, de um companheiro que eu jamais esquecerei, Pietro Regazzoni, *babbo* do nosso Lindy, se apaixonou à primeira vista por uma *ragazzina* de deslumbrantes olhos azulados, você, mamita...

Imediatamente, a matriarca controlou o seu choro. Mesmo sem enxugar as lágrimas que molhavam o seu rosto, suspirou fundo e mirou o bambino que idolatrava, embora o culpasse, intimamente, pelo final amargo de Ruggiero.

Tony encarou a Mamma e lhe sorriu, calorosamente, com o olhar:

– Coube a meu pai, então, participar de uma cerimônia que, na Ilha dos nossos ancestrais, se denomina *la conoscenza*. É o mais belo e mais venerável ritual da Sicília. O pretendente escolhe um padrinho e, com ele, vai à casa da sua amada, anunciar as suas intenções. Leva muito respeito – e a garantia do matrimônio, sólido e duradouro. No princípio da *conoscenza*, quem fala é o padrinho. No caso de Don Caló e da Mamma, meu *fratello* Lindy, foi Pietro, o seu *babbo*, querido Lindotto, o encarregado da proclamação. Pietro assegurou que Don Caló pertencia à melhor *Famìglia* que a Sicília já havia produzido, e pediu licença aos parentes da Dona Freda para avalizar a sua compostura e o seu caráter. Disse que avalizar tais condições não passava de um compromisso fácil e desnecessário. Don Caló, claro, prescindia de defensores. Mas, ainda assim, em nome de Don Caló, Pietro fez questão de homenagear uma dádiva divina, o amor imenso que o amigo sentia por aquela *ragazzina* radiosa...

A mera recordação da *conoscenza* fez a Mamma estremecer. Lindy se sacudiu, sem se mexer. *Cazzo*, por que merda de motivo Tony sacaria, da sua cartola de mágico, de magnetizador, aquela história que aquela mesa conhecia de cabo a rabo? Só existia uma razão: cooptar Marcella. Mas, *doppio cazzo*, desejaria Tony abençoar, ali mesmo, na varanda do sítio, a *conoscenza* dele, Lindy, e de Marcella? Pensou em eliminar tal desvario nas raízes. Pensou em subir num sofá e bradar, noite adentro: "Não! Não! Eu não quero me casar com a Marcella! Merda, por que eu não vim sozinho?" O *capo*, no entanto, lhe enviou uma ordem muda – através de um olhar que Lindy não vira nunca.

Don Caló, igualmente, se encolheu. Claro, ainda não sabia da inopinada atribulação do seu filho com a visita extemporânea da bonequinha de Lindy. Mas, pelo rompante de Tony, o *babbo* configurou que o seu filho utilizaria as lágrimas da Mamma Freda como uma isca, como o catalizador de uma *razzia* indispensável. Don Caló pensou: por que Tony se pronunciara de maneira tão iniludível? De quem Tony suspeitaria, naquela ceia da *Famìglia*? Claro, claro, só podia ser a folcórica garota das tatuagens azucrinantes. Também atônito, Paolì fitou o *capo*. E Tony rebarbou, com um meneio instrutivo de cabeça.

Um meneio que indicou a Mulher-Mandala, a bonequinha de Lindy.

Bastaram outros códigos para que Paolì transmitisse a sua preocupação aos soldados da *Famìglia*. Que, sutilmente, mas velozmente, se ativaram.

O *consigliere* ameaçou um sorriso. E Tony escancarou os braços:

– Nesta mesa, de dezessete lugares, somos dezesseis pessoas. Sim, nós somos, na aritmética. Mas, não, na realidade de uma *Famìglia* como a nossa, Castellamare. Minha Mamma, nobre e digna como anfitriã, não quis interferir no desenrolar desta comemoração inolvidável, principalmente para quem não conhece os nossos cultos, as nossas manias. Por isso, neste momento sagrado, em que nós desfrutamos este risoto de *pecorino*, numa receita que nos passou o meu mano Ruggiero, o nosso Gero saudosíssimo, nosso modelo de coragem e de ousadia, o Gero que partiu numa batalha cruel, exclusivamente compelido em libertar a Gigi e a Lídia de um batalhão de criminosos que, convenhamos, mereceram o seu funeral, eu gostaria de lembrá-lo. Aliás, gostaria de dizer que o Gero está entre nós. E é do Gero esse canto que ninguém usou na mesa.

Com um lance digno de um ator de Pirandello, aquele dos protagonistas à procura do seu autor, tragicomicamente, o *capo* apontou o espaço vazio.

Ultraenfronhados nas elipses, nas tergiversações e nas sinuosidades que Tony usava, quando pretendia medir alguém, os seus guerreiros lealérrimos, de Paolì a Pippo, de Elia a Vito, de Domi a Pellê, absorveram as suas frases, exclusivamente, com os ouvidos. Os seis mantiveram as suas retinas, e os seus sentidos de alerta, restritamente assestados nas manifestações mais fortuitas da linguagem corporal de Marcella. Para o seu conforto, além de certo pasmo, de algumas sugestões de temor, a moça mal se alterou, não tugiu, nem mugiu.

Apenas ameaçou um sacolejo, até admissível, ao escutar a frase sobre os assassinos e o seu funeral. Mas, não evidenciou que já soubesse da desdita de Ruggiero. No papel de vizir do clã, Paolì, o *consigliere* da *Famìglia*, entendeu a profundidade do trauma de Tony bem antes de que os outros cinco, os seus entregadores de mercadorias, visualizassem toda a paisagem. Evidentemente, um vírus insidioso se imiscuía nas células bem adestradas do *capo*, e nas suas vísceras tão machucadas pelos infortúnios do seu passado, pelas deliberações dilacerantes que Tony se motivara a adotar, pelas execuções que ele friamente ordenara, pelos remorsos com que o seu bom espírito se debatia. Um vírus, e o *capo*, precatadamente, já calculava o futuro, um vírus que aquela Marcella já ostentava, inoculado, talvez, inconscientemente, talvez sem maldade, mas um vírus que, talvez, em mais uma década, se transmudaria em um demônio.

Num relance, as energias ruins da mesa se concentraram em Lindy.

Que recebeu o baque, sem acusar a dor. Compartilhava os pensamentos de Tony desde a meninice. Aprendera a sacar os cacoetes psicológicos do seu amigo, depois do irmão de escolha que virou *capo*, inclusive graças aos seus estímulos. E aprendera a se impregnar, pacientemente, e respeitosamente, dos eflúvios que provinham das elipses e das simbologias utilizadas por Tony, por Paolì, e pelos soldados da *Famìglia*, naquele tipo de situação. Energias ruins. Lindy pagou pelo seu equívoco. Sim. Cometera uma cagada descomunal.

▼

A sua pulsação em radical taquicardia, embasbacado, atoleimado, Lindy comprimiu as pálpebras, sonhou com a guilhotina, ao invés do garrote vil.

Daí, ainda que de forma mais suave, e mais doce, a Mamma retomou o seu pranto. Don Caló, estoicamente, dissolveu um nó de garganta. Telônio buscou os dedos de Gigi. E, quando Marcella esboçou um movimento, Lindy apertou uma das suas coxas, com a mão esquerda, em uma advertência cruel: cale-se! Igualmente atônita, mas a mulher do *capo*, Lídia também se levantou, enlaçou a cintura do marido e beijou a sua fronte. Paolì refugou o impulso de acender um charutinho belga – ao menos, no sítio, o *consigliere* havia aposentado o seu fumo de cachimbo; o cravo e a canela, mesclados ao chocolate e à cereja da sua mistura preferida, o fumo que ele próprio gostava de montar, irritavam a Mamma. Daí, num aceno, mobilizou LoRusso. Que quebrou o iceberg, sem se azedar por substituir Don Caló, numa prerrogativa exclusiva do *babbo*:

– Brindes ao Gero, que sempre estará conosco! Geraccio, saudades!

A mesa inteira obedeceu, enquanto a Mamma, de um lado, e Tony, do outro, dissolviam as suas mágoas. A Mamma sabia que Tony havia empurrado o mano ao desfecho. Deslocou-se ao posto que seria de Gero e, tocantemente, preencheu a sua porcelana vazia com uma generosa colherada do risoto. Nos seus corações, Tony, Paolì e os seus soldados, inclusive o acuadíssimo Lindy, enviaram uma mensagem a Sissi Sparapani, onde quer que ele estivesse. Num minuto que, nas suas células, e nas suas vísceras, se esticou por um milênio, ou uma eternidade, Tony rezou por Gero e por Sissi. Sabia que, para Gero, não existia a absolvição em vida. Mas, resgatou a imagem de *capo*, e avançou:

– *Famìglia*, e tem mais: eu quero propor mais brindes, à Lídia...

Interrompeu a homilia com uma pausa seca, abrupta. E arrematou:

– Que está grávida, não de um nenê, só – mas, de gêmeos...

▼

Maravilhoso marido, imaginou Lídia: selecionou o instante perfeito para propagar a notícia da chegada dos gêmeos. Fulgurante *figliolo*, imaginou Don Caló: conseguiu se safar do sufoco, apaziguou as mágoas da Mamma e ainda enfeitou a varanda do sítio com uma alegria efervescente. Formidável *capo*, imaginou Paolì: remeteu uma mensagem ao Lindy – e à tal Marcella-Mandala. Aliás, numa deleitosa ironia, da qual ambos, depois, gargalhariam bastante, o *consigliere*, evidentemente sem presumir a possibilidade de uma coincidência, acabara de emprestar, à moça das tatuagens, o mesmo epíteto descritivo que o *capo*, um pouco antes, na fronteira do seu inconsciente, já lhe concedera.

A ceia de Natal havia se tornado um panorama recoberto de emblemas, bem ao modelo de Tony, no qual cada circunstante transitaria de acordo com o seu temor do *capo*, ou de acordo com o seu estupor diante da versatilidade, eternamente em mutação, de tão imprevisível cavaleiro andante. A idade, por exemplo, pesou em Don Caló, que não se poupou de uma fala inoportuna:

– Tonino *mio*, quer dizer que você virou um *expert* em gerar pares?

Num reflexo, a Mamma acotovelou o seu marido. Enquanto os outros se revolviam nas cadeiras e Lídia se refugiava em seu encosto, Tony acendeu um cigarro mentolado. E, meia dúzia de fumadas depois, recuperou o estro:

– *Babbino*, Mamma, *Famìglia*, Don Caló tem razão a respeito do que eu já realizei na minha vida. Mas, preciso deixar claro a todos, inclusive à Lídia, com quem eu redescobri o amor e, depois de muitos percalços, a tranquilidade e a paz: eu nunca me esquecerei da Marina, do meu filhoto, ou das minhas menininhas deliciosas – que eu nunca mais verei. Nunca me esquecerei. Aliás, agora percorro um novo rumo, com a Lídia, com vocês. Pode ser que fabricar gêmeos seja um mérito, uma qualidade viril. Prefiro achar que se trata de uma bênção do Céu. Ou da Li, que carrega cinquenta por cento da responsabilidade por nossos rebentos. DNA tão poderoso quanto o meu. Já conversamos, a Li e eu, sobre os nomes dos gêmeos. E, à frente de todos, eu juro que não se chamarão Mariù, Sandra, Graziella, Caló, Alfreda, Nícia, Tony, Li, Telônio, Gigi, Roperto, Domi, Beth, Vito, Elia, Paolì, nenhum dos aqui presentes...

Antártico e polar Tony, concluiu Paolì: pacificou a gafe involuntária do *babbo* idoso e excluiu Lindy da sua lista. Don Caló tentou se recompor do seu ingênuo escorregão. Mas, foi uma meiga e comovida Mamma que indagou:

– Pois vocês já pensaram, mesmo, nos nomes desses dois gêmeos?

Tony considerou que caberia a Lídia terminar. E lhe devolveu o *bacio*.

Lídia fisgou a chance com a melhor sobranceria. Orgulho do marido:

– Mamma, se forem dois meninos, se chamarão Ruggiero e Sílvio. E, se forem meninas, Sílvia e Lídia – porque Ruggiera, admitamos, é muito feio...

Com a Mamma suficientemente descontraída, toda a mesa relaxou e riu. Até mesmo a estupefata Marcella. Então, coquetemente, Lídia desfechou:

– Mas, bem, ahn, se ocorrer de serem um machinho e uma femeazinha, o Tony e eu acertamos que se chamarão Ruggiero e Sílvia – *certo*, Mamma?

Uma dúvida, infantil, compeliu a Mamma a uma tênue indagação:

– Ruggiero eu entendo – mas, oras, por que Sílvio, ou Sílvia?

Absurdamente *capo*, Tony podou qualquer debate na sua semente:

– Porque nós gostamos, e *perche son belli*, mamita minha, *certo*?

Enquanto o *babbo* e os fidelíssimos da *Famìglia* suprimiam um pigarro de emoção, a Mamma respondeu com mais lágrimas, que não limpou. Retirou-se, com Nicinha, e rumou até a cozinha, para completar a ceia. *Fusilli* em um molho de linguiça picante. Atum grelhado com manteiga de alcaparras. Perna de cabrito com batatas coradas. E, no *dessert*, o seu fenomenal Tiramisù.

▼

A celebração se esticou até o despertar da madrugada. Com Nicinha no seu encalço, a Mamma desmontou a mesa e se enfurnou na cozinha de modo a providenciar frutas fresquíssimas, queijos opulentos, licores digestivos e o seu inefável café de coador. Paolì puxou Lindy a um canto do jardim, enquanto Marcella, num diálogo com Gigi, fantasiava ser modelo de moda. Tony fingiu uma escapadela ao banheiro – mas, pelos fundos da casa, desceu ao salão de jogos, perto da piscina. Telônio sacou a manobra, e também se escafedeu.

Observador à distância, intrigado, com um gesto sutilíssimo Don Caló determinou que Elia Grazie seguisse o grupo, através da escuridão do pomar. Obviamente, uma reunião de *Famìglia*, emergencial. Mas, na noite de Natal? Por que razão? E por que sem ele, o patriarca? Num sobressalto, a sua intuição maldita, a geratriz da sensibilidade extranatural de Tony, lhe indicou o destino – obviamente, Marcella, aquela folcórica garota das tatuagens azucrinantes.

▼

Tony recebeu Telônio com os abraços de um cunhado e de um chefe:

– Grato, Telônio. Parece que temos um probleminha. Preciso de você.

O ex-delegado, meramente, brincou com o seu cálice de Fernet Branca.

Em segundos, compareceram Paolì e um Lindy cada vez mais sem jeito.

O *capo* se mostrou tolerantíssimo com o amigo-irmão. Só perguntou:

– *Cazzo*, Lindy, de onde brotou essa sua, ahn, Mulher-Mandala?

Paolì não sustentou uma avalancha de riso. E, num excesso nada austero para um diplomata, ainda que da pequenina República de Malta, quase cuspiu longe o conteúdo da tacinha de Amaretto di Saronno que preenchera na mesa da varanda. *Càppitu*, incrível, Tony acabara de utilizar a mesma alcunha com que ele, Paolì, havia marcado, no seu encéfalo, a companhia exótica de Lindy. Intrigados, pasmados, o *capo*, Telônio e Lindy, principalmente Lindy, fitaram o *consigliere* à espera de uma justificativa para toda aquela extravagância.

Paolì recuperou a serenidade e deslindou a tese maliciosa do teorema:

– Lindotto, me perdoe. Mas, eu a retranquei como Marcella-Mandala...

Coube a Tony também eclodir e quase engasgar nas gargalhadas.

Enquanto Lindy se asilava numa concha, Telônio indagou, atônito:

– Como é que é, Marcella, Mulher-Mandala? Alguém me explica?

O *capo* retomou o timão do ritual. E, tranquilo, foi professoral:

– Cunhado, ahn, nestes nossos entornos, ahn, criamos codinomes para as pessoas que precisamos, ahn, investigar. Numa coincidência natural, faz tanto tempo que, ahn, trabalhamos juntos, o Paolì e eu pensamos no mesmo verbete para a Marcella. OK, Lindotto, gracinhas à parte, de onde vem a Mandala?

Lindy se aliviou. Aparentemente, não incorrera num pecado capital:

– Tonino, ela estuda pintura comigo, mesmo. Faz uns bons meses. E faz semanas que vai pra cama comigo. Nada de sério, *credimi, per favore*...

O *capo* reprimiu a ansiedade. Adorava Lindy. Não queria lesioná-lo:

– Por partes, Lindotto. No aspecto, e no físico, ela é deslumbrante, ela é um vendaval. Se eu não fosse casado, ahn, *credimi, scusi*, eu tentaria cantá-la. Mas, *cazzo*, eu tenho uma *domanda* obrigatória a fazer: por que você não me avisou, hoje, no almoço dos nossos funcionários, que pretendia trazê-la?

Telônio Meira se arrepiou com a obsessão de Tony pela sua segurança, mesmo muito depois da extinção dos Tucci – e dos perigos à *Famìglia*:

– Se eu estou aqui, Tony, é porque você deseja a ficha dessa moça?

Tony concordou, em silêncio. Porém, tinha mais a extrair de Lindy:

– *Fratello*, por que você não me avisou, hoje, lá, no nosso almoço?

Vexado, Lindy se desvencilhou do cerco, com uma lógica peroração:

– No almoço, Tonino, eu ainda não sabia. De tarde, fiquei com ela, no meu apartamento. Daí, disse que precisava tomar o meu banho e me vestir, um convite pra uma ceia. Ela começou a resmungar, falou que não tinha aonde ir, que não tinha mãe, falou que o pai, um italianão à antiga, detesta festas, e que esperava passar a noite de Natal comigo. Pois eu amoleci – e eu a trouxe...

O *capo* trocou um olhar com Paolì, que reavaliou a lógica de Lindy:

– OK, Lindotto, você faz parte da *Famìglia*. Tem bem mais tempo, aqui, com os Castellamare, até do que eu. Tem todo o direito de trazer uma garota à ceia de Natal desta casa – inclusive, sem solicitar um visto no passaporte da moça. Mas, e a outra parte da questão, aquela mais complicada: quem garante que, *perdonami*, essa sua formosa Mandala não é, ahn, uma égua de Troia?

Coube a Telônio Meira abafar um acesso de hilaridade. O ex-delegado adorava testemunhar aquelas sessões de debates, quase psicodramáticos, entre os integrantes da cúpula dos Castellamare. Tony e Paolì abusavam da escolha das metáforas ferinas. Com a maior das cautelas, tentou não ofender Lindy:

– Tony, Paolì, eu me encarrego de descobrir tudo sobre a moça, tá?

Sem rodeios, o *capo* e o *consigliere* reautorizaram a sindicância. Daí, no lance derradeiro da pugna, Tony livrou Lindy do pavor da trepanação:

– Tá legal, *fratello*. Eu não necessito reafirmar que essa moça não deve saber nada, e nadinha, do que fizemos, ou do que fazemos. Divirta-se com ela. Que as suas sejam fodas inesquecíveis. Mas, Lindotto *mio*, se você, um dia, viajar das simples fodas até uma relação, ahn, mais estável, eu quero saber, na hora. Enquanto isso, passe os dados da Marcella para o Telônio pesquisar...

Apesar da sua humilhação, Lindy não interpôs nenhuma dificuldade.
– Sem dúvida, Tonino. Deixe comigo, Telônio. Algo mais, Tonino?
– Não, *fratello*, e me perdoe, mesmo, se eu massacrei você, OK?
– Sem problemas, Tonino. Você está certíssimo em se precaver...
– Pior, Lindotto. Talvez eu tenha me tornado um paranoico...
O *fratello* cambaleou. E mal expôs o seu arremedo de culpa:
– Tonino, *scusami*. Honestamente, sinceramente, eu não pensei...
O *capo* tosou, abruptamente, aquele ensaio de tormento tardio:
– Lindy, você curte o Bruce Willis? Viu *Die Hard*, o um e o dois?
Nenhum dos circunstantes, no salão de jogos, entendeu a pergunta.
Tony Castellamare destamparia, e sem desvios, aquele seu enigma:
– Nos filmes do Bruce Willis, *fratellone*, Telônio, Paolì, depois que o John McClane, o tira durão, devasta todos os inimigos, descem, na telona, os créditos de encerramento. E as plateias vão embora, seguras de que todos os atores sobreviveram. Na vida real, ah, eu não posso garantir a mesma coisa.
Leonardo Regazzoni deglutiu o aviso, com o rabo entre as pernas.

▼

De maneira discretíssima, depois de um longo meneio por trás do chalé de Tony e da edícula do sítio, Elia Grazie aportou na cozinha e convocou Don Caló. Ao seu estilo, às frases curtas, entrecortadas por chispas de bom-humor, descreveu ao patriarca todo o debate que escutara numa sombra do pomar.

▼

Ao partir do sítio, enquanto Lindy Regazzoni acarinhava as suas costas, ultracongestionadas de traços complexos, Marcella indagou, aparvalhada:
– Essa sua família, ahn, é sempre assim, tão esquisita e tão estranha?
Ainda vítima da sua taquicardia, Lindy conteve uma definição direta:
– Você ainda não viu nada, amoreco. E talvez não veja nada, nunca...
Aparentemente, Marcella se satisfez, com a resposta arisca e dúbia.
Precária Marcella, sequer pressupunha a loucura em que se enfiara.

▼

Na varanda, a Mamma agarrou Tony e, mansamente, só murmurou:
– Obrigada, Tonino, *per tutto*. Obrigada, muito, muito, Tonino *mio*...

O filho grudou a mãe no peito. Num sacolejo, às lagrimas, confirmou:

– Mamma, o Gero era um calhorda. Mas, pagou os seus pecados.

– E, no fim das contas, Tonino, ahn, o Ruggiero foi mesmo um herói?

Tony reasseverou, soberbo, com toda a autenticidade que mantinha:

– Foi, Mamma. Foi. Eu juro, juro, que o Gero foi mesmo um herói. Ah, eu não me esquecerei, mamitina, da indagação que você me fez naquela noite infernal. Cê recorda? Você me perguntou como os dicionários chamam o filho que perde os pais – e eu afirmei, órfão, órfão. E você então me perguntou de que modo os dicionários chamam a mulher que perde um filho, lembra? E eu me encolhi, como um caramujo, uma lesma, é, um bostamerda, mamitina. Eu não conhecia uma definição literal. E você me afirmou que a definição não existia mas que você inventaria. E você me disse: a mulher fica mutilada...

A senhora de olhos celestiais, transparentemente aquarelados, outra vez marejados pelas saudades absurdas do seu desventurado primogênito, rodeou a cintura de Tony e a comprimiu, quase com ferocidade, como se quisesse trazê-lo de volta ao seu ventre – e como se fosse possível retornar na cronologia, e daí reesperar pelo parto de Tony, enquanto Don Caló reestruturava a educação de Ruggiero, de uma forma que o seu primogênito não virasse um canalha.

Desistiu, num minuto, desvencilhou-se do aperto e desapareceu na casa. Mais próximos, o *babbo*, Lídia, Gigi e Telônio Meira testemunharam a cena. Embora furioso porque o seu *figliolo* o havia relegado a um desonroso banco de reservas na reunião a respeito da tal Mandala, o patriarca se conteve. Rediscutiria a questão com Elia Grazie, outro escanteado naquele prélio, numa ocasião futura. Atropelou as divagações, com uma determinação metálica:

– Agora, todo mundo pra cama. Por favor, que eu quero dormir. Prometi levar a Freda até o Fabrizio's, no almoço, *domani*. Ela e eu, sozinhos, tá?

Mereceu, de Tony, uma réplica igualmente típica, e provocativa:

– Sozinhos, papito? E nós, os seus filhos, os seus cunhados, seus netos, fazemos o quê? E os presentes todos, não vamos abrir, ahn, *domani*?

Don Caló mal ensaiou um gesto de desprezo, uma banana – e atirou:

– Os netos que descansem bastante, aí na barriguinha da Lídia. Quanto a vocês, outros, que se virem com a faxina. Quero esta casa bem limpinha pra quando a Freda e eu retornarmos. Caso contrário, jogo os pacotes no lixo...

Sumiu, taciturno, sem escutar os aplausos, em mímica, que mereceu.

▼

Gigi acompanhou Telônio até o seu automóvel, na baixada do sítio.

Depois de um beijo na mão de Tony, aquela mão do anel de *capo*, com os dedos entrelaçados num metal luzidio, Elia, Vito e Pippo buscaram os seus aposentos. Domi, Beth e Pellê se despediram com uma mesma demonstração de respeito. Restaram, na varanda, Lídia, Tony e Paolì. Os três bebericaram uma última Fernet. Lídia sacou que Tony ainda necessitava de mais um tempo com Paolì. Pespegou-lhe um novo *bacio*, orquestral, e observou – suave:

– Meu *capo, ti ringrazio*. Adoro você. *Per favore*, não demore, tá?

Tony riu, mansamente. E devolveu o beijo, em forma de sonata.

– *Un attimino*, amoreco *mio*. E você me espere, acordadinha, tá?

Lídia acarinhou a bochecha de Paolì, e desceu ao chalé do pomar.

▼

Enfim, Paolì se muniu do seu fino charutinho – e arremessou:

– Tonino, eu queria ter conversado, com você, logo na minha chegada. Mas, que ironia, evitou o nosso papo, ahn, essa tal de Marcella-Mandala...

O *capo* quase soçobrou no afã de impedir um outro riso ruidoso:

– *Cazzo*, Paolì, o seu *cervello* funciona, mesmo, bem como o meu...

– *Cazzo* digo eu. Porra, e onde o Lindy descola esses monumentos, ahn, pouco convencionais? Você acha que a Mandala, ahn, pode ser perigosa?

– Sei lá, Paolì. Mas, desde a cagada do Pignatello, lá em Copacabana, eu me precavejo, até, com os meus cachorros. Não quero mais mortes bestas no meu currículo, *fratello*. Sei lá, Paolì, o que, ainda, teremos de enfrentar...

O *consigliere* sugou o seu Bogaert, ajustou o raciocínio, e fuzilou:

– Trago notícias boas e ruins. Você quer escolher o tema?

– A esta hora, e depois desta ceia, mande *tutti*, e de uma vez...

Paolì compreendeu o esgotamento do seu *capo*, físico e mental:

– OK. Além do Mossad, a Interpol, e até o FBI, continuam atrás daquele jordaniano desvairado, o Khalid Haissa Khwyis, o louco que articulou, com o cretino do Brodie Villapiano, a captura da Lídia e da Gigi. Ele e o tio, o tal do Raghib, continuam escondidos, cá na cidade. Declararam, nossos informantes, que o Khalid rompeu com o tio. Eu soube disso pelas nossas fontes da DIA, lá em Palermo. A DIA também me informou que o Rocco Moràbito, o calabrês que chefia a N'Dranghetta e que emprestou alguns dos seus homens ao Brodie e ao Khwyis, para o rapto das meninas, pretende vir ao Brasil. E quer montar, exatamente, com o merda do Khwyis, uma nova rede de tráfico de drogas...

Tony não se mostrou interessado no jordaniano e no calabrês:

– Paolì, me distinga as boas das ruins... *Per favore*, eu tou na lona...

– As boas significam que os nossos aliados, na Itália, continuam a somar ótimas pistas. As ruins, que o Moràbito leva uma vantagem de dois, três dias. A cada vez em que descobrimos o seu rastro, ele já tomou um outro rumo...

Tony Castellamare inflamou mais um mentolado, e atolou Paolì:

– *Fratello*, acabou. Sem uma autorização, mesmo, do John Gotti, esse *fezzo* não pode nos ameaçar. O Gotti tá fodido, em Nova York. Corre o risco de uma prisão perpétua. Ahn, por que o Gotti tentaria nos sacanear, Paolì?

A resposta de Paolo Garzya escapuliu como o bote de uma víbora:

– Não o Gotti, *fratello*. Mas o Khwyis, que quase pôs as mãos em alguns milhões de dólares. Caso o Khwhyis consiga, de fato, montar essa rede com o Moràbito, ahn, pode buscar a *vendetta*, é, mesmo sem a ajuda do Raghib...

Tony permaneceu quieto, os olhos na escuridão do sítio. Abandonou a sua poltroninha e marchou até um recanto, setenta passos adiante, ao seu canil. Lá, soltou os seus dois cachorros prediletos, Bill e Lola, cruciais na *vendetta* que havia engendrado contra os matadores de Marina e dos seus pimpolhos. Os dois pastores alemães bem aninhados entre as suas pernas, a ronronarem, calmos, diante da figura sempre cordata do *consigliere*, Tony meditou. Daí, o *capo* que já se fingia retirado das guerras, que já se fingia livre das ameaças, viessem as ameaças do jordaniano, ou até da Nova Máfia, redesprezou:

– Grato, Paolì. Mas, esqueça a teoria da conspiração. Quando acabamos com os Tucci, acabamos com o risco. Grato. Eu não me assusto mais...

Obviamente, Tony mentia. Obviamente, Tony ainda se angustiava.

O *consigliere* não se conformou. Necessitava cumprir a sua missão:

– E por que a encenação da *conoscenza*, a perturbação do Lindy, e o seu pronuncimento intempestivo, no jantar? Por que, Tonino, se você, como me disse nos aposentos do Gero, sonhava em desfrutar esta noite, e daí revelar a todos que seria pai de gêmeos, de novo? Que ocorreu, pra você mudar?

Desenxabido, Tony replicou com uma frase nua, rude – e dolorida:

– Minha maldita intuição, Paolì. Sei lá como me bateu o pressentimento de que essa Marcella pode, dia desses, ferrar com o Lindy – e conosco...

Paolo Garzya se calou. E Tony escolheu dormir. Frustrou-se, no chalé, ao constatar que Lídia já invadia o sétimo sono. Deitou-se, sem se trocar.

Tinha razão, tinha, sobre Marcella. Como, no futuro, asseveraria.

Mas, sequer imaginava que havia magoado o seu próprio *babbo*.

Ato I

Transcorrer da década de 90

Efetivamente, conforme Paolo Garzya havia adiantado a Tony na noite anterior de Natal, em Maio de 1991 o calabrês Rocco Moràbito desembarcou em São Paulo, com passaporte falso – e, de imediato, procurou Khalid Haissa Khwyis. O jordaniano escapulira do cenário, com o tio Raghib, logo depois do fracasso patético do sequestro quase simultâneo de Lídia Brandini e de Gigi Castellamare. Mas, mesmo precariamente, preservara os seus liames com os chefões da N'Dranghetta e do tráfico de drogas nas Américas. Proveniente da Colômbia, Moràbito acabara de entabular um acordo com Júlio Jimenez, de um dos cartéis de Cali, para comprar cocaína e enviá-la ao sul da Itália. Daí, a Miami, Estados Unidos, com uma escala básica em aeroportos clandestinos do Brasil. Azar dos Castellamare, porém, o calabrês agiu com tanta eficiência, e com tanta esperteza, que a DIA, a Interpol, e o FBI, reperderam seu rastro.

Em Agosto, Moràbito e Khwyis abririam uma empresa de importações e de exportações, com sede no bairro do Itaim-Bibi. Ao jordaniano, e a Raghib, com quem Khwyis não tinha brigado, apesar da *certitudine* da DIA, o calabrês acrescentou um sobrinho, Francesco Sculli. Muito depressa os seus negócios prosperaram e os sócios necessitaram inaugurar mais duas firmas de fachada, uma madeireira no Butantã e uma lapidadora de pedras preciosas na Rua Sete de Abril, bem no Centro Velho da cidade. Nos três endereços, a lavanderia da quadrilha higienizava uma fartura de dólares, ilegalmente abiscoitados com os tóxicos, sem que nenhuma autoridade desconfiasse das suas atividades.

Khwyis atravessara uma infância paupérrima. Fora treinado na JELP, a Juventude Estudantil pela Libertação da Palestina, uma ramificação da OLP. Responsável por uma infinidade de investidas aterradoras em Telavive, e em Jerusalém, conseguira se escafeder de uma armadilha do Mossad, em Milão, a metrópole peninsular em que fincara a sua base de atendimento na Europa. E a sua vida, desde então, se transformara em correria. Fugira da Lombardia e se escondera na Sicília. Fortuitamente, em Catânia, fizera amizade com um dos asseclas da quadrilha do maléfico Nitto Santapaola, um bigodudo tenebroso, apelidado de Lobisomem. Sob as asas de Santapaola, passara um tempo de limbo na Suíça, na Iugoslávia, em Malta, na Turquia, na Grécia, até mesmo no remoto Haiti. Então, chantageado pelo Lobisomem, o jordaniano enveredara na destruição de rivais do *capo* louco da Nova Máfia. Destroçasse os inimigos de Santapaola, manteria o seu asilo definitivo, um esconderijo, no Caribe. Em tal refúgio, Khwyis hibernou e hibernou – até que um *pisciotto* de Gene Gotti o achasse. Ganhou um contrato, magnífico contrato, de US$ 30 mil ao mês, para apascentar, na Pauliceia, um certo Broderick Villapiano – o Brodie.

Caberia ao jordaniano esculpir uma fachada pública. Primeiro, sozinho, numa fábrica de roupas que falsificaria etiquetas famosas, no venerando bairro do Bom Retiro. Khwyis frequentava a sua sede formal, exclusivamente, pela manhã. De tarde, em um prosaico sobradinho geminado na Saúde, no outro extremo da cidade, enchia o saco diante da TV, a qual abominava, e esperava as ordens de Villapiano. Na derradeira das suas artimanhas, o grotesco Brodie havia desenhado um plano perfeito, o sequestro, aparentemente elementar, da jornalista Lídia Brandini e da modelo de moda Regina Castellamare. O prêmio antecipado: uma comissão alentadíssima sobre doze milhões de doletas, das bem verdinhas. Fracasso rotundo. A jornalista ainda publicou um longo texto, em seu periódico, o *Perfil do Brasil*, a respeito do rapto frustrado. No texto, contou que fora vítima de uma briga de gangues, da N'Dranghetta e de algum clã de muçulmanos. Falou da morte de Brodie. Falou de um terrorista caçado até pelo Mossad. Mas, não citou o nome Khwyis. Ao redespontar no País, o calabrês não cobrou os prejuízos. Ao contrário, mais auxiliou o jordaniano.

Moràbito, lógico, necessitava da experiência que Khwyis tinha somado na associação com Villapiano. Sim, desprezava Ciccio Tucci, odiava Marco Iago, o seu *consigliere*, agora *pentito*, um rato, um traidor. Soubera à distância da tolice do sequestro – que, evidentemente, jamais avalizaria. E considerava Tony Castellamare um *capo* perigosíssimo, apesar da sua revelação pública como agente da DIA. Mas, longe da sua terra, das suas raízes, num ambiente provavelmente hostil, não dispunha de uma outra opção, além de Khwyis.

Por um bom período, a opção funcionou. E o jordaniano se locupletou rapidamente das drogas que iam e vinham, aos borbotões, muito mais do que os trinta mil ao mês que tomava de Brodie. A grana súbita, claro, estimulou a sua vaidade. Decidiu se casar com Selma, a sua amante mineira, que lhe daria dois filhos. E trocou o seu sobradinho por um apartamento muitíssimo melhor, na afluente Vila Olímpia. Então, pressionado por Selma, e pelo apelo do súbito novo-riquismo, enfim se mudou a uma vasta mansão do Morumbi. Comprou uma Mercedes-Benz. Adquiriu um iate luxuriante, o *Pica-Pau*, que pertencia a uma famosíssima atriz de telenovelas da emissora do Grupo Perfil. Ironia: nem com tanta jactância Khwyis acendeu suspeitas na Polícia Federal, ou no time de detetives que Paolì mantinha na sua caça. Permaneceu inatingível.

Consternado, o *consigliere* Paolì notificou o *capo* do seu malogro.

▼

Na teoria, ao menos, afortunadamente, Telônio Meira não tropeçou em qualquer barreira no esquadrinhamento viável da história pregressa da Moça-Mandala. Pelos dados que Lindy lhe passara, RG, CPF, inscrição no INSS, uma xerox da sua matrícula no cursinho de artes, sozinho e com a ajuda de um par de amigos, ainda devotados, da Federal, o ex-delegado constatou que ela, de fato, se chamava, mesmo, Marcella Agliardi, a *nipotina* de um imigrante de Brescia, a filha de um alfaiate bastante respeitado nos entornos de Pinheiros e da Vila Madalena. O próprio Telônio, discretíssimo, investigou o alfaiate: nas horas vagas, um razoável xilogravurista, de nome Giordano, que costumava vender as suas obras na feirinha de artesanato e de antiguidades da região, na concorrida pracinha Benedito Calixto. Às vezes, a Mandala acompanhava o pai à feirinha. E também tentava comercializar as suas criações – de qualidade inferior, porém; inutilidades medíocres, a bico-de-pena, de teor grotescamente cabalístico. Nenhum registro de averiguação pela polícia. Nenhuma conexão, próxima ou sequer distante, com as ramificações da Velha Tradição, ou da Nova Máfia, no Brasil. Nenhuma ligação, palpável, com Gero Castellamare ou com Brodie Villapiano, ou com Nova York e com os Gotti etcetera e tal. No papel, e na teoria, a Mandala de Lindy ostentava uma biografia imaculada.

A sua essencial iniquidade: uma soma de superficialidade e de cupidez. Segundo Telônio e os detetives da *Famìglia*, que haviam perpetrado milagres, apenas com os dados, elementares, ginasianos, fornecidos por Lindy, a garota das tatuagens azucrinantes pretendia, mesmo, ser modelo de moda – e, para tanto, distribuíra o seu *book*, o seu portfólio de imagens, a uma infinidade de agências da cidade. Só que já ultrapassara os 25 de idade. E, grave, o excesso de crismas na sua pele funcionava muito mais como um empecilho do que um charme. De acordo com as fofocas da Vila e de Pinheiros, fora a preferidinha de um especialista em tais rabiscos, na Cardeal Arcoverde – e, a cada embate de cama, os debuxos do rapaz alargavam a sua coleção. Vivia de frilas, e de anúncios de varejo, nos quais só aparecia de frente ou exibia as mãos de dedos vaidosamente manicurados. Pior, paralelamente, e sub-repticiamente, de dois mensários pornográficos, Telônio também extraíra uma brigada de imagens da Mandala em poses nada católicas. O *capo* se aporrinhou ao ver tais cenas:

– Uau, Telônio. Essa Marcella do Lindy parece, mesmo, um furacão.

Escoltava o *capo* e o ex-delegado, na dissecção daquelas informações, o sempre hilariante Pippo Carotè, recém-retornado de um vasto périplo do Rio Grande do Norte ao Rio de Janeiro, das cidades praieiras em que erigia, para a *Famìglia*, a rede de restaurantes de frutos do mar. A face vermelha pelo sol, a sua carequinha descascada, o Pippo fisgou uma comparação gastronômica:

– *Càppitu*, estamos diante de uma lagostosona, de garras deletérias...

Por pouco Telônio e Tony não sufocaram de riso ao escutarem a palavra nova, lagostosona. Invariavelmente, Pippo colocava uma luz, nada trivial, na seriedade das conferências da sua *Famìglia*. Recuperado, Tony indagou:

– Pippo, a sua maldita intuição também faz coceguinhas em você?

– Coceguinhas, Tonino? Essa Mandala me dá alergia, e brotoejas...

Tony e Telônio se entreolharam. Tony agradeceu ao Pippo, retomou a sua sobriedade de *capo* – e pediu ao ex-delegado que completasse a ficha.

Marcella perdera a mãe, para um câncer fulminante, em 1987. Antes de se emaranhar em Lindy, morara com o pai, que recorrera a um cliente das suas tesouras a fim de lhe conseguir uma bolsa de estudos, numa escola de artes. E, aparentemente, se mantinha fiel a Lindy. Infelizmente, porém, apesar de todo o seu treinamento, dos seus anos na Federal, o ex-delegado, depressa demais, a descartou como um perigo iminente. Uma interesseira, sim. Ou uma putinha, talvez. Mas, não, uma égua de Troia. Ponderou que, claro, obviamente, no seu meio, Marcella ouvira falar de Gigi, estrelinha de um oceano de confecções e de capas de revistas. Seu pecadilho, segundo Telônio: por alguma indiscrição idiota, descontrolada, de Lindy, e na cama, ao mensurar a ligação do *fratello* com os Castellamare, logicamente a Mandala havia erigido um projeto para se aproximar de Gigi, numa tentativa de arrebanhar a sua simpatia e, quem sabe, um empurrão providencial, na sua carreira. O *capo* respeitou as interpretações de Telônio. Mas, resguardou a sua cisma – e as brotoejas do caro Pippo.

Racionalizou, retrancadamente, precatado, e cauteloso, como aprendera na sua infância: na melhor e na mais confortável das hipóteses, apesar de toda a insignificância, supostamente cristalizada, da garota, no rol das desditas da *Famìglia*, Tony não via a tal Marcella como a dama ideal no futuro de Lindy. Claro, não lhe cabia orientar as trepadas do *fratello*. Torceria para que Lindy comprovasse a vulgaridade da Mandala – e que trocasse de objeto sexual.

▼

Don Caló e o seu espião Elia Grazie por pouco não desfaleceram de riso quando o gigante contou ao patriarca que o Pippo Carotè havia apelidado a Marcella-Mandala com aquela palavra nova, adequadíssima, lagostosona.

▼

Enquanto Lindy se enredava na moça e Telônio a vigiava, à distância, Tony Castellamare receberia uma bênção descomunal, bem mais incentivante. Num intervalo de sete minutos, na madrugada de 8 de Junho de 1991, no Albert Einstein do Morumbi, a apenas um quarteirão da alentada mansão de Khalid Haissa Khwyis, num parto felizmente normalíssimo, e sem qualquer atribulação, nasceram Ruggiero e Sílvia, os dois gemeozinhos que produzira com Lídia Brandini. Contra a vontade do *capo*, que preferiria a secrecidade, claro, desafortunadamente os jornais, as rádios, e até a TV do Grupo Perfil, escancararam, com pompa estéril, a felicidade da âncora do seu *talk-show*.

Foi Selma quem notificou Khwyis. Notificou inocentemente, claro, pois ignorava a vida dupla do marido – e tietava o programa de Lídia Brandini na TV. O jordaniano mal lia os jornais, e desdenhava a TV. Aliás, ainda temia a ira eventual da *Famìglia* Castellamare, recusava a possibilidade de se vingar daquele siciliano portentoso que o privara dos seus milhões de dólares; o *capo* furioso que, talvez, Khwyis nunca soubera a verdade correta, havia provocado uma batalha entre os seus compatriotas, arregimentados pelo seu tio Raghib, e os bucaneiros calabreses da N'Dranghetta, incorporados pelo seu sócio Broód Villapiano; aquele prestidigitador maldito que, talvez, o jordaniano imaginava, até conseguira assassinar Francesco e Bruna Maria Tucci, dentro de uma cela da Federal; ah, o *capo* Tony que lhe parecia muito, muito mais brutal do que Moràbito e John Gotti, juntos. Já na Cantareira, optara por ficar na moita, sem piar, sem se mostrar. Aguardaria a poeira assentar e retomaria o seu destino.

De fato, havia fomentado, robustamente, as suas reservas financeiras. Por que se aventurar? Mas, na dúvida, e sem que Selma denotasse, arrancou e escondeu a página do periódico que publicara a informação. Quem sabe, ele pensou, um dia, no futuro, aqueles dois gemeozinhos não lhe seriam úteis...

▼

Meras 96 horas depois do parto, a Mamma Freda e Don Caló acolheram os netos com uma festa de alvíssaras no sítio da Granja. Tony tinha consumido um par de meses na ampliação do chalé do pomar: outros dois quartos para os bebês e uma babá; mais um banheiro; uma saleta a proteger a intimidade da sua suíte. Lídia continuava irredutível quanto a uma nova moradia, mesmo nos arredores do lugar. Aliás, inclusive, pregara a uma parede do chalé o quadro abstrato que ganhara de um ex-namorado – e que enaltecera a sua casinha na Vila Madalena. Ainda, aplacava Tony com uma frase docemente aceitável:

– Seus pais necessitam dos netos, diariamente. Sem falar da comida...

De fato, a comida irrecusável da Mamma Freda prevaleceu na recepção dos gêmeos – quer dizer, de Lídia, Tony e os convidados indeclináveis. Com a devida anuência do *capo*, Gigi hospedou um casal de colegas, Adriano Frey, o seu fotógrafo oficial, e Marília Meireles, sua assistente e sua mulher. Até Luiz Alberto Vinhas, o Betinho, e José Renato Baruel, da administração do Grupo Perfil, lambuzaram as suas falanges com os quitutes que a Mamma e Nicinha espalharam na mesa da varanda: empadinhas, pastéis, croquetes, coxinhas, camarões enfarinhados, sanduichinhos multirrecheados, brigadeiros, beijinhos, quindins, queijadinhas, espetinhos de frutas cristalizadas, sucos fresquíssimos das bagas do pomar – e as caixas do magnífico Prosecco que Paolì trouxera da Bota e que um de seus passaportes diplomáticos havia liberado na aduana.

Num recanto do jardim, atrás de uma roseira alentada, Lindy acarinhava as costas tatuadas da sua Marcella-Mandala. Achava estranho que, exatamente debaixo dos rabiscos em amarelo e em azul, em verde e em vermelho, a pele da garota lhe parecesse espessa, uma consequência de antigas cicatrizes. Mas, pelo tesão que tal toque lhe propiciava, descartou a ideia de uma inquirição.

O *fratello*, evidentemente, havia notificado o seu *capo* Tony daquela nova visita da sua, Lindy admitiu, sem graça, quase-noiva. Os dois se sentiam cada vez mais próximos, mais firmes. Inclusive, já coabitavam sob o mesmo teto. Naquela insondável zona miasmática que fica, nos sensatos, entre o fígado e a alma, Tony, internamente, redeplorou a escolha de Lindy. Mas, não quis estragar o seu júbilo de adolescente – e, protocolarmente, o apoiou.

Num sofá, Gigi e Telônio Meira, de dedos entrelaçados, escutavam o som das cançonetas que Tony selecionara de CDs de Paolo Conte. Com ares de *experts*, Adriano e Marília, que também tocavam piano no seu estúdio, examinavam o reluzente Boesendorfer do *capo*. No pomar, Domi e Elisabeth caminhavam, igualmente de mãos bem apertadinhas. Diligente, Vito LoRusso vigiava. Don Caló retirava as rolhas das garrafas geladinhas do Prosecco de

Paolì. Os Castellamare e os seus agregados se divertiam, relaxados – quando, a um gesto sorrateiro de Tony, que idolatrava pesquisar as amostras alheias de susto em tais circustâncias, Elia Grazie soltou Bill e Lola. Os dois prodigiosos pastores alemães se imiscuiram entre os presentes, e focinharam, e cheiraram, e lamberam – e, enfim, abonaram a maldita intuição do seu dono. Não, não manifestaram o menor instinto de prevenção diante do fotógrafo e da sua mulher. Aliás, modorrentamente aceitaram os seus afagos destemidos. Os cães exclusivamente rosnaram para a Marcella de costas turvas pelas tatuagens.

Com o olhar, de longe, Tony perscrutou as sensações de Paolì e de Vito – que responderam através de sinais de concordância. Previra a eventualidade de utilizar a apresentação oficial dos gêmeos para mais um teste – vergonhoso, mas essencial, na segurança da *Famìglia*. Um ato infame, que pressupunha a cumplicidade involuntária de Lídia e da Dona Freda. Havia combinado, com a mulher, que faria algumas surpresas aos convidados. E havia encomendado, à Mamma, duas roupinhas simbólicas, num meticuloso tricotado de agulhas compridas. Só que, ao invés do azul-pastel, Ruggiero se vestiria de dourado; e, ao invés do rosa, Sílvia se trajaria de prateado. Quando Lídia lhe perguntou a lógica daquelas tonalidades tão incomuns, Tony se justificou com um drible:

– Sonhei com essas roupinhas, amor. Darão sorte aos nossos bebês...

Sacana Tony. Premeditara uma ação bem diferente, e quase imoral.

Na sua mente, ansioso, aflito, o *capo* ainda batalhou e rebatalhou contra a sua própria planificação, a sua dura e integral convicção de que aquele teste se tornara inexorável. Tony não queria conspurcar a recepção dos gêmeos com mais uma das suas sessões de metáforas, principalmente nas presenças de Vinhas e de Baruel, profissionais da atenção, e do casal de amigos da caçula Gigi. *Càppitu*, por que uma garota intrusa lhe causara tanto trauma? E que existiria, de tão pérfido, naquela Marcella-Mandala, a ponto de transtornar a sua concentração e a sua tranquilidade, exatamente na data da chegada dos seus bambinos ao sítio? O *capo* tentou dominar os instintos. O seu coração, de todo modo, suplantou a sua coerência – e ganhou aquela guerra. Num impulso audacioso, denodadíssimo, que exigiu o máximo do seu autocontrole, Tony congregou todos os convidados, anunciou a subida dos seus bebês, do chalé até a varanda, afagou e beijou a mulher e os rebentos, deixou que um punhado de lágrimas fluíssem, vastas, solicitou um brinde coletivo – e tagarelou:

– Caríssimos, todos têm consciência do que significa este momento para mim. Hoje, mais do que nunca, a minha vida recomeça. Pela última vez, aqui, na companhia de vocês, falarei da esposa e dos filhos que eu perdi na explosão do meu carro, em Palermo. Chega de passado, e de dilaceração. Agora, com a Li, com o Ruggiero e com a Sílvia, me perdoem se eu engasgo, eu só pretendo fitar o meu futuro. Bem-vindos, Gerino e Silviotta. Amo você, Lili. Mas, ainda preciso explicar, até mesmo à Lili, por que solicitei à Mamma Freda que, com as suas agulhas feiticeiras, nos oferecesse estes macacõezinhos em prata e em ouro, não em azul e em rosa. Acontece que, nesta data, se Don Caló e a minha mamita permitem, eu ainda tenho uma série de novidades felizes a divulgar...

Don Caló não se mexeu. A Mamma digeriu um assomo de dúvida. Tony examinou Gigi, Telônio, Domi, Elisabeth, principalmente Marcella e Lindy:

– Acertamos, a Li e eu, de batizarmos o Gerino e a Silviotta, em duas ou três semanas, aqui mesmo no sítio. Um amigo, o padre Alejandro Navarra, dos Voluntários de Cristo, cuidará da celebração. E escolhemos, a Li e eu, como padrinhos, claro, e indubitavelmente, a Mamma Freda e o Don Calógero...

Pippo e Vito puxaram as palmas e os gritos de "*bravi*!" Tony percebeu o marejar das pupilas da Mamma e a emoção no rosto do patriarca. Don Caló, entretanto, sabia que o *figliolo* ainda aprofundaria o seu pronunciamento:

– Grato, Tonino. Mas, por que não pessoas mais jovens? E o motivo do dourado e do prateado nas roupas dos bebês, pode nos contar o motivo?

Tony se desviou da lógica escondida na primeira das dúvidas do seu pai. Não sabia que o *babbo* já fisgara a sua aversão pela Mandala. E não sabia que o *babbo* já mantinha o seu gigante Elia Grazie na espionagem permanente de qualquer tipo de papo paralelo que ocorresse no salão. Autoconfiante, solerte, removimentou o seu trator, adiante, e à força, e numa velocidade absurda:

– *Hai raggione, babbino*. Pois, por isso, papito, mamita, a Li e eu já estabelecemos que os nossos gemeozinhos terão mais três, isso mesmo, mais três pares de padrinhos. Dois, óbvios. Nós acreditamos, a Li e eu, que breve se entregarão ao matrimônio a Gi e o Telônio, a Beth e o Domi. Estou certo?

Não sentiu arestas nas duplas, além do seu embaraço acanhado. Gigi, de todo modo, coletou a sua maior audácia, agarrou Telônio – e assegurou:

– Tonino, *marito e moglie*, padrinhos, pra todo o sempre, confie...

Telônio confirmou com um sorriso, inesperadamente compungido. Daí, de maneira mais singela, Domi cravou os lábios na face de Beth e afirmou:

– *Siamo a posti, Don Castellamare. Noi baciamo la tua mano...*

O *capo* se vergou, em curiosa reverência. E engatou a sexta marcha:

– Obrigadíssimo, Gigi e Telônio, Beth e Domi. Quanto às simbologias das cores, e dos metais das cores, o ouro e a prata, é fácil explicar, meus caros.

Trata-se das cores do dia e da noite na nossa Palermo. A baía da cidade não foi chamada de La Conca d'Oro, pelo rubor que lhe impõe o sol? E, através do Lungomare, os pescadores, que lá jogam as suas redes, não costumam homenagear, nas suas melodias, La Luna d'Argento? Eu tive a ideia dessas duas cores, solenes, ao imaginar o terceiro dos nossos pares de padrinhos...

Desabou, sobre o sítio, a mudez de um deserto – sem vento. Nem Lídia, nem Paolì, nem Don Caló, sequer sonhavam com o que viria, logo depois.

Tony capturou uma taça de Prosecco e a subiu, na direção do Céu:

– A prata do cristal e o ouro do espumante. Um pacto perfeito...

O silêncio caiu mais fundo. Tony saboreou um gole – e acelerou:

– Um brinde ao pacto perfeito do Lindy e da Marcella, um brinde...

Paolì quase desmaiou. Don Caló se segurou numa coluna. Com os dois gemeozinhos no colo, Lídia se expatriou numa poltrona. Lindy empalideceu de susto. E Marcella não compreendeu nadinha. Até que Tony lhe solicitou:

– Marcella, *carina*, você poderia nos mostrar as suas lindas costas?

Invariavelmente, naquele sítio, e naquela *Famìglia* maluca, por motivos que só ela sabia, a cada nova visita, cada nova surpresa industriada por Tony, o *capo* filhodaputa do seu Lindy, Marcella se percebia à beira de um abismo. Mostrar as costas, na perspectiva de uma cerimônia de batismo? Conheceria o *capo*, o canalha que engessava o seu Lindy, a sua biografia de vagabunda?

Respirou fundo, resistiu ao assédio da cobrança e, lentamente, com uma simulada timidez, se virou de costas, e alardeou, aos Castellamare, toda a sua exultação de tatuagens. Deflagrou os desenhos – de um sol e de uma lua.

Paolì sugou todo o ar que podia. Inacreditável Tony, conseguira colar a garota, e aprisioná-la, de maneira impecável, nas suas imediações. Melhor um inimigo eventual ao nosso alcance do que alguém camuflado nos bastidores, o *consigliere* raciocinou. Tudo bem, a tal Marcella tinha uma ficha transparente – mas, o *capo* ainda apostava na sua intuição primorosa. Inventara mais uma das suas simbologias para grudar a Mandala em Lindy, e vigiá-la de perto...

– Marcella, *carina*, eu me inspirei nas suas maravilhosas tatuagens para oferecer a você e ao Lindy este presente sem preço. Eu quero que os dois, *per favore*, completem o grupo dos padrinhos do Gerino e da Silviotta, OK?

Embora sem fôlego, evidentemente aflita e relutante, a Mandala acedeu, num relance. Precipitadamente, acreditou que aquele ritual não passara de um escorregão emocional do Tony maldito, um escorregão eufórico por causa dos seus dois gemeozinhos. Quanto a Lindy, mais oscilante, pensou em esganar o *capo* lá mesmo, na varanda. Aceitou, porém, o seu castigo. Lindy falhara em não advertir a *Famìglia* da visita de Marcella na noite de Natal. Agora, tinha a integral convicção de que Tony não confiava na moça. E que, para vigiá-la, de perto, havia engendrado aquela louca situação. Dobrou-se, e imitou Domi:

– *Siamo a posti, Don Castellamare. Noi baciamo la tua mano...*

▼

Animado pela sua intimidade com Gigi, a quem já clicara para anúncios de lingerie, malicioso, folgado, Adriano Frey mirou Marília – e comentou:

– *Darling*, pobre da Regininha. Tem um irmão fugido do hospício...

Mais assistente do que esposa, Marília devolveu, com gorda ironia:

– É... É... Mas, esse cara também daria um modelo, sen-sa-cio-nal...

Adriano não sacou que tal frase ainda poderia mudar o seu destino.

▼

Absolutamente desorientado pelo desenrolar daquele enredo que sugeria o surrealismo de uma peça de Ionesco, e de uma tela de Magritte, José Renato Baruel deglutiu um gole imenso do seu uísque e cutucou Betinho Vinhas:

– Diabos, esse Tony é doido, Betinho. Desvairadamente maluco...

O principal acionista do Perfil apagou o seu cigarro – e discordou:

– Nada disso, Baruel. O Tony é o maluco mais são que eu já conheci...

Diante da vacilação do seu companheiro de labuta, Vinhas explanou:

– O Tony não dá ponto sem nó. Vem coisa brava por aí. Pode apostar.

– Como? E coisa brava? Aqui, na festa da recepção dos seus bebês?

Didático, como quem monta um gráfico, Vinhas se insinuou:

– Ele acaba de mandar um recado. Pode apostar, Baruel, pode apostar.

– Recado pra quem, Betinho? Aqui, só tem gente de muita confiança...

Vinhas mal abriu um sorrisinho de integral convicção – na sua intuição:

– Será? Pra mim, o Tony não vai com a cara dessa tal Marcella...

Baruel não acreditou, nem duvidou. Optou por se portar como repórter:

– Talvez. E você quer que eu dê um jeito de levantar a ficha da moça?

Num sorrisinho ainda mais aberto, Vinhas decretou a diligência:

– É, tá na hora de sermos mais rápidos do que o Tony Castellamare.

Não percebeu que, às suas costas, Elia Grazie escutara o diálogo.

▼

Encerradas as alvíssaras, já sem os convidados que não faziam parte do governo da *Famìglia*, as damas se congregaram na varanda, ao redor de um chá de epílogo. Telônio instruíra a atilada Gigi para que não se separasse de Marcella. Amuada, com mais um dos prodígios tonitruantes, arquitetados pelo marido, Lídia se aboletou no chalé, a fim de amamentar os dois bambinos.

Enquanto Don Caló e a Mamma Freda se recolhiam aos seus aposentos, a um comando de Tony o *consigliere* Paolì, Pippo, Lindy Regazzoni, e o ex-delegado Telônio Meira, se acomodaram no salão, ao redor da mesa de sinuca. Ninguém se animou a pegar num taco, porém. Esbaforido, Lindy explodiu:

– *Cazzo*, Tony, você ensandeceu, mesmo. Tá mais do que paranoico...

O *capo* não se abalou com a frase intempestiva. Limitou-se a zombar:

– Convenhamos, Lindotto, cê mereceu toda a minha, ahn, parábola...

Lindy absorveu o rebote no plexo, numa pancada que o estonteou:

– *Cazzo*, Tony, cê precisava ir até Santos, via Suíça? *Cazzo*, cê acha que a Marcella, ahn, é uma égua de Troia? E por que, é, simplesmente, não ordena que eu a degole? E por que, *cazzo*, essa patetice diabólica de sol e de lua?

Tony brincou com algumas bolas no pano verde – e foi professoral:

– Lindotto, eu não combinei, ahn, a minha parábola, com ninguém. Nem com a Li, com meu pai, com a Mamma, com o Telônio, o Pippo, o Paolì. Tudo bem, a ficha da sua Marcella parece translúcida. Mas, você me conhece desde que éramos meninos, e você conhece o meu estilo. Lembre-se daquele mote da nossa Ilha: as pessoas se provam em situação. E, até que eu me certifique, de vez, que a sua Marcella não é, ahn, uma égua de Troia, vou bolar situação atrás de situação para medi-la, e vasculhá-la. Eu vou testá-la, sempre que necessitar. *Cazzo*, Lindy, você sabe disso, melhor do que ninguém; me treinaram para ver o perigo atrás da asa da borboleta. Admito, desde que, ahn, exportamos o Iago, desde que, ahn, lançamos os Tucci à estratosfera, eu me sinto bem mais suave, mais tranquilo, ou protegido. Mas, não consigo ver o dia seguinte, sem pensar num fantasma, ou na *vendetta* de um imbecil menor, que não enfileiramos nas listas dos nossos inimigos, ou dos nossos desafetos. Porra, essa mulher, a sua Mandala, me incomodou, e bastante. E não vou justificar por quê. *Certo*?

O *capo* pensou em despejar, na mesa de sinuca, as informações de Paolì a respeito de Rocco Moràbito, do jordaniano Khwyis, do seu tio Raghib, das fotos nada católicas da Mandala. Mas, preferiu segurar a erupção. E, com um olhar oblíquo, implorou ao seu *consigliere* que direcionasse aquela órbita.

Não tinha como conectar Marcella à N'Dranghetta, e aos terroristas.

Enquanto, desalentado, Lindy se afundava num sofá, Paolì progrediu:

– Lindotto, como o Tony já garantiu a você, nem eu, nem eu, imaginava o que ele havia preparado. Mas, convenhamos, foi uma parábola genial. Você sabe que o Tony é um mestre em desconsertar. E tem mais: na minha opinião, a Mandala, sua Marcella, se safou airosamente da situação. Lindotto, *fratello*, você começou esta coisa, e acidentalmente e, sim, inocentemente. Mas, agora, meu caro, *les jeux sont faits*. Você sabe de que time participa, concorda?

Lindy arremessou os seus dois braços ao alto, quase num exaspero:

– Porra, eu nunca me imaginei numa confusão, dentro da *Famìglia*...

Ternamente, terapeuticamente, o *consigliere*, amansado, abrandou:

– Caríssimo Lindy, relembre uma lição elementar lá da Ilha: melhor um inimigo eventual, ao nosso alcance, do que um camuflado, nos bastidores...

De novo, Telônio se impressionou com o intercâmbio de metáforas que Paolì e o *capo* batiam e rebatiam, como numa refrega de pingue-pongue:

– Leonardo, eu já sei quase tudo, quase tudo, sobre a Marcella. Como eu sabia quase tudo, quase tudo, sobre o Ruggiero. E, ainda assim, sofremos...

O *capo* se tocou, sinceramente, com o verbo no plural, nós sofremos. A cada baque, mais se empolgava com a talvez solidariedade do ex-delegado:

– É isso, Lindy. *Cazzo*, eu posso enfileirar, na minha vida, uma história de infinitas traições. Porra, irmão, nada supera a minha fé em você, por quem eu dou uma orelha, se você precisar. Mas, nossa norma: ninguém chega perto da *Famìglia* e, agora, dos gemeozinhos, sem passar por vestibulares. Cê não se recorda de como, ahn, eu emaranhei o Telônio, perdão, Telônio, na minha trama contra os Tucci? Porra, Lindy, cê enfiou essa moça cá em casa, *cazzo*. E, por mais que a ficha da sua Marcella seja absolutamente imaculada, *cazzo*, parece óbvio que até o Bill e a Lola não se sentem à vontade com ela. Vire-se, Lindy. Aguente o tempo que for preciso, até que ela supere os exames, tá?

Leonardo Regazzoni devolveu o saque, com uma lógica elementar:

– Mas, Tony, ela é apenas um garota diferente, que eu desfruto. Apenas uma garota, vá lá, nada trivial. Mas, você não pode imaginar que venha dela a nova *vendetta* que você teme. *Càppitu*, Tony, você já enfrentou quadrilhas, já esmagou bandos e bandos de inimigos seus, ahn, nossos, e até com a minha ajuda, convenhamos. Você dá uma orelha por mim, *cazzo*? Eu não quero uma orelha sua, eu não quero um pelo do seu braço. Eu só quero, de novo, *cazzo*, o seu carinho e a sua confiança. E, porra, eu quero o seu respeito. Porra, você imaginar que a Marcella pode destruir a nossa *Famìglia*, ahn, é demais...

Tony virou as costas, a baforar um enésimo mentolado. E atirou:

– Bastou um *iceberg*, razoavelmente submerso, pra foder o Titanic...

O *fratello* Lindotto realizou que não mais dispunha de um sumiço, e de uma rota de evasão. Absorveu que teria de preservar o seu envolvimento com a transbordante Marcella, todas as inconveniências, todos os percalços daquela patuscada de cama, até o *capo* abençoar a moça – ou se desvencilhar dela:

– Putaquepariu, que cagada... E se eu não aguentar mais a Marcella?

Pippo Carotè estabeleceu o veredito, antes de Tony se pronunciar:

– Vire-se, Lindy. Nenhum de nós integra a *Famìglia* impunemente.

▼

Bill e Lola nas suas guias, Elia Grazie interrompeu a tortura de Lindy:

– Tony, ouvi uma conversa estranha. Preciso contar a você. Posso?

– Será algo que só eu tenha de saber, algo entre nós dois, *zio* Elia?

O gigante hesitou, um segundinho. Desconfiaria Tony da sua trama com Don Caló? Depressa, deliberou que não. E, de soslaio, indicou o assombrado *fratello*. Tony compreendeu. Mas, fosse o que fosse, Lindy escutaria.

– Toque em frente, meu caro *zio*. Eu não escondo nada do Lindy...

Ao seu estilo, entre rústico e bonachão, Elia Grazie descreveu, mote por mote, todo o diálogo travado entre Betinho Vinhas e Zé Renato Baruel.

Embora inferiorizado, no sub-rodapé, Lindy se alçou e se enraiveceu:

– Putaquepariu, agora eu vou ter um repórter debaixo da minha cama...

À mera sugestão, na sua mente, de tal panorama, o *capo* gargalhou:

– *Nium' esagierummi*, Lindotto. Controle-se, meu irmãozinho. Aceite o Perfil na sua cola. Talvez você se transforme em objeto de uma coluna social. A Marcella não busca a fama, o prestígio, o reconhecimento? Taí a chance...

Quase apoplético, e desmoralizado, Lindy ameaçou uma réplica:

– *Cazzo*, Tony, o exagero é todinho seu. Porra, a Marcella não passa de uma pobre coitada que se apaixonou por mim. Não tem onde cair morta...

Tony havia dividido as imagens dos mensários pornográficos com o seu *consigliere* Paolì. E Paolì, também, chegara a especular que, talvez, devesse revelar a descoberta daquelas cenas estonteantes ao *fratello*. Mas, velozmente cogitou, e se Lindy soubesse das fotos? E se Lindy não se aborrecesse com o passado de putinha da moça? Pior, e se a Mandala ainda se comportasse como uma putinha, sem que o *fratello* se incomodasse? Com o máximo da sua pose de diplomata, contristado, Paolì considerou conveniente inverter o enfoque da discussão. Por mais incrível que parecesse, o caro Lindy, probo e honrado, irrefreavelmente se tornara um suspeito de aleivosias contra os Castellamare. No seu coração, Paolì brigou para abafar o pensamento rude. Mas, na sua mente, tinha de preservar a suspeição, cada vez mais efervescente. Retirou a sua mira das conjecturas e a dispôs num outro alvo, muito mais produtivo:

– Lindy, *per favore*, responda, honestamente, você ama a Marcella?

O *fratello* titubeou, diante de uma pergunta tão direta, e inesperada:

– Ahn, acho que não. Mas, talvez, sim. Ahn, honestamente, não sei...

O *consigliere* insistiu, cada vez mais meigo, e mais conivente:

– Então, Lindotto, por que morar com ela, instalá-la no seu apê?

– Eu também não sei, Paolì. Conforto, praticidade, ahn, eu acho...

Num balaço, o *consigliere* devastou a última defesa do *fratello*:

– Você prefere ter a Marcella ao seu alcance? Sabe que a garota recebe um avião de cantadas? Com ela, no seu apê, você sentirá menos ciúmes?

Tony, Telônio, Elia e Pippo sofrearam a respiração. E Lindy admitiu:

– Exatamente isso, Paolì. É óbvio que, antes de me conhecer, a Marcella teve um montão de casos. Eu não sou trouxa, Paolì. Mas, desde que nós dois começamos a nos encontrar, ela se tornou só minha, só, eu tenho certeza...

Cada vez mais insinuante, Paolì prosseguiu:

– Tá bom, Lindotto. E ela não faz perguntas, sobre a *Famìglia*?

A questão bastou para que Lindy se transfigurasse, ofendidíssimo:

– Caralho, claro que faz. E ela acha esta *Famìglia* muito esquisita...

A própria resposta desabou sobre Lindy, como uma avalanche:

– Mas, caralho, é óbvio, é, que eu não passo nenhuma informação...

– E as suas coisas, as suas agendas, seus documentos, ela não tem acesso às suas coisas, não pode vasculhar a sua vida, a conexão com a *Famìglia*?

– Eu nunca levo nada de, ahn, comprometedor, pro meu apê...

– E as suas ligações telefônicas, suas contas, a secretária eletrônica?

– Merda, eu já pensei até nisso, Paolì. As contas estão lá no escritório. Eu desliguei a secretária. Proibi a faxineira e o zelador de falarem com ela...

Tony se satisfez. Em parte. Fosse ela uma égua de Troia, evidentemente, a Marcella-Mandala inventaria uma maneira de escanear os aparelhos do apê de Lindy. Sem dizer que não teria a menor dificuldade para seduzir o zelador ou para subornar a faxineira. Mas, compadecido, amainou o seu humor:

– Ótimas precauções, Lindotto *mio*. Aqui, ninguém descrê de você, meu *fratello*. Aliás, você tem razão. O exagero é todo meu, Lindotto, desculpe... E não se preocupe. Se a turma do Perfil ficar em cima da Marcella, e encher o seu saco, me avise, por favor. Eu falarei pessoalmente com o Vinhas, tá?

Esbaforido, Lindy se despediu sem cortesias – e sumiu do salão.

Um mentolado na boca, o *capo* aguardou alguns minutos, e propôs:

– Paolì, vamos conceder uma trégua ao Lindotto e à garota, OK?

Um Bogaert apagado nos dedos, o *consigliere* assentiu. Ao menos como formalidade. Lógico, encontraria um jeito sutil de manter a sua vigilância.

▼

Com um outro relatório devidamente consignado na cuca, Elia Grazie retornou ao seu quarto. Na manhã seguinte, contaria tudo o que acontecera ao patriarca. Ironia, pensou: Tony, e os outros juvenis daquele time, não tinham a menor ideia da energia que ainda emanava do venerável Caló Castellamare.

▼

Na edícula dos empregados, Elia Grazie cruzou com Pippo Carotè e não resistiu à tensão. Libertou um comentário que, talvez, não devesse proferir:

– Merda, Pippo, por que o Tony deixa o *babbo* fora dessas coisas?

Com outras preocupações na mente, o Pippo replicou, honestamente:

– Elia, *fratello*, o Tony tá cada vez mais paranoico. É, ele mesmo admite isso. Acho que o Tony quer preservar o *babbo*. Mas, o Tony enlouqueceu com o *cazzo* da garota do Lindy. Crê que ela é uma égua de Troia na *Famìglia*...

O gigante coçou uma orelha, fitou Pippo, criticamente, e observou:

– Mais uma boa razão para o menino se aconselhar com o pai dele...

Pippo não tinha ideia da espionagem de Don Caló. Deixou escapar:

– Concordo. Mas, quem manda no Tony, numa crise de loucura?

Elia Grazie engavetou o comentário triste, e se refugiou no seu leito.

Sorte. Pippo não estranhou a observação. E não a passou ao *capo*.

▼

Naquela noite, apesar de toda a predisposição cintilante da bonequinha, Lindy não conseguiu comer Marcella. Falsificou uma enxaqueca, se escondeu no excesso de Prosecco – e se afundou nos travesseiros enquanto, para o seu total aviltamento, a Mandala se masturbava ao seu lado, na cama do seu apê. Arrependeu-se de tê-la conhecido, e até mesmo de haver nascido dentro do regaço dos Castellamare. Mas, daí, lucidamente, a cabeça já enregelada pelo ar-condicionado que colocara no volume *mach-3*, realizou que suas fodas, ao menos, poderiam se tornar uma incumbência pelo bem da *Famìglia*. O lado agradável: vigiaria mais de pertinho aquele corpo arrasador e se sentiria mais útil aos Castellamare do que a fazer continhas e balancetes para Don Caló.

▼

Antes dos beijinhos clássicos e inevitáveis de boa-noite, numa atitude inusitada para um ex-delegado que aprendera a não misturar o seu trabalho e a sua vida pessoal, Telônio Meira não resistiu e perguntou a Gigi Castellamare:

– Você já formou uma opinião a respeito dessa moça, a Marcella?

Gigi respondeu como uma sucuri que aguardava a sua presa flácida:

– Nem me fale, eu já peguei alergia por ela. E tou com pena do Lindy...

Brava, brava Gigi, uma Castellamare de fato, Telônio se admirou.

▼

Embora eufórica por dispor dos dois netinhos no seu cotidiano, a Dona Freda não poupou o marido Calógero de um comentário ríspido, cáustico:

– O nosso Tonino está tramando mais alguma coisa, que eu não sei, que eu não quero saber, mas, ah, que me incomoda muito. E você, que me diz?

O *babbo* reagiu com uma frase exemplar, absolutamente verdadeira:

– Fredina, sinto, eu também não sei. Mas, ah, é, eu ainda vou saber...

▼

No Uno que os conduziu de volta ao seu prédio de Moema, afogueada pela situação estranha que havia testemunhado, apesar da presença de Pellê no carro, Elisabeth não conteve a ansiedade – e questionou o seu Dominic:

– Amor, me perdoe, por que o Tony gosta tanto de fazer discurso?

À direção, Domi enrijeceu os braços – e não respondeu à mulher.

Mas, o sempre emudecido Pellê encontrou uma saída inteligente:

– O sonho do Tony é ser político. Gosta de buscar eleitores...

Pignatello riu e, sem se desviar do caminho, amenamente arrematou:

– É, Don Tonino gosta de nos mostrar como buscar eleitores...

Elisabeth, audaciosamente insatisfeita, completou a sua dúvida:

– Mas, ele quer, mesmo, ser candidato a alguma coisa?

Pellê se antecipou a Domi, com uma definição providencial:

– Beth, o Don Tonino já é o que é. Doutor, e com um puta cargo.

A garota não entendeu. De todo modo, optou por se calar.

▼

Naquela noite, no chalé, junto ao pomar, apesar de toda a felicidade que lhe proporcionara o seu retorno, com os filhos, ao sítio da Granja, Lídia não acolheu Tony como o marido desejaria. Quinze meses de convivência e Tony ainda se demonstrava capaz de embates alucinantes. Ousou pressioná-lo:

– Porra, Tony, eu posso entender essa merda de sol, de lua, e de tantos padrinhos? Não tínhamos acertado que seriam só a Mamma e o Don Caló? Tá, você me falou em surpresas, e o *cazzo.* A Gi e o Telônio, tudo bem... O Domi e a Beth, tudo bem... O Lindy, tudo bem... Mas, que merda, essa Marcella?

O marido gastou um milênio para se desvestir, um outro para curtir uma ducha, um terceiro para se enfurnar, pelado, sob os lençóis. Daí, sofismou:

– Li, eu já salvei você de uma quadrilha de bandidos infames, OK?

A esposa assentiu, calada, sem se mover do seu cantinho do colchão.

– E você confia no meu modo de proteger a nossa *Famìglia*, confia?

De novo, Lídia sancionou, agora com um sim, mornamente sussurrado.

– Duvida que eu ame você, e queira o melhor, para os nossos filhos?

Lídia quase chorou. Mas, estoicamente, deglutiu o primeiro soluço.

– Então, amoreco, me deixe cuidar das coisas ao meu modo, OK?

Tony percebeu que Lídia não refreou um segundo soluço. Afagou-lhe o ventre ainda intumescido pelos meses e meses de gestação. Daí, aduziu:

– Não se esqueça de que você é uma italianinha. Uma reles descendente de florentinos. Mas, com algum sanguezinho decente nas veias. Descendente daquela Esmeralda Brandini, lembra que eu contei? – retratada pelo Botticelli, e pelo Bandinelli, o tal escultor que tentou imitar o Michelangelo, recorda?

A recém-mamãe se aninhou bem junto à pele nua e ainda umedecida do marido. E se esfregou em Tony, voluptuosamente – embora mal pudesse:

– Lembro, e de tudo. Esta sua reles italianinha se lembra de tudinho...

Mais *capo* do que consorte, Tony escancarou as suas comportas:

– Amoreco, parece que não terminaram aqueles perigos pelos quais nós já passamos. Não pretendo, em hipótese alguma, que você se envolva com as coisas ruins dos Castellamare. Mas, pela sua própria segurança, e a segurança do Gerino e da Silviotta, você agora tem de saber o que eu sei. Tem, como a *mia sposina*, como a mãe de meus filhos – e como jornalista. Posso dizer?

Enfim Lídia estendeu a mão e desmanchou os cabelos do seu *capo*:

– Conte, Tonino *mio, per favore*, aquilo que você pode me contar...

Suave, meigo, didaticamente, como um anjo, como um arrimo, e como um entrevistado, Tony relatou à sua mulher, e à âncora do Grupo Perfil, tudo o que aprendera, naquelas últimas semanas, sobre o calabrês Rocco Moràbito, sobre o jordaniano Khalid Haissa Kwhyis, o tio Raghib – e, principalmente, a sua maldita intuição, sobre Marcella Agliardi, a Moça-Mandala de Lindy.

Lídia, a estrela do Grupo Perfil, reagiu, como uma repórter faria:

– Uma putana? Cê tem certeza de que as fotos são, mesmo, dela?

O marido confirmou, com toda a sua dura e integral convicção:

– Nem a mais escassa dúvida, amoreco. É, nem a mais escassa...

– E agora, e agora, e nós fazemos o quê?

– Por enquanto, nada. Eu ordenei ao Paolì que concedesse uma trégua ao Lindy e à Marcella. Mas, sei que ele manterá uma vigilância, é, implícita...

Protegida pela frase, Lídia reagiu como Tony necessitava, num abraço que o fez remoçar. Daí, do quarto dos dois gêmeos, despontou um aviso.

Lídia já reconhecia entre os brados da Silviotta e do Ruggierino:

– É o Gê. Dou o peito – e você troca a fralda da Sil, tudo bem?

A resposta de Tony combinou o seu alívio e uma imensa gargalhada.

Lídia ainda não devaneava que Tony adorava limpar nenês.

▼

Na tardinha da segunda subsequente, pessoalmente, Tony Castellamare telefonou ao Perfil, no número privado de Betinho Vinhas. E constrangeu o surpreendido patrão de Lídia, que não esperava por ligação tão intempestiva, ao lhe revelar, tim-tim por tim-tim, todas as minudências do diálogo que Elia Grazie havia flagrado no sítio. Então, bem à moda de um *capo*, sugeriu:

– Meu caro, tenho uma proposta irrecusável a lhe fazer. Mantenha ativa a investigação que você programou com o Baruel. Honestamente, eu não me oponho. Pelo contrário. Você tá coberto de razão. É, a moça das tatuagens me incomoda. Talvez, até, me assuste. E, eu acredito, você e o seu pessoal têm o máximo de condições para realizar essa investigação muito melhor do que eu, o treinador de um time mínimo, e insignificante. Cê concorda, *caro mio*?

Time mínimo, insignificante, o daquele *capo* insinuante? Embora quase sem respirar, assombradíssimo pela ligação, pelos adjetivos, e pela proposta, pelo que considerou uma invasão de Tony Castellamare nos seus domínios, o dono do Perfil ainda pensou em replicar com uma resposta padrão – do tipo "o meu jornal não aceita intromissões" etcetera e tal. Mas, havia algo no tom de voz de Tony que o perturbava, e que o comandava. Timidamente, acedeu:

– Diga lá, ahn, Don Castellamare. É, diga, diga...

O *capo* ignorou aquela *maledetta* ironia. Sabia que Vinhas, meramente, se defendia. Sabia, porém, que o editor, de alguma maneira, se submeteria:

– Simples, meu caro. O seu pessoal fica atrás da garota, pode colar nela, e no Lindy, você sabe, o meu *fratello*, que eu não me aborreço. Pode, sempre, desde que, ahn, com a total delicadeza. Não desejo que o Lindy e a Marcella, *per favore*, percebam a campana do seu pessoal, OK? Total delicadeza, caro Vinhas. E, *per favore*, me envie cópias de tudo que vocês pescarem, OK?

Não pareceu, ao líder do Perfil, uma proposta indigna. Confirmou:

– OK, Tony. Mas, que eu posso aguardar, como moeda de troca?

Uma sugestão que Tony, evidentemente, já havia calculado. Cedeu:

– Suspeitamos que a moça seja uma égua de Troia na *Famìglia*. Que ela tenha alguma coisa a ver com aqueles canalhas que sequestraram a Lídia e a Gigi. Caso positivo, confie em mim, você merecerá a exclusividade integral dessa nova história. Ahn, mais um belo furo para o seu Grupo Perfil, tá?

Betinho Vinhas assinou o contrato sem vislumbrar as consequências:

– Negócio fechado, Tony. Você, também, confie em mim.

– Tá legal, Betinho. Negócio fechado. Porém, e *per favore*, lembre o seu pessoal de que eu não quero aparecer, nunca, jamais. Repito, jamais, OK?

Ao completar a ligação, o *capo* suspirou fundo – e mastigou a amargura de uma traição, quem sabe, absurda. Entregara Lindy ao vampiro da mídia.

▼

A mana Gigi e a *sposina* Lídia solicitaram a Tony que Adriano Frey e, ao menos, um fotógrafo do Grupo Perfil, pudessem registrar a celebração do batizado da Silviotta e do Gerino. Fingidamente a contragosto, e sem assumir o seu agrado com a ideia, o *capo* aceitou o pedido – por uma razão que não explicaria a ninguém, além de Paolì. Quanto mais a tal Mandala se tornasse pública, afinal, melhor conseguiria rastrear a história e as atividades daquela intrusa. Permitiu, no entanto, com um armazém de ressalvas: apenas tomadas em preto e branco; não teria o seu rosto desvendado em nenhuma das cenas; somente apareceria voltado de costas ou de perfil; e, ainda, nas legendas das imagens que, eventualmente, merecessem publicação, não receberia qualquer identificação. Tudo bem, os arquivos da mídia escrita e das emissoras de TV já dispunham de centenas de flagrantes da sua face, até da entrevista coletiva que concedera, abruptamente, logo depois da sua chegada ao Brasil, em Março de 1990. De todo modo, modificara o corte dos seus cabelos e, na piscina do sítio, conquistara um bronzeado inédito em muitas semanas de cuidados sob o sol. Para a eternidade da *Famìglia*, para o futuro dos rebentos, Vito LoRusso e Pippo Carotè se incumbiriam da captura multicolorida de todo o passo-a-passo do belo evento – em câmeras que jamais sairiam do seu espaço sagrado.

Azar, ninguém da *Famìglia* se preocupou com Marília Meireles, mulher e assistente de Adriano – que trafegou, incólume, na varanda e no jardim.

▼

A concorrida coluna social do caderno de variedades do diário do Grupo exibiu, somente, um retrato posadíssimo de Lídia, com os gemeozinhos no regaço. Mas, uma das revistas que o Perfil colocava nas bancas, especializada nos famosos de plantão, embora respeitasse as ressalvas do *capo*, abriu quatro páginas de miniestampas da festa. Detalhes da mesa de quitutes da Mamma. O padre Alejandro com os seus óleos e a sua água, numa bacia filigranada de prata rebrilhante. Nicinha Souza com uma bandeja de bebidas. Dona Freda e Don Caló, abraçadinhos. Numa infinidade de situações, Lídia, a *superstar* do Grupo, e Gigi, a modelo mais *fashion* do momento, sem e com Telônio Meira. E os outros pares de padrinhos – sozinhos ou com os seus dois afilhados.

▼

Claro que Selma, mulher de Khalid Haissa Khwyis, uma frequentadora voraz de revistas de fofocas, comprou o seu exemplar. À noite, na sua mansão do Morumbi, depois do jantar, mostrou as quatro páginas ao jordaniano. Sem reverberar o menor interesse, Khwyis passou os olhos pelas imagens. Então, num susto, depois de recordar o rapto desastrado de Lídia e de Gigi, que Alá calcinasse o Broód, uma das estampas faiscou na sua memória. De esguelha, recatado, como a sua perturbação lhe consentiu, leu a descrição respectiva:

– Leonardo Regazzoni, o coordenador dos supermercados de Calógero Castellamare, e a sua noivinha, a exuberante desenhista Marcella Agliardi.

Khwyis não estranhou a ausência absoluta de imagens do *capo* Tony em uma cobertura tão generosa. Natural que Tony se escondesse da publicidade.

Khwyis também ignorou Regazzoni, e desprezou Lídia, Gigi, e o ex-delegado Telônio Meira. A identificação de Marcella Agliardi, no entanto, martelou a bigorna do seu hipocampo. Marcella Agliardi? E aquela vagabunda não teria, ahn, um outro RG? O contorno físico de Marcella, as sugestões das tatuagens que percebera nas costas da vagabunda, enlaçadinha contra o peito do latagão, piscaram como luzinhas assanhadas em algum momento do seu passado. Não evocava quando, ou nem onde, já tinha cruzado com aquela jovem a quem a descrição chamara de desenhista. Instintivamente, considerou a moça, vulgar, muito mais perto de ser uma prostituta do que uma perita em outras artes. De madrugada, sem que Selma despertasse do seu trigésimo sono, o jordaniano pegou a sua Mercedes, saiu da sua casa e se dirigiu até uma banca, aberta 24 horas, nas suas redondezas. Então, ah, se recordaria melhor daquela moça.

▼

Na madrugada do galpão-estúdio que servia, também, de moradia, para ela e Adriano Frey, enquanto o marido dormia, depois de milhares de cliques e de centenas de taças de Prosecco, Marília Meireles desfrutou os momentos de protegida solidão para descarregar, no seu computador, todas as fotos que havia captado, com uma discreta caneta-Nikon, estilo 007, sem que ninguém dos Castellamare notasse. Ela ainda não realizava de que maneira poderia utilizar, com exclusividade proveitosa, tantas imagens extraordinárias, dezenas de imagens com Tony de frente, absolutamente exposto à sua lente. Enfim, se cansou. Gravou as fotos em um arquivo de nome neutro – e foi se deitar.

▼

Os meses subsequentes fluíram indolentemente. Para o delírio de Lídia e Tony, dos avós, dos padrinhos, dos agregados da *Famìglia*, o sítio da Granja atravessou praticamente quatro estações de dedicação total aos gemeozinhos, de acompanhamento da sua evolução, as primeiras caminhadas, os primeiros tombos, as primeiras palavras, as primeiras febres, os primeiros sobressaltos, a passagem das meras mamadeiras às papinhas que a Mamma perpetrava. Gigi e Telônio ainda adiavam, renitentes, e obstinados, a data do seu matrimônio – ou, da oficialização da sua ligação acima de estável. De nada adiantavam as pressões da Dona Freda e de Don Caló. Telônio absorvia todos os recados, envergonhadamente. E Gigi, altaneira, se desvencilhava com graça e faceirice.

Domi e Elisabeth simplesmente coabitavam, sem outras preocupações. Quanto a Lindy, parecia cada vez mais emprenhado pelo corpo fulminante da sua Marcella-Mandala – a quem o *capo*, ainda, via com desprezo e apreensão.

Evidentemente, os detetives de Paolì, num revezamento manhosíssimo, não desgrudavam da moça. O *consigliere*, inclusive, implantara um impecável sistema de escutas em todos os aposentos do apartamento de Lindy. Havia um minimicrofone, até mesmo, na coleira de Gigli, um macho campeão, presente de Don Caló, resultado de um cruzamento de Bill e Lola. Claro, claro, Paolì se vilipendiava pela invasão atroz da privacidade do *fratello* do *capo*. Merda, um grampo, até mesmo, no pescoço de um cão pastor. Mas, a impreteribilidade de tal ação lhe servia de consolo. Tanto que o *consigliere* se dispensou de realizar os seus relatórios a Tony – ao menos, enquanto as suas escutas indecentes, as suas escutas machucantes, capturassem, exclusivamente, diálogos sem riscos, bobageiras insignificantes, os gemidos resultantes de trepadas caudalosas.

Daí, no dia 2 de Abril de 1992, a tranquilidade dos Castellamare ganhou um belíssimo alento. No 24 de Outubro do ano anterior, em Nova York, John Gleeson, um dos promotores da Big Apple, estabelecera um acordo com Sammy Gravano, que fora o subchefe de John Gotti. Em troca de imunidade, e da proteção do FBI, inclusive com uma nova identidade e com uma nova residência em algum lugar incerto e não sabido por ninguém, nem mesmo os seus parentes, Gravano havia topado revelar toda a listona de crimes de Gotti. Num julgamento antológico, após 36 horas de deliberações, um júri decretou Gotti e o seu capanga Frank LoCascio culpados nos treze itens das acusações. O presidente do tribunal, I. Leo Glasser, prometeu sentenciá-los em Junho.

▼

Eufórico, insolitamente, desinibidamente, o *capo* aceitou comparecer ao *talk-show* da mulher, no papel de "um dos maiores entendidos em Máfia de todo o planeta, o grande autor de um *best-seller* internacional, que virou filme nos Estados Unidos", conforme ela o apresentou, inflada de orgulho. A fim de valorizar a sua isenção, Lídia cercou Tony com um painel de perguntadores, de Betinho Vinhas a Baruel e ao superintendente da Polícia Federal. Em duas horas de programa, o *capo* apenas se esquivou de uma única questão, a talvez participação de Gotti no atentado contra Marina e seus filhos, em Palermo:

– Eu não era importante a ponto de o Gotti saber da minha existência.

▼

Pela primeira vez, desde que se mudara com Selma à mansão do bairro do Morumbi, o jordaniano Khwyis testemunhou o programa, de cabo a rabo. Ao ouvir, da mãe de seus filhos, que Tony "parecia fascinante", resfolegou:

– Só falta, agora, você me dizer que daria pra esse *capo* mafioso...

Selma, obviamente, se assustou com a pancada. E preferiu se calar.

▼

Consequência automática dos segredos esparramados pelas agendas do *pentito* Marco Iago, o venerando ex-*consigliere* de Francesco Tucci, a Ilha da Sicília logo estremeceu com uma sucessão absurda de abalos sísmicos – sem que o vulcão Stromboli e o vulcão Etna despejassem a sua lava. De um lado, bandidos de maior ou de menor proeminência recolheram dos baús os seus documentos falsos e se transferiram a outras plagas – caso de Filippo Abbate que, em Maio de 1992, livre de sobressaltos, aportou na Pauliceia e rapidamente abriu, no Jabaquara, zona sul da Capital, uma loja de couro e de calçados.

No dia 23 daquele mês, contudo, um episódio nefandíssimo desajustou as entidades de combate à Cosa Nostra no planeta inteiro. Nas vizinhanças de Capaci, na estrada que vai de Palermo a Punta Raisi, uma bomba de controle remoto, administrada à distância e colocada em um automóvel camuflado em um túnel, sob o asfalto, instantaneamente destruiu a Croma blindada em que viajavam o magistrado Giovanni Falcone e a sua recém-esposa, também juíza, Francesca Morvillo. Falcone era, então, o principal carrasco da gangue desde os assassinatos animalescos, em 3 de Setembro de 1982, pela Nova Máfia, do general Carlo Alberto Dalla Chiesa e de sua mulher, Emanuela Setti Carraro.

Nando, o caçula do *generale*, escritor, professor, deputado num partido corporificado por Leoluca Orlando, o prefeito de Palermo na época da tragédia de Tony Castellamare na Via Dante, telefonou ao sítio da Granja, no Brasil, com a notícia infausta. Prevalecia, entre Tony e Nando, uma relação peculiar, tocante, que nem Paolo Garzya conseguia explicar. Na sua ponta da linha, já compungido pelo relato, Nando emudeceu ao perceber que Tony chorava.

▼

Alguns dias antes, Paolo Garzya necessitara retomar as suas tarefas na Sicília. Estava em pleno trânsito quando a bomba de Capaci começou a mudar a Ilha. Não tivera tempo para avisar Tony. Nando Dalla Chiesa se antecipara. Entretanto, em poucas horas, através de um aparelho de viva-voz, Tony e seu clã, rapidamente mobilizados na sede da rede de supermercados, ouviram do *consigliere* os últimos desdobramentos do atentado. Os suspeitos ostensivos: mesmo na cadeia desde 1974, Luciano Liggio, e Totò Riina, o seu braço destro, em eterna correria pelas colinas da Cammarata, de Palermo até Catânia. Idoso e adoentado, Liggio, na teoria, decidira se aposentar – e se dedicar à feitura de paisagens e de naturezas-mortas em pinceladas de tintas suaves. Os seus olhos supercongestionados pelo pranto, Tony rememorou uma frase lancinante, que aprendera com Falcone: "Eu não quero ter filhos... Para não fazer órfãos...".

Pior, o *consigliere* dos Castellamare ainda colecionara outra notícia – igualmente aflitiva. Por suas secretíssimas fontes, na DIA e na Justiça da Ilha, soubera que um certo Antonino Salomone, prestes a enfrentar um julgamento e uma pena de oito anos de galera, conseguira escapar na direção do Brasil.

Com um chute radical, em um cestinho de lixo, o *capo* desabafou:

– *Cazzo*, parece que esta bosta abjeta não vai acabar nunca, nunca...

▼

Uma nordestina do Ceará, Mariângela Oliveira, 34 de idade, trabalhava com a Polícia Federal desde se diplomar, em Direito, ao passar nos exames da OAB e num feroz concurso público, em 1986. Apreciava que a chamassem de Mari. E se distinguia, na corporação, pelo seu corpo interessante e pelos seus lábios gordinhos, predispostos a um beijo. Adorava a programação que lhe impunham, embora tivesse de trabalhar debaixo do sol devastador e impiedoso de Fortaleza. Usualmente, cabia a Mari manter uma campana em um cais da cidade, a observar os barcos incomuns que aportavam e partiam, à caça de indícios de contrabando e do tráfico de drogas. Pois, no comecinho de junho de 1992, a nordestina desconfiou da movimentação que fervilhava em um iate batizado de *Breno*. À paisana, de *short*, camiseta e um boné adquirido numa lojinha de *souvenirs*, Mari considerou conveniente investigar de mais perto.

Descobriu, com o despachante do cais, que o iate mudara de nome: fora *Pica-Pau*, no seu clube de origem, no Guarujá, e pertencera a uma atriz de telenovelas. Os documentos de propriedade estavam em nome de uma firma de São Paulo, lapidação e venda de pedras preciosas. Como responsável pelo seu comando, e pela sua navegação na costa do País, respondia um arrais de identificação insólita, Raghib Raymahan, proveniente dos Emirados Árabes. O *Breno* largara de Santos, quase um mês antes, com uma equipagem pouco trivial: nem um único tripulante brasileiro. Aboletada na proa de uma escuna de passeios turísticos, e munida de um binóculo formidável, Mari visualizou seis homens de pele tisnada – mais pareciam mouriscos do que caboclos.

Imediatamente, advertiu a sua chefia. Que encaminhou o relatório a São Paulo. Flávio Arruda, o delegado de plantão, fora parceiro de Telônio Meira – e se recordava da chacina da Serra da Cantareira, em Março de 1990. Bateu-lhe um estalo, procurou o ex-colega. Telônio escutou em silêncio. Agradeceu.

▼

Ao se inteirar do teor do relatório, um cigarro ainda apagado na boca, Tony Castellamare não precisou pensar. Instintivamente, a sua fúria ferveu:

– Raghib, *cazzo*! Só pode ser o Khwyis! É, obviamente, o Khwyis!

Sem hesitar, Telônio Meira concordou. Mas, calmamente, observou:

– Só que não podemos fazer nada, Tony, além de respeitar a Federal.

Num átimo, Tony anuiu. Com um aprimoramento magnífico, porém:

– Quem vai respeitar a Federal é a DIA, em Palermo, caro Telônio...

Daí, instantaneamente, o *capo* se comunicou com Paolì, na Sicília.

▼

No dia 8 de Junho, numa festa no sítio, só gente do topo da *Famìglia*, obviamente abençoados por Lídia e Tony, os dois gemeozinhos assopraram as suas primeiras velinhas, encarapitadas num elegante bolo de pão de ló, com geleia de damascos e uma cordilheira de *marshmallow*, obra mágica da agora Nonna Freda. Enquanto os adultos se entretinham com a farra da Silviotta e do Gerino, as suas mãozinhas besuntadas pelo magnetizante glacê da vovó, Pippo Carotè surgiu do nada e lançou um sinal ao *capo*. Uma ligação de Palermo.

Era Paolo Garzya, com uma notícia boa e um pedido de autorização:

– Tonino, tá confirmadíssimo. Evidentemente, por minha solicitação, a DIA de Palermo enviou fotos do Khwyis, do Raghib, do Moràbito, e do Sculli, à Federal de Fortaleza. E o delegado de Fortaleza já garantiu à DIA que vai colocar um batalhão de ótimos agentes no apoio da moça que suspeitou do veleiro. Torça para não acontecer uma cagada. No mais, eu pretendo viajar até

Nova York. Quero presenciar a distribuição das sentenças ao Gotti e ao Frank LoCascio. A DIA me assegurou que a decisão não passa do dia 23. Posso?

No limiar do ufanismo, em plena excitação, o *capo* aprovou a ideia:

– Magnífico, Paolì. Como dizem nos EUA, *keep me posted*, OK?

O *consigliere* cumpriu, minudentemente, a sua missão. Na tardinha do dia 23, enquanto Lídia preparava a sua ida à Rede Perfil, o marido, em dupla com Nicinha Souza, outra desastradérrima nas cartas, de novo tentava vencer a Mamma e o pai em uma peleja de Bridge. Salvou Tony mais uma ligação.

Da *Big Apple*, Paolì anunciou que o juiz Glasser aplicara ao ex-*Teflon Don*, John Gotti, e ao seu sub, LoCascio, várias penas perpétuas, cumulativas, sem a mais escassa possibilidade, no futuro, de uma apelação. De acordo com a Lei, Glasser concedeu a Gotti o direito de se pronunciar. Gotti abdicou da oferta. LoCascio, porém, encerrou a sua carreira de mafioso com um discurso colorido: "Eu sou culpado de ser um bom amigo de John Gotti. Houvesse mais homens como John Gotti no mundo, viveríamos numa nação bem melhor."

Tony comemorou com uma dose de gim Boodle's, o preferido de Gotti nos seus idos de apogeu. Na noite seguinte, o *capo* ganharia mais um motivo para celebração. Soube, por Paolì, que, às 7h35 do dia 24, em Nova York, um pelotão do FBI levou Gotti, de avião, ao seu lar definitivo, a penitenciária de Marion, em Illinois, numa cela de paredes de concreto, 2m X 3m, sem janelas, em confinamento absoluto de 23 horas, só sessenta minutinhos ao sol.

▼

Efetivamente, a chefia da Federal, em Fortaleza, destacou doze dos seus melhores agentes para a ajuda da astuta Mariângela Oliveira na campana dos tripulantes do *Breno*. Audaciosa, ela mesma topou seguir, pessoalmente, o cidadão moreno e magro que, imaginara, liderava aquela tropa anormal. Numa das barracas mais alentadas da Praia do Futuro, uma construção breguíssima, inclusive dotada de um piscinão e de um playground, viu o moreno se sentar a uma das dezenas de mesinhas na areia suja e encomendar uma cerveja e uma porção de caranguejos. Minutos após, a ele se juntou alguém que, depressa, a memória fotográfica de Mari reconheceu: Dion Luiz Marques, estelionatário que a Federal procurava fazia meses. Um cartaz com as suas imagens, frente e perfil, pairava desde Janeiro em um dos corredores da repartição. Sobre o estelionatário, aliás, sobravam as suspeitas de que, num aviãozinho, importava coca da Colômbia. Marques também encomendou petiscos. E, enquanto a dupla comia, e bebericava, outros cinco homens então se aprochegaram.

Gostosa fortuna, para Mari, o lugar estava repletíssimo, e ela pôde se mesclar à turba, sem provocar quaisquer suspeitas. Pediu peixe frito e um suco de caju. Daí, perifericamente, examinou o agora septeto: além do moreno e de Marques, um tipo com jeitão de motorista; dois brancos, simpáticos, de óculos espelhados, bem ao estilo dos italianos em férias; e dois sisudos, de expressões tipicamente levantinas, que lhe pareceram sírios ou libaneses. O piquenique do septeto durou cerca de duas horas, quando o grupo se dividiu e Mari optou por escoltar o moreno de volta ao seu barco. Percebeu que, no *Breno*, até então nervosamente silencioso, depressa irrompeu uma esfuziante comemoração.

Inconscientes de que Mari e os doze agentes da Federal no Ceará lhes aprontavam uma sortida, os tripulantes do iate contrataram algumas putas e se divertiram, sexualmente, até o meio da madrugada. Daí, repentinamente, no cais, surgiram dois automóveis – com Marques e os remanescentes do septeto que tinha se congregado, à tarde, na Praia do Futuro. O moreno dispensou as mulheres e, assim que todas se misturaram à escuridão, se aprumou e passou a orientar a retirada, dos carros, de sessenta pacotes embrulhados em plástico opaco. Pessoalmente, com uma faca, abriu o canto de um dos pacotes, enfiou um dos dedos no seu conteúdo, testou-o na ponta da sua língua – e, eufórico, bradou, num sotaque tosco, arrevesado, que Mari não conseguiu distinguir:

– Puríiiissima, Dióoon... Osh meush parabéeensh, véelhou Dióoon...

Bastou para que Mari trinasse um apito e holofotes se acendessem:

– Polícia Federal! Ninguém se mexa! Vocês estão presos, todos!

▼

Amanhecia quando a chefia da Polícia Federal de Fortaleza se certificou de que apreendera seiscentos quilos de cocaína de fato puríssima – e que, além de Dion Luiz Marques, detivera Khalid Haissa Kwhyis; o seu tio Raghib; mais quatro jordanianos da sua quadrilha; Francesco Sculli, o sobrinho de Rocco Moràbito; Antonio Sanguedolce, um calabrês, componente da N'Dranghetta; e os libaneses Ali Ajaj Jaafar e Mounir Georges El Khadamani. De quebra, também havia capturado Laércio Penafiel, motorista de confiança de Marques. Khwyis pretendia carregar o *Breno* com a droga; daí, singrar as águas do Atlântico, no rumo leste, até bem adiante do limite oficial das duzentas milhas náuticas, aproximadamente 360 quilômetros, que o Brasil havia implantado, no princípio da década de 70, para a proteção das suas costas; e de lá transferir a mercadoria preciosíssima a um pesqueiro, que a transportaria à Sicília.

Paralelamente a aqueles milhões de dólares que já tinham desperdiçado no rapto fracassado de Lídia Brandini e de Gigi Castellamare, agora Kwhyis e a Nova Máfia purgavam mais um prejuízo descomunal. Talvez, dez milhões de verdinhas. Ou, quem sabe, vinte, trinta, no depender de como os capangas cometessem as inevitáveis adulterações da puríssima através da mesclagem, à matriz da droga, de seis ou sete partes de lactose, o açúcar do leite, uma adição que ampliaria o valor da cocaína, no mercado das ruas do planeta, no mínimo em cem vezes. Ao absorver o frio arrepiante das algemas nos seus punhos agora desamparados, Khwyis intuiu que, de alguma forma, mesmo à distância, e mesmo indiretamente, algum mafioso da Velha Tradição o havia sacaneado. Num rompante, sem raciocinar, escolheu o alvo e gritou ao céu de Fortaleza:

– Cashtellahmaare, ouudeio voucê. Peeigaarei voucê no Iennferno!

Mari Oliveira não necessitou de uma tradução para ler o sotaque.

▼

Apesar da praga que o jordaniano rogara, aquele fora um ótimo augúrio para a *Famìglia* Castellamare: Khwyis e o tio etcetera fora de combate. Tony se confortou com a inesperada reclusão do terrorista. Que se danassem os seus capangas – ele apenas queria Khwyis bem longe da sua *sposina* e dos seus rebentos. Quanto a Rocco Moràbito, ficaria para uma outra missão. Inclusive porque a DIA já costurava todos os rastros do seu irmão Giuseppe e de vários outros integrantes da *cosca* do terrível calabrês no vilarejo de Africo, sul da Bota. Pena que, em 19 de Julho de 92, o *capo* se obrigasse a atender, desde a Sicília, mais uma ligação horrorosa, uma outra ligação dilacerante: Paolì.

Na sua Croma blindada, o magistrado Paolo Borsellino, um *fratello* ideológico de Giovanni Falcone, na guerra contra a Nova Máfia, fazia a sua visita habitual à mãe, na Via Mariano D'Amelio de Palermo. Embora sempre cartesiana, azar, a escolta de Borsellino não suspeitou de um vetusto Fiat 600, empacado nas imediações. Tranquilo, jovial, o magistrado desceu da Croma e, num portão enferrujado, entre os números 19 e 21, comprimiu a campainha. Por controle remoto, um detonador acionou uma bomba, cinquenta quilos de explosivos, alojados no Fiat 600. De maneira devastadora, o automóvel se fragmentou e voou, pelos ares, numa amplitude de cerca de quarenta metros. Borsellino se desintegrou de tal forma que, posteriormente, a perícia decidiu como impossível a reconstituição do seu corpo. Morreram cinco dos agentes da sua guarda. Três dezenas de veículos da região se arruinaram. Nas janelas do bairro, vidraças se estilhaçaram no raio absurdo de cinco quarteirões.

Nos dias seguintes, Aldo Rizzo, prefeito de Palermo, e Vittorio Teresi, sub de Borsellino, ofereceram as suas demissões. O governo da Itália decretou medidas de exceção contra a Nova Máfia. Diante da catedral da cidade, ao final de uma missa em homenagem ao magistrado, manifestantes insultaram Oscar Scàlfaro, presidente da nação, e Giuliano Amato, seu primeiro-ministro – ousadamente presentes à cerimônia. Numa entrevista que mais pareceu um discurso, sempre com o seu olhar valente e com o seu topete rebelde, Leoluca Orlando, o antecessor de Rizzo, verberou a corrupção que contaminava a sua pátria e não poupou políticos como Giulio Andreotti, democrata-cristão, por sete vezes premiê da Bota, e o socialista Bettino Craxi, também ex-premiê:

– Chega dos elos que conectam os políticos e a Máfia! Chega!

▼

Dissipada em uma semana e tanto a sua felicidade pela descoberta do paradeiro de Khalid Haissa Khwyis, e pela sua apreensão, Tony Castellamare se entregou a um desânimo incomum na sua personalidade sempre enérgica e sempre perseverante. Atarantado pela execução de Borsellino, só dois meses depois da morte de Falcone, o *capo* se escondeu do planeta. Obviamente, a mídia o procurou em busca de uma declaração, a repercussão. Mas, através de Lídia e do ex-delegado Telônio Meira, Tony se limitou a dizer que lastimava aquela sucessão de atentados imbecis e a rogar que o deixassem em paz.

Gastou um bom tempo, no chalé do sítio, a pajear os gemeozinhos, a trocar as suas fraldas, a testemunhar o sacrifício de Lídia na alimentação dos dois. Eventualmente brincava com os cachorros ou subia até a casa para tocar piano. Mal e porcamente evitava que a mulher sacasse o seu padecimento. Foi então que, acabrunhado, Don Caló resolveu convocar Paolo Garzya ao Brasil. Talvez o *consigliere* reestimulasse Tony a se livrar do seu estado de torpor. Paolì pegou o primeiro voo disponível na Bota e se dirigiu à Granja logo que desembarcou no aeroporto de Cumbica. Assustou-se, quando viu o amigo:

– Tony, reaja, por favor. Nós precisamos de você – inteirinho...

O *capo* mal levantou o olhar. Meramente murmurou, de mansinho:

– Quando essa merda vai acabar, Paolì? Quando, Paolì?

Claro, o *consigliere* não tinha uma resposta. Todavia, tentou:

– Tonino, nós precisamos de você, pra que esse tempo se encurte...

Uma pequena chama esporeou a alma de Tony. Que perguntou:

– Existe algo, Paolì, que nós possamos fazer, daqui, no Brasil?

O *consigliere* inflamou um charutinho. Havia, sim, muita coisa:

– Você se lembra do deputado Luciano Violante, aquele parlapatão de *sinistra* que preside a comissão anti-Máfia, lá no Parlamento? Lembra?

Tony nem rascunhou um sorriso pelo parlapatão. O *capo* estava mesmo em plena crise, realizou Paolì. Num aceno, Tony autorizou a continuação.

– Pois bem, Tonino, o Violante está prestes a divulgar, oficialmente, os seus incômodos sobre as relações da Cosa Nostra com o Brasil. Vai acusar o Brasil, oficialmente, de facilitar o depósito, o tráfego e a lavagem do dinheiro do crime organizado. Nós podemos, por exemplo, fornecer informações...

Um tiquinho mais revigorado, o *capo* recorreu a um mentolado:

– Um caminho, tá bem. Mas, com a ajuda indispensável do Telônio...

Paolo Garzya soltou uma longa baforada – e complementou:

– Pois há mais que poderemos fazer, Tonino. As minhas fontes contaram que, até os meados de Novembro, a DIA pretende desfechar uma mobilização gigantesca, a Operação Leopardo, destinada a mutilar a Máfia, de vez...

Enfim Tony se levantou, parcialmente recobrado. Entraria em ação?

– Ahn, que deseja o *cazzo* da DIA, ahn, que nós façamos, Paolì?

– Que eu abra todos os arquivos que ainda mantenho em Palermo.

O *capo* se encolheu, por um instante. Não entregara os seus arquivos, em pastas de papel ou em disquetes de computador, nem ao juiz Falcone, nem ao juiz Borsellino. No máximo, cedia as informações, que coligia e compilava, em confrontações sem testemunhas. Obsessivo na sua preservação, Tony não deixava rastros. Informações, com ele, apenas verbalmente. A ideia que Paolì insinuara, porém, não lhe soou tão ruim. Talvez, se o *capo* obsequiasse a DIA com os seus arquivos materiais, definitivamente soterrasse a sua angústia:

– Você se sente seguro em fazer isso, Paolì?

– Integralmente, e in-du-bi-ta-vel-men-te, Tonino.

Tony não engasgou com a longa tragada que sugou do mentolado:

– Então faça, faça, *fratello mio*...

Paolì apagou o seu Bogaert e sorveu um farto gole de *grappa*. Naquele reencontro emoldurado pela tristeza, e pela impotência, Tony havia apelado ao grau mais pesado da adega de Don Caló. De leve, o *consigliere* indagou:

– Algo mais, *fratello* e *capo mio*?

Tony consumiu uns bons três minutos em absoluta imutabilidade.

E espantou o seu *consigliere* com uma incumbência extraordinária:

– Sim. Eu quero que o Telônio consiga o deslocamento daquela moça de Fortaleza, a tal da Mari Oliveira, para São Paulo. Quero conhecê-la, de perto.

E, talvez, que ela assuma a chefia da nossa segurança, por aqui. De novo, meu caro Paolì, a minha maldita intuição. Acho que essa Mari vai ser utilíssima.

Por séculos acostumado com a postura às vezes esquisita, e exótica, do seu *fratello* e *capo*, Paolo Garzya, resignado, não discutiu a determinação.

▼

Como o *capo* Tony, também Lídia logo adorou Mariângela Oliveira. O *capo*, pela automática eficiência profissional que a sua entrevista com a garota de Fortaleza, num roteiro planificadamente intrincado, e cheio de truques, lhe transmitiu. Lídia, pelo carinho raro que percebeu, em Mari, no trato dos seus gemeozinhos, o Gerino e a Silviotta. O ex-delegado Telônio Meira, presente no papo, em princípio descompromissado, paulatinamente compreendeu o que Tony desejava obter. Então, arreganhou o sorriso, quando o *capo* inquiriu:

– Mari, vou chamá-la só de Mari, conforme você gosta, eu já sei. Quanto você necessita ganhar para sair da Federal e trabalhar com a minha equipe?

Muito inteligente, arisca, prudentíssima pela condição do seu ofício, em princípio a investigadora que levara à detenção de Khalid Haissa Khwyis não visualizou tudo que Tony Castellamare propunha. Claro, Mari fantasiava um salário alteroso. Mas, que significaria trabalhar com, ahn, aquela equipe?

Num jorro, Tony superou todas as barreiras da inquietação de Mari:

– Caríssima, seguramente você deve saber da minha história, da minha vida, pela mídia, os jornais e a TV. Seguramente, e eu confio na sua cabecinha bem treinada, você investigou a minha história, e a minha vida, com a Federal, a sua chefia, os ex-colegas do Telônio. Seguramente, ainda, alguém contou a você que eu participei da dizimação de um bando da Nova Máfia no Brasil. Um bando que incluía o Khwyis, que você perseguiu e capturou no Ceará. Talvez, dia desses, eu passe a você mais informações a meu respeito. Mas, no momento, eu tenho uma necessidade crucial. A guerra da minha gente contra a tal da Nova Máfia permanece em ebulição. Na Itália, nos Estados Unidos, e aqui no Brasil. Seguramente você sabe dos atentados à bomba ao magistrado Falcone e ao magistrado Borsellino, dois homens a quem eu admirei, muito, e apaixonadamente. Você ouviu a praga que o Khwyis lançou contra mim. Perdi a mulher e três filhos por causa de uma explosão em Palermo. O Khwyis e a sua quadrilha, em 1990, sequestraram a Lídia e a Gigi, minha maninha caçula. A minha equipe, ahn, com o apoio do Telônio, hoje quase meu cunhado, me ajudou a salvá-las. É uma equipe minúscula – mas, competentíssima. Hoje, eu disponho de uma infraestrutura que me protege, razoavelmente. E eu não temo um ataque direto contra mim. Mas, Mari, eu temo que algo ainda ocorra com a Lídia e com os meus gemeozinhos. Necessito de alguém, de preferência uma mulher, com a sua experiência, com a sua sensibilidade, para cuidar dos meus filhos. Eu ofereço o salário que você estabelecer, casa e comida, aqui no sítio. O Telônio já me prometeu a sua saída da Federal – ahn, sem dificuldades...

O ex-delegado não havia asseverado coisa nenhuma. De todo modo, e de novo, Telônio sucumbiu ao poder insinuante do *capo* dos Castellamare, um *capo* debilitado, meros dias antes – e se calou. Tony insistiu, e rechecou:

– Então, Mari, você aceita trocar de cidade, de patrão, e de salário?

Subitamente, Mari descortinou que se galvanizara por aquele homem de olhos hipnotizantes e de inusitados cabelos ruivos. Num instante, topou:

– Eu aceito, Don Castellamare. Quanto ao salário, o senhor decide...

▼

Depressa o *capo* Tony Castellamare repintou e remobiliou o quarto que fora seu – e, lá, alojou Mari Oliveira. Obviamente, lhe propiciou, mesmo, um salário espetacular. Uma conferência clareadora com a Mamma, com o *babbo*, Nicinha Souza, Elia, Pippo, LoRusso e os demais agregados da *Famìglia*, de Lindy até Pellê, de Domi até a sua Beth, acabou com qualquer rompante de inveja. A *Famìglia*, claro, entendeu que Mari, pela sua experiência na Federal, serviria, admiravelmente, como a melhor escolta para os dois gemeozinhos. Nem mesmo a babá fixa dos rebentos, um certa Lucília, ou a sua folguista, uma certa Aparecida, ameaçaram uma revolução contra a agora ex-Federal.

Insolitamente, o efeito mais imprevisto da introdução de Mari, no seio dos Castellamare, adveio de Paolì. Ao primeiro aperto de mão, o *consigliere* se fascinou pelo comportamento contagiante da recém-chegada. Empedernido solteirão, Paolì vislumbrou nela a mulher com quem acabaria por se casar...

Afogueado pelo calor que a proximidade de Mari propiciava, confessou a Tony o seu delito melindrável. E, como resposta, o *capo* só gargalhou:

– Paolì, se eu gerar mais filhos, agora, já tenho mais dois padrinhos...

▼

Engenhosa, flexível, simpática e afetuosa, Mari Oliveira se adequou, irretocavelmente, ao cotidiano do sítio da Granja. Com um tempo enorme ao seu alcance, ela conseguia auxiliar Vito LoRusso na lubrificação das pistolas e das espingardas; Elia Grazie no trato do jardim e dos pastores alemães; Nícia e a Mamma Freda na cozinha; Lídia e Lucília, a babá fixa, mais Aparecida, a folguista, no cuidar dos dois bebezinhos. Embora polar nas suas obrigações corriqueiras, paralelamente se tocava com o estilo peculiar de Tony: ainda não conhecera um homem tão afetuoso, tão dedicado à sua *Famìglia* e até aos seus agregados. Mari se comovia com a imensa ternura de Tony pela Mamma e pelo *babbo*. Invejava, saudavelmente, o carinho absurdo que Tony destinava a Lídia e aos seus gemeozinhos. Melhor, e paulatinamente, Mari começou a acalentar um outro gênero de prazer – que dominava a sua pele, e os seus nervos, as suas entranhas. Sem fantasiar qualquer chance, impossível para ela, de correspondência, passou a sentir amor pelo amigão elegantíssimo de Tony, o diplomata que aparecia no sítio, esporadicamente – e que sempre lhe trazia um regalozinho da Sicília. Bastava Paolo Garzya surgir e Mari estremecia.

▼

Azar, o *consigliere* e a ex-agente se cruzaram muito pouco nas semanas subsequentes. Paolì tinha uma empreitada quase insana a supervisionar – tanto que Tony lhe emprestou Pippo Carotè e Ropertino Pellegrino. Nos seus vastos arquivos de papel e de computador, necessitava hierarquizar as informações que propiciassem à DIA montar a toda a tessitura da Operação Leopardo.

Valeu o seu sacrifício. Em 17 de Novembro, com mais de dois mil homens e até *ragazzine* nas ruas, graças à sua investida furiosa a DIA encarcerou, simultaneamente, em toda a Itália, exatas 86 pessoas; outras 106 receberam notificações judiciais para não saírem dos seus domicílios – no aguardo de investigações suplementares. Dentre os muitos submetidos à custódia cautelar, Giuseppe Moràbito, o mano de Rocco, e mais um certo Ilir Paja, albanês de nascença, apelidado de UFO, ou Objeto Voador Não-Identificado, idiota sanguinário, a quem a DIA buscava por tráfico, rapto de crianças, estupro de uma freira, homicídios indiscriminados, o *capo* dos libaneses de Fortaleza.

Daí, em 24 de Dezembro, na véspera do Natal, a DIA deteve Bruno Contrada, na polícia desde 1958, um dos seus integrantes mais prestigiados até que, mais de vinte anos após, se envolvesse em um episódio suspeitíssimo. Na penitenciária de Ucciardone, em Palermo, brutalmente, estultamente, Contrada havia espancado Tommaso Buscetta – que a DIA já extraditara do Brasil. Buscetta prometera contar a Giovanni Falcone todos os seus segredos da Cosa Nostra. O magistrado desconfiou que Contrada fosse ligado à Nova Máfia, que tencionasse evitar as confissões de Buscetta. Não obteve as provas fatais. Por isso, Contrada continuou na DIA. Mas, aparentemente, traiu a sua carreira, a sua gente, até o seu próprio nome, e ajudou a gangue de Luciano Liggio e de Totò Riina a organizar os devastadores atentados a Falcone e a Borsellino.

E a Operação Leopardo não ficou só nas atividades dos últimos meses de 92. No dia 15 de Janeiro de 93, enfim capturou Riina, a quem caçava desde 69 e que já fora condenado, revel, ausente do próprio julgamento, a uma pena perpétua. A queda do seu comandante alvoroçou a Nova Máfia. Que elegeu Nitto Santapaola, um dos protetores e clientes de Khalid Haissa Khwyis, como o seu *capo* interino. Por um bom tempo, a Cosa Nostra padeceria de acefalia. Escancaradamente, os seus soldados mais jovens desprezavam Santapaola, um verme peçonhento que, certa ocasião, ordenara o estrangulamento de quatro pivetes acusados de surrupiarem, em Catânia, uma bolsa da sua mãe idosa.

Infelizmente, para a DIA e para a Justiça da Bota, numa mesma semana Ilir Paja e Giuseppe Moràbito escapuliram dos *carabinieri* que cuidavam da sua custódia. Também foragido, já desfeita a sua ponte com Khwyis e com os seus outros contatos no Brasil, cada vez mais desprovido de fundos, Rocco Moràbito ampliou a sua aliança com Júlio Jimenez e, consciente dos riscos de retornar ao País, ou à sua região de origem, montou uma espécie de entreposto em Milão. Na metrópole da Lombardia, ah, se sentiria mais sossegado. Azar, decidiu fazer uma viagem até Messina, na Sicília. Um oficial dos *carabinieri* o reconheceu e o prendeu. A Justiça peninsular não conseguiu atestar as suas relações com o tráfico de drogas. De todo modo, pendia contra Rocco uma antiga acusação de extorsão. E ele pegou uma pena de dois anos de galera.

Um quase golpe de misericórdia, logo depois, aconteceu em Abril de 93, quando Tommaso Buscetta, impávido, principiou os seus depoimentos à procuradoria. Impactantemente, o *pentito* acusou Giulio Andreotti de ligações com o crime, inclusive de ser o mentor intelectual dos assassinatos de Della Chiesa e da sua consorte Emmanuela. E Buscetta ainda revelaria muito mais.

▼

A sorte de Tony e dos Castellamare ainda prosperaria, acidentalmente, nos meados do mesmo Abril. Morador de um deslumbrante duplex no Paraíso, quase nas fraldas do Ibirapuera, um fanático dos exercícios físicos, Leonardo Regazzoni acordou de uma noite de transas com Marcella, a sua companheira de cama e de imolação, e resolveu correr, alguns quilômetros, ao redor do lago do parque vizinho. Sem denotar, com três dos detetives da *Famìglia* no seu rastro, ainda não havia explorado o primeiro percurso quando, num lampejo atordoante, identificou a face de um senhor idoso, que caminhava numa das alamedas do lugar. Bingo! Antonino Salomone. De um orelhão, avisou o seu *capo*. E, de um outro orelhão, um dos detetives da *Famìglia* notificou Vito LoRusso, que avisou Telônio Meira. Logo, uma patrulha da Federal encontrou Lindy e, com ele, seguiu o velho *gangster* até o seu edifício, no Condomínio Outeiro, do mesmo bairro. Na portaria, os agentes interceptaram Salomone.

Evidentemente, Tony parabenizou Lindy pela sua façanha auspiciosa. E, coisa que não fazia desde a meninice, o *capo* até mesmo rezou uma Ave Maria e um Padre Nosso em honra de Santa Rosalía, a padroeira que havia livrado a província de Palermo de uma insidiosa epidemia de peste, em 1624. Talvez a mártir salvasse o seu *fratello* da infecção perniciosa da Marcella-Mandala.

Pena que, por causa da sua idade, os 75 anos, e de alguns documentos falcatruados, Salomone tenha se safado da expulsão. Numa instância inicial, a Justiça do Brasil, bondosa, lhe concedeu a beleza de uma reclusão domiciliar. Mas, em Junho, nas cercanias de Catânia, a DIA pegaria Nitto Santapaola. E saberia que um idiota absoluto, Ninino Brusca, se tornara o seu sub. O Brusca que ordenara a quase destruição da nobre Galleria degli Uffizzi, repletíssima de obras mágicas, em Florença. Mais processos atordoariam a Nova Máfia – o arresto de 63 empresas ilegais, de 250 contas bancárias, de 202 prédios, de 43 terrenos, de 262 automóveis e de seis veleiros, ancorados lá em Palermo.

▼

No dia 8 de Junho, a Mamma Freda engalanou a varanda do sítio para a comemoração do segundo aniversário dos gêmeos com os seus coleguinhas de escola maternal. À parte a comilança de praxe, evidentemente ao seu encargo, contratou prestidigitadores e malabaristas, contorcionistas e adestradores de bichinhos, atores replicantes de personagens dos desenhos animados de TV e das historietas em quadrinhos. Fantasiado de palhaço, Pippo Carotè comandou o teatro de títeres, com fantoches legítimos, fabricados na Sicília. Até mesmo conduziu a petizada a um passeio numa carroça multicolorida, repletíssima de guloseimas, devidamente puxada por um brando *sciccareddu* de verdade.

Elia Grazie poupou os papais visitantes de qualquer contato assustador com Lola e com Bill, obviamente trancafiados em seu canil. Mas, escoltados por Pellê e por Domi, discretamente, os circunspectos Vito LoRusso e Mari Oliveira, de retinas profissionalíssimas, não desperdiçaram um único instante no vasculhamento constante das atitudes dos convivas fora da *Famìglia*.

Lindy e Marcella, também no segundo aniversário da sua relação agora estável, chegaram com dois atléticos elefantes de pelúcia. Lindy explicou:

– Mandei vir de Catânia, Tonino. Ideia da Marcella. Dia desses, contei a ela a história da invasão da Sicília pelos cartagineses. Você sabe, os elefantes se tornaram, ahn, os emblemas da cidade, já faz mais de vinte séculos. Mostrei algumas fotos do *Liotru*, aquele monumento em honra dos paquidermes, lá na Piazza del Duomo. E ela achou que o Gerino e a Silviotta, ahn, gostariam...

O *capo* cortou a patetice com o máximo da ternura que recolheu do seu saco escancaradamente lotado. Lindy, claro, se esforçava em se reaproximar e em se demonstrar agradável. Claro, se esforçava para introduzir Marcella na *Famìglia*. Mas, infelizmente corrompido pelo corpo da moça, se esquecera de uma circunstância cruel: provinham mais de Catânia do que de Palermo, ou de qualquer outra plaga nociva da Ilha, os seus inimigos efetivamente odiáveis.

Cazzo, como o seu querido Leonardo Regazzoni, um parceiro de tantas aventuras, e de tantas desventuras, não tinha pensado que Tony repudiaria um regalo com a marca registrada de Catânia? Abafou a ideia de uma provocação. Mas, e muitíssimo pior, por que o seu amigo predileto, desde a mais tenra meninice, resolvera ministrar, à Moça-Mandala, aulas sobre os mitos dos seus ancestrais? Que estupidez, engoliu Tony. Ah, deveria ter vetado aquela garota no primeiro sinalzinho da sua maldita intuição. Desafortunadamente, o *capo* permitira que um surto de fodas se transformasse num fogaréu. Um incêndio que machucaria o *fratello* – talvez, com cicatrizes irreparáveis. Que fazer? – Tony se indagou, a cabeça a retomar a conversa com Lídia, no chalé, na noite da sua volta, com os bebês, do hospital. Nada. Só esperar. Ao menos Telônio e Paolì não tinham acrescentado novas notas desairosas no boletim de exames de Marcella. Ao menos os farejadores escalados por Betinho Vinhas, no Perfil, não tinham acrescentado nada aos arquivos que Paolì montara sobre a moça.

Um cerco estéril. Aquilo que os seus farejadores coletavam, conforme o acordo de Tony com Betinho Vinhas, já havia desembarcado, em envelopes de papel cor de ocre, na caixa de correio do sítio da Granja Vianna. Aqui e ali, eventualmente, o jornal e as revistas do Perfil publicavam notinhas e fotos de Lindy e da sua boneca numa *vernissage*. Nada que comprometesse, porém.

Piedoso, Tony abraçou Lindy. Hipócrita, beijou Marcella. E disse:

– Grato, *fratello*. Vocês, ahn, vocês não precisavam se preocupar...

Enquanto os dois enveredavam pela varanda, da sombra irromperam um rosto pintado e um nariz roxo, que, a princípio, assustaram Tony. Pippo:

– *Càppitu*, essa lagostosona endoideceu o nosso Lindy, Tonino. *Meno male* que é um *Liotru*, signo do bem. Poderia ter sido, ahn, um *biscione*.

De novo, lagostosona. Tony riu. Mas, se intrigou com o *biscione*.

– Como é que é, *biscione*? Só faltava darem um veado às crianças...

Coube ao Pippo desabar na gargalhada. E ministrar a sua aula:

– *Biscione*, Tonino, é aquela serpentona da Internazionale de Milão...

Torcedor da Juventus de Turim, o *capo* acompanhou a gargalhada.

Nada como o Pippo para devolvê-lo à festa dos seus gemeozinhos.

▼

Pois foi com cobrinhas que Gigi e Telônio Meira, ainda sem casamento à vista, para o desassossego da Mamma Freda e de Don Caló, agraciaram os seus afilhados. Dois anéis em espiral: ouro, com uma pedrinha de rubi à guisa de olho, para Gerino; e prata, com uma pedrinha de safira, na mesma posição, para Silviotta. O desenho peculiar dos anéis permitiria que ambos, se assim quisessem, pudessem portá-los pelo resto das suas vidas. Engenhosamente, no crescimento, a espiral se abriria, com suavidade, e sem comprimir os dedos.

Gigi e Telônio, pessoalmente, colocaram os anéis nos dois sobrinhos:

– Agora, sempre que lavarem as mãos, vocês se lembrarão de nós...

Não imaginavam que aqueles anéis ainda protagonizariam uma tragédia, a maior nos infortúnios da existência dos Castellamare. Mas, Lídia adorou:

– Que joias mais lindas! Onde vocês descobriram estas raridades?

A pedido de Telônio, Gigi construíra uma lenda de justificação. Porém, audaciosamente, optou pela verdade. Afinal, se tratava de uma verdade de fato emocionante. Com um nó na garganta, aqui, e com os lampejos típicos da sua vivacidade efervescente, ali, a caçula da *Famìglia* se explicou, exuberante:

– Quando a Stella, a mulher do Telônio, ficou grávida, ele comprou os dois anéis, e os escondeu. Nascesse um menino, daria à Stella o de ouro, o Sol. Nascesse uma menina, daria o de prata, a Lua. Infelizmente, vocês sabem, a Stella morreu, durante a gestação. Anteontem, no meio do nosso jantar, lá no Fabrizio's, o Telônio pensou na Stella, e desandou a chorar. Nem ele sabe como, ou por que, se lembrou dos anéis. Eu fui com o Telônio procurar. Putz, os anéis estavam no pior lugar possível, dentro de um coturno do seu tempo de serviço militar. Um fedor do capeta. Achamos os anéis, lavamos em sabão de coco, em detergente, em água de colônia, em Jack Daniel's. Eliminamos o fedor do capeta. E, daí, eu decidi: vamos entregar os anéis ao Gerino e à Silviotta. Ontem, perdão mamita, perdão papito, depois de eu acordar, ao lado do Telônio, no apê dele, demos uma cheiradinha nos anéis e constatamos...

Gigi não conseguiu terminar. Olhou à sua volta. Um dilúvio de lágrimas já havia subjugado os seus pais, o seu irmão, a sua cunhada, o seu Telônio, até mesmo, acidentalmente, nas imediações, Vito LoRusso, Elia Grazie, Paolì e a ex-agente Mari. Tony quase pulou sobre Telônio e lhe pespegou um abraço do tamanho do planeta. O *capo* levou uma era geológica para afirmar, apenas:

– Telônio, amo você. Um dia, os meus filhos saberão desta história...

▼

De novo, coube a Adriano Frey se encarregar da produção das imagens oficiais da festa dos gemeozinhos de Lídia e de Tony Castellamare. Enquanto o fotógrafo dileto de Gigi perambulava no sítio com as suas múltiplas câmeras e com as suas múltiplas lentes, despreocupados em relação aos movimentos de Marília Meireles, supostamente uma desimportante dentre os visitantes, Domi, Pellê, Elia Grazie, Vito LoRusso e Mari Oliveira não notaram que a mulher e assistente do amigo da caçula, a sua insuspeitada caneta-Nikon em punho, captava e recaptava um oceano de cenas não autorizadas pela *Famìglia.*

No desfecho da jornada, no seu estúdio-moradia, depois de Adriano cair no sono, ao examinar, na tela do micro, as cenas todas que surrupiara, a visão bem treinada de Marília chegou a uma estranha e curiosa constatação. Sempre, sempre, nas imediações dos gêmeos, havia o rosto de uma moça de lábios gordinhos e de olhos varejantes. Ora, e quem seria tal figura, onipresente?

▼

Lídia e Tony deliraram com a euforia do Gerino e da Silviotta. Os dois gêmeos se inebriaram no desembrulhamento dos pacotões reluzentes dos seus mimos. Idolatraram os rituais dos artistas. Brincaram aos gritos com os outros molecotes. Arrastaram as pernas, como loucos, entre os adultos. Destruíram a roupa de palhaço do cúmplice Pippo, se empanturraram com os petiscos da Nonna – e, enfim, obviamente, sucumbiram, exauridos. A Mamma, Nicinha, Lucília e Cida auxiliaram Lídia na acomodação dos seus bambinos no chalé – enquanto o *capo*, Don Caló, Mari e Paolì, sorviam um último gole de café.

Tony sacou que Mari havia se inquietado. E lhe escancarou a porta:

– Mari, pode falar tudo o que desejar. Estamos, ahn, em *Famìglia*...

E a ex-Federal desembestou. Depois de algumas frases titubeantes, Mari anunciou que não gostava de Marcella, a namorada de Lindy Regazzoni. Sabia que o *capo*, Paolì e Lindy eram mais do que irmãos. Mas, não aguentou:

– Don Caló, Don Tony, Don Paolo, nunca me senti tão feliz, e tranquila, na minha carreira. Mas, eu creio, ahn, faz parte das minhas funções lhes passar alguns desconfortos. Essa moça Marcella, ahn, me provoca arrepios. Não sei a razão. Mas, eu quero declarar que não comungo da sua conduta. Eu creio que, com esta observação, posso ofender o senhor Lindy – que, entendi, é um cara muito querido, aqui. Mas, me permitam, essa Marcella me provoca arrepios.

O *capo* concedeu a Mari um sorriso manso. E lhe atirou um rojão:

– Mari, uma das suas tarefas, por aqui, é estar de olho na Marcella.

Don Caló se sacudiu, sem se mexer. O *babbo* não pretendia que Tony o consultasse antes de tomar as suas decisões. Mas, apreciaria que o *figliolo*, no mínimo, aceitasse a sua companhia, eventualmente os seus conselhos, ou os seus palpites. Até porque, na sua opinião, e na opinião de Elia, no caso da intrusão da Mandala na *Famìglia*, Tony adicionava erro atrás de erro. Quanto à ex-agente, a princípio ficou perplexa. Ela, de olho, e na garota de Lindy?

Maliciosamente, Tony passou a liderança da reunião ao *consigliere*.

Uma boa chance para Paolì se achegar à moça. Com o lado bendito da sua intuição, o *capo* já percebera a quedinha da ex-agente pelo diplomata. E Paolì tomou conta do bastão. Destrambelhado, não aprendera a cortejar. Mas, a um aceno encorajador de Tony, o *consigliere* acariciou o ego de Mari:

– Nem nós sabemos, ahn, em quantas pessoas podemos confiar. De todo modo, Mari, obrigado. A sua maldita intuição se soma à nossa, *capisce*?

Mari já escutara aquela expressão italianada em papos de Don Caló com a Mamma Freda. Instantaneamente, percebeu que as suas incumbências, lá no sítio dos Castellamare, talvez se provassem bem mais perigosas do que no cais de Fortaleza. Respirou fundo, pegou a mão de Paolì – e lhe deu um beijo:

– Pois vocês podem contar, ahn, com esta minha maldita intuição.

Tony Castellmare sorriu, pela milionésima vez, no seu estômago.

Don Caló não se manifestou. Haveria de bolar um plano de ação.

▼

Sempre por causa das informações extraídas dos arquivos de Paolì, em Palermo, em Agosto de 1993, a Federal prendeu, no Rio, um dos personagens mais na moda da cidade, Marco Pugliesi, um frequentador de colunas sociais e proprietário do restaurante I Pagliacci de Ipanema, que se dizia um milionário e um *playboy* internacional. Em Setembro, os detetives de Tony rastrearam a presença de um certo Filippo Abbate na Bahia, onde o bandoleiro desandou a investir em hotéis e em fazendas de cacau. Em Outubro, em Nova York, o FBI indiciou John Gambino, sócio de Brodie Villapiano, por tráfico de drogas. Em Dezembro, a Justiça do Brasil aceitou a extradição de Pugliesi à Velha Bota.

Em Janeiro de 94, no processo de Palermo contra Riina e contra outros bucaneiros da Nova Máfia, um comovido Nando Dalla Chiesa jurou, diante do tribunal, que, pouco antes de falecer, o seu pai, o *generale* Carlo Alberto, incriminara Giulio Andreotti: "Esse cara faz jogo duplo!" Uma acusação que se superpunha, implacavelmente, às duras denúncias do *pentito* Buscetta.

▼

Na mesma época, também, inexplicavelmente, leniência ou preguiça da Justiça do Brasil, o jordaniano Khalid Haissa Khwyis acabaria condenado a somente nove anos de cadeia. Não adiantaram as pressões da Federal, da DIA, dos advogados que Tony Castellamare pagou para funcionarem ao lado da promotoria – não tinham como encaixar o sequestro de Lídia e Gigi, mais a chacina da Cantareira, no seu processo normal. Legalmente casado no País, com filhos no País, o terrorista se safou da inexorabilidade da extradição que exigia o Mossad de Israel, e de acabar enterrado, como indigente, nas areias inclementes da Faixa de Gaza ou do deserto do Negev. Ao menos, ao receber a sua sentença, Kwhyis evitou remeter uma nova praga na direção do *capo*. Após transitar, por meses, em uma infinidade de celas na Grande São Paulo, o jordaniano acabou internado em um presídio de Franco da Rocha. Tony se indignou ao constatar que, em seis anos, Kwhyis receberia uma condicional.

Pior, cumprida parte da sua pena, Rocco Moràbito sumiu do mapa.

▼

Melhor seis anos de galera, para Khwyis, do que o terrorista nas ruas – argumentou Paolì. Quanto a Moràbito, de qualquer modo, talvez a DIA, ainda, conseguisse recapturá-lo. Consolado, Tony acabou por concordar. Tanto que afrouxou a segurança de Lídia, que passou a rumar, até a sede da Rede Perfil, na sua própria Alfa Romeo, apenas LoRusso como um motorista eventual, ou como um carona de proteção. Mais. Empolgado pelo sucesso dos restaurantes que honravam Ruggiero e Sissi, o *capo* optou por viajar através do Brasil, com Pippo Carotè. Nos meados de 1994, a sua *griffe* já ostentava oito endereços, elogiadíssimos: em Natal, Recife, Maceió, Aracaju, Salvador, Vitória, Rio de Janeiro, Guarujá. E o Pippo ainda se aprestava a lançar outros três – Ubatuba, Ilhabela e Florianópolis. Sem dizer que a boate permanecia em pleno fulgor.

Da Sicília, a *Famìglia* havia importado dois jovens chefes de cozinha, Rosalía e Rodolfo, de sobrenome Sparapani, magos nos condimentos e nos tempos de fogão, como fora Sissi, o seu papai. Tony presenteou Rodolfo com o punhal saudita, de cabo longo, em forma de serpente, a quem Sissi havia batizado de *Vendetta avró*, o punhal que Sissi cravara, no peito de Brodie Villapiano, na trágica batalha da Serra da Cantareira. Lembrou Rodolfo que o salvara da merda das drogas ao colocá-lo, por uma vasta fortuna, numa clínica de desintoxicação na Suíça. E presenteou Rosalía com o tabuleiro de Xadrez que Sissi utilizava nas suas reproduções das partidas de Bobby Fischer:

– Não estraguem, nem percam estes mimos. O Sissi vive, nos dois.

Rodolfo e Rosalía, juntos ou independentes, logo estruturaram menus de frutos do mar de acordo com aqueles ingredientes acessíveis em cada região. E logo transformaram os seus ingredientes em objetos de veneração. Sem falar que, incansavelmente, treinaram brigadas brilhantes de panela e de serviço.

Já líder de um time quase secreto, o *capo* igualmente se envaidecia dos elencos públicos que tocavam os seus restaurantes – e que recebiam os lauréis da mídia. Paralelamente, na Bota e no Brasil, de 94 em diante, as ramificações e os desdobramentos da aparentemente inexorável Operação Leopardo se estenderam por um longo período de promessas. Em Outubro, John Gambino, o elo derradeiro do falecido Ruggiero Castellamare com Brodie Villapiano e com o negócio da cocaína, amargou uma pena de quarenta anos de cadeia.

Enfim, como as cartas de um castelo de baralho, os membros graúdos e os *pisciottini* que já haviam desertado da Nova Máfia, os refugiados das pressões da DIA, optaram por se afundar na clandestinidade. E, na sua imensa maioria, os gângsteres carentes de dinheiro, das drogas que lhes propiciariam a sua fundamental subsistência, ou os entediados pelo ócio, e pela inutilidade, logo desabaram nas redes das autoridades de plantão. Filippo Abbate, a quem a Federal abocanhou em Salvador, Bahia, Agosto de 95. E Ninino Brusca, que a DIA localizou, numa chácara de Corleone, nas áridas colinas da Cammarata, Maio de 96. Pena, infortúnio de Tony Castellamare, na mesma época, soube-se lá como, o jordaniano Khwyis se escafedeu do presídio de Franco da Rocha. Telônio reportou o percalço ao seu *capo*. Que, imediatamente, pediu o máximo de atenção a Vito LoRusso, Elia Grazie e Mari Oliveira. Não só pela sua intuição maldita, claro. Tony sabia que Khwyis buscaria uma *vendetta*.

Talvez, até, o jordaniano se realiasse ao desaparecido Moràbito.

▼

Como mobilizar Domi e Pellê, seus soldados fundamentais, em situação tão confusa? – Tony perguntou a Paolo Garzya. E o *consigliere* não lhe passou a resposta justa. Inviável. Domi e Pellê, afinal, mal conheciam São Paulo, mal falavam o idioma do País. O *capo* se lastimou. Mas, aceitou a impossibilidade. Deixaria a atenção com Vito, Elia e Mari. Guardaria Domi e Pellê para depois. Um depois que lhe provocou arrepios. Os seus filhos. E o torpe Khwyis...

▼

Lídia e a parcela inocente da *Famìglia* não notaram que a segurança, ao seu redor, voltou a ser cada vez mais intensa e mais acurada. Já capazes de percorrerem, auspiciosos, com as suas perninhas, o jardim e o pomar do sítio, já liberados das fraldas e dos cueiros, os gêmeos Gerino e Silviotta cultuavam os cães pastores da *Famìglia* – que, imediatamente, viraram os seus principais xerifes. Isso, invariavelmente, sob as atenções permanentes de Mari Oliveira, de Vito LoRusso, do *zio* Elia Grazie e de um batalhão crucial de detetives particulares, quase todos de raízes na Itália, que o *capo* incorporara à proteção do seu perímetro. Além dos seus oitenta anos, o *babbo* Caló queimava, nos folguedos com os netos, o tempo que lhe restava. Fazia o máximo de esforço para acompanhá-los, nas descidas e nas escaladas das rampas do pomar.

Certo sábado, porém, em Agosto de 1996, no seu tropel indeciso atrás dos *nipotini*, o patriarca tropeçou numa pedra escorregadia e se arremessou ao chão. Na queda, quebrou o topo do fêmur da perna direita. Por sorte, Don Caló não necessitou de uma prótese de correção – bastaram dois pinos para o ajuste do osso. Relegado a um leito, imobilizado do joelho ao quadril, permaneceu três meses, inteiros, praticamente, sem se reerguer. Consequência inevitável: horas dilacerantes de costas no seu colchão, o *babbo* se enfraqueceu com uma pneumonia brusca e sucumbiu ao seu primeiro ataque cardíaco em uma longa existência sem doutores e sem remédios. Depois de uma semana de UTI, mais outros vinte dias de internação cautelar, enfim Don Caló retornou ao sítio – precariamente alquebrado, mas, estoico, em um andador. Apesar da vigilância da Mamma, o *figliolo* encontrava um modo de alegrar o patriarca, aqui e ali, com um golezinho contrabandeado do vinho Corvo que os parentes de Marina produziam na Sicília. O *babbo* molhava os lábios, capitosamente, e sorria.

Assim que Don Caló voltou a se locomover, com uma dificuldade cruel, constrangedora, Tony lhe deu de presente o melhor computador do mercado. Pacientemente, ensinou o patriarca a trabalhar com os e-mails, na Internet, nos arquivos de texto, em endereços de joguinhos, de Xadrez e de *cruciverba*, as palavras cruzadas em italiano. E o *babbo* idolatrou, especificamente, a chance de entrar em sites de jornais da Bota, como o da *Gazzetta dello Sport* – lá, poderia acompanhar as novidades da sua queridíssima Juventus de Turim.

Daí, determinada madrugada, o *babbo* se levantou, sozinho, se muniu do andador – e se dignou a procurar o bambino, de plantão, na varanda. Tony fingia que dormitava, numa das espreguiçadeiras. Necessitava conhecer os limites derradeiros da coragem e do exemplo de Don Caló. Necessitava deixar que o seu patriarca sondasse as suas fronteiras e esticasse, ao máximo, a sua permanência, lúcido, neste universo. Com o cantinho do olhar, perscrutou os movimentos do papito. Claro, ao perigo mais insignificante, o *capo* saltaria da sua cama de campanha – e socorreria o *babbo*. Desnecessária preocupação. O patriarca demorou um século até se aprochegar. Mas, em nenhum instante, sequer pensou em pedir apoio ao bambino. Don Caló sabia, sim, sabia, que o *figliolo* Tonino permanecia na vigília – e ao seu alcance. Quando repousou numa poltrona, ao lado do herdeiro do seu atavismo milenar, esticou os dedos e roçou os cabelos ruivos do seu guardião. Meditou no que fora a tragédia da existência de Ruggiero, o seu primogênito viciado, criminoso. E chorou...

Tony percebeu as lágrimas de Don Caló. E abraçou o seu pai, e abraçou com um fervor que não havia depositado, nunca, antes, nos seus enlaces:

– Papito, eu amo, putamerda, eu amo, eu amo você...

O *babbo* replicou, com um afago ainda mais caudaloso:

– E eu amo você, Tonino. Vai pro chalé, vai? Vai pra Lídia, e vai pros seus gemeozinhos... Chame a Fredina – e deixe que ela cuide de mim, tá?

Mistura confusa de *figliolo* e de *capo*, Tony não se submeteu à ordem. Don Caló não se arriscaria, com o andador, sem um motivo primacial. Pela primeira vez, em inúmeros meses, no impulso, se convenceu a consultá-lo:

– Depois, papitino. Agora, eu desejo saber o que incomoda você...

▼

A conversa se esticou até o alvorecer. Sem tratar da sua mágoa por se sentir relegado, sem tratar da sua maquinação com Elia Grazie, o *babbo* pediu ao *figliolo* que, vagamente, genericamente, abreviadamente, expusesse os seus problemas. Tony, porém, não economizou. Mobilizado pelo susto que Don Caló pespegara à *Famìglia*, pela possibilidade de logo perder o patriarca, num *rapporto* minucioso se explicitou, angustiado com o sumiço do jordaniano e com a evaporação do recém-solto Rocco Moràbito. Don Caló exclusivamente ouviu, sem se pronunciar. Tony sacou que, mesmo exaurido, ele meditava.

Na realidade, o *babbo* aguardava que Elia Grazie se levantasse. Perfeito que, um veterano de sono curto, o *zio* já tivesse despertado bem cedinho, antes do sol. O gigante alimentou os cachorros, lavou o canil e libertou os pastores para o seu exercício matinal. Preparou um mate gelado, como Tony gostava, e um achocolatado para Don Caló. Um órfão, também consequência de uma *vendetta*, também o seu pai trucidado pelos esbirros do *duce* Mussolini, a sua *mamma* uma irmã de Luca Regazzoni, Elia viera ao Brasil, de Punta Raisi, na década de 30. Na Moóca havia crescido com Caló e com Pietro, assumira uma tonelada de incumbências na então incipiente firma *brasiliana* dos enviados de Turìddu Castellamare – e, em Janeiro de 1945, após receber, via Italcable, um telegrama da Sicília, cujo teor jamais revelaria, subitamente saiu de cena.

Então, no limiar dos seus 25 anos, Elia ostentava um metro e noventa de altura e quase 140 quilos de peso. Mas, não era um obeso, pelo contrário. Com uma face rústica, e duas mãos absurdamente volumosas, conseguiria quebrar um taco de beisebol com a tranquilidade de uma meninota de pré-primário que arranca a pontinha do seu lápis escolar. Uma lenda da *Famìglia* assegura que foi Elia o *condottiere* da missão dos *partigiani* e do Comitê de Libertação Nacional que, em Abril de 45, interrompeu uma fuga do *duce*, da sua esposa Clara Petacci, e de vários capangas do Fascismo, talvez à Suíça, ou à Espanha. Jura uma lenda da *Famìglia* que, depois do fuzilamento sumário do *duce* e de seus asseclas, em Giulino di Mezzegra, ao lado de Como, juntinho a Milão, foi Elia Grazie, com os documentos de Urbano Lazzaro, e o codinome Bill, quem o dependurou, a Clara Petacci e três dos seus seguidores, na estrutura de vigas de concreto e de metal da Piazzalle Loreto, ao leste da capital da Lombardia. Na mesma Piazzalle que já testemunhara o morticínio de inúmeros patriotas.

Ao retornar ao Brasil, Elia nada, nadinha, esclareceu. E ninguém nada, jamais, lhe perguntou. Nem quando o *zio* batizou, como Bill, o mais garboso dos ponderosos cães pastores da Famìglia Castellamare. Ah, melhor uma boa lenda, eternizável, do que uma história vera – apenas contada na sua metade.

▼

O grandalhão colecionava facas, punhais, estiletes, canivetes e navalhas. Natural que, na adolescência de Gero e de Tony, o já Don Caló o incumbisse de auxiliá-lo numa cerimônia de iniciação, típica da Sicília. Na Ilha, ao atingir os seus catorze anos de idade, o jovem ganha uma lâmina e tem de devolvê-la, ao seu padrinho, manchada de sangue. Gero espetou, numa tocaia, um moleque pixaim da Moóca. Tony, porém, enfiou o seu metal numa peça de carne que a Mamma preservava no refrigerador. E o *zio* não repudiou a tergiversação:

– Caló, esse Tonino é inteligente. Não machucou o próprio dedo. Esse seu filho é bom. Ao contrário do Gero, cortou um bicho já defunto. O Tonino vai se tornar um *capo* correto. O Tonino é capaz de compreender a diferença entre o inevitável e a impiedade. Vai-se tornar um *capo* justo, capaz de separar a obrigação da safadeza. Me deixe cuidar desse menino, Caló, me deixe...

Na universidade, na FGV, e nos Estados Unidos, Tony aprendeu cultura e humanismo. E, com o grandalhão, aprendeu frieza. O *zio* Elia adorava Tony, tanto quanto desconfiava de Ruggiero. Enquanto os pastores focinhavam Tony e Don Caló, depois de oferecer o mate, e o achocolatado, o *zio* se aboletou ao seu lado. Comeu um naco da linguiça que ele mesmo fazia – e pontificou:

– Caló, *cazzo*, tá na hora, é, tá na hora, de você se aposentar, de vez...

Uma ironia, que Tony não alcançou. O patriarca desfraldou um bofetão no ar. E, durante cinquenta minutos, Elia como testemunha, submeteu ao seu *figliolo* os vários produtos do que parecera ser a sua longa, calada e solitária cogitação. Para Don Caló, caso quisessem agir, caso pretendessem, mesmo, desferir uma *vendetta*, Rocco Moràbito e Khwyis atacariam por baixo, na base mais delicada e mais sensível dos Castellamare. Pois que Tony protegesse os seus dois gêmeos. Não na propriedade da Granja. O *babbo* considerava que, embora representasse um estorvo no cotidiano da Mamma, a inviolabilidade asfixiante do sítio lhe parecia irretocável. Um bote, eventual, aconteceria no trânsito, no trajeto da escola das crianças. Ou, numa situação excepcional:

– E, em qualquer circunstância, Tonino, será uma *vendetta* conjunta...

O *zio* se eriçou. Fisgou o mote, assimilou o recado. Depois de quase seis anos de vigilância camuflada nas sombras do pomar e atrás do salão de jogos, de informações entreouvidas e retransmitidas ao patriarca, sobre a inquietação de Tony em relação a Lindy e à Mandala, em relação aos mistérios da fuga de Khwyis e do sumiço de Rocco Moràbito, depois de quase seis anos de análises exaustivas de tudo que Elia secretamente, pacientemente, recolhera e analisara com Don Caló, chegara a hora fatal da reeducação de Tony Castellamare. Elia perfeitamente sabia que o patriarca jamais pensara em uma *vendetta* conjunta. Don Caló simplesmente pretendia fazer uma longa curva – até desembarcar no tema que, efetivamente, desejava expor. Elia sabia que, no percurso, naquele debate, o seu *amico vecchio* necessitava de uma ajuda mais intensa do que os meros palpites. Numa encruzilhada, já nos seus limites, e sem muito tempo à sua frente, o patriarca queria fechar todos os espaços, todos os vazios ao redor do herdeiro. Impecável no seu papel, durante alguns segundos o *zio* fingiu se conter. Daí, fingiu um rompante de irritação, fingiu se interpor, e discordar:

– Caló, Tonino, *cazzo*, o Rocco conhece aquele provérbio da nossa terra: "Quem fere crianças, se transforma num imortal – o prisioneiro eterno da sua própria sombra". Qualquer risco que venha contra nós será obra do *stronzo* do Khwyis. O Rocco se lembra do que aconteceu com os porcos dos Tucci, que inspiraram aquela bomba *dannata*. O Rocco não é louco, ele tem *paùra*...

Don Caló suspirou, e sorriu. De fato, não acreditava na tese da *vendetta* conjunta que acabara de propor ao filho. Apenas recorrera a um subterfúgio, habitual no seu raciocínio, para introduzir o grandalhão no debate. Necessitava do apoio de Elia para, obliquamente, conduzir Tony até um porto seguro:

– *Vero*, admito, Elia. Você tá corretíssimo, é, o Rocco tem *paùra*. Falei besteiras. Se vier, o perigo virá, mesmo, só do Khwyis. *Benone*, Tony, tenha o máximo de cuidado com os gemeozinhos. E Tony, não despregue o olho dos matizes dos cinzas. Dos milhões de matizes que existem entre o branco e o preto. Nesse meio tá o risco. Milhões e milhões de cinzas, *figliolo mio*...

Num átimo, Elia materializou o alvo que Don Caló desejava atingir.

E, ao divisar que Tony, indeciso, titubeava, reforçou a sua mira:

– Fuja dos maniqueísmos, Tonino *mio*. É. Fuja dos extremos, tá?

Uma ideia doida, e doída, subitamente, dominou a mente do *capo*:

– Papito, *zio*, cês pensam em outras cores, o dourado, o prateado, o azul, o vermelho, o amarelo, o verde, é isso? Cês pensam na tal da Mandala?

Sem se mexer, num simples piscar de olhos, Don Caló confirmou.

E o *zio* Elia arrematou, o seu coração ferido, a sua alma detonada:

– Tonino, *cazzo*, o nosso Lindotto perdeu o controle da vida dele...

O *capo* não se atreveu a escancarar a sua mágoa. E o *zio* acolheu:

– Não, Tonino, o Lindy não se tornou um traidor. Ele saiu do prumo por causa de um corpo, de um amor de pica. É claro que você já devassou essa moça, acredito que detetives a vigiem, 24 horas ao dia. Mas, deve existir algo, no passado da Marcella, que você ainda não descobriu. Vá atrás, Tonino...

Num repente, a intuição de Tony voltou à ebulição, suprema fervura:

– *Zio* Elia, por acaso você e o *babbo*, ahn, *cazzo*, combinaram...

Num grunhido, o gigante interrompeu Tony, e confirmou a suspeita:

– *Porco cane*, é claro que já discutimos essa moça. É claro que o Caló e eu *siamo sicuri* que você, o Paolì, o Telônio, e todos os outros dos seus gênios da *Famìglia*, cometeram uma grande cagada em relação à Marcella e ao bobo do Lindy. Não sei por que não podaram logo as sete, oito, dez, sei lá quantas cabeças, dessa hidra *nefària*. No mínimo por causa daquelas fotos. *Càppitu*, era só exibir as fotos ao Lindy e entregar a hidra aos meus oito cachorros...

Por causa do termo de posse dos cães, Tony não segurou uma risada:

– Tá correto, *zio*, uma grande cagada. Mais uma, aliás, nesta minha vida de *capo* de merda. É, ainda tenho muito a aprender com você, e o *babbo*...

Elia Grazie fingiu absorver aquelas escusas, honestas, obviamente, mas tardias – e, numa circunstância tão obtusa, talvez inúteis, descartáveis. Fisgou, bem no âmago da sua alma, um lampejo de doce tolerância. Mas, fulminou:

– Talvez, Tonino, tudo não passe de uma tempestade em copo d'água. *Cazzo*, o seu *babbo* e eu só queremos o seu bem, o bem da Lídia, dos seus gemeozinhos, porra, e o bem da *Famìglia*, porra. Mas, daquela *Famìglia* que nós tínhamos antes de o Gero, ah, *pardonami*, Caló, virar um estroina, e um canalha, um gigolô, um traficante, e um filhodaputa, que a Mamma Freda não me escute. Porra, antes de você, Tony, *cazzo*, se transformar em um cavaleiro andante, em uma merda de agente da DIA, só pra limpar o brasão da nossa *Famìglia*, bosta, Tony, da cagada que o imbecil do Gero distribuía. Eu admiro você Tonino, e eu adoro você Tonino, como um seu segundo pai. E eu vou escoltar você, Tonino, vou, mesmo na inconsequência das suas decisões e dos deslizes dos seus gênios. *Cazzo*, o Paolì que demora um século pra se decidir, e o Telônio que é um medroso, Tonino. É, eu vou, Tonino, não duvide da fé e da *grinta* deste veterano. E saiba que eu não estou enfezado porque você, porra, o menino mimado, encostou o seu pai, e a mim, no escurinho do pomar deste sítio, *cazzo*. Você, com os seus gênios, encostou o seu pai e a mim. Mas, Tonino, ahn, cê admite que essa *putana* não serve pra mulher do Lindotto?

Menos *capo* do que um menino encolhido pela pancada, Tony falou:

– Eu pensei nisso, centenas e centenas de vezes. Só achei que eu deveria respeitar a escolha dele... Eu não tenho o direito de interferir na vida dele...

Coube a Don Caló, então, dar um bico, torpedeante, na pelota:

– Tony, *cazzo*, um *capo* não tem o direito, *cazzo*, tem a obrigação!

Subitamente um *figliolo* vexado, Tony Castellamare emudeceu.

E recebeu mais uma pancada, em pleno cocuruto. Do seu *zio* Elia:

– Que um *fùlmine* incendeie você, Tonino. Estamos aqui, o Caló e eu, porra, dois anciões, a explicar o que você já deveria ter entendido, sozinho.

Don Caló reinterferiu, e suspendeu a tortura do seu bambino. Com um esforço prodigioso de raciocínio, respirou fundo, sem ofegar, e buscou, no poço da sua alma, os derradeiros ensinamentos que repassaria ao *figliolo*:

– Tonino, o Elia tem toda razão. Tá mesmo na hora de eu me aposentar, de vez. Caso aconteça uma nova guerra, eu não poderei ajudar você, nem com ideias, como fiz, lá atrás, na crise do sequestro da Lili e da Gigi. Por isso, o Elia e eu combinamos um jeito de forçar este papo. Estou no fim. Mas, ainda me sobram lembranças do que eu aprendi com Don Turìddu, e com o Pietro...

Emocionado, o coração puído, escangalhado, o *capo* solicitou:

– Fale, papito *mio*, fale tudo, fale tudo, fale tudo, *per favore*...

▼

O *babbo* pediu ao bambino um cigarro mentolado. E, daí, jorrou:

– Tony, faz quase seis anos que, por minha ordem expressa, e para a sua proteção, o Elia espreita, ahn, todas as suas reuniões secretas, lá no salão...

Propositadamente, engenhosamente, Don Caló encaixou uma pausa sutil na sua dissertação. Embora chocado pela ordem, mas feliz pela proteção, Tony não se alterou. Colocaria, na cabeça, todas as carapuças que o pai jogasse.

Tocado, a voz rota, pela emoção do momento, o *babbo* prosseguiu:

– Não, eu não fiz isso por me sentir um aviltado, e inútil, sem espaço na *Famìglia*. Admito, naquela ceia de Natal, eu me entristeci quando você levou o seu pessoal ao salão, e se esqueceu de mim, do Elia. Mas, Tony, mesmo um *babbo* oitentão não tem o direito de se magoar – ao contrário, tem a obrigação de superar, até, o desdém do filho. Determinei a espreita ao Elia. Primeiro, por curiosidade. Depois, a cada *rapporto* que o seu *zio* me passava, por perceber que você perdia o foco. E você, nunca, enxergou nadinha. *Cazzo*, que bosta de *capo* é você que permite uma espionagem, e tão rudimentar, na sua casa?

Acabrunhado, o *capo* de bosta e merda debruçou o seu queixo contra o peito. Não conseguia mais fitar o seu patriarca. Colérico, o *zio* Elia bufou:

– Você nunca enxergou. Nem com tantos gênios ao seu redor. Porra, não enxergou a campana de um veterano – da minha idade, e do meu tamanho...

Claro, sobravam atenuantes. Cercado de gente lealíssima, obviamente incapaz de qualquer safadeza, Tony jamais pensaria em se preocupar com as costas, dentro da sua casa. Tratava-se, no entanto, de uma questão conceitual, de jardim de infância: sempre alerta, como pregava o lema dos escoteiros.

Sem dizer que não deveria ter desprezado a experiência do seu pai.

Ministrada a sua primeira lição, Don Caló retomou o pragmatismo:

– OK, Tonino, eu já sei que você investigou essa Marcella, e de cabo a rabo. Eu já sei, *cazzo*, porra, putamerda, e que os meus netos não escutem as minhas imprecações, a Fredina detesta quando eu espalho os palavrões, *cazzo*, Tonino, nenhuma conexão, próxima, ou sequer distante, com as ramificações da Velha Tradição ou da Nova Máfia. Nenhuma ligação com o Ruggiero, com o Villapiano, Nova York, Gotti etcetera e tal. Biografia imaculada, blábláblá. Já sei, também, que ela posou para fotos pornográficas. OK, o Lindy saiu do prumo por causa de um corpo, e de um amor de pica. Já faz quase seis anos, *però*, que ele introduziu a garota na *Famìglia* – e, desde então, apesar de toda a vigilância, dos grampos que vocês plantaram no apê do Lindy, até no Gigli, é, *cazzo*, é, ahn, ela não fez qualquer malefício ao Lindy, nem a nós, *certo*?

Perplexo, Tony não entendeu. E, desnorteado, sondou o patriarca:

– OK, papitino, eu admito, deixei você e o *zio* de lado, e me escangalhei, uma cagada atrás da outra, eu e, ahn, os meus gênios, o Paolì e o Telônio, e eu me penitencio, *babbo mio*, pelas bobagens, pelo tempo perdido, é, já faz quase seis anos, papitino. Mas, cê quer dizer que nós devemos esquecer a Mandala? Depois de tudo que observou sobre cores, cinzas, o *cazzo*, esquecer dela?

Don Caló se rearrumou na poltrona – e levantou um punho ao céu:

– Não seja obstinado, não seja um *sciccareddu*, Tonino. *Cazzo*, não veja só o que você quer olhar, só o que você divisa, ou imagina, *cazzo*. Porra, meu filho, você já pensou, é, por que razão, por que a sua intuição maldita o levou a conceder a ela o apelido de Mandala? Apenas por causa das tatuagens?

Tony não entendeu. E, de novo, placidamente, Don Caló doutrinou:

– De algum ponto remotíssimo, Tonino, do seu atavismo milenar, ou do *nostro* atavismo milenar, Tonino, essa alegoria viajou até o seu subconsciente. E você, até hoje, ainda não permitiu que essa alegoria lhe fosse útil. Lançou um tempo enorme no cesto de lixo, Tonino. *Cazzo*, perdeu o foco. Pelo que eu sei, *càppitu*, você achou engraçadinha a coincidência, é, de o Paolì ter pensado no mesmo apelido. E você morreu de rir, com o Paolì. É, cê morreu de rir...

Absolutamente embasbacado, e boquiaberto, Tony virou estátua.

E escutou do seu *babbo* uma lição que nunca fantasiara receber:

– Mandala, em sânscrito, *figliolo mio*, significa *cìrcolo*. Correto?

Tony apenas anuiu. Tinha de esperar que mais fichas tombassem.

– *Benone*, Tonino. Um *cìrcolo* simboliza aquilo que não tem começo e não tem fim. Desde as sociedades primitivas, no Oriente, a construção de uma Mandala exige um processo lentíssimo, com areias multicoloridas, de todas as espécies de grãos. Quase como numa cerimônia religiosa. Mas, assim que fica pronta a Mandala, um monge inicia a sua destruição. Coloca as areias numa urna e lança num lago, ou num rio. Um começo lentíssimo, e um fim veloz...

O *capo* acreditou que vislumbrava o logradouro de apeagem do pai:

– Um *cìrcolo* não tem começo e nem fim. Mas, é exatamente um *cìrcolo* que serve de base para a construção de uma Mandala. Um processo lentíssimo, de resultado maravilhoso. Mas, um resultado que só dura alguns instantes...

Enquanto Tony deduzia, Don Caló mais e mais abria o seu sorriso...

Num estalo, a mente de Tony achou que havia abocanhado o mote:

– É. Eu demorei demais, é, pra eliminar essa Mandala, a *putana*...

Mansamente, Don Caló corrigiu a simplificação do seu herdeiro:

– Eu não afirmo que você deva atirá-la num lago, ou num rio, como um monge faria, *capisce*? Eu apenas acho que você gastou um tempo enorme com a admiração de uma beleza que nasce pra ser efêmera – você gastou um tempo enorme com a simbologia, sem denotar a enorme fundura da metáfora que você mesmo botou na sua cabeça. Você se preocupou demais com o exterior, com o aspecto das tatuagens. Mas, em algum momento, você tentou descobrir por que motivo, de fato, além de um excesso de vaidade, a Marcella resolveu recobrir as costas de tatuagens? Você tentou descobrir quem fez a imensidão das tatuagens? Por que a sua intuição, *maledetta*, tanto transtornou você?

Bingo! Subitamente Tony se sentiu como um apostador de cassino, no momento da eclosão do grande pote, e de encher a sua sacola de moedas:

– *Cazzo*, papito, *bravo*, saquei, saquei! É, eu orientei, pessimamente, as investigações a respeito da Marcella. Ficha na polícia, uma imbecilidade. O jornal do Vinhas, outra cretinice. E mesmo as investigações, na boate, foram superficiais. Só recolhi porcarias insignificantes, e sem a menor pertinência, é. E ahn, de que maneira, é, você agiria? *Per favore*, papitino, me explique...

Com a altanaria e a destreza de quem se admite finito, poucos anos de sobrevivência à sua frente, mas com a nobreza e a sobranceria portentosas de quem se reconhece eterno, pelo passado, pela história, a missão, Don Calógero Castellamare explicitou ao *figliolo* o que o *capo* Tony não compreendera:

– Raios, fiz aquilo que você ignorou, Tony. É, fiz a minha lição de casa. Como diz a Fredina, eu estou velho, mas não fiquei gagá. Primeiro, pedi que o Elia, discretamente, me comprasse livros e revistas. Depois, aprendi a brincar no computador que você me deu. E aprendi tudo o que há sobre Mandala...

Inopinadamente mitigado, relaxado, pela disponibilidade inesperada do seu velho patriarca, Tony resfolegou com as gargalhadas que soltou. Don Caló a ler livros e revistas sobre o misticismo oriental. E Don Caló aboletado num computador. Já havia clareado na Granja Vianna – e os sabiás, os bem-te-vis e os pintassilgos, anunciavam o novo dia no sítio. Também ela de sono curto, a Mamma aterrissou na varanda, sonambulesca, no seu roupão, e perguntou:

– Tonino, Tonino, *carino mio*, ahn, ahn, você bebeu, ahn, Tonino?

Logicamente, as gargalhadas se remultiplicaram. E o *babbo* aliviou:

– Não, Fredina, o Tonino só tá contando anedotas pornográficas...

Enquanto a Mamma, com o seu cenho severo, partia, a arrastar os seus chinelos, no rumo da cozinha, e do seu desjejum, o *zio* Elia comentou:

– Caló, quero me manter lúcido, assim, quando chegar à sua idade...

Mais uma vez, os três se besuntaram de gargalhadas. E Tony inquiriu:

– Quer dizer, papito, que eu tenho de mandar os homens do Paolì à caça do tal perpetrador das tatuagens da moça? E dar um belo apertão no cara?

O *babbo* ensaiou uma negaça. Pois haveria muito mais a vasculhar:

– Como você achou que a tal moça jamais cruzou com o Ruggiero?

Um outro pote de fichas começou a se encher na mente do *capo*:

– O Telônio, e os detetives do Paolì, ahn, remexeram nos registros...

– Registros de L'Omertà. E mostraram fotos da garota aos funcionários da boate? Mostraram fotos da garota aos funcionários de agora, em 1996?

De novo, repentinamente, Tony se sobressaltou com a colocação:

– Eu imagino que sim. É, sim, *cazzo*, papito, isso me parece óbvio...

Don Caló então rebateu, e re-rebateu – com um efeito atordoante:

– Talvez. Mas, procuraram por uma Marcella, ahn, ahn, o quê?

– Agliardi, papito. *Cazzo*, papito, ela se chama Marcella Agliardi...

O precioso papito rejuvenesceu num *fùlmine*. Esperto e estridente:

– *Càppitu*, Tony! Até a porra da boate do Gero mudou de nome. Quando você apresenta um punhado de fotos e indaga "você-se-lembra-desta-moça-a-Marcella-Agliardi?", *cazzo*, você condiciona a resposta. Eis o óbvio, pra mim: se ela frequentou a boate, quando o Gero estava vivo, já se foram mais de sete, oito anos, Tony. E a memória só funciona, convenientemente, se trabalhar sem gesso, e com integral liberdade. Talvez seja tarde pra salvar esta operação...

Tony se abalou com a verdade, trombada no focinho, estarrecedora:

– Bosta, merda, um outro nome, uma outra identidade, putaqueupariu...

Don Caló recuperou a sua paciência – modelarmente didático:

– É, *porco giuda*. Escolha outros homens, Tony, *cazzo*, putaquepariu. E lhes ofereça outras fotos, putaquepariu, *cazzo*. Outras fotos, é, aquelas em que ela aparece, aqui no sítio. Ou, fotos que saíram na mídia. E corte o Lindy das fotos. Mande que os seus homens procurem funcionários antigos do Gero, de sete, oito anos atrás, se ainda existirem. E que os homens exibam as fotos com uma questão boba, do tipo "você-alguma-vez-viu-esta-garota-lá-na-boate?"

Paralisado pela constatação da sua cagada, o *capo* ainda escutou:

– Deu pra entender, deu, putaquepariu, *cazzo*, Tony Castellamare?

Tony se impactou com as recomendações do seu patriarca, já além dos oitenta de idade. Mesmo com o tombo, e os pinos no fêmur, a pneumonia, o infarto, o andador, mesmo malbaratado por uma madrugada sem sono, mesmo encolerizado pelos equívocos do filho *capo*, do *consigliere* Paolì, e de Telônio Meira, um ex-delegado da Polícia Federal, o patriarca havia definido, com a pontaria direta de um cientista, o novo caminho a percorrer. Tony resumiu:

– Temos de sair do zero, com as fotos da Marcella e os funcionários da boate. E temos, é, também, de encontrar o cara das tatuagens. Algo mais?

Sim. Mais Castellamare, mais Don do que nunca, o papitino indicou:

– Determine que os seus homens levem fotos do Villapiano e procurem alguma conexão da moça com o canalha. E que eles completem o seu trabalho com o *babbo* da garota, Tonino. Obrigatório, também, o *babbo* da garota...

Tony se envergonhou da sua torpe estupidez. E Don Caló desfechou:

– O *babbo* da moça e os vizinhos da moça, quem mais houver ao redor da moça, Tonino. Até hoje, a Marcella não fez qualquer mal à nossa *Famìglia*, ou ao Lindy? Pode ser uma mera coincidência, Tonino, ela aparecer aqui, com o Lindy, numa noite de Natal. Aliás, eu estou quase seguro de que foi, mesmo, uma coincidência. Já estou quase seguro de que não se trata de uma infiltração do Khwyis, do Moràbito, da N'Dranghetta ou da Nova Máfia. Ela não parece competente ao ponto de hibernar, dentro da *Famìglia*, por vários anos, e sem um escorregão. Mas, Tonino, há um outro ponto a considerar. Na sua intuição, meu *figliolo*, de certa maneira você viu o futuro, Tonino. *Cazzo,* se essa moça teve alguma relação, mínima, com o Khwyis, e com o Moràbito, etcetera e tal, eles bem podem saber que ela está hoje entre nós, e mobilizá-la, outra vez...

Do pote na mente do *capo* Tony irromperam trilhões de moedinhas:

– *Cazzo*, fotos dela, com o Lindy, em revistas e em jornais. O Khwyis e o Moràbito podem tê-la visto nas revistas e nos jornais, com o Lindy, aqui, no batizado das crianças, e numa *vernissage* etcetera. Se ela teve alguma relação com o Khwyis, com o Moràbito, *cazzo*, ahn, e se os dois a reconheceram...

Don Caló nem piscou:

– Putaqueupariu, pescou, Tonino? Até agora, ahn, essa Mandala não criou nenhum problema para nós. Você até pode terminar as suas investigações, e você pode descobrir mais um universo de obscenidades na história da moça, e você pode convencer o Lindy a enviá-la ao inferno, e ela pode sumir daqui – e, ainda assim, ela pode, por *vendetta*, nos vender ao *stronzo* do Khwyis...

O *babbo* apagou o mentolado. E desferiu mais um bote em Tony:

– É, é, o Elia tá certíssimo. É, é, nenhuma chance de o Moràbito apoiar o sequestro do Gerino e da Silviotta. Mas, mas, Tonino, se o Khwyis um dia viu, em revistas e em jornais, as fotos da Marcella com o Lindy, ahn, *capisce*?

Devastado pela lógica do patriarca, Tony engoliu a probabilidade:

– Merda, o jordaniano pode mirar no Lindy... Seria isso, papitino?

Don Caló meramente acenou, com um meneio de cabeça.

De fato, mais preocupado com os *layouts* das tatuagens de Marcella, em vez de desvendar as suas motivações, Tony deixara que além de meia década transcorresse. Mais preocupado com a sua fixação pela moça, se olvidara das fotos nas revistas e nos jornais. Lindy corria perigo, e muito perigo. Lindy, e não o Gerino e a Silviotta, os seus dois gemeozinhos. Por sorte, Paolì estava na cidade. Viera visitar o contundido Don Caló. Tony ligou ao Cà d'Oro. O *consigliere* já curtia o desjejum. Tony lhe reportou a sua conversa de horas, lhe detalhou a parábola instigante que o patriarca desenvolvera – e, bem ao estilo siciliano, sobre a legenda da Mandala. Paolì replicou, num suspiro:

– *Cazzo*, Tony, o Don Caló vai nos fazer falta, vai, vai, bastante falta...

Do outro lado da linha, o *capo* encolheu os seus soluços:

– É, *fratello*, eu só espero que isso ainda demore pra acontecer. O *babbo* me parece indestrutível. Depois do fêmur quebrado, e dos pinos na perna, e da pneumonia, do infarto, de meses e meses de cama, vem atrás de mim, no meio da madrugada, e de andador, e me reilumina o destino. *Càppitu*, Paolì, você e eu nos divertimos, sacaneamos o Lindotto com a piada da Mandala, e não nos ocorreu essa bobagem, elementar, *cazzo*: verificar a razão de tantas tatuagens, verificar, com os funcionários antigos, se a Marcella costumava ir à L'Omertà, sob uma outra identidade. É, creio que desperdiçamos anos e anos, Paolì...

O *consigliere* se mortificou, por mais aquela cagada abominável:

– Ainda há tempo, Tonino. Há algum tempo. Ah, deixe comigo...

▼

Apelidado Gumbà, o compadre na gíria dialetal dos *paesani*, Vicenzo Mutarelli não parecia ter passado dos quarenta anos. Mais alto, mais troncudo que Elia Grazie, musculoso como um levantador de pesos, não ostentava uma só ruga na face colorida por um vestígio de sangue mouro e pelo prazer dos passeios matinais nos entornos do seu prédio, no Jardim Bonfiglioli, no meio da distância entre o sítio da Granja e a matriz da rede de supermercados.

Completavam o seu aspecto de mais jovem um par de olhos verdes e um belo cavanhaque, delicadamente aparado na pontinha da navalha. Sem dizer que, para relaxar, e para manter a mente aguda, limpa de transtornos, era um praticante regular do *Taijiquan*. E sem dizer que, fora da academia, sempre de blazer e de gravata, um distintivo do Palermo, o seu clube do *calcio*, na lapela canhota, tranquilamente se confundiria com um dos executivos da empresa. Só que, na verdade, o Gumbà comandava os detetives contratados pela *Famìglia* Castellamare. Raramente ele realizava missões de rua. O seu corpanzil poderia assustar os transeuntes e o *capo* Tony preferia reservá-lo ao planejamento das ações do seu elenco de quase quatro dúzias de homens treinadíssimos. Aquela missão, todavia, exigia um cuidado peculiar. Além do vigor do Gumbà, a sua competência rara como interrogador. A *Famìglia* não necessitava, apenas, de informações esparsas. Mas, de quem soubesse somá-las – e interpretá-las.

Absolutamente do zero, conforme propugnara Don Caló ao filho Tony, Paolì industriou Mutarelli nos minimérrimos detalhes do caso de Lindy com a Marcella Mandala. O Gumbà adorava Lindy, e o respeitava. Fora Mutarelli o líder da equipe que, sob o comando de Lindy, em Março de 90, recepcionara as malas Vuitton do *consigliere*, com os seus milhões de dólares, no aeroporto de Guarulhos. Fora ele, também, o líder da equipe que, na Serra da Cantareira, havia vigiado as mansões dos Tucci e de Brodie Villapiano; havia evitado que Gero Castellamare, sozinho, tentasse salvar a sua mana Gigi e Lídia Brandini dos seus captores infames. Fora ele o líder da equipe que limpara os cenários da batalha – da sua sangueira e dos seus cadáveres. Fora ele o líder da equipe que desovara os vários mortos em diversos pontos da periferia de São Paulo. Constrangeu-se ao saber que Lindy se envolvera em uma cagada radical.

De todo modo, um soldado da *Famìglia*, mais do que um soldado, aliás, um *capitano*, só lhe cabia obedecer. Escolheu três dos seus melhores rapazes, aqueles de memória prodigiosa, ou de inteligência dedutiva, e alinhavou o seu projeto, a sua metodologia, a sua conduta. Faria uma visita à ex-L'Omertà. E, pelos registros da boate, tentaria localizar os funcionários de Ruggiero no final dos anos 80. Depois, na dependência do que os ex-empregados lhe dissessem, procuraria o rabiscador das tatuagens da garota. Circularia na praça em que a moça e o pai costumavam expor as suas obras, visitaria as redondezas em que ela havia morado, antes de se enganchar em Lindy – e, numa última fase, caso tal fase se provasse imprescindível, incomodaria o alfaiate. Por intermédio de Paolì, o *capo* Tony, que evitava os contatos abertos com os detetives, aprovou integralmente o projeto perspicaz do Gumbà, e lhe concedeu o sinal verde.

▼

Desde que conseguira escapulir, audaciosamente, com a ajuda de alguns carcereiros subornáveis, do presídio de Franco da Rocha, o jordaniano Khalid Haissa Khwyis controlava ao máximo o seu desejo de rever a esposa Selma e os seus rebentos. A Justiça havia tomado todos os bens que mantinha em suas identidades falsas, inclusive a sua mansão do Morumbi e os seus carrões.

Sorte que, precavido, durante meses, antes do seu flagrante, no Ceará, fizera uma série de visitas à fazenda de gado e de café do sogro, no Triângulo Mineiro – e, lá, em vários buracos espalhados no pasto principal, se esmerara ao enterrar uma dezena de sacos impermeáveis com metralhadoras, e armas pequenas, muita munição, uma fortuna em dólares, impossíveis de rastrear.

Obviamente, o sogro e os outros parentes de Selma, claro, desconfiavam do seu passado e da história que lhes contara, em cartas enviadas da cadeia. Khwyis lançara a culpa inteirinha no seu tio Raghib e em Francesco Sculli. Inocentemente, ahn, é, lhes emprestara o seu iate, certo de que fariam um passeio de turismo. Jamais imaginara que se tornaria o laranja de um bando de traficantes. A esposa, claro, claro, acreditou. E aceitou que ele a encontrasse num motel das imediações da fazenda. Depois de uma tarde-noite de amassos nervosos, atento aos mínimos rumores dos arredores, o jordaniano não pôde dormir. Sorte, e sorte descomunal, para consumir o seu tempo no quartinho desconfortável, com um aparelho de TV que não pegava os canais de cabo, Selma levara, numa valise, um robusto pacote das suas revistas de fofocas.

No meio da madrugada, o tenso, insone Khwyis, vasculhou a bagagem da mulher e, desconcentradamente, desandou a folhear as publicações. Então, subitamente, empacou – e se reacendeu. Mais fotos da tal Marcella com o tal Regazzoni. Khwyis esfregou os olhos. Destampou uma latinha de cerveja do precaríssimo frigobar do quartinho e, impactado, pasmado, enfim reconheceu.

Marcella. Não, não Marcella – mas, um outro nome. E que nome seria? Sim, reconheceu a mesma garota voluptuosa que Brodie Villapiano contratava para participar de surubas sádicas no aposento à prova de som do casarão perdido da Cantareira. Sim, a mesma putinha, indubitavelmente – mas, com um outro nome. Lolita, Dorita, ou Pepita, ah, que nome seria? Por mais que revirasse a memória, não conseguia se recordar do nome. Muito pior, sequer pensar no sobrenome da putinha, Mussolini, Francellini ou Rossellini, ah, qual seria?

Em outra das revistas, Khwyis pescou uma longa reportagem a respeito da festinha do batizado dos gêmeos de Lídia Brandini, a entrevistadora-mór do Grupo Perfil, com Tony Castellamare. Uma edição antiquíssima, de cinco, seis anos antes, que a esposa, então, lhe exibira. Recordou que ele mesmo, curioso, havia comprado diversas cópias, numa banca do Morumbi. Reexaminou toda a matéria, agora com atenção redobradíssima. Pois lá estava, elegantésima, de novo, a putinha. Estava, devidamente enganchada em Leonardo Regazzoni. A putinha e Regazzoni, inclusive padrinhos dos bebês. Num lampejo, Khwyis sacou: obviamente, existia um relacionamento bem próximo, talvez até íntimo, entre o tal Regazzoni e a *Famìglia* do seu destruidor. Ah, do quase destruidor, corrigiu. Daria um jeito, com ou sem a ajuda de Rocco Moràbito, para medir a intensidade de tal relacionamento. Até para usar a garota na sua *vendetta*.

Re-reexaminou as fotos, com a sua lupa mental de terrorista. E anotou, no cérebro, os créditos que indicavam os autores das imagens. Havia dois ou três. Na sua maioria, porém, as fotos provinham de um certo Adriano Frey.

E Marcella Agliardi? Pepita ou Lolita? Mussolini ou Rossellini?

Demônios, num átimo, o jordaniano sacou: sim, Pepita Rossellini.

Sim, Pepita, a moça ensaboada de tatuagens multicoloridas nas costas, a putinha da boate de Gero Castellamare e do espaço à prova de som na mansão de Villapiano na Cantareira. A Pepita a quem apreciava comer pelo traseiro.

Bingo! Bingo! – o jordaniano se nutriu com a glória daquela descoberta. E, numa sequência incontrolável de desvios pelo seu passado, o resultado do seu adestramento nos campos dos inimigos de Israel, Jeová, Jesus Cristo, e do restante do planeta não-muçulmano, agradeceu a Alá pela constatação mais importante que aquele motel, a sua sessão de amassos com Selma, as revistas que a esposa fanática curtia, involuntariamente lhe tinham propiciado. Khwyis se lembrou que, em certa ocasião, surrupiara alguns cartões de visita da bolsa da vagabunda. Os cartões que enfiara, com outros documentos de futuro então não definido, em um cofre, numa agência menor de um banco, em Niterói.

E se lembrou de recolher, na fazenda, as armas – e a sua grana.

▼

Sem delongas ou promessas, apenas um bilhetinho trivial de despedida, algumas linhas de saudade, de afeto pelos filhos, Khwyis abandonou Selma no motel. Enfrentou um extenso percurso, no asfalto, do Triângulo Mineiro até o Rio de Janeiro. E, pela ponte, através da suja e poluída Baía de Guanabara, à agência do banco, em Niterói, onde havia acondicionado documentos, mais grana – e os cartões que acumulara. O jordaniano não teve problema com as senhas duplas de acesso ao cofre: sutilérrimas, duelantes, transcendente ironia, as palavras arafat e goldameir. Locupletou-se: nem os melhores profissionais do Mossad descortinariam que um terrorista, industriado nas hostes da FLP, selecionaria, como senhas de banco, nomes de dois inimigos de antologia na guerra bilenar do Levante. Khwyis saiu da agência ileso, e feliz. Mais um salto na construção da sua *vendetta*. Reenchera o cofre com metade dos dólares recolhidos da fazenda do sogro. E dispunha de saldo, até, para se divertir.

▼

Pouquíssimo tempo foi necessário e suficiente para que o Gumbà e os seus detetives descobrissem o mapa do tesouro: entre 1988 e o comecinho de 1990, uma prostituta chique, de nome sonoro, mineralógico, cinematográfico, Pepita Rossellini, fisicamente igualzinha a Marcella Agliardi, mantivera ativa uma conta-corrente de despesas, jamais pagas, na antiga L'Omertà. Dois dos funcionários originais da boate se lembravam da garota coberta de tatuagens que costumava se acomodar à mesa de um cliente ostrogodo, com feições de buldogue. À menção do volume e da aparência do freguês, automaticamente o Gumbà fisgou de um bolso um retrato de Brodie Villapiano. Exatamente, os funcionários asseguraram – é, amigo do patrão, também o bárbaro, um tipo rústico, rude, e mal-educado, se limitava a assinar as suas notas de consumo, quase cotidianas. Autorização expressa de Gero Castellamare, observaram os funcionários. Gero os compensava nas gorjetas e, eventualmente, se juntava à mesa de Pepita Rossellini e do buldogue. Em muitas ocasiões, outras jovens, rampeiras de luxo, se aliavam ao trio. Então, saíam, na Mercedes do Gero.

O *capitano* não precisou se esforçar na conclusão, o rumo que Gero e os seus convivas tomavam, então. Obviamente, o casarão da Serra da Cantareira, com o seu aposento à prova de som. Ainda assim, de novo intuitivamente, o eficaz e pertinente Gumbà perguntou aos dois funcionários se as outras jovens também portavam tatuagens – como as de Pepita Rossellini. Bingo! Sim.

▼

Uma única manhã, de perquirição e de visitas, nas lojas de tatuagens da Vila Madalena, bastou para que Mutarelli chegasse ao endereço exato. Carlos Rodovalho, o Charlie Tattoo, de fato o criador das tramas luminosas que se alastravam sobre a pele de Marcella, literalmente se aterrorizou à mera visão das carrancas dos quatro cidadãos intempestivos que invadiram o seu ateliê na Rua Cardeal Arcoverde. Na saleta de espera, entre risotas, três adolescentes escolhiam, num catálogo seboso, manuseadíssimo, as imagens que pretendiam impor às suas epidermes. A um grunhido do Gumbà, abandonaram o livro no chão, mesmo, e se escafederam na correria. No aguardo da decisão das três, encostado no batente da passagem até um lavabo, igualmente imundo, Charlie não fez a menor menção de contê-las. Não pôde. Mal piscou e a mão direita do Gumbà se cravou no seu gogó. Com uma agilidade incrível, para alguém do seu peso, o intruso o envolveu pela cintura e o levantou do piso de linóleo. Sufocado, Charlie quase desfaleceu. E mal percebeu que, em segundos, já se deitava de bruços, devidamente manietado, amordaçado, no divã da saleta.

Um dos detetives virou, para fechado, o cartazete que Charlie dispunha na abertura envidraçada e gradeada da porta de entrada do ateliê. Com ruidoso estardalhaço, trancou a porta – enquanto um dos companheiros emperrava a persiana da janela ao lado. Na casa dos 35 anos de idade, uma cabeleira aloirada que pendia, da nuca, em rabo de cavalo, magro, encovado, o artista suposto devia bastante grana a traficantes de maconha e de cocaína. Imaginou que os quatro cidadãos fossem os cobradores, ou fossem, até, os seus carrascos.

Acuado, começou a gaguejar. Com um puxão no seu rabo de cavalo, o Gumbà alçou a sua cabeça do divã e aproximou os lábios do seu ouvido:

– Muito bem, seu cagão, já entendi o seu pavor. Não viemos até aqui por dinheiro. Não nos interessa se você cheira, ou fuma, ou se fura, *capisce*?

Mesmo tremelicante, Charlie compreendeu a expressão, e acenou:

– Hum, hum...

Mutarelli o livrou do puxão e, mais amigavelmente, continuou:

– Vou tirar o pano da sua boca. Você promete ficar calminho?

– Hum, hum...

– Tá legal. Calminho, OK? Caso contrário, quebro você ao meio...

Ajudou Charlie a se levantar e o dispôs, ainda manietado, em pé, junto a uma parede da saleta. Dois dos seus homens impediram o Tattoo de cair.

Em silêncio, o Gumbà exibiu, a trinta centímetros dos olhos de Charlie, uma a uma, toda a sua coleção das fotos da Marcella-Pepita. Percebeu que, a cada uma das imagens, o seu prisioneiro mais e mais se retesava. Indagou:

– Cê conhece esta garota, *cazzo*, você conhece, ahn?

Charlie não titubeou. E confirmou que sim, Pepita Rossellini. Cruzara com a garota, sete, oito anos antes, na feirinha da Benedito Calixto. Convidara Pepita a aparecer no seu ateliê – e, em troca de uma noitada, a agraciara com a primeira das suas tatuagens, uma orquídea, pouco acima do bumbum. Sabia que se tratava de uma puta – mas, não se incomodava. A garota era excelente, soberba, na cama. Viraram parceiros constantes de fodas. Até que, em certa ocasião, a puta apareceu lastimosa, repleta de lanhos nas suas costas. Jurou a Charlie que um mastodonte safado se recusara a remunerar os seus préstimos sexuais. Pior, o cara, um gorilão impiedoso, às vezes em parceria com outros indecentes, a devorava em todas as posições do Sutra e, ainda, lhe pespegava surras tirânicas. Piedoso, Charlie medicou as feridas da garota. Melhor, propôs a Pepita camuflar as cicatrizes com novas e com novas tatuagens. E, assim, o seu acordo prosseguiu, meses e meses adiante, até a garota lhe declarar que o curioso acerto de ambos perdera a sua razão. Acreditava que aquele ciclo, feliz e infelizmente, se findara. Mostrou, a Charlie, o recorte de um jornal com uma imensidão de anúncios fúnebres, pomposos, do enterro de um certo Ruggiero Castellamare. Charlie, inicialmente, ficou perplexo. Até que Pepita disse:

– L'Omertà, a boate que eu frequentava, com outras meninas, atrás das sacanagens dos cigarras da cidade. Ele morreu. Na L'Omertà eu conheci o tal estúpido que me dava grana, e bastante grana, pra me bater. Habitualmente, os dois me levavam, e às meninas, todas vendadas, até um casarão abandonado, num lugar úmido, e muito frio, e com um quarto secreto, onde as sacanagens aconteciam. Agora, o dono da boate morreu, e o mastodonte desapareceu...

Um susto. Crônico cagão, Charlie se atordoou:

– Meu Deus, e você acabou com eles, Pepita?

A garota sorriu, o seu rosto emaciado e triste:

– Antes fosse. Nem sei como o dono da boate morreu. Pena, eu gostava de trepar com ele. Muitas vezes, ele tentou impedir que o gorilão me sovasse, ahn, além do normal. Mas, tinha medo do safadão. Quando a violência brava se tornava absurda, você viu as minhas cicatrizes, o dono da boate pegava as minhas colegas, se mandava, e me deixava sozinha com o gorilão... Eu queria saber como o dono da boate morreu. Talvez, um trabalho do tal estúpido...

Embora sem a menor convicção, o Tattoo sugeriu:

– Pepita, você tem de procurar a polícia...

– Polícia, e dizer o quê? Que eu recebo pra apanhar de chicote?

Gélido, Vicenzo Mutarelli acompanhou a rememoração de Charlie sem manifestar qualquer emoção. Optou por adotar um outro rumo. E indagou:

– O dono da boate, ela sabia quem era, antes dos anúncios fúnebres?

– Sabia bosta nenhuma. Aliás, sabia só o apelido do cara, Gero. A Pepita é uma ignorante, e é muito burra. Fui eu quem ligou algumas pontas, o Gero Castellamare e o Tony Castellamare. O nome Antonio Salvatore Castellamare aparecia nos anúncios, irmão do dono da boate. Ao menos eu vejo TV, e leio jornal, todos os dias. Tony Castellamare, o mafioso da bomba de Palermo...

A temperatura do estômago e da alma do Gumbà, subitamente, desabou bem abaixo do zero. Com a sua manopla, apertou as bolas do saco de Charlie, que gemeu pela dor inesperada. Aliviou a pressão, e exigiu, num brado:

– *Cazzo*! E você comentou a sua descoberta, ahn, com a Pepita?

Charlie necessitou de um minuto para se recuperar. Enfim, admitiu:

– Mais do que isso... Putamerda, me bateu uma ideia maluca...

De novo, a manopla nas bolas, uma dor elevada ao quíntuplo:

– Que ideia, seu *stronzo*, que ideia maluca? Fale, seu *sciccareddu*!

Lágrimas escorreram pelas bochechas vazias de Charlie. Que disse:

– Eu entrei em transe, caralho, fiquei pirado, perdi o medo. Eu virei um doido, pensei na grana, e propus que nós procurássemos o tal do Tony...

Mais um esmagamento no saco. E Charlie escancarou o berreiro:

– Chega! Chega! Por favor, chega! Eu imaginei que nós dois, a Pepita e eu, poderíamos chantagear o tal do Tony. A Pepita o procuraria, mostraria as suas cicatrizes, e as suas tatuagens, e incriminaria o Gero nas malvadezas do quarto à prova de som. E pediria um bom dinheiro – pra ficar caladinha...

O Gumbà respirou fundo. Daí, inflamou um charuto espesso como um cassetete. À percepção da auréola da brasa, o Tattoo se encolheu. A tortura pelo fogo, vislumbrou. Ao contrário, todavia, o Gumbà recolheu, de um dos seus companheiros, uma garrafinha niquelada, cheia de *grappa* de arruda.

Encostou a garrafinha na língua de Charlie e despejou um gole. Charlie cuspiu metade, absorveu o restante. Necessitava de um estimulante. O Gumbà respeitou em silêncio, até que o álcool tonificasse o coitado. E perguntou:

– E a Pepita, como reagiu à sua, ahn, ideia maluca?

O Tattoo implorou por mais uma dose. Que deglutiu, inteirinha:

– A Pepita se apavorou. Começou a chorar. Jurou que só tinha vindo ao meu ateliê pra agradecer o que eu havia feito com as suas cicatrizes, e com as suas tatuagens. Jurou que era puta, que era burra, mas não uma bandida. Disse que tinha guardado uns bons milhares de dólares, e que pretendia largar aquela vida de rampeira. Queria estudar artes, ser uma pintora, talvez uma modelo.

De novo o Gumbà respirou fundo. Um tiquinho aliviado, gravou aquela parcela da conversa na sua mente superadestrada. Então, resolveu finalizar:

– E daí?

– Daí que eu nunca mais vi a Pepita...

– Pepita? E a Marcella Agliardi?

– Como?

O Gumbà concluiu que o trouxa das tatuagens desconhecia o verdadeiro nome da garota. Enfim, num último descargo de consciência, arrematou:

– Você jura que nunca mais, ahn, se divertiu com a Pepita?

– Putamerda, juro, eu juro. Eu juro que não vi, é, é, nunca mais...

– E que se esqueceu de chantagear a *Famìglia* Castellamare?

À simples menção da palavra *Famìglia*, que o Gumbà emitiu com um sotaque diabolicamente *micidiale*, Charlie mijou nas suas próprias calças.

– Sim, sim, é, é, eu juro, é, eu juro...

Com o apoio dos seus detetives, o Gumbà acreditou. E prometeu:

– Pois você não comente com ninguém, ahn, este nosso papo, OK? Caso alguém suspeite deste nosso papo, eu juro, ah, eu parto você ao meio, tá?

Antes que Charlie topasse o pacto, o Gumbà firmou o acordo bem ao seu estilo tonitruante. Com um soco único, mas portentoso, arrebentou todos os dentes da frente e o nariz do Tattoo. Retirou algumas notas de cem doletas da carteira e as jogou sobre o peito do artista suposto, obviamente desmaiado. Charlie, no mínimo, merecera um prêmio, pelas informações que prestara.

▼

Paolo Garzya recebeu, com um desafogo providencial, os relatórios das duas fases que Vicenzo Mutarelli já percorrera na sua complexa missão. Don Caló tinha razão: ele, o *consigliere*, e Tony, o *capo*, presunçosos na sua autoconfiança, embora aflitos nos seus temores, haviam cometido uma infinidade de erros elementares na interpretação de Marcella Agliardi. Sim, conforme o patriarca deduzira, a Mandala possuía um codinome de prostituta – e, como Pepita Rossellini, tinha se locupletado dos alimentos e das bebidas de Gero Castellamare na boate L'Omertà; pior, tinha se relacionado muito mais do que intimamente com o animalesco Brodie Villapiano. Dispunha de motivos além da mera vaidade para maquilar a sua pele com tantas tatuagens multicoloridas que, agora se atestava, somente serviam para cobrir marcas de açoitamento.

▼

Depois de anos de relegamento do patriarca, Tony solicitou uma reunião com Don Caló, Paolì, Elia, Pippo, Telônio, Vito LoRusso e o Gumbà, no salão de jogos do sítio da Granja. Ah, nunca mais deixaria o seu *babbo* longe de qualquer conclave da cúpula da *Famìglia*. Com um didatismo insuspeitado em relação à sua figura assombrosa, o Gumbà explicou, frase a frase, conceito a conceito, aos integrantes daquele comitê, o que apreendera em suas pesquisas. Ao encerrar o seu pronunciamento, respeitosamente, fitou Tony e Paolì – que, com acenos milimétricos, orientaram o seu olhar na direção de Don Caló. O patriarca ainda padecia na condução do seu andador. Levantou-se, porém:

– Carregamos séculos de intuição, um atavismo milenar. Mas, se todos me permitem uma observação, crítica, nada como as informações de fato...

Calado, Tony assimilou a porrada. E sorriu ao seu *babbo* querido:

– Papito, *avanti*. Merecemos a ironia. Agora, continue, *per favore*...

Elia Grazie ofereceu um cálice de Marsala ao patriarca. Que recusou o mimo. Naquele comitê, Don Caló não precisaria de qualquer estimulante:

– Por enquanto, chega de intuição. Estou no fim. E essa é uma certeza, me perdoem se entristeço vocês, principalmente o Tonino. Sei que meu corpo definha. Mas, a minha cabeça permanece acesa. Como não posso mais correr sobre as pernas, concentro os meus nervos no raciocínio. Depois do que nos disse o Gumbà, algumas convicções me parecem claríssimas. Tudo bem?

Tony puxou um brinde, com um copo vazio. Escutaria, sem debater.

Pois Don Caló estabeleceu os seus parâmetros, de modo infalível, como numa aula de escola primária. Ponto um, sob o disfarce de Pepita Rossellini, sim, Marcella Agliardi tinha frequentado a boate L'Omertà. Ponto dois, tinha se submetido, sim, à sanha do Gero e de Brodie Villapiano. Ponto três, tinha escondido todos os lanhos e cicatrizes das suas experiências dolorosíssimas debaixo de tatuagens. Mas, ponto quatro, ponto basilar, ainda nada havia que sugerisse a possibilidade de uma vingança, nada que a conectasse, ainda, ao calabrês Moràbito e ao jordaniano Khwyis. Com certeza, a garota se ligara a Lindy Regazzoni numa coincidência absurda. Não seria uma égua de Troia.

Na dúvida, pró ré. Mesmo assim, porém, Tony decidiu interferir:

– Papito, me permita uma observação. Pelo que o Lindy nos contou, de fato, uma coincidência absurda. Quando apareceu por aqui, naquela noite de Natal, a Mandala talvez não soubesse da intensidade da ligação do Lindy com a *Famìglia* Castellamare. Mas, recorde que, naquele meu discurso, durante a ceia, eu citei o Ruggiero etcetera e tal. Impossível que ela não tenha juntado as pontas, naquela noite, ou nas outras vezes em que o Lindy a trouxe ao sítio.

Às apalpadelas, e com um tato exageradíssimo, Paolì também falou:

– Don Caló, sempre que o Tony testou a tal moça, ela permaneceu quase solene, inabalável. Nesta altura, por aquilo que o Gumbà reuniu, sinceramente, e eu jogo todas as cinzas do Etna, do Stromboli e do Vesúvio, ahn, na minha careca, eu aceito que avaliamos, o Tony e eu, pessimamente, a Mandala. Mas, graças às suas preciosas intervenções, Don Caló, perdoe se não o escutamos antes, até uns dias atrás, é, eu creio que o cenário se modificou. Graças às suas instruções, e graças ao Gumbà, como o senhor mesmo disse, abandonamos a intuição e nos apegamos às informações, que, de fato, anh, ahn, ele reuniu. De novo, nos perdoe, Don Caló – porém, ahn, me parece que existe, ahn, uma singela contradição nesse seu, ahn, raciocínio. Como convicções claríssimas, Don Caló? Nós já atestamos, ahn, graças às suas instruções, que a tal moça, sim, de fato, transava com o Gero, e com o Villapiano, por dinheiro, e por dinheiro não se incomodava em se mortificar. Isso cristalizado, ahn, graças às suas orientações, agora, de posse de um fato praticamente provado, eu prefiro crer que essa filhadamãe se infiltrou propositadamente na nossa *Famìglia* – a postura da Mandala foi de profissional, é, de uma excelente profissional...

Absolutamente enfadado pela arenga, o *babbo* contou até cem.

Emputecido, porém, o *zio* Elia se alçou e explodiu, num vulcão:

– Etna, Stromboli, Vesúvio, o *cazzo*, Paolì. *Cazzo*, pare, Paolì, com essa encheção de saco de mesuras, pare com esse ahn, ahn, ahn... *Càppitu*...

Com um safanão no ar, o *babbo* acalmou o seu amigo venerando:

– Isso mesmo, Paolì, chega de me tratar como o neto de um *siccareddu*, porra. E chega dessa petulância, ahn, você me perdoe, ineficiente, OK?

Esmagado pela dupla reação, o *consigliere* se calou. Sem fitar, sequer, o seu filho, Don Caló enfim sorveu o seu gole de Marsala – e prosseguiu:

– *Cazzo*, enquanto você, Paolì, e o Tony, fingem que me respeitam, com essas mesuras, esse metralhar de ahn, ahn, ahn, continuam sem ver o que está no foco. Perfeito. Imaginemos que a Mandala se infiltrou propositadamente nesta casa e na *Famìglia*. E daí que tenha se mostrado, ahn, ahn, inabalável e solene? Ora, por que fez isso, se é que fez isso, *càppitu*, eis o que ainda não sabemos, não sabemos, meu *capo* preclaro, meu *consigliere* respeitável. Mas, ahn, *cazzo*, até, ahn, ulteriores, ahn, ahn, ahn, eu disse ulteriores, gostaram da expressão?, ahn, até ulteriores informações, não passa de uma profissional da cama, só, Paolì. Porra, uma prostituta aprende bem depressa, e facilmente, a controlar as suas reações. Principalmente uma prostituta que topa ser sovada por dinheiro, OK? *Cazzo*, pra mim, a filhadamãe viu no Lindy uma chance de mudar de rumo. Quando percebeu que, numa coincidência absurda, desabara de paraquedas na *Famìglia* do dono da boate que frequentava e com quem gostava de foder, e isso nos garantiu o tal do Tattoo, mais e melhor ela aprimorou os seus modos, porra. Obviamente, não quer ser descoberta, ou não imagina que foi descoberta. Não deseja perder a sua boquinha boa, *certo*?

Havia uma lógica cartesianíssima no comentário de Don Caló.

Uma lógica que a experiência de Vito LoRusso depressa avalizou:

– Pode parecer que nós perdemos um tempão com as investigações da tal Mandala. Pode parecer que, hoje, aqui, nós desperdiçamos mais um tempão com esta conversa que, ahn, *perdonami* Don Caló, pode parecer que não leva a nada. Se a moça fosse uma égua de Troia, uma infiltração do Khwyis, ou do Moràbito, claro, *senza dubbio*, já teria nos envenenado. Pra mim, a Mandala não passa de uma interesseira. Mas, pelo que eu já sofri, na carne e na alma, eu sei que alguns fiozinhos de informações, ridículos fiozinhos, ahn, muitas vezes, significam a diferença entre a vida e a morte – e que Deus preserve, lá no Céu, o espírito santo do meu *generale*, com quem eu falhei. Eu também acho que a Mandala se enganchou no Lindy, inicialmente, só pela grana dele. E que, naquele Natal, numa coincidência, descobriu que caíra de paraquedas bem no coração da *Famìglia* do Gero, da *Famìglia* Castellamare. E que, pela grana do Lindy, até pela proximidade da Gigi, pelo seu sonho de se tornar uma modelo de moda, aguentou todas as barras, *cazzo*, todas as provocações e *perdonami*, Tony, todos os seus pronunciamentos, as suas simbologias. Mas, fiozinhos de informação não custam nada. Enfim, eu acho que não vamos nos arrepender caso gastemos o que for necessário pra desvendá-la, inteirinha.

Tony, Paolì, e os outros, mal piscaram. E o *babbo* complementou:

– Grato, gratíssimo, meu caro Vito, pelo seu reforço. *Càppitu*, Tonino e Paolì, vocês dois mudam de rota mesmo sem vento. Primeiro, cobrem a moça de investigações grotescas, ginasianas. E, depois de me escutarem, depois de eu sugerir as ações, essas sim, adequadas, que o Gumbà executou com toda a velocidade imprescindível, *cazzo*, depois de mais de seis anos de cagada atrás de cagada, continuam agrilhoados nessa bosta de maniqueísmo. Antes, ela era uma rampeira de quarta categoria. Subitamente, se transformou numa ameaça à *Famìglia*. Ora, *senza dubbio*, ou Marcella ou Pepita, essa vagabunda ainda representa um perigo. Embora ela tenha recusado a proposta do Tattoo, pra nos chantagear, e embora, segundo o Tattoo, ela seja burra, evidentemente se tornou uma ameaça – latente. Mesmo que tenha se apaixonado de fato pelo Leonardo, e mesmo que ela pretenda se regenerar. Mas, *cazzo*, eu sou fatalista, ainda nos falta a *certitudine* das motivações da Mandala. E, putamerda, ainda falta a *certitudine* maior: será que ela deseja, mesmo, se regenerar, ahn?

Os componentes do conclave não moveram um único cílio.

Inefável Don Caló, abiscoitou de vez o comando – e determinou:

– Gumbà, termine as suas investigações. No bairro, na tal praça, até com o alfaiate. Caso confirme que ela é do mal, adotaremos novas providências. E, Gumbà, leve a moça pra cama. Isso mesmo, tente fazer com que ela traia o Leonardo. Tente, como puder. Não existe lugar melhor do que a cama, depois de um pau eficiente, pra uma moça como a Marcella abrir o bico, *certo*? Essa Mandala só ganhará a minha absolvição se permanecer fiel ao Leonardo...

Ninguém, ninguém, naquele conclave, ousou contestar Don Caló.

▼

Pois Vicenzo Mutarelli engrenou nas suas investigações – integralmente à maneira que lhe ordenara Don Caló. Sabia que o *babbo*, ao menos na última década, na hierarquia da *Famìglia*, nem mesmo funcionava como um segundo *consigliere*. Desde bem antes do atentado da Via Dante, em Palermo, era de Paolì, eventualmente até de Lindy, na ausência do titular, que recebia as suas instruções. Não conhecia os motivos da súbita reassunção do patriarca àquela posição de general. Mas, conforme tinha aprendido, na sua infância na Sicília, com o próprio pai, primordialmente deveria obedecer ao mais idoso do clã.

Pacientemente, vasculhou a pracinha Benedito Calixto à cata de dados a respeito de Pepita – ou de Marcella. Numa fase inicial, colheu muito pouco. Na sua imensa maioria, os expositores e os transeuntes que abordou viravam o rosto quando o Gumbà lhes mostrava as fotos da garota. Depressa entendeu que tal atitude não resultava de ignorância – ao contrário. Provinha de um asco praticamente generalizado pela moça. Todos, na pracinha, adoravam Giordano Agliardi. Obviamente, evitariam magoá-lo, e ofendê-lo. Aqui e ali, no entanto, diante de um punhadinho de dólares, houve quem aceitasse endurecer o dedo. Uma vagabunda, o pobre alfaiate fingia não saber. Uma puta desavergonhada, exibida, que aparecia por lá, esporadicamente, e ainda usava a barraquinha do seu velho para tentar o comércio de bobagens absolutamente abomináveis.

▼

Num sábado de céu nublado, dentro de um garboso abrigo de *jogging* cor de vinho, o Gumbà falcatruou, em andanças pela pracinha, que procurava coisas para o seu apartamento recém-inaugurado de executivo. Circundou e circundou a barraquinha de Giordano Agliardi, escolheu quatro das suas peças – e lhe pagou em dinheiro vivo. Repetiria a dose por mais algumas jornadas. Meticulosamente, cevaria o alfaiate com o seu charme impostado e com a sua carteira fartíssima. Agliardi, claro, paulatinamente, simpatizou com o Gumbà, que se apresentava como Umberto Galante, italiano de Turim, um diretor da Fiat no Brasil. Conversavam no seu idioma, tomavam café e comiam pastéis. Até que, seguro da confiança que abiscoitara, o Gumbà lançou a pergunta:

– E esses outros trabalhos, tão diferentes dos seus, é, quem assina?

A questão não surpreendeu Giordano Agliardi. Já se acostumara com o contraste das suas xilogravuras, infinitamente superiores, em relação aos reles e vulgares bicos de pena da sua bambina. Contou que era viúvo, e que tinha uma filha única. Que a garota, antes, tentara ser modelo, e que lhe conseguira uma bolsa de estudos em um curso de artes – mas que, ainda assim, Marcella, esse o nome da *ragazza*, insistia em desenhos estranhos como as tatuagens que impusera às costas. O Gumbà ouviu, respeitosamente. E mergulhou fundo:

– Mas, eu aprecio o que ela faz... Posso conhecê-la, Don Giordano?

Atordoado pelo ineditismo abrupto do elogio, o alfaiate hesitou:

– Conhecê-la, ahn, como, ahn, como?

– Pessoalmente. É, eu gostaria de saber em que ela se inspira...

Um sorriso faceiro brilhou no fundinho dos olhos do alfaiate. Ah, um súbito admirador das tolices da filha. Talvez Marcella não fosse tão ruim:

– Faz tempo que a Marcella não vem à pracinha. Conheceu um ótimo partido, um medalhão de uma rede de supermercados, um tal Leonardo, nunca me recordo do sobrenome. Eles não se casaram, ainda. Mas, você sabe como é essa juventude de hoje, vivem juntos. Minha filha, creio, deve ter vergonha de mim. Nunca me apresentou ao rapaz, e nunca me disse onde moram, nunca me deu o telefone da casa dela. Eu nem imagino se o tal do Leonardo sabe que a Marcella tem um pai. Mas, consigo localizá-la, por um serviço de recados...

Animado, o Gumbà selecionou um dos bicos de pena da moça e pediu a Agliardi que marcasse um encontro, na pracinha, e na semana subsequente.

▼

Marcella se fascinou com a ideia. Não porque já houvesse esgotado a relação com Lindy. Necessitava do luxo que o namorado-noivo lhe propiciava. Mas, odiava o seu formalismo, a sua ingenuidade, a sua intolerável submissão ao *capo* Tony. Pior, temia que, a qualquer momento, aquela *Famìglia* maldita, e cheia de mistérios, descobrisse o seu passado de surubas na Cantareira.

Sim, sim, *Famìglia* maldita. Efetivamente se enroscara em Lindy graças a uma concidência, um cursinho de artes plásticas. E, quando lhe falara do seu sonho primacial, se tornar uma desfilante de moda, Lindy, sem enunciar o nome, prometera apresentá-la a uma quase maninha de infância, corriqueira nos grandes eventos e nas capas das revistas femininas. Lindy prometera, mas sem cumprir, apesar de toda a insistência de Marcella. E, então, acontecera aquela insólita jornada de Natal, aquela superposição, aquela coincidência disparatada, o seu Lindy – e os Castellamare. Sim, sabia que Lindy era um ultraexecutivo numa rede de supermercados – mas, supermercados, havia aos milhares. Daí, na ceia, testemunhara o discurso maluco de Tony, sobre a morte de Ruggiero, sim, o Ruggiero, um dos seus garanhões no aposento secreto da Cantareira. E escutara a cantilena incisiva: "O nosso Gero saudosíssimo, nosso modelo de coragem e de ousadia, o Gero que partiu numa batalha cruel, exclusivamente compelido em libertar a Gigi e a Lídia de um batalhão de criminosos que, convenhamos, mereceram o seu funeral". Batalha, funeral.

Instantaneamente, durante a ceia e o discurso, Marcella se recordara do seu papo derradeiro com o Tattoo, e a sugestão de uma chantagem, o tal Gero irmão de um *capo* mafioso, a perspectiva de uma grana fácil. E se lembrara de que a sugestão do Tattoo a deixara horripilada. Merda, demônios, bosta, numa coincidência infernal, caíra de paraquedas no reduto da *Famìglia* do Gero e do seu irmão mafioso. Como permanecer, incólume? E como continuar a receber o que Lindy propiciava? Ah, com a sua prática teatral de *putana*, conseguira controlar as suas reações. Só que, depois de consolidar que aquela seria a *Famìglia* do dono do *cazzo* da boate que frequentava em busca de fregueses, o Gero que a comia nas surubas com o mastodonte Villapiano, a cada visita que repetia ao sítio Marcella se tingia de apreensões, bem mais do que prazeres. Sem dizer que, ainda, não realizara a sua fantasia, com a ajuda da tal maninha de Lindy, ah, de se transformar em desfilante. A sacana Gigi, jamais, se dispusera a apoiá-la. Nunca, jamais, sequer, Gigi a convidara a vê-la nos seus eventos.

Umberto Galante, outro milionário. Não lhe custava nada procurar uma alternativa menos aprisionante, e menos opressiva. Aceitou a ideia do pai.

No horário aprazado, à sombra de uma árvore, numa *domenica* gloriosa, sem uma só nuvem no horizonte, o Gumbà constatou que Marcella topara o encontro. Bingo, precisamente a jovem das fotos que se cansara de analisar. Colocou um par de óculos escuros, um bonezinho de time de beisebol – e, jovial, relaxadamente, como um turista distraído, em férias, se aprochegou:

– Giordano, caríssimo, *tutto bene*? Ora, com que, então, que privilégio, esta é a sua *bambinetta* talentosa... Ah, *piacere, ragazzina*, sou seu fã.

A vaidade de Marcella ofuscou o Gumbà – no caso, Umberto Galante. Impávido, com uma reverência medievalmente cavalheiresca, o Gumbà beijou as duas mãos da Mandala – que se seduziu, imediatamente, e se ofereceu:

– Nossa, que distinção! Ah, é, precisamos nos conhecer melhor...

O Gumbà reprisou a reverência e, meigo, se dirigiu ao alfaiate:

– Apenas com a autorização de Don Giordano Agliardi. Pode ser?

Apesar da rapidez daquele flerte trovejante, deslumbradísimo, diante do amigo novo, ou de um genro em perspectiva, um genro muito mais palpável e muito mais plausível do que o Leonardo que nunca vira, Agliardi avalizou:

– Ao seu dispor, Don Umberto. Galante no batismo, e no trato...

▼

Propositadamente, Vicenzo Mutarelli havia alugado, por três meses, um apartamento em um *flat* quase ao lado do prédio de Leonardo Regazzoni. Seu primeiro teste com a credibilidade de Marcella. Percebeu que, ao passar diante do edifício de Lindy, a garota se virou e abaixou a cabeça, num esforço para escapulir da visão do porteiro na guarita e dos transeuntes na rua arborizada do Paraíso, pertinho do Círculo Militar. Sacana, o Gumbà lhe perguntou:

– Algum problema, Marcella? O sol poente ofusca os seus olhinhos?

A *putana* titubeou. Mas, respirou fundo, e respondeu, bobamente:

– É, a luz do fim de tarde me incomoda. E eu não gosto deste bairro...

Mutarelli entendeu a atrapalhação – e comentou:

– Compensarei você, *ragazzina mia*. É, eu compensarei você...

Prometido, e feito. No apartamento do seu *flat*, já esperavam pela moça uma centena de rosas rubras, um batalhão de quitutes, uma botilha *magnum* de Prosecco no gelo, um roupão de *plush* de algodão. Melhor, numa parede, o desenho que ele havia comprado, antes, na pracinha. E o Gumbà explicou:

– Isto, e mais tudo, tudo, que você me pedir, *ragazzina mia*...

Marcella se impactou com a cena – e fervilhou, fulminantemente:

– *Amore*, você sempre recepciona as suas gatas desta maneira?

O Gumbà desprezou o termo, *amore*. Pudesse, teria esganado a garota e atirado o seu corpo inerme no lago do Ibirapuera. Não fraquejou, porém:

– Não tenho outras gatas, *ragazzina mia*. Criei tudo isto pra você...

Era a verdade. Ainda que absurda, nada além da puríssima verdade.

Tolamente safada, Marcella achou que dominara o inocente Galante:

– Só por causa, ahn, *amore*, do meu desenhozinho?

Mutarelli já esperava aquela questão. E fanfarroneou:

– Sou um paranormal, *carina mia*. No momento em que deparei com o seu desenhão, lá na barraquinha do seu *babbo*, instantaneamente eu soube que estava muito perto da mulher de minha vida. Daí, depressa, criei tudo isto pra você – com exclusividade. Antes mesmo de cruzar com você, na barraquinha do seu *babbo*, ah, eu sabia que me apaixonaria, *sì*, *sì*, desesperadamente...

A coitadinha se vangloriou. Tiraria uma boa grana do tal Umberto.

▼

Duzentos metros além, no seu duplex, o pastor Gigli aos seus pés, Lindy Regazzoni se esmerava na finalização de uma das suas aquarelas. Lembrava-se do que lhe ensinara um dos seus professores, um certo Edoardo Lancellotti: em aquarelas, o fundo do papel tem de aparecer, aqui e ali; em aquarelas que se prezam, os pigmentos não podem cobrir todo o branco do fundo do papel. Examinou a paisagem que havia perpetrado na sua prancheta e concluiu: uma porcaria. Por conselho de Don Lancellotti, não dispensava a textura áspera do Ingres, um papel importado, de excelente absorção, que valorizava o branco do fundo. Desconfortavelmente inquieto, porém, sem imaginar o motivo da sua aflição, havia exagerado na dosagem das cores. Num rompante, arrancou a folha da sua prancheta, a amarrotou e a lançou dentro de um cesto enorme de lixo. Começaria uma outra vez. E uma outra vez fracassaria. Pobre Lindy, não sabia que, num apartamento de um *flat* quase vizinho, no espaço alugado pelo Gumbà, a sua vida começava a mudar. E a se retorcer, aliás, radicalmente.

▼

Sem notícias do Gumbà, sem saber, sequer, se funcionaria o plano de Don Caló, desvendar, na cama, todos os segredos eventuais de Marcella, o *capo* decidiu recorrer a mais um teste horroroso. Por causa da paixão dos seus gemeozinhos pelas pizzas, havia construído um outro forno de lenha, bem ao lado da cozinha da casa do sítio. O *zio* Elia Grazie aprendera a pilotá-lo com sobranceria. Do aparelho do escritório do *babbo*, Tony telefonou a Lindy:

– *Fratello*, saudades. Que faz você, nesta *domenica* gloriosa?

Na sua ponta na linha, o *fratello* hesitou alguns segundos – e disse:

– Nada, Tonino, ahn, nada. Absolutamente nada...

Imediatamente, o *capo* sacou o nervosismo de Lindy. E foi manso:

– Ahn, tudo OK, ahn, entre você e, ahn, a Marcella?

De novo, Lindy vacilou:

– Sim, ahn, sim, ahn, é, claro que, é, ahn, sim...

Uma *Famìglia* que não economizava no ahn-ahn-ahn-sim...

Tony segurou o impulso de gargalhar. Mas, suavemente, insistiu:

– E que fazem, ahn, vocês dois, sim, nesta *domenica* gloriosa?

Quase meio minuto se passou antes que o *fratello* explicasse:

– Estou sozinho, Tony. Ahn, quer dizer, estou com o Gigli. Eu já tentei pintar umas três aquarelas. Mas, ficaram todas umas drogas. Joguei no lixo...

Tony fingiu uma risota adequada. E ofereceu o seu colo:

– Sozinho por que, Lindotto? Você necessita de alguma ajuda?

O *fratello* respirou fundo – e, enfim, escancarou um desabafo:

– Nada, nada de grave, Tonino. Ahn, só que a Marcella decidiu passar o domingo com o pai. O pai que, em seis anos, ela não me apresentou. O pai que ela praticamente não vê. Acho que a Marcella tem vergonha do próprio pai...

Tony detestava conversar daquela forma, à distância. Preferia, sempre, o papo cara a cara. Mas, sem uma outra saída, recomprimiu o torniquete:

– Vergonha, por quê? Você nunca me falou sobre isso, *fratello*...

O silêncio de Lindy se estendeu por mais meio minuto. Amargura:

– Ahn, verdade, nunca disse nada a você sobre o pai dela. E precisaria, Tonino? *Càppitu*, você já investigou toda a história dos Agliardi, *certo*?

Sem denotar o seu desalento, o seu pejo enorme, o *capo* engatou:

– Minha obrigação, meu dever, e meu direito, *fratello caro*...

Mais uma vez, Lindy respirou fundo. E prosseguiu no desabafo:

– *Vero*, Tonino. Saber disso, porém, não impede que eu me chateie.

Embora sem aliviar o aperto, Tony se mostrou doce, e paternal:

– Lindotto, Lindotto, agi assim, também, pra proteger você, *certo*?

Lindy anuiu, com um suspiro longo. E o *capo* marchou adiante:

– Caríssimo, *fratello* caríssimo, você me permite uma observação?

A solicitação empertigou Lindy. Que, de repente adulto, topou:

– Como sempre Tonino. Você não necessita de uma autorização...

Um mentolado por escolta, o *capo* tragou – e reavançou:

– Percebo que você está triste, anh, sem a Marcella. Por que não esquece essa garota, algumas horas, esquece as aquarelas, e vem prá cá, Lindotto?

– Ahn?

– É, esquece... A Mamma já misturou uns dez quilos daquela sua massa sensacional. Hoje é o dia de devorarmos as pizzas do *zio* Elia. Estamos só nós – os íntimos da *Famìglia*. Vem pra cá, Lindotto. A Mamma e Don Caló, com certeza, adorarão rever você. Eles – e, principalmente, os gemeozinhos...

Os íntimos da *Famìglia*. Lindy se comoveu. E prometeu que iria.

Tony quase mastigou o fígado. Afinal, na dependência do que o Gumbà extirpasse de Marcella, caso o plano de cama de Don Caló terminasse em um sucesso, teria de arregaçar, para Lindy, todas as safadezas da sua *putana*.

Teria. Talvez, até mesmo, na noite daquela *domenica* gloriosa.

▼

Antes que a sessão de redondas principiasse, Tony convocou Don Caló e Paolì, exclusivamente o *babbo* e o *consigliere*, a um conclave veloz.

Definiu tudo que ocorreria, talvez, mais tarde, naquela mesma noite, no caso de o Gumbà lhe entregar os atestados dos malefícios da Mandala:

– Só nós três, e o Vicenzo. Não desejo humilhar mais o Leonardo...

O *babbo* e o *consigliere* aplaudiram a decisão. Cruel, mas crucial.

▼

Sensualmente, de fato uma profissional, depois de permitir que o falso Umberto acarinhasse as suas tatuagens, apalpasse o seu bumbum, molhasse a sua boca com um turbilhão de chupadas, a Marcella-Mandala aceitou que o Gumbà a desvestisse, devagarinho, num ritual que o suposto executivo da Fiat percorreu com dor e obrigação. Não queria magoar Lindy, ainda que isso lhe parecesse inexorável. Obter uma ereção, claro, exigiria dele uma concentração além de extraordinária. O Gumbà, no entanto, cumpriu bem a sua missão, e realizou a sua incumbência com o louvor ao seu alcance. De mente presa a um destino diferente, satisfez Marcella durante um par de horas. Daí, sondou:

– *Càppitu*, o seu *babbo* me contou que você é uma mulher casada...

Marcella não se abalou com o aparente desafio. Ao contrário, viciada no sexo comercial, convicta de que Umberto curtia os fetiches, escancarou:

– Quase casada. Ele e eu, ahn, nós dois, só moramos juntos, no mesmo apê. Aliás, um apê bem pertinho daqui. Ele se chama Leonardo. Agora, saber que ele está, logo ali, ao lado, entretido com as suas aquarelas, com o seu cão pastor, um pentelho fedido, putamerda, me excita, *caro mio*. Cê se aborrece se eu tenho um outro macho? Pelo que você já demonstrou, eu acho que não...

Um outro macho. A expressão repugnou o Gumbà, um iniciado na Cosa Nostra – mas, um súdito da Velha Máfia e, na sua ética, um conservador. Pior, a Mandala perpetrara o comentário, vulgar, com as mãos no seu pinto quase duro. Antes de replicar, o Gumbà recorreu a um longo, um longo suspiro:

– Não me aborrece, não. Mas, e o seu marido, o que ele vai dizer?

Marcella praticamente selou a sua sentença com a resposta que forneceu – uma resposta caudalosa, inconscientemente tola, babaca, irresponsável:

– O Leonardo, o apelido dele é Lindy, lindinho de verdade. Ah, às vezes ele me fode gostoso, eu não me queixo. Mas, agora que conheci você, e como eu vou chamar você, Umberto? Agora, eu não quero mais saber do Lindy...

O Gumbà se esticou na borda do leito e pescou um cigarro. Pela honra da *Famìglia*, pela imperiosidade da *vendetta*, se redebruçou sobre os seios da Mandala – que, afinal, Lindy entenderia, um dia, lhe pareciam majestosos.

Pensou em queimá-la com a brasa fumegante, em fustigá-la, ao estilo de Villapiano. É, talvez, aquele teste brutal se transformasse numa jornada além de inolvidável. Todavia, mais profissional do que Marcella, se conteve. Alçou o seu corpanzil, apagou o cigarro, lambiscou os lábios da garota, e disse:

– Por que você não quer saber mais, ahn, desse seu tal lindinho?

Enquanto a Mandala meditava na resposta, o Gumbà riu, pelo esôfago. Impossível não se divertir com a lembrança dos ahn-ahn-ahn de Don Caló. A garota demorou uns dois minutos para invadir a senda que ele necessitava:

– Cê quer mesmo que eu te conte, ahn, meu monstro?

Ao escutar a palavra, monstro, Mutarelli gargalhou pela traqueia:

– Sim, sim, *ragazzina mia*. Eu sou, ahn, ahn, ahn, todo ouvidos...

Por um átimo, a garota hesitou. Necessitava de um reforço:

– E você me protege, se ele me ameaçar?

Mutarelli conteve o retesamento dos músculos. Acariciou Marcella:

– Juro que protejo você, *ragazzina mia*. Não tema nada, comigo...

Mentira. E detonante. Mas, uma mentira fundamental – e indispensável. Inebriada pelo desvelo do executivo da Fiat, pelo seu pau estoico, pelo prazer da loucura, Marcella arregaçaria muito mais do que o Gumbà idealizava. E do que o Gumbà gravava, numa câmera escondida – no forro daquele *flat*.

▼

Enquanto Mutarelli sugava a Mandala, elipticamente, e literalmente, no *flat* do Paraíso, na varanda do sítio da Granja a Mamma Freda servia as pizzas que Elia Grazie perpetrava, aos jatos, pelo forno a lenha, bem ao lado da cozinha. Don Caló, Tony e Paolì, Vito LoRusso e Pippo, Telônio e Gigi, já saboreavam, capitosamente, as redondas de *mozzarella*, de *alici*, de escarola, de calabresa e de camarões, que o *zio* lhes propunha, quando Lindy Regazzoni apareceu. Sozinho. Sem Marcella, sem Gigli. Tony saudou o *fratelllo* com um calor particular. Mas, provocou. Fez uma pergunta, cuja resposta conhecia:

– Cadê a Marcella, é, cadê a sua garota, cadê, meu Lindotto *caro*?

Entre nervoso e constrangido, Lindy replicou, afogueadamente:

– Cê sabe, Tony. Já contei. Foi ver o pai. Esperei. E ela não voltou...

Nas imediações de uma erupção na *Famìglia*, pela inquisição perversa que o Gumbà efetuava, no prédio do Paraíso e, paralelamente, pela ansiedade incontrolável de Tony Castellamare, o *babbo* retomou os procedimentos:

Piedoso, Don Caló acariciou a face mal escanhoada do afilhado:

– Tudo bem, Lindotto. Você sabe que esta casa será sempre sua...

Pobre Lindy, não imaginava o que sucedia às suas costas, num prédio bem pertinho do seu duplex. No entanto, estranhamente, sem perceber a razão, logo se sentiu de novo protegido no aconchego do sítio. Tentou não pensar na sua paixão difamante pela Mandala. E se acalmou ainda mais quando Lídia subiu do chalé com os filhotes, devidamente rodeada por Nicinha, por Mari e por Cida, a folguista. O Gerino e a Silviotta saudaram Lindy com beijos – e se aboletaram aos pés de Tony, entre Bill e Lola, à espera dos seus pedaços. Mari se acomodou junto a Paolì. E Lídia, sempre jornalista, não segurou a fala:

– Lindy, quanto tempo... Cê tá só? Ué, cadê a Marcella, Lindotto?

A segunda domanda seguida, cadê a Marcella?, desnorteou o *fratello*. Mas, embora fosse, ele também, um intuitivo atávico, Leonardo sequer sonhou que, depois daquelas pizzas, nunca mais desfrutaria o corpo da sua amante.

Tony interrompeu o seu sofrimento – e arrematou, antarticamente:

– Às vezes, é melhor que nos reunamos, aqui, só nós, a *Famìglia*...

O *fratello* tremeu ao escutar o tom dolente do *capo* – a *Famìglia*.

Coube à Mamma Freda quebrar, inocentemente, a súbita tensão:

– Leonardo, vou pedir ao Elia que faça uma de atum, como você gosta. E, pros meus netinhos, eu mesma vou preparar uma de *mozza* de búfala...

Abatido, triste, e inconsciente do próprio drama, Lindy se sujeitou.

▼

Sem que a Mandala denotasse, num momento de distração da garota, o Gumbà havia pingado, no Prosecco, um gordo punhado de gotas de sódio pentotal, um produto químico que enfraquece as defesas do organismo em um interrogatório. O SP funciona, mais depressa, quando injetado numa veia. O Gumbà, porém, não podia se arriscar com uma seringa. Teria de aguardar o seu efeito, pacientemente, por meia hora, sessenta minutos, ou mais. De todo modo, arrebatada pelas carícias experientíssimas do executivo da Fiat, a quem supunha Galante, a garota bebeu e soltou o verbo, sem limites. Contou como se tornara frequentadora de L'Omertà, como apreciava a cama com Gero, e como se submetera, por uma grana prodigiosa, às violências de Villapiano.

Inacreditavelmente parlapatona, chegou a descrever o quarto à prova de som em que, nos espancamentos, o buldogue protagonizava. Deslindou em minúcias o seu relacionamento com o Charlie cagão. Lembrou de ter visto, num jornal, o anúncio da morte do dono da boate. Comentou que ficara muito triste com o falecimento de Gero, e muitíssimo aliviada com o desaparecimento de Villapiano. Infeliz e felizmente, numa mesma constatação. Enfim, Marcella confirmou, integralmente, o que o Gumbà escutara do Tattoo. De todo modo, não, não, até que Charlie lhe explicitasse, a garota não tinha a menor ideia de quem seria Tony Castellamare. Só pelo anúncio, e só pelo Tattoo, descobrira que o mano do dono de L'Omertà seria um *gangster*, e fugido da Sicília.

Marcella reasseverou que Charlie lhe sugerira uma chantagem. E que, nas suas vísceras, se horripilara com aquela perspectiva. E que decidira nunca mais se aproximar do ateliê do Tattoo. Ao menos, achava, dispunha de algum futuro. Sim, dólares, milhares e milhares de dólares, arrebanhados nas suas experiências tenebrosas com Villapiano, e com os outros colegas do garanhão na Serra da Cantareira – embora, nem sempre, Villapiano e os seus parceiros de sacanagens, pagassem pela sua boceta e pelo seu rabo. Mas, acumulara economias, que havia filtrado, até em furtos, ah, subreptícios, ela admitiu, da carteira de Lindy, o seu noivinho distraído. Então, sobre o relacionamento com Regazzoni, a moça foi, simultaneamente, modelar e devassa. Relatou que cruzara com Lindy num curso de pintura, que o seduzira com o seu corpo michelangesco e com as suas promessas de um sexo inigualável, à maneira de um certo xará Da Vinci e da Mona Lisa. Relembrou que Lindy lhe prometera ajudá-la na carreira de modelo, através da sua ilustre quase maninha – e que a oferta nunca se realizara. Relembrou a jornada de Natal em que o seu lindinho a conduzira a uma ceia incomum. E relembrou o acidente de perceber que passaria aquela data sagrada, exatamente, com os Castellamare, sim, sim, sim, a *Famìglia* do Gero, e do seu irmão filhodaputa, o *capo* mafioso – e de que modo, ela, uma profissional, necessitara exercer o seu maior controle para não sugerir, nem à distância mais tênue, que já havia visitado a merda da boate L'Omertà, ou que já tinha transado com o seu dono e com o buldogue sadista, nojento, o Brodie que ferrara as suas costas com lanhos e com cicatrizes.

Marcella quase vomitou. O Gumbà a acolheu com um abraço. E, daí, lhe serviu mais e mais do espumante contaminado. Com mais e mais carícias. Outros sessenta minutos de espera – até costurar o seu *overlock* radical:

– Ah, que história sofrida, *ragazzina mia*. Eu vou proteger você, naquilo que você necessitar, fique tranquila. Mas, pra proteger você, eu ainda preciso saber mais uma coisa, uma coisinha só. Ahn, eu posso saber o que falta?

Languidamente, Marcella se enroscou no Gumbà – e se arrebentou:

– Você pode tirar tudo o que desejar de mim, *amore*. Tudinho...

▼

Implacável, o Gumbà Mutarelli não titubeou. Com o apoio do SP, e da fragilidade inconsequente de Marcella, propiciou, à câmera do forro do quarto, os estertores fatais da garota. A Mandala lhe contou que, apesar do desprezo que a tal maninha lhe devotara, apesar da sua frustração, apesar do cheiro dos pelos de Gigli, acabara por se sentir confortável na companhia de Lindy. Que sustentava as suas ambições materialistas e lhe garantia a segurança financeira – indispensável. Melhor, quando a cabeça do lindinho não viajava no mundo da lua, quando o lindinho não perdia o seu prumo por causa das exigências do filhodaputa do tal do *capo* Tony Castellamare, ahn, putamerda, o *fratello* do caralho, para Marcella o dono implacável do seu amante, as sessões de cama se desenvolviam arrebatadoras. Nenhuma das sessões de cama com o lindinho, porém, minimamente se ombreava àquela jornada devastadora, ahn, debaixo, por cima, nem conseguiria descrever, com o seu bravo Umberto Galante.

Restava ao Gumbà um último item na sua inquirição libidinosa:

– E o Khwyis, onde entra o Khwyis nesta história, *ragazzina mia*?

Marcella não acusou se recordar do nome. E, dormente, indagou:

– Quem, que que vis, o quê, o quê, que vis, *amore mio*?

A mão direita no intervalo das coxas da garota, mais e mais carícias, um esforço supremo de domínio, o Gumbà lançou um tiro de misericórdia:

– Um jordaniano, era parceiro do Gero, e do Villapiano, nas brincadeiras daquela mansão, ahn, no quarto à prova de som. Cê se recorda do cara?

Conforme pôde, o Gumbà rascunhou, fisicamente, o jordaniano.

Marcella tremelicou – e por um triz não desmaiou. Irrecuperavelmente, o SP a enterrava no entorpecimento quase total. De uma gavetinha da cômoda daquele apê, o Gumbà tirou algumas fotos do terrorista e exibiu à moça.

Praticamente desfalecida, pela avalanche de gozadas e pelos efeitos dos barbitúricos, a garota demorou um minuto até se ativar, e até responder:

– Acho que sim... Ahn, um mulato, de pinto gigantesco, que adorava me comer pelo rabo. E que adorava me bater, com um cinto grosso de couro...

O Gumbà conduziu a Mandala a um último orgasmo, prêmio calhorda de consolação. Aguardou que a garota, sem mais alentos, sucumbisse ao sono. Recolocou as suas roupas. Recolheu a fita do cerimonial que havia registrado, cobriu Marcella com uma manta de lã e rumou, célere, ao sítio da Granja. Não se sentia nada feliz. Mas, confortado, tinha cumprido a sua missão radical.

▼

Depois de notificar Tony Castellamare, ao telefone, do sucesso absoluto da sua tarefa *nefària*, Vicenzo Mutarelli desembarcou na Granja por volta das 23h05. Lídia, os filhotes, a Mamma, Mari Oliveira, Nicinha, o Pippo, Elia e a babá folguista, já saboreavam o descanso nos seus aposentos. Gigi e Telônio Meira estavam bem longe de lá – o seu pretexto, uma festa tardia com alguns amigos da moda, no lançamento de uma *griffe* promissora, a justificativa que Don Caló e Tony deglutiram, aos sorrisos, bem-humorados. No entretempo, várias e várias vezes o aflito Lindy Regazzoni ligara ao seu duplex em busca das notícias de Marcella. Várias e várias vezes se despedira da *Famìglia*. Em todas as ocasiões, porém, o *capo* evitou que o seu *fratello* partisse. À chegada do Gumbà, uma cassete na mão esquerda, Tony determinou, frigidamente:

– Lindy, querido, existe algo que você precisa ver. Agora, agorinha...

O *fratello* se assustou. Claro, Lindy se recordava do Gumbà, o líder do time de detetives etcetera e tal dos Castellamare. Enquanto Tony segurava um dos seus braços e o conduzia, firmemente, sem apelação, ao salão de jogos, imaginou que se submeteria a um julgamento pela *Famìglia*, como aquele de Ruggiero Castellamare, anos antes, num galpão enfurnado no mato. Mitigou-se, porém, ao verificar que não havia, no salão, uma mesa de tribunal. Existia, apenas, um aparelho VCR, e um telão inesperado, dependurado na parede.

Don Caló liderou os procedimentos. O Gumbà lhe passou a fita. Tony e Paolì se depositaram em duas poltronas. O *capo* concedia ao *babbo*, sempre e mais, o comando das ações. Uma formidável homenagem ao *vecchio* garboso que logo decolaria, deste universo – com o máximo disponível de altanaria.

O patriarca não economizou na conduta. Mostrou a Lindy as toneladas de fotos pornográficas de Marcella Agliardi. Daí, reportou ao *figliolo* quase adotivo as atividades da moça, sob o codinome de Pepita Rossellini. Solicitou que o Gumbà lhe revelasse o que descobrira na boate, com Charlie Tattoo, na pracinha Benedito Calixto. Até com o pai da moça. Enfim, destruiu Marcella: colocou o cassete tenebroso no VCR e apertou o botão de *play*. O Gumbà se virou de costas. Apesar de toda a sua eficiência profissional, não desejava que Lindy fitasse a sua face, o seu vexame, ah, comportamento vil. Mesmo Tony e Paolì, empedernidos por tantos padecimentos passados, se encolheram à visão das imagens que o Gumbà colhera. De esguelha, Tony vislumbrou que o *fratello* chorava. Levantou-se do seu posto e, pelas costas, propiciou a Lindy um abraço absurdo, calorosíssimo, inigualável na sua amizade de décadas.

Lindy também se alçou e, com um aceno de cabeça, implorou ao *babbo* que interrompesse a exibição infame. Respirou fundo – e afirmou a Tony:

– Ordene, Don Castellamare, *càppitu*, ordene, e eu acabo com ela...

Tony ampliou o seu abraço, com um carinho transbordante. O *fratello* percebeu que o *capo* também chorava. Tony se soltou do irmão, e disse:

– Esqueça, Lindotto. De novo, a culpa é integralmente minha. *Cazzo*, eu deveria ter impedido este seu padecimento, na raiz, lá atrás. Como diz o Don Caló, sou petulante, sou presunçoso, sempre acho que tenho tudo sob controle. É, eu sou um bostamerda, Lindotto, não consegui evitar que a Marina e que as minhas três criancinhas explodissem em Palermo. E, *cazzo*, essa sua garota me perturba desde que você a trouxe pra cá, *cazzo*, naquele Natal. Eu me limitei a brincar de *capo*, a investigar, superficialmente, ridículo, a vida dela. Ah, se eu tivesse, lá, ouvido Don Caló, não nos submeteríamos, todos, a este terror...

O *fratello* devolveu o abraço. Don Caló, Paolì, até mesmo o Gumbà, se aprochegaram e se enlaçaram, empolgadamente, como na celebração de um gol, num prélio de futebol. Lindy, enfim, enxugou as lágrimas nas mangas e no peito da blusa de Tony. Encheu os pulmões e, uma outra vez, observou:

– Ordene, Tonino. Ordene, e eu acabo com ela...

Paolì dissolveu os nós daquelas diversas gargantas:

– Lindotto, já sabemos o que a Marcella é, de onde ela veio, o que ela já fez. Não vamos sujar as nossas palmas com sangue ruim, *fratello nostro*...

A expressão encantou Lindy: *fratello nostro*. De novo, na *Famìglia*.

Tony sacou – e, recuperado, uma outra vez um *capo*, determinou:

– Meu irmão, meu irmão querido, apenas tire essa mulher, agora, da sua vida, *certo*? Deixe que o Vicenzo ajude você. E volte pra cá, inclusive com o Gigli, OK? É, eu não aceito recusa. Hoje, você dorme aqui, aqui, *capisce*?

Cabisbaixo, envergonhado, mas um sobrevivente, Lindy se foi.

E, atrás do Lindy sobrevivente, solerte caminhou o Gumbà.

Tony não precisou lhe ministrar instruções. O Gumbà sabia exatamente como agir. Cuidaria para que a despedida da moça transcorresse sem traumas. Mas, caso a Mandala reagisse de forma incômoda, inoportuna, e caso Lindy se descontrolasse ao revê-la, talvez se obrigasse a neutralizá-lo – e, pior, talvez necessitasse, ele, sim, o Gumbà, tingir os dedos com o sangue ruim da moça. Mentalmente, implorou a Santa Rosalía que o ajudasse. Jamais, antes, em toda a sua carreira na Velha Tradição, havia arruinado, fisicamente, uma mulher.

▼

Para o alívio do Gumbà, a despedida de Marcella Agliardi por Lindy Regazzoni aconteceu muito, muito mais facilmente, do que Tony Castellamare havia projetado. Lindy acompanhou o Gumbà ao apartamento alugado do *flat*, despertou a garota, a retirou do leito e pediu que ela embolasse as suas tralhas. Do *flat*, os três rumaram ao apê de Lindy, onde Marcella empacotou tudo que possuía em duas malas – cedidas pelo agora ex-namorado. A simples presença do Gumbà, naquele ritual de telenovela, asseverou à Mandala o tamanho descomunal da cagada que cometera. Apavorada, e ainda semidopada, se limitou a pedir algum dinheiro para os gastos imediatos. Lindy lhe passou um gordo pacotinho de notas e ficou ao lado de Gigli, sólido, estático, antártico, enquanto Marcella se aprestava. Lindy não manifestou, sequer, algum sinal de piedade. Ao adentrar o elevador, com as suas valises, porém, à la Pepita, a Mandala prometeu, sim, prometeu, numa frase, que obteria a sua *vendetta*:

– Seu bostamerda do capeta, ainda vou acabar com você, eu vou...

Na rua, à saída do prédio, o Gumbà abordou Marcella. Abordou – com uma delicadeza exemplar. Meramente lhe apertou um cotovelo – e jurou:

– Eu escutei o que você falou. Se o cachorro do Dr. Leonardo pegar uma febre, e cair doente, porei a culpa em você. Deu pra você entender, ahn?

Mesmo desatinada, a Mandala acenou que sim, ahn, compreendera.

Mutarelli não diminuiu o seu aviso. Outra dor no cotovelo da moça:

– *Razazzina mia*, eu sou capaz de matar um homem só com o polegar, tá? E, no seu caso, *ragazzina*, me viro só com o meu mindinho, *capisce*?

Marcella Agliardi aceitou o seu carma, e sem devolver a ameaça. Claro, Marcella não tinha como reagir à ameaça. Que bosta, pensou. E que vida...

▼

Gigli pela coleira, Lindy testemunhou a cena do jardim do seu edifício. Assim que a garota conseguiu um automóvel, a cujo taxista o Gumbà pagou, lauta e antecipadamente, Lindy se ajoelhou, ao lado do cão, e lhe permitiu que lambesse a sua bochecha salgada pelas lágrimas. Cretino, cretino, um asno, o maior *sciccareddu* da galáxia, se penitenciou. Lindy chorava ainda quando o Gumbà se encostou, o compeliu a ficar de pé – e, galhardamente, declarou:

– Quero o seu perdão, Don Leonardo. Por favor, quero o seu perdão.

Lindy endureceu o torso – e tentou um sorriso, de lábios cerrados:

– Perdão? Por que, Gumbà? Você fez o que lhe mandaram. E devia...

Um nobre capitão do exército singelo da *Famìglia*, apesar da ignomínia da tarefa que havia completado, também ele de olhos inundados de lágrimas, o Gumbà se curvou, pegou a mão direita de Lindy, e lhe pespegou um beijo:

– Devia. Mas, não me orgulho, Don Leonardo. *Prego, perdonami*...

Enfim, depois de milênios e milênios de angústia e de confusão, depois de lesar a sua dignidade na *Famìglia*, depois de praticamente conspurcar o seu amor pelos Castellamare, por causa do tesão irrecorrível que o algemara à Mandala, Lindy se sentiu, de novo, repleto de autoestima e de satisfação:

– Sem dúvida, Gumbà, fique tranquilo. Melhor, eu agradeço, e bastante, esta sua oferenda. Eu agradeço. Creia, Gumbà, eu não preciso de um Freud, de um psiquiatra, para purgar a minha cagada, a minha estupidez. O Tonino, num zilhão de vezes, me remeteu recados – quando não me avisou, diretamente. E, ainda assim, eu insisti na estultice. Mas, Gumbà, a história da nossa gente se autoexplica. Gerações e gerações e gerações de reação aos invasores, Gumbà. Você, acredito, até recebeu um treinamento muito melhor do que o meu, você recebeu um treinamento de guerra. Eu fui sempre um afilhadinho, Gumbà...

Mutarelli sabia que Lindy precisava de um ombro, para o desabafo:

– Sim, fiz o que me mandaram. Eu fiz o que devia. Mas, de todo modo, meu caro Don Leonardo, *prego, perdonami*, fiz, mas não me orgulho. Ahn, não me importa a diferença de treinamento que recebemos, não me importa se eu pego nas armas – e o senhor trabalha com a cabeça e com os números, Don Leonardo. Em qualquer circunstância o senhor merece o meu respeito. Talvez, depois das minhas descobertas iniciais, ahn, das safadezas, ahn, da Mandala, talvez, se eu avisasse o senhor, talvez o senhor tivesse se livrado dela sem que nós chegássemos, todos, a *Famìglia*, o senhor, e eu, a esta desgraceira...

De ânimo quase resgatado, Leonardo Regazzoni absolveu o Gumbà:

– Talvez, Vicenzo. Mas – e eu ainda vou conversar com Don Caló, com o Tony, com o Paolì, sobre isto, merda – eu me embriaguei por um amor de pica, *cazzo*, e coloquei, sim, uma égua de Troia na *Famìglia*. Porra, seis anos...

Sem que o exausto Lindy minimamente denotasse, graças ao melhor do seu vasto treinamento de guerra, o Gumbà o atravessou com os seus insidiosos raios-X mentais. Paranormal. O Gumbà quase regurgitou ao voltar no tempo, horas antes, e ao recordar como se saciara com a cretinice de Marcella. Tony Castellamare não enunciara qualquer ordem definitiva, e fatal. Mas, o Gumbà sabia que, à menor desconfiança de um escorregão fatal do *fratello* do *capo*, apenas Gigli viajaria de retorno, à Granja Vianna, naquele domingo infernal.

Tranquilizou-se com a autenticidade do sofrimento que leu em Lindy:

– Terminou, Don Leonardo. *Per carità*, se convença de que terminou.

Não, sem ilusões, amargou Lindy. Ah, a imundície desvairada que havia testemunhado nas cenas gravadas pelo *capitano* dos detetives. O corpo, que considerava seu, solapado por outro homem. O corpo de uma vil rampeira – que já fora de Ruggiero Castellamare, e de Brodie Villapiano e, talvez, até, do jordaniano Khwyis. Bem mais do que um *sciccareddu*, Lindy se sentiu um transgressor da honra da *Famìglia*. Um infame, talvez pior do que o Gero. Ah, como se punir – e, daí, como se purificar? Num repente, de algum resquício ainda soberano da sua alma, extraiu um argumento que chocou o Gumbà:

– Vicenzo, e pra onde foi aquela porra da Marcella?

Atônito, perplexo, Vicenzo Mutarelli titubeou:

– Como? Pra onde? Ahn, como, Don Leonardo?

As suas cicatrizes doíam. Lindy, no entanto, não tinha como recobri-las de tatuagens. Ao menos, não tinha naquele debate, quase de madrugada:

– *Cazzo*, Gumbà, pra onde você enviou a porra da Marcella?

Repentinamente, o Gumbà percebeu que, apesar da sua eficiência, e do seu estro de profissional, não se preocupara com o destino da moça. Cagada. Sentou-se num banco do jardim, fitou Lindy com admiração – e lastimou:

– *Càppitu*, Don Leonardo, *càppitu*, eu não tenho a menor ideia...

Coube a Lindy confortar o gigante. Incisivamente, polar, observou:

– Vicenzo, tá OK, eu sei, eu sei que, na dependência do que acontecesse, nesta minha despedida da Marcella, eu sei que você a lançaria no rio Pinheiros ou no lago do Ibirapuera. Eu sei que você me afogaria numa banheira. E eu sei que você sumiria com o meu corpo, OK? Não, Vicenzo, não, *per favore*, você não precisa negar, desmentir, *cazzo*, eu simplesmente sei, OK? E eu mereceria que você me queimasse lá no reino do demônio, não vamos mais discutir isso, agora, tá? Eu cometi uma puta besteira – e vou padecer, bilênios, pela cagada que fiz, OK? Repito, ainda vou conversar com Don Caló, com o Tony, e com o Paolì, sobre isto, merda. Eu me embriaguei por um amor de pica, *càppitu*. Mas, você acredite, se quiser, não sou tão mula, tão asno, e tão *sciccareddu*, assim. Sei que é muito cedo, ainda, pra que você, o Tony, Don Caló, o Paolì, e a putaquepariu, creiam que eu sarei. É, merda, eu vou padecer trilênios, *cazzo*, pela minha imbecilidade. No momento, esqueça. Há algo mais a fazer, tá?

Impressionado pela maneira com que Lindy se tornara uma Fênix, a ave calcinada a ressurgir das suas próprias cinzas, o Gumbà invejou o treinamento que o *fratello* do seu *capo* recebera. Como podia, depois de seis anos, seis anos, alguém modificar a sua postura, totalmente, em seis horas? Achou mais conveniente não discutir. Achou melhor escutar o que Lindy lhe afirmava:

– Diga, Don Leonardo, o que, ahn, nós dois, ahn, poderemos fazer?

Lindy foi sintético. E Lindy foi, estrepitosamente, professoral:

– A Marcella não tem, mesmo, pra onde ir. Sem parentes, sem amigos, e até sem amigas. Conheceu alguns colegas, lá no curso de artes que seguíamos. Mas, porque eu nunca permiti gente estranha, ahn, no nosso lar, não fez a menor camaradagem com ninguém. Topou, nestes últimos anos, ahn, encostar em mim, sem reclamar. Sem contar as ocasiões, eventos, em que nós íamos ao sítio, em que nós viajávamos a Ilhabela ou a Campos do Jordão, em que íamos a uma *vernissage*, ao cinema, ao teatro, ou a um restaurante, ficávamos juntos, absolutamente sozinhos, ela, eu, nós, o Gigli, no meu apartamento. Aliás, ahn, Gumbà, diga a verdade: o Tony, por acaso, grampeou o meu apartamento?

O Gumbà, claro, confirmou o óbvio. E, com uma mesura, aduziu:

– Microfones em toda a parte. Inclusive na coleira do seu pastor...

Inclusive na coleira de Gigli. Ao invés de se irritar com a invasão da sua privacidade, Lindy deixou fluir uma gargalhada – e continuou, didático:

– Sou mesmo uma besta. Eu deveria ter imaginado. Quer dizer que, ahn, vocês acompanharam, e de camarote, todas as nossas trepadas, *certo*?

Com um sorriso, pateticamente sem graça, o Gumbà reconfirmou.

O *fratello* abanou a cabeça. Mas, preservou o seu autocontrole:

– É, eu deveria ter imaginado. Isso significa que a *Famìglia* sabe que a Marcella jamais saía, sem mim, do meu apartamento. Ficava no estudiozinho que eu montei, pra que ela pudesse brincar com os seus desenhos. Enfim, não tem onde dormir. Putamerda, pelo que eu conheço dela, assim que refrescar a cabeça, pensar um pouco, a Marcella vai voltar ao passado, vai pra onde ia quando levava aquelas surras do Villapiano. Vai procurar um refúgio lá no tal do Tattoo. Mas, pelo que você relatou, no sítio, você esmigalhou o focinho do Tattoo. E o idiota, o cagão, um palerma, claro, aterrorizado, seguramente, eu acho, é, desapareceu. Então, *càppitu*, que resta à Marcella, ahn, ahn, meu caro Gumbà? Você consegue imaginar o que sobra à Marcella, sem o Tattoo?

Embasbacado, o Gumbà permaneceu calado. E Lindy fuzilou:

– Porra, Gumbà, fodida como está, ela volta pra casa do pai, OK?

O Gumbà sequer piscou, embora concordasse com a lógica de Lindy:

– Acho que sim. E daí, que nós faremos, que nós faremos, ahn?

Como um quase *consigliere* renascido, Lindy domandou:

– *Cazzo*, e você conhece o endereço do pai dela, o alfaiate?

Ao aceno positivo do parceiro de conferência, Lindy determinou:

– Pois, putamerda, mande alguns homens pra lá...

O Gumbà obedeceu. E, via celular, remeteu uma patrulha.

Lindy ainda dispunha de uma questão inclemente a apresentar:

– Vicenzo, você teria me matado, ahn, se fosse indispensável?

O Gumbà cerrou os olhos – e não respondeu.

E, com o seu silêncio, obviamente, garantiu.

O *fratello* do *capo* engoliu a dor – a seco. E refletiu:

– Tudo bem. Você confiou em mim, eu agradeço. Em troca, porque você confiou em mim, eu faço uma sugestão, cá entre nós, irrecusável. Posso?

Atordoado pela volumosa reascensão de Lindy, o Gumbà topou:

– Diga lá, Don Leonardo, diga, diga lá, me diga...

Topou, sem especular sobre o que escutaria do *fratello* do *capo*:

– Os seus homens, agora que você remeteu uma patrulha ao endereço do Agliardi, vigiarão a Marcella, ahn, a Mandala, *certo*? Vigiarão, de pertinho.

Num meneio de cabeça, o Gumbà garantiu a sua concordância. E Lindy prosseguiu na explanação. Uma *vendetta*. Sim, Lindy montaria uma vingança, por sua conta, por seu risco. Embora fosse implausível um sucesso do *fratello* do *capo*, um civil, um não-soldado, em uma *vendetta*, o Gumbà registrou.

– Você, e os seus homens, vigiarão a Marcella. Mas, caso a Marcella se encontre, de propósito, ou por um reles acidente, com aquele filhodaputa do Khwyis, *capisce*?, eu quero saber, antes do Tony, *capisce*? É um acordo?

O Gumbà firmou o trato. Claro, teria de reportar, ao *capo* e a Paolì, todo o teor daquela conversa. Mas, caso solicitassem a sua opinião, que comentário faria? Mesmo apressadamente, pela premência de tempo, analisou e reanalisou a linguagem verbal e a linguagem gestual de Lindy. Sim, admitiu, o *fratello* de Tony parecia ressuscitar da sua tragédia – e parecia recuperar boa parte da sua lucidez. Só que, paralelamente, Lindy lhe parecia à beira de enlouquecer.

▼

De fato, conforme Leonardo Regazzoni havia conjeturado, obviamente sem um paradeiro, Marcella pediu ao taxista que a levasse ao endereço mais viável naquela condição – ao ateliê de Charlie Tattoo. Tentou a campainha, bateu e rebateu na porta, inutilmente. À beira do sufoco, pediu ao motorista que a aguardasse, atravessou a Cardeal Arcoverde e se dirigiu, um quarteirão abaixo, a um boteco de noctívagos que o Tattoo costumava visitar. Perguntou ao dono onde Charlie estaria. Ao invés de resposta, escutou uma erupção:

– O Tattoo? Sofreu um assalto. Arrebentou o nariz e a boca, perdeu uns dez dentes, se internou na Santa Casa, por uma semana. Daí, ahn, apareceu por aqui, cheio de pontos na cara. Pagou a sua conta, disse que ia fechar a lojinha e que, ahn, ia sumir deste planeta. E nós, raios, nunca mais soubemos dele...

Embora fosse, efetivamente, pouco esperta, embora ainda afetada pela sua jornada tétrica de experiências no *flat* de Umberto Galante, pela ingestão do SP e pela forma polar com que Leonardo Regazzoni a expulsara do duplex, a Mandala tentou ponderar. Lindy jamais lhe transmitira qualquer detalhe a respeito do seu trabalho, ou da sua família com efe minúsculo – e nem, depois daquela inusitada ceia de Natal, sobre a *Famìglia* do *capo* Castellamare. Mais: em quantas, em quantas ocasiões, Marcella não havia varrido os guardados do amante em busca de papéis, de documentos, de anotações, que ilustrassem a vida do lindinho? Niques. Na belíssima carteira Vuitton que Lindy depositava, no aparador da sala de jantar, a cada noite, depois de voltar, e que ela tinha a chance rara de remexer, enquanto o seu mantenedor tomava a sua ducha, só encontrava dinheiro – que, às vezes, aliás, furtiva, não hesitava em larapiar. A Mandala sequer fantasiava onde Lindy poderia enfurnar o seu RG, o seu CPF, a sua licença de motorista, ou os seus talões de cheques. Provavelmente, em algum escaninho ultrassecreto – que ela nunca, nunca, chegara a descobrir.

Em seis anos de trepadas e de contatos cotidianos, porém, de maneira inconsciente, involuntária, Lindy lhe propiciara uma infinidade de aulas sobre o comportamento em situações de crise. Então, num reflexo, embora burra, e dopadaça, Marcella raciocinou – pavlovianamente. Um assalto? Ora, e como, depois de um assalto que havia fragmentado o seu rosto frágil, o Tattoo teria recursos para solver a sua conta no botequim? Não, tolice, não um assalto. Melhor pensar numa sacanagem dos traficantes a quem Charlie devia bastante. Traficantes? Não, de novo, não, não, ela considerou. Afinal, à parte a justiça de uma surra, os credores do Tattoo também não se aproveitariam para levar toda a grana que encontrassem no ateliê? Claro, nada de traficantes. Enfim, no impulso, Marcella rememorou o tamanhaço da manopla de Umberto Galante, bem no meio da face desprevenida de Charlie. E, daí, pensou na Máfia. Claro, a Máfia de Tony Castellamare, o *fratello* ruivo, o controlador que dominava o seu lindinho. Num relâmpago, um arrepio de susto atravessou sua medula.

Putamerda, putamerda, poderia ter morrido, Marcella realizou. E, muito pior, ainda poderia desaparecer – sem que ninguém, ninguém, padecesse pelo seu apagamento. Galante. E qual nome utilizaria, de verdade, o Umberto? Ah, talvez, aquele filhodaputa do caralho a tivesse poupado, só temporariamente, apenas. Talvez não quisesse sacrificá-la bem na frente de Lindy, no prédio do namorado. O taxista, um assassino de aluguel? Não. Improvável. Pretendesse matá-la, já teria cumprido a missão. Capangas da Máfia na sua cola? Inquieta, olhou e reolhou as calçadas da Cardeal. Nada à vista, além de um Passat de vidros enfumaçados e, aparentemente, vazio. Precisava sumir, se esconder por alguns dias, meses, até decidir o seu futuro. Mas, onde? Ninguém, mesmo, se preocuparia com o seu sumiço? Num rompante de resgate das suas raízes, retomou o carro e forneceu o único rumo que lhe sobrava – a casa do pai.

▼

O alfaiate Giordano Agliardi se habituara a dormir cedo, principalmente num domingo de transações na Benedito Calixto. Pobre coitado, sonhava com a felicidade da filha – que, enfim, ganhara do zodíaco um presente apetecível, o nobre Galante, um homem rico, educado, apreciador das artes, executivo da Fiat. Demorou uns dez minutos até assimilar o barulho da campainha. Olhou o despertador, no seu criado-mudo, no segundo piso do seu sobradinho – quase três da madrugada. Com um esforço descomunal, alçou-se do leito e caminhou até o banheiro. Lavou e relavou o rosto na água superfria da pia, enquanto a campainha continuava a disparar. Quem seria, às três da madrugada? Notícias boas não costumam despontar em tal horário. Por precaução, antes de atender, escalou o bidê e olhou, através da janela basculante. Marcella. E por quê?

▼

Vicenzo Mutarelli retornou ao sítio bucólico da Granja, e ao espaço dos Castellamare, praticamente no mesmo tempo em que Marcella Agliardi socava e ressocava a porta do pai. O Gumbà não desgrudara de Lindy Regazzoni e do seu nobre Gigli. Pessoalmente, o *capo* Tony se incumbiu de reapresentar o cão formoso do *fratello* a Bill e a Lola, seus envelhecidos progenitores. Os bichos cambiaram focinhadas – e se apaziguaram. De novo, pessoalmente, Tony prendeu Gigli em um canil vazio, pertinho do principal, e conduziu Lindy a um aposento vazio. Esperou que o seu amigo-irmão, sem a menor reação, desgastadíssimo, tombasse na cama, e retornou à varanda da propriedade. Lá, Paolì, Don Caló e o Gumbà o aguardavam junto a uma mesa com drinques e com petiscos. Comovido, o chefe dos detetives descreveu ao *capo*, e aos três outros integrantes do conclave, tudo que apreendera, doído, com Lindy:

– Ele ressuscitou, Don Castellamare. E ele ressuscitou, tão rapidamente, que eu me apavorei, em princípio. Ninguém viaja do fogo à água tão depressa. Mas, ahn, eu confio no Lindy. É, confio, mesmo. Até porque o Lindy, ahn...

O *capo* aproveitou aquela hesitação do Gumbà para lhe perguntar:

– O Lindy, ahn? Desembeste, Gumbà, quero saber tudo, mesmo, tá?

E o Gumbà relatou ao *capo*, a Don Caló e ao *consigliere*, até a bronca que engolira por não cuidar da nova vigilância da garota no endereço do seu pai. E até o projeto de *vendetta* que o *fratello* o convidara a compartilhar.

Tony digeriu mais um equívoco. *Cazzo*, até quando Tony erraria?

– Brilhante, você, Gumbà. E brilhante o Lindy. Mas, mas, e agora...

Don Caló se imiscuiu na negociação. E reimpôs a sua conduta:

– Agora, Tony, sim, e agora, Gumbà, apenas nos resta seguir essa reles *putana*, e apenas nos resta permitir que o destino escolha a sua rota. *Càppitu*, eu tou de saco cheio com tantas e tantas derivações do principal. Porra, vocês mandam a moça embora e não sabem, ahn, pra onde a tal da moça foi? *Cazzo*, Tony, e *cazzo*, você, Paolì, *consigliere* bostamerda do meu filho, *cazzo*, *cazzo*, e *cazzo*, não são capazes de montar um plano de cartilha, de criança, ahn?

Numa sombra, atrás da varanda, Elia Grazie sorriu, em silêncio.

Contrito, Paolo Garzya mal respirou. Embaraçado, Tony mal fitou o seu *consigliere*. O patriarca, porém, dispunha de mais instruções a distribuir:

– Gumbà, mantenha um batalhão na cola do Lindy, tá? Eu não quero que o Lindy se afaste daqui, é, por um bom tempo. Mas, mantenha um batalhão na cola do meu afilhadinho. Eu não quero perder o meu afilhadinho, tá OK?

Enquanto Tony e Paolì, caladíssimos, aquiesciam, e enquanto o Gumbà corroborava a sua compreensão, na mesma sombra Elia Grazie aplaudia:

– *Minchia*, esse Calógero parece mais, mais genial do que nunca...

▼

O terrorista Khalid Haissa Khwyis já sabia que Marcella, a garota das tatuagens nas costas, vestira um codinome, Pepita Rosselini, nas suas audácias com Gero Castellamare, com Broód Villapiano e com ele mesmo, um bandido procurado pelo Mossad, nos entreveros sadoeróticos da mansão do alto da Serra da Cantareira. A Pepita Rossellini de quem, numa das suas sessões de sexo e de pancadas, o jordaniano havia furtado alguns cartões de visita. Claro, Khwyis raciocinara, então – um terrorista digno do seu talento necessitava se precatar; conhecer, em minúcias, o paradeiro das mulheres que comia, além de Selma, a sua esposa. Num dos cartões, despontava o endereço de um alfaiate, Giordano Agliardi. Obviamente, um parente da putinha, talvez mesmo o seu papai. E, em outro, o endereço de um certo Charlie Tattoo, obviamente o autor das coloraturas sobre as cicatrizes da garota. Momentaneamente, descartou o alfaiate da sua programação – e decidiu começá-la pela lojinha do Tattoo.

De barba e de cabelos artificiosamente platinados, um paletó de veludo cotelê, malha branca de gola rolê, em um Passat de vidros enfumaçados que havia alugado em uma espelunca da Boca do Lixo, lógico, com documentos falcatruados, o jordaniano consumiu dias e dias de campana na Cardeal, bem pertinho do ateliê de Carlos Rodovalho, obviamente o autor dos rabiscos na pele da vagabunda. Longos dias de ociosidade preguiçosa. A lojinha fechada, ninguém aparecia para abri-la, ou para frequentá-la. Khwyis já não aguentava mais reler os jornais e as revistas do Grupo Perfil quando, numa madrugada peculiar, a garota surgiu do vazio, com um taxista. Marcella bateu e rebateu na porta, inutilmente. Daí, desistiu e cruzou a rua, e desceu até um barzinho. Lá, trocou palavras com um gajo no balcão – e retornou até o auto que ainda a aguardava. Cauteloso, Khwyis perseguiu o taxista, quilômetros além, para um sobradinho, numa via em plena escuridão. A cerca de cem metros de distância, percebeu que Marcella, ansiosa, de mala e cuia, pressionava a campainha.

Minutos se passaram e uma luzinha brilhou num basculante do andar de cima. Mais minutos. Um velhote escancarou a porta – e a garota adentrou.

Khwyis conferiu o endereço em outro dos cartões de visita que colhera no cofre do banco de Niterói. Bingo! Giordano Agliardi, o alfaiate. Feliz pela constatação, o jordaniano mal percebeu que, bem à frente do sobradinho, um segundo veículo, um Mitsubishi preto, também de vidros fumês, já lhe fazia companhia na campana. Dentro do importado, três dos detetives do Gumbà. Mas, ah, azar, em um novo equívoco enorme de planificação, exclusivamente orientados a se preocuparem com a moça, os três se distraíram do Passat.

▼

Giordano Agliardi não via a sua *figliola* chorar desde a infância. Pouco cruzara com a bambina, aliás, nos últimos dez anos, praticamente desde que enterrara a sua esposa. O pranto da garota irrompeu assim que o alfaiate abriu a porta do sobradinho. Irrompeu às cascatas. Sem sequer cumprimentar o pai, Marcella largou as suas tralhas no chão e se atirou num sofazinho vetusto, o mesmo em que a mãe apreciava a TV, enquanto tricotava os xales macios de lã que vendia, para reforçar o orçamento. Agliardi tentou descobrir a razão da angústia da filhota. Mas, além das lágrimas, Marcella só liberou blasfêmias e imprecações. Apesar do seu coração batucar em ritmo de Fórmula 1, munido da paciência de um monge tibetano, Agliardi foi à cozinha e preparou um chá. Desperdício. Virulenta, odiosa, a filhota repudiou a xícara com um safanão:

– Eu detesto chá, porra! Você já sabe que eu detesto chá, porra!

O alfaiate recolheu os cacos da porcelana que se arrebentara e, com um retalho de fustão, limpou o líquido esparramado sobre o piso e numa parede. Durante alguns minutos esperou que os seus batimentos se acalmassem. Catou as coisas da garota e as arrumou, cartesianamente, num aparador. O coração, porém, pediu um gole. Num armariozinho, escolheu uma garrafa de *grappa* e despejou uma dose gorda num copo. Marcella sentiu o aroma – e implorou:

– Putamerda, eu também preciso de um trago. Cê pode me servir?

Agliardi lhe cedeu a dose que já havia montado. Chocou-se ao perceber que a *figliola* engoliu tudo de uma vez e lhe esticou o copo, uma reprise:

– Preciso de mais, é, eu preciso, mesmo, mais... ahn, por favor...

Reencheu o copo da garota, desistiu do seu, respirou fundo, indagou:

– Marcella, são mais de três da madrugada. Posso saber o que houve?

A garota esticou as pernas, numa pose vulgar. No entanto, replicou:

– Uma bosta, houve uma bosta. Uma bosta fedorenta. Aquele Umberto, aquele canalha que você me apresentou, naquela merda de feirinha, fodeu com a minha vida. E eu não quero falar mais sobre o que houve. Preciso dormir.

Levantou-se e, sem um só meneio de agradecimento, subiu a escada do sobradinho. Afortunadamente, o pai mantivera intacto o quarto em que ela não entrava fazia séculos. Semana após semana, religiosamente, a mesma faxineira que começara a trabalhar com Agliardi, na época da doença da sua esposa, se incumbia da higiene do aposento e da troca das roupas de cama. Certa data, ousara perguntar por que ele insistia tanto em sonhar com a volta da filhota:

– Porque, um dia, eu tenho certeza, ela vai necessitar, muito, de mim.

É, acontecera o dia que ele fantasiara. O alfaiate, todavia, não idealizava de que maneira, brutal, os apuros de Marcella dilapidariam a sua placidez.

▼

Por trás dos vidros do seu Passat, o jordaniano Khwyis vislumbrou que, em ordem lógica, do térreo ao andar de cima, todas as luzes do sobradinho se apagaram num intervalo de dez minutos. Perfeito, comentou consigo mesmo. A moça morava naquela casa. Chegara tarde porque, provavelmente, retornara de uma viagem, talvez com o tal Regazzoni. Ainda não sabia de que forma a utilizaria na sua *vendetta*. Mas, aquele endereço funcionaria como um ponto de partida para o seu projeto. Mesmo que perdesse o rastro da garota, sempre lhe sobraria, ao seu alcance facílimo, o velhote da porta. E Khwyis aprendera uma centena de meios de convencer um ancião mirrado a abrir o bico. Ligou o motor e se foi, entusiasmado. Logo que dobrou uma esquina, um dos homens de Mutarelli, encapotado, saiu do Mitsubishi à procura de um orelhão. Pena que não imaginasse haver uma conexão direta entre o Passat e a sua missão.

▼

No sítio dos Castellamare, entretido em uma peleja de *Scopa* com Tony, Paolì e Don Caló, o Gumbà recebeu, com desafogo, a ligação do líder da sua patrulha. Sim. Marcella estava na casa do pai – seguramente, o velhote que lhe abrira a porta. E ela estava, provavelmente, para ficar. Pela janela da frente do sobradinho, pudera perceber uma lâmpada acesa. Impossível escutar qualquer conversa. Não, não denotara gritos, sintomas de desavença. Apenas um ruído seco, como o de um copo, ou de um prato, que se espatifa. Daí, aos poucos, em ordem lógica, do térreo ao andar de cima, todas as luzes se apagaram num intervalo de dez minutos. Nada de mais destacável ocorreu, então. Certamente, no breu da casa, a moça, e o pai, já estariam mergulhados no sétimo sono.

Mutarelli transmitiu o relatório ao seu trio de parceiros no baralho:

– Eu creio que posso dispensar esta patrulha. Todos concordam?

Foi Don Caló que, mesmo exaurido pelo horário, comandou:

– Tudo bem, Vicenzo. Depois do que passou, neste domingo, eu quero dizer, ontem, a Mandala só vai acordar, com uma puta dor de cabeça, e com o corpo ruído, na próxima noite. Reescale os seus homens para que se preguem à Marcella, a partir das dezenove. Quanto a mim, vou pra cama. Posso?

Tony se alçou, a fim de auxiliar o *babbo*. Mas, Don Caló refugou:

– Eu me viro, Tonino. É, é – eu me viro. Boa Páscoa, a vocês três...

O *capo* sorriu. Lembrou-se de que, na sua meninice, costumava ouvir de Don Caló os votos de Boa Páscoa quase corriqueiramente. Para o seu *babbo*, não havia ocasião mais bela, festa mais significativa, numa *Famìglia*, do que a Páscoa. Ao generalizar os seus votos, desejava que tudo fosse maravilhoso em qualquer data, em qualquer circunstância. Tony sorriu, mas se entristeceu. Não sabia se ainda saborearia uma reunião de Páscoa com o seu papito querido.

Ameaçou fisgar um lenço e enxugar os olhos úmidos. O *babbo* impediu. A meio caminho da sua suíte, Don Caló estacou, se virou e recomendou:

– Ah... *càppitu*, o Leonardo não pode perceber a campana dos detetives do Gumbà. Mas, além disso, *per favore*, grudem o Pellê no Leonardo. E façam com que o Pellê e os homens do Gumbà trabalhem em sincronia. *Càppitu*, eu não quero o Leonardo, sozinho, nem um segundozinho sequer. Por mais que o Vicenzo tenha assustado aquela vagabunda da Mandala, ela bem pode tramar, mesmo, uma *vendetta*, OK? Gumbà, providencie isso, e agorinha, *certo*?

Imediatamente, Mutarelli marchou até o telefone da varanda. Bem além das quatro daquela segunda-feira. Felizmente, Roperto Pellegrino, o Pellê, não se incomodava quando o arrancavam do leito em plena madrugada. Atendeu no quinto sinal. E o Gumbà lhe transmitiu, detalhadamente, suas instruções:

– Vai tomar um banho, fazer a mala, pegar um táxi. E vem pra cá...

Pelo intercomunicador, Tony convocou Pippo Caroté – que apareceu de pijama, de gorro, envolto em um fulgurante *robe de chambre* aturquesado.

Estupefatos, Tony, Paolì e o Gumbà gargalharam, em uníssono.

O Pippo se enfezou com a gozação inevitável. E retrucou, marrento:

– Que é, *cazzo*, que é, vocês nunca viram?

Mesmo quase engasgado, praticamente sem respiração, Tony lhe passou as minúcias do que se desenrolara naquela *domenica* nada gloriosa. Explicou-lhe por que motivo, a preservação da intimidade e da dignidade de Lindy, não convidara o Pippo à sessão de cinema pornográfico no salão. E lhe pediu que cuidasse do alojamento de Pellê. Sem resmungos, o Pippo voltou à edícula, de modo a realizar a sua tarefa, imediatamente. Então, Tony eclodiu, de novo:

– *Càppitu*, mesmo numa jornada tétrica, o Pippo não perde a graça...

No *hall* da sua suíte, Don Calógero não se movera, ainda. Ordenou:

– Elia, *amico mio*, eu sei que você se esconde nalguma sombra, *certo*?

Sim. E o grandalhão pulou do escuro, agilérrimo, como um gafanhoto.

Tony, Paolì e o Gumbà não se surpreenderam com a intrusão veloz do personagem portentoso. E o *babbo* se dirigiu, especificamente, ao *amico*:

– Elia, *questa mattinatina*, cê vai despertar o meu afilhado. Vai atestar ao Lindy que ele está em casa. E que não tem – absolutamente – nada a temer. Vai contar que a *Famìglia* aprovou a sua *vendetta*. Vai lhe dizer que o Pellê será o seu braço destro. Mas, meu afilhadinho não pode saber que o Gumbà armou uma proteção às suas costas. *Capisce*, Elia, ou eu faço um gráfico?

Num gesto nada sutil, os braços ao céu, o grandalhão jurou que sim.

Tony, Paolì e o Gumbà não emitiram a mais insignificante observação. O *babbo* Calógero envaidecia a todos com o seu comando, a sua liderança.

Quanto tempo mais perduraria a liderança, o comando de Don Caló?

Não, não, o *babbo* ainda não havia encerrado a sua aula magna:

– E se o Pellê vai se enganchar no Lindy, alguém tem de cuidar do que ele faz na boate. Eu posso saber, exatamente, o que o Pellê faz na boate?

Na indecisão de Tony, o *consigliere* sintetizou, numa frase:

– Mete medo, impede que nos roubem, e que mexam com drogas...

Quase sem voz, mas firme no raciocínio, o *babbo* complementou:

– Pois substituam o Pellê por dois dos rapazes do Gumbà. E, *cazzo*, obviamente, troquem todas, todas as fechaduras do apê do Leonardo, tá?

E mais não disse, porque mais não necessitava.

▼

Leonardo Regazzoni conseguiu se arrastar da cama em torno de uma da tarde. Elia Grazie o recepcionou – com uma jarra de suco de tangerinas e com Gigli, feliz, a saltitar através do quarto. *Fratello* de Tony, afilhadinho de Don Caló, o sobrinho-neto do *zio* Elia necessitou de alguns minutos até entender em que lugar se situava. Mas, quando reconheceu os entornos, declarou:

– Obrigado, *zio* Elia. Faz milênios que eu necessitava deste carinho...

O mastodonte, já oitentão, gargalhou, abruptamente – e observou:

– É, não é fácil limpar o bumbum, depois de uma disenteria brava...

Lindy também gargalhou. Parecia, mesmo, bastante aliviado:

– Nossa, *zio*, e que cagada foi a minha... A cabeça me pesa, e muito...

Elia não evitou um comentário impiedoso, obrigatoriamente punitivo:

– Tudo OK, garoto. Afinal, você já tirou os chifres dessa cabeça, tá?

Num gesto que era a sua marca registrada, Elia escancarou o corpanzil aos abraços de Lindy – que se entregou aos apertões, quase às lágrimas:

– E o Tony, *zio*, será que o Tony vai me reaceitar, assim, como você?

Emocionado, moído, também choroso, o mastodonte assegurou:

– *Senza dubbio*, Lindotto. Aqui, todos nós adoramos você, *certo*?

Lindy recuperou a compostura. Mas, necessitava de outra resposta.

– Ele sabe, claro, do que eu pedi ao Gumbà? Que eu quero me vingar?

Com o privilégio da sua posição na *Famìglia*, o *zio* lhe garantiu:

– Sabe, sim. O Paolì sabe. E o Calógero também sabe, sim. De agora em diante, caro Lindotto, você vai ter o Pellê ao seu lado, permanentemente. Ahn, é uma ordem direta do Don Caló... E o Pellê já está conosco, aqui no sítio...

Obediente, Elia Grazie não contou a Leonardo que ele mereceria, ainda, uma proteção paralela, ao menos três detetives, sob o comando do Gumbà.

Num suspiro, Lindy refletiu sobre como transcorreria o seu futuro:

– Eu fui liberado pra aniquilar a Marcella, se necessário, meu *zio*?

Um afago no rosto do sobrinho-neto – e Elia Grazie lhe explicou:

– Converse com o Tony, pra compreender bem os seus limites, tá?

Outro suspiro. Mais outro. E Lindy reinquiriu, ansiosamente:

– Cadê o Tony? Cadê o Paolì. E cadê o Don Caló, *zio mio*?

Solenemente, Elia Grazie estabeleceu os primeiros parâmetros:

– Saíram, pruma reunião, na sede dos supermercados. Parece que houve uma mudança inesperada na cotação do dólar, precisam discutir como ficarão os preços dos produtos de importação. O *babbo* não quer aumentar nada, pra não prejudicar o tal do Plano Real. Mas, também não quer perder dinheiro.

Lindy se aborreceu. Afinal, aquela era a sua área de ação na rede:

– Pô, *zio*, deviam ter me acordado. Sou eu quem cuida disso por lá...

Elia Grazie não titubeou. Fechou o rosto – e retesou o corpanzil:

– Cuidava, Lindotto. É, cuidava. O Caló me mandou dizer que, ahn, por enquanto, cê tá de férias. E, até que eles ressurjam, não se mexe daqui, tá?

Lindy sacou que teria, ainda, e muito, a aprender com a *Famìglia*.

▼

Depois de relaxar, na sauna e na piscina, com o sempre solerte Pellê ao seu lado, Lindy se barbeou, tomou uma ducha, se aprumou e, num abrigo de *jogging* em tons de ouro, praticamente como a cor dos seus cabelos, subiu à edícula para um papo com o Pippo e com Vito LoRusso. Não houve conversa, porém. Em silêncio, Pippo e Vito preferiram lhe fornecer, apenas, abraços de solidariedade. Claro, um silêncio por ordem de Tony. Obviamente, o *capo* não desejava confraternizações, antes de voltar da sua reunião, nos supermercados. Lindy resolveu passear um pouco. E viu que, no pomar, os dois gemeozinhos, retornados da sua escola, se divertiam com Bill, Lola e Gigli – claro, sob os olhares atentíssimos da babá e de Mari Oliveira. Mais acima, na varanda, e na cálida luz alaranjada do cair da tarde, a Dona Freda e Nicinha auxiliavam o *zio* Elia na arrumação da mesa do jantar. Lindy se sensibilizou, fundamente, com aquele conjunto de cenas bucólicas. A sua *Famìglia*. Sim, sua *Famìglia*.

Não o incomodou o fato de perceber que, em diversos espaços cobertos pela sombra de tipuanas, havia detetives, e os outros cães dos Castellamare, na guarda do perímetro da propriedade. De novo Lindy pensou na sua estupidez. Ah, como se submetera à sua paixão insana, e servil, escravizadora, pelo corpo magnetizante de Marcella – apesar das indicações e das advertências do *capo* Tony. Estava prestes a chorar quando Lídia apareceu – e afagou sua nuca:

– Lindotto, Lindotto, seja bem-vindo, de vez, ao nosso paraíso...

Lentamente, Lindy se virou – e devolveu o carinho, timidamente:

– Paraíso não exprime, Lili. Pra quem acaba de sair do inferno...

O sorriso franco, sincero, de Lídia, anunciou o que ele já esperava:

– Não se constranja comigo, Lindotto. Claro que eu sei de tudo, OK?

Evidentemente, Tony não escondera, da *sposina*, o drama do *fratello*:

– Acabou Lindotto. É, o Tony me disse que você é Fênix, que você sabe como renascer das cinzas. Pode contar comigo no que necessitar, *certo*?

Coube a Lindy soltar um sorriso, praticamente infantil. Comentou:

– Não tenho a menor dúvida, Lili. Ainda dói muito. Muito. Mas...

– Mas? Porém? Todavia? No entanto? Contudo? Mas – o quê?

O afeto de Lídia instantaneamente o contagiou. E Lindy gargalhou:

– Verdade, Lili, sem mais adversativas. Bola pra frente, *certo*?

– Corretíssimo, Lindotto. Sem mais adversativas. Bola pra frente...

Durante o diálogo, os gemeozinhos tinham se aproximado da mãe. E, no seu encalço, em tropel, seguiram os três pastores. Lídia beijou os seus filhos, fez carinhos nos cachorros e, com a firmeza da mulher de um *capo*, falou:

– Vou pra TV. E vocês dois obedeçam. Jantar – e, daí, cama, tá?

Famìglia. Maravilhosa *Famìglia*, a dos Castellamare. Então, como um raio fervente que quase varou o seu coração, bateu em Lindy uma constatação absurda: nunca, jamais, pensara na possibilidade de ter filhos com Marcella.

Lídia rumou, ao seu *talk-show* na TV, o inefável LoRusso, obviamente armadíssimo, no banco do carona do seu automóvel. No sítio, entre detonado e recuperado, Lindy Regazzoni ainda curtiu um quarto de hora, com os gêmeos e os cachorros, até se alojar, meditabundo, na mesa da varanda, à espera da reaparição de Tony. A Mamma Freda lhe serviu uma *bruschetta* de tomates e manjericão. Lindy mordiscou, por compromisso. Não tinha a menor fome.

▼

Literalmente devastado, Giordano Agliardi não encontrou a menor força para abrir a sua oficina naquela segunda-feira. Mesmo no breu absoluto do seu quarto, e mesmo depois de liquidar mais de meia garrafa de *grappa*, o alfaiate não conseguira dormir. Como entender o que ocorrera naquela *domenica* que principiara tão gloriosa? Que *cazzo* de furacão havia passado pelo encontro da sua filha com Umberto Galante, o charmoso executivo da Fiat? Assim que o brilho da manhãzinha começou a invadir as frestas da sua veneziana, Agliardi rumou ao telefone e notificou um funcionário – indisposto, permaneceria em sua casa. Várias e várias vezes examinou o sono de Marcella, a sua respiração pesada, o seu corpo a rolar no leito, incontrolavelmente, talvez numa sucessão de pesadelos. Daí, quando a faxineira apareceu, lá pelas oito, e o viu, imóvel, no sofazinho da sala, dispensou a mulher, sem qualquer explicação. Tentou se descontrair com a TV, tentou comer um ovo quente. Niques. Rezou um terço, em honra da memória da esposa. E rezou outro, pela felicidade da bambina. O seu dia rastejaria, como uma lesma, até que ele escutasse um barulho, no andar de cima. Sete da noite. Marcella havia despertado. E estava no banheiro.

Que fazer? Subir, ou aguardar? Optou por aguardar. Percebeu o rumor do seu venerando chuveiro elétrico. E tentou calcular o tempo, contar, na sua mente, segundo por segundo. Agliardi parou em 847. Felizmente, se lembrara de colocar uma toalha fresca no cabide. Mais movimentos. Porta aqui e porta ali. Imaginou que a sua filhota se vestiria, e que Marcella desceria, para comer alguma coisa. Voltou a vinte anos antes, numa época alvissareira em que ele, a esposa e a pimpolha, alegres, compartilhavam pizzas. Investigou a sua agenda e, afortunado, achou o número de uma *delivery* que não fechava na segunda. Encomendou uma *mezzo-a-mezzo*, de *mozzarella* e de *alici*, a preferida da sua bambina, mais uma Coca-Família. Enquanto esperava, depositou dois pratos, e os respectivos talheres e copos, na mesa da cozinha. Daí, como um fantasma, lívida, lentamente, a filha despontou no sopé da escada, no preciso instante em que o entregador surgia. O alfaiate capturou a sua redonda e a dispôs na mesa. Devagar, como podia, destampou a embalagem e, calmo, com uma delicadeza enternecedora, encaixou quatro pedaços, dois de cada sabor, em cada um dos pratos. Encheu os copos de Coca – e, só então, emudecido, se acomodou.

A filha devorou os seus triângulos com a fome de uma leoa. E disse:

– Obrigada, pai. Obrigada, obrigada, mesmo...

O alfaiate meramente acenou. E se manteve de boca fechada. Sim, a bambina exibira um flanco, ao agradecer. De todo modo, Agliardi considerou, necessitava que Marcella escolhesse o instante justo para um desabafo final.

O desabafo pintou depois da *mezzo-a-mezzo* integralmente consumida. Marcella se locupletou de quase todos os pedaços e de quase toda a Coca.

Como um vulcão, desandou a soluçar. E relatou ao *babbo* boa parte da sua história. Não confessou que era uma puta, uma vagabunda, nem reportou os traumas que vivera na mansão de Villapiano, na Cantareira. Não citou os nomes do Tattoo, de Gero, dos Castellamare, de Brodie, de Khwyis. Mas falou muito de Leonardo Regazzoni, dos anos confortáveis que consumira sob a proteção da sua grana, e da cagada que fizera ao aceitar a corte do executivo da Fiat, o filhodaputa do Umberto Galante, que a seduzira, que se aproveitara dela – e, agora, ah, pobre Marcella, mentirosa Marcella, não teria, mais, nem Galante, nem Lindy. O pai fingiu acreditar. Pelas fofocas que se desenrolavam na pracinha dos seus fins de semana, embora sem assumir a realidade, sabia que a sua pimpolha valia pouco, ou nada. Pai é pai, porém. Fingiu acreditar e decidiu que cuidaria de Marcella, inclusive sob o risco de entregar a vida. O alfaiate, ainda, não sabia – mas, ele quase perderia a sua vida por Marcella.

▼

Assim que encerrou a sua reunião, com o pessoal das finanças, na sede dos supermercados, Tony Castellamare chamou Telônio Meira à sua sala e lhe transmitiu os últimos desdobramentos do caso de Lindy e da Mandala. O ex-policial apenas ouviu, sem manifestações. Embora enfronhado, cada vez mais, nas coisas da *Famìglia* do cunhado, ainda havia ocasiões em que se estorvava e se embaraçava com o mandonismo de Tony. Principalmente quando Tony o convidava a aparecer em um jantar no sítio. Sabia que era uma convocação.

Terminado o repasto, Lídia na TV com LoRusso, os gêmeos na cama, a Mamma, Gigi, Nicinha e Mari se esconderam nos seus aposentos. Mesmo sem que Don Caló a instruísse, a Mamma, intuição atávica, sacara que Tony queria um tempo só com Leonardo e com o seu comitê. Sobraram, na varanda, além do *babbo*, de Tony e de Telônio, Paolo Garzya, Elia, Pippo – e, claro, Lindy e Pellê. Aproveitados o café, os licores, o *capo* comunicou o que desejava:

– Lindotto, me desculpe se eu não levei você à reunião na nossa sede. Sinto, não creio que você, por enquanto, tenha cabeça para pensar em preços. Mas, em compensação, a Marcella é toda sua. Meu presente. Exatamente como eu dei, ao Domi, o Pavone e os seus gorilões, ahn, no Rio, seis anos atrás...

Ao relembrar o assassinato do bicheiro, Telônio sentiu um calafrio subir através da sua coluna vertebral. Mesmo seis anos depois de se enredar naquele clã, havia momentos, surgiam situações, em que, ainda, se arrependia da troca que fizera. Tarde demais, se autopenitenciou. De certa forma, afinal, mesmo fora da Lei, aquela *Famìglia* buscava a Justiça. Ao seu estilo, buscava.

Respirou fundo, a fim de limpar a mente da sensação de que, de novo, se tornaria o cúmplice de uma *vendetta*, talvez até de um desaparecimento.

Não imaginava Lindy com sangue nas mãos, sangue bom ou ruim.

Reverente, o *fratello* agradeceu. Bebeu um gole de *anisette*, e disse:

– Imagino que o Gumbà tenha gente na cola dela, 24 horas por dia...

Tony asseverou que a Mandala estava vigiadíssima, sim, sem folgas:

– De todo modo, Lindotto, por enquanto, você não sai daqui até que ela volte pra rua. E eu acho que isso ainda vai demorar bastante. Cê concorda? Eu prometi, e vou cumprir. Se for o caso, e eu, sinceramente, ahn, acho que não, eu deixo o destino da Marcella com você. Mas, somente, e exclusivamente, se ela se aliar ao Khwyis, ou a qualquer outro dos nossos inimigos. *Capisce*?

Lindy conhecia boa parte das manhas da garota. Sim, discursou:

– Como eu já havia dito ao Gumbà, a Marcella não tem mais pra onde ir. É. Vai levar um bom tempo até colocar as suas ideias em ordem. Não imagino o que possa fazer. E, ahn, você acredita que o Khwyis poderá procurá-la?

Um segundo calafrio dominou o ex-Federal. Khwyis, o terrorista brutal, maléfico, que sequestrara a sua Gigi; que Mari Oliveira detivera no Ceará; que um tribunal ridiculamente havia condenado a apenas nove anos de galera; que o governo do Brasil se recusara a extraditar; e que, por fragilidade, corrupção, a ineficiência de um sistema penitenciário desmoralizado deixara se evadir.

Paolì se antecipou a Tony. Ninguém, na *Famìglia*, sabia como agir:

– Talvez sim, talvez não, Lindotto. Nós perdemos o rastro do Khwyis...

Coube ao Pippo, então, elaborar um projeto – minimamente eficaz:

– Se o Khwyis voltou pra São Paulo, claro, voltou disfarçado. E muito, muito bem disfarçado. Deixou crescer uma barba, pintou os cabelos, ganhou uns quilos. Não poderemos encontrá-lo sem que ele queira – ou falhe. Ou, sem que ele vá atrás da Marcella. Além disso, ahn, ele necessita de ajuda. Depois que entrou em cana, os seus contatos sumiram. Alguém sabe da mulher dele?

Tony amargou mais um erro. Onde estaria a mulher do jordaniano?

– Que merda. Temos como descobrir o paradeiro, ahn, da tal mulher?

Telônio se encheu de coragem e decidiu viajar naquele comboio:

– Eu dou um jeito, numa ligação. Posso, Tony, Paolì, Don Caló?

Sem uma única palavra, o *babbo* apontou o aparelho da varanda.

▼

Dez minutos depois, orgulhoso, Telônio Meira voltou com a resposta:

– Selma. É o nome da mulher do jordaniano. Quando o Khwyis acabou preso, e o governo sequestrou todos os seus bens, a mulher foi pra Minas, com os filhos, pra fazenda do pai. Fazenda de gado e de café, lá no Triângulo...

Desconhecedor da geografia do País, Don Caló pediu mais dados.

Telônio foi professoral. Foi, quase como um *consigliere* de fato.

Sacou, da sua maleta, uma agenda com mapas do Brasil. Mostrou:

– Aqui está o desenho do Estado de Minas, Don Caló. Mais ou menos no formato de uma bola, com um narigão no sudoeste. E o narigão recebeu o apelido de Triângulo. Uberaba, aqui, é a capital mundial do gado zebuíno...

O *babbo* agradeceu. Telônio devolveu a agenda à maleta e lastimou:

– Pena. Nós esquecemos de montar uma campana na fazenda...

Nervoso, tenso, aflito, Tony quase indagou de Telônio o motivo daquele plural, esquecemos. Um plural que se referia à sua *Famìglia* ou à Federal?

Brilhante, e integradíssimo, Telônio se antecipou às dúvidas:

– Nós, da Federal, à qual eu servi. E também, nós, os Castellamare...

Num impulso homenageante, Tony prestou continência a Telônio.

Então, sobranceiro, sempre incisivo, Don Caló determinou o óbvio:

– Pois façamos nós, isso, agora. Coisa pro pessoal do Gumbà, já.

Ao telefone, Paolo Garzya redistribuiu as suas novas diretrizes.

Infelizmente, seria uma enorme dinheirama atirada na lixeira.

▼

Para outro infortúnio do *capo*, o jordaniano, motivado exclusivamente pelo ódio, não acalentava a menor intenção de rever sua mulher. Dos buracos que havia furado, no pasto principal da fazenda do sogro, já tinha retirado as suas armas e praticamente todos os dólares de que necessitaria. Sorrateiro, reenterrara as armas e as doletas em um lugar que lhe parecia impecável, o cume de um morro, dentro de um matagal abandonado da Serra da Cantareira que já conhecera tão bem, o mesmo matagal que lhe servira de repositório de drogas no apogeu dos seus idos de traficante. E, de fato ultradisfarçado, conforme a suposição do Pippo, já tinha alugado um quartinho mirrado em um albergue do Centro Velho da Pauliceia. Tentara e retentara um contato com Rocco Moràbito. Niques. E, diariamente, vasculhava os cabarés da Boca do Lixo, em busca do tio Raghib, de algum compatriota, algum remanescente da dizimada N'Dranghetta na cidade. Niques, niques. Até que, certa noite, numa boate de *striptease*, reconheceu um funcionário da sua antiga confecção, um chinês, imigrante clandestino. Abordou o homem – que, razoavelmente bêbado, não o identificou. Perfeito. Por enquanto, melhor assim. Ofereceu-lhe um drinque.

Khwyis deixara que proliferassem, em longas trancinhas, a barba e os cabelos artificiosamente platinados. Com os seus *dreadlocks*, mais parecia um *rastafari* albino. Diante do aspecto inusitado do seu súbito parceiro de cabaré, o oriental hesitou. Sem dinheiro, porém, se submeteu. Meia garrafa depois, o jordaniano contratou duas mulheres e rumou, com o chinês e com as putas, ao seu hoteleco. Farra cumprida, despedidas as rampeiras, mais um drinque nas gargantas, se reapresentou. A princípio, o oriental se apavorou. Soubera, pelos colegas da confecção, da saga do ex-patrão, um terrorista procurado até pelo Mossad de Israel. Khwyis, porém, o acalmou – e o controlou com o óbvio:

– Chu, se é esse o seu nome, porra, você é tão procurado quanto eu.

O chinês, que se chamava mesmo Chu, Chu Chang-Li, concordou.

E, num português rastaquera, mas compreensível, virou parlapatão:

– Verdade. O senhor sumiu. Nossa grana, ah, sumiu, acabou. Eu, e os outros da firma, tivemos que topar convite de *gang*. Fiquei cara de *gang*.

Gang, claro, gangue, claro, uma Tríade. Khwyis sabia da existência, em São Paulo, de ao menos duas entidades que utilizavam celerados como aquele chinês clandestino. Bingo! Enfim, encontrara o caminho do seu arco-íris:

– Me diga, Chu, você me arruma mais uns dez homens, como você, uns dez ferozes, dispostos a se arriscarem por muita, por muita, muita grana?

Num impulso, estimulado pela noite de bebida e de meretrizes, o chinês topou. E prometeu. Sim, ele, Chu, conseguiria uma gangue para Khwyis.

▼

A expressão Tríade, ironicamente, provém dos ensinamentos filosóficos e espirituais que Kung Fu-Tzu, o moralista Confúcio, disseminou, através da Ásia, cerca de quinhentos anos antes do nascimento de Cristo. Literalmente significa "A Harmonia das Essências do Céu, da Terra e do Homem". Por mais de dois milênios se cristalizou, quase como uma religião – até que, no Século XVII, passou a designar uma entidade de nobres objetivos: desafiar os desmandos da Dinastia Ching, que reinou, na China, de 1644 a 1911. No seu cerne, exatamente ao estilo da Máfia que havia despontado, na Ilha da Sicília, ainda no Século XIII, patrioticamente, para solapar a dominação dos invasores normandos. De certa maneira, porém, entre os meados do Século XIX e o começo do Século XX, a Tríade e a Máfia, coincidentemente, e por razões equivalentes, desperdiçariam os seus princípios originais: o desvirtuamento do que seria digno e a ascensão do que se tornou inexoravelmente criminoso.

Na China, contribuiu bastante, para esse desvirtuamento cruel, a política comercial do Imperialismo Britânico – que, em troca da porcelana e do chá, da seda indispensável às fatiotas da sua aristocracia e da sua afluente burguesia, encheu a nação remota com o ópio entorpecente da Índia e da Turquia. O ópio logo passou a destruir a saúde e as reservas monetárias da população da China. Numa tentativa de bloquear o consumo, o governo decidiu destruir os estoques que os ingleses mantinham em seus depósitos. Ocorreu uma guerra entre 1839 e 1842. A China perdeu e se obrigou a abrir mais portos de entrada aos navios do Imperialismo. Depois de uma nova reação ao ópio, aconteceu uma segunda guerra, entre 1856 e 1860. A China perdeu e cedeu mais portos ainda. De toda forma, membros da Tríade original já estavam seduzidos pela fortuna que as drogas propiciavam. E se transferiram a Hong Kong, província que Londres administrava com mão de ferro. Sem vislumbrar o risco de um futuro nefasto, então, o Imperialismo estupidamente plantara as sementinhas de uma peste.

Fulminantemente, a velha Tríade se segmentou em dezenas, dezenas de grupos de jovens ambiciosos, inescrupulosos, que, aos poucos, reintroduziram as suas raízes na China. Nem mesmo a proclamação da república e a eclosão do Comunismo de Mao Tsé-Tung, nos meados do Século XX, conteve a sua sanha. Hoje, as ramificações da velha Tríade se espalham pelo mundo inteiro, inclusive no Brasil. As drogas à parte, brincam de contrabando, de pirataria de marcas famosas, de CDs e DVDs, de falsificação de equipamentos eletrônicos e de cartões de crédito, de prostituição, de tráfico de armas e de mulheres.

Chu Chang-Li pertencera à Tríade batizada de Sun Yet On, baseada na cidade de Guangzhou, ou Cantão, no sul da China. Ameaçado de morte na sua terra, por uma gangue rival, havia adentrado o Brasil, pelo Paraguai, e havia se instalado, com um bando de companheiros de desdita, num pardieiro do bairro da Liberdade. Morava num cortiço, sete, oito coitados em cada quartinho, um só banheiro, nojento, para vinte, um par de mudas de roupa cada qual – todos acuados pela perspectiva de uma retaliação pelos seus inimigos. A *vendetta* contra os traidores de uma Tríade engloba suplícios brutais, indescritíveis.

Nos seus idos como empregado na confecção do jordaniano, Chu havia aprimorado, um tiquinho, o seu padrão de vida. Mas, com a prisão de Khwyis, voltara à tragédia e ao medo absurdo de antes. Naquela noite, visitara a boate de *striptease* com duas loucuras na mente: pagar a última puta da sua vida e, depois, se embriagar até desfalecer. Sorte. Quando reencontrou o ex-patrão, e recebeu a proposta de montar uma quadrilha, Chu se reanimou. E mentiu. Não fazia parte de gangue nenhuma. Não passava de um pária, desesperado. Mas, se reanimou. Não apenas pela esperança de ganhar uma boa grana. Porém, de retomar o ritmo voraz, alucinante, das ações de rua que praticara em Cantão. Muito melhor, e sem imaginar, o jordaniano lhe concedera a possibilidade de erigir a sua Tríade, de se tornar um Lung Tao, ou "A Cabeça do Dragão".

Azarado Tony Castellamare: na sua batalha diante dos Tucci, dos Gotti, se compelira a duelar contra uma cambada grotesca de ratos malignos – mas, incompetentes. Agora, no seu afã impetuoso de desforra, o jordaniano armaria, pacientemente, para a *Famìglia* do *capo*, uma invasão de répteis pegajosos, com o fogo do álcool nas ventas – um álcool reles e ordinário de cachaça.

▼

Por causa do absurdo sobressalto que o infarto de Don Caló produzira na *Famìglia*, enfim Regina Castellamare e Telônio Meira resolveram se casar. O matrimônio se realizou em 17 de Outubro de 1996. No religioso, aconteceu na Igreja de Nossa Senhora do Brasil, no coração dos Jardins. Choveu, horas antes do ritual. De todo modo, Gigi fez questão de se aproximar das escadarias devidamente instalada na boleia multicolorida da charrete siciliana de Pippo Carotè, um brando *sciccareddu*, um burrinho legítimo, a esticar as rédeas.

Pippo havia transportado a folclórica viatura no bojo de um caminhão-*container* da rede de supermercados. E, dentro do mesmo recipiente, tinha se fantasiado, vistosamente, de camponês da Cammarata, a sua roupa repleta de guizos. No portal da igreja, entregou Gigi a um Don Calógero elegantérrimo no seu fraque sob medida. Daí, da nave até o altar, escoltou a noiva, ao lado dos gemeozinhos de Tony e Lídia, igualmente charmosos em trajes de veludo e, cada qual, com uma das alianças que Gigi e Telônio passariam a utilizar.

Desabaram mais lágrimas, na nave e no altar da igreja, do que os jorros do temporal, antes da cerimônia. Até o sacerdote Alejandro Navarra chorou. Como padrinhos, Gigi destacou os pais, Lídia e Tony, Adriano Frey e Marília Meirelles. Telônio Meira selecionou Mari Oliveira e Paolì; Flávio Arruda, um ex-colega de Federal, e a esposa – e, a um pedido do *capo*, que não pretendia ignorar o *fratello*, numa data de tanto esplendor, Lindy e Nicinha Souza.

Tony montou a trilha sonora, adornada pelo coral de Sílvio Baccarelli – cujo *babbo*, o maestro Pedro, Don Caló conhecera, na Moóca, já fazia meio século. O *capo*, aliás, se esmerou no aguçamento das emoções. Não faltaram, na sua trilha, o "Intermezzo" da "Cavalleria Rusticana" de Pietro Mascagni; o "Prelúdio #4" de Chopin e o "Clair de Lune" de Debussy, atordoantemente entoados à *bocca chiusa*; o tema inebriante de Ennio Moricone para o filme *Cinema Paradiso*; o *Amarcord* de Nino Rota; a canção "Eu te amo" de Tom Jobim e Chico Buarque de Hollanda; e a obra-prima "Petite ouverture a danser", de Eric Satie, para a qual Tony compusera uma letra em homenagem à sua *sorellina*. No momento das alianças, o próprio *capo* se dirigiu ao piano e tocou, maravilhosamente, a "Round Midnight", de Thelonious Monk.

Da igreja, os Castellamare e os seus convidados, mais de quatrocentos, se dirigiram ao sítio da Granja. Havia duas dezenas de provenientes da Sicília, às expensas de Tony, mais gente do mundo da moda, da mídia – e, inclusive, alguns poucos parentes distantes de Telônio, órfão dos pais e sem irmãos. Um toldo fenomenal cobria o jardim, parte do pomar e a piscina. Mesas e mesas se distribuíam, confortavelmente, cada grupo ao redor de um bar com dezenas de bebidas de extrações diferentes, da água San Pellegrino à *birra* Moretti; dos vinhos Corvo di Salaparuta, o *bianco* e o *rosso*, ao Prosecco di Conegliano e Valdobbiadene; vodca, uísque, *grappa*, licores, Fernet, Marsala, refrigerantes e sucos de frutas; máquinas formidáveis de café *espresso* e *cappuccino*.

Na varanda, decorada por uma tonelada de rosas alvas e cravos rubros, Gigi e Telônio formalizaram o matrimônio civil. Então, se iniciou o jantar, sob a supervisão cartesiana de Rosalía e de Rolando Sparapani, os dois magos dos restaurantes de Tony. Serviu-se um cardápio inolvidável. Uma infinidade de canapés e de *hors-d'oeuvres*. Sopa de mandioquinhas. *Spaghetti alle vongole veraci*. Espetos de pintado e de atum com uma suave *vinaigrette* de menta. *Filet mignon* no molho das três pimentas. O incomparável *Tiramisù* que a Mamma Freda, estoica, pessoalmente, com a ajuda de Nicinha Souza e de Elia Grazie, fez questão de montar, sobre um exército de travessas inoxidáveis. A Mamma, aliás, havia optado por um jantar clássico, com alquimias empratadas – ainda que a sua repartição exigisse, no atendimento, trocentos garçons.

Por causa das dificuldades de locomoção de Don Caló, se dispensaram as danças de praxe. Inesperada compensação, o *capo* e Telônio agraciaram os seus convidados com um miniconcerto, a quatro mãos, no Boesendorfer do *living*. Passearam, esplendidamente, do Jazz à Bossa Nova. Gigi e Telônio, então, cortaram o bolo, doze andares de pão de ló, geleia de damascos e uma cobertura irresistível de *marshmallow*, receita da Mamma, obra da confeitaria do Fabrizio's – e tomaram o automóvel que os conduziria à sua noite oficial de núpcias, no hotel Maksoud Plaza: um velho Lincoln, cheio de latas velhas, dependuradas no para-choques traseiro. Autorizado por Tony, o lépido Pippo pespegou uma surpresa hilariante nos pombinhos e nos circunstantes. Havia enfiado uma banana no cano do escapamento do Lincoln. O motor ronronou, ronronou – e, daí, regurgitante, expeliu aquele trambolho insólito, diretamente contra a barriga enfatiotada de Adriano Frey, que se empenhava em flagrar a cena da despedida. Até a Mamma Freda, plangente, sucumbiu às risadas.

▼

Vito LoRusso, porém, curtia uma estranha inquietação. Na observação dos convidados, havia percebido que Marília Meirelles circulava, faceira, pelo ambiente engalanado, com uma taça de Prosecco na mão esquerda e com uma caneta, nada convencional, na destra. No instante em que a banana pulou do escapamento, e voou na direção de Adriano Frey, a mulher e assistente do fotógrafo dileto de Gigi trocou de prumo, atirou a taça numa moita de azaleias e, a caneta inusitada em punho, mesmo sem mirar, principiou a clicá-la, como uma esferográfica, longe do papel. Cautelosamente, desconfiado, LoRusso se acercou de Marília e, sem machucá-la, num bote seco, veloz, aprisionou o seu pulso. Recolheu a caneta e a examinou. Logo constatou que se tratava de uma câmera. Discretíssimo, num murmúrio, pediu a Marília que o acompanhasse até o escritório de Don Caló. No trajeto, acenou a Pellegrino e a Pignatello.

Emudecida, assustada, Marília nada disse. Apenas, obedeceu. Enquanto os aplausos saudavam a partida de Gigi e de Telônio, LoRusso indagou:

– Ah, ah, tirando fotos, e *senza il permisso* de Don Castellamare?

Marília não respondeu. LoRusso achou melhor recorrer a Paolo Garzya. Acionado por Pignatello, o *consigliere* apareceu num minuto. Pegou a caneta que LoRusso lhe estendeu, vasculhou os seus contornos, desparafusou a sua tampa, investigou o interior. E fulminou Marília, com um olhar impiedoso:

– *Cazzo*, menina, quem permitiu essa insolência, e esse desrespeito?

Diante do silêncio radical da flagrada, Paolì determinou a Pignatello:

– Que ninguém mais saiba, OK? Traga o Tony, e traga o marido dela...

O clima de celebração, no *living*, na varanda e no jardim, impediu que qualquer dos convidados notasse a perturbação que se desenrolava. O *capo* invadiu o escritório, perplexo. Mais atônito, ainda, se sentia Adriano Frey. Até deparar com a caneta entre os dedos de Paolì e entender o que Marília fizera. Esboçou uma reação, uma bronca, uma explicação. O *consigliere* podou:

– Adriano, cê sabia que a sua mulher, secretamente, e safadamente, me perdoe a rudeza, tava tirando fotos, sem a permissão do Tony? Cê sabia?

Com um apavorado meneio de cabeça, Adriano certificou que não.

Paolì passou a caneta a Tony. O *capo* não tinha a menor ideia de como aquela coisinha insignificante podia funcionar. Mas, não se envergonhou:

– Porra, Paolì, uma câmera, numa caneta falsa? É isso, isso, Paolì?

Com um desalentado meneio de cabeça, o *consigliere* assegurou. Tony respirou fundo, três, quatro vezes. Daí, domandou, como um inquisidor:

– Adriano, vou repetir o que você já escutou. *Cazzo*, sabia que a Marília, putamerda, tava tirando fotos sem a minha permissão? *Cazzo*, cê sabia?

Perto do cadafalso, num rompante de coragem, Marília confessou:

– Não, Tony, ele não sabia. Minha responsabilidade. Ele não sabia...

Adriano Frey tentou intervir. E Tony impediu, com um cruel safanão:

– Quieto, seu bosta! E você, Marília, quando começou esta traição?

Num solavanco, acuada, já entre soluços, a infeliz tentou se justificar:

– Eu não me lembro, Tony. Ahn, acho, no batizado dos seus filhos...

O *capo* pensou em esganar a imbecil. Mas, eficiente, se controlou:

– E você fez o que, com as imagens que usurpou em minha casa?

– Nada, nada, eu juro, juro, Tony. Eu juro que foi só curiosidade...

Só então o *capo* se dirigiu, gelado, ao aterrorizado Adriano Frey:

– Os dois, sumam daqui. E não voltem, nunca mais, nunca mais. Quando a Gigi retornar, da lua de mel, eu invento uma história qualquer. Conto que essa filhadaputa, bebaça, vomitou nos meus cachorros. Conto que você, idiota, deu em cima da Nicinha ou da Mari. Até lá, eu arrumo um outro profissional, digno da palavra, pra trabalhar com a minha irmã. Sumam daqui, os dois...

Marília Meirelles e Adriano Frey se mandaram, de rabo entre as pernas. À distância, Tony vislumbrou que, furioso, Adriano esculhambava Marília. E deduziu que, de fato, o dileto de Gigi não havia participado da insolência da mulher. Desafortunadamente, não considerou que aquele episódio grotesco e babaca talvez levasse à morte de Adriano. Por obra do jordaniano Khwyis.

▼

No seu estúdio-moradia, mal refeito da consternação que a intrusão de Marília provocara, Adriano Frey forrou a sua garganta com mais meia garrafa de uísque e se afundou na cama – sem cobrar a cretinice da mulher. Detonada pela expulsão humilhante, pior, também ela reabusou da vodca e se esqueceu da coleção de arquivos que implantara no seu computador. No dia seguinte, de ressaca, um raciocínio torpe comprometeu a sua lucidez. Preservaria as fotos que já tinha reunido – para, quem sabe, no futuro, vendê-las, fora do Brasil. Ao invés de apagar, do disco rígido, as imagens que gravara, decidiu mantê-las, intactas. Muito, muito pior, renomeou os arquivos com títulos ostensivos, Capo 1, Capo 2 – e assim por diante. Ah, selou o destino do seu marido.

▼

Em Novembro de 1996, basicamente recuperado da quebra do fêmur, da pneumonia e do ataque cardíaco, Don Calógero Castellamare, já livre do seu andador, realizava os seus passeios sem ajuda, no jardim, no pomar, ao redor da piscina, os cães pastores no seu encalço. Lindy continuava a morar no sítio, eternamente seguido por Pellê – que aprendera a jogar *Scopa* e até Bridge. De quando em quando, Elisabeth e Dominic Pignatello apareciam na Granja, para as pizzas da Mamma e de Elia Grazie. Cotidianamente, o Gumbà enviava os seus relatórios ao *capo* Tony. Nenhuma novidade a respeito de Khwyis. Sem dizer que Marcella, praticamente, não saía do sobradinho do seu papai alfaiate. Gigi e Telônio, retornados da lua de mel, obviamente na Sicília, uma turnê de carro, Palermo até Agrigento, curtiam um apartamento zerinho nos Jardins.

Nas suas saudáveis caminhadas, o *babbo* Caló mancava, ofegava – mas, parecia rejuvenescido. A Mamma tocava, impavidamente, o cotidiano do sítio

– e, a segurança da sua *Famìglia* à parte, Tony permitia que a dama idosa se sentisse cada vez mais dominadora. Então, depois de uma exaustiva reunião com Paolì e com todos os outros integrantes ultraíntimos do seu clã, depois de uma viagem até a Itália para um conferência com a chefia da DIA, decidiu tomar uma atitude que, jamais, antes, imaginara incluir no seu planejamento.

Munido de uma infinidade de documentos, de cópias dos seus arquivos, em vastas pastas de papel fotocopiado e em disquetes de computador, de uma autorização formal da procuradoria de Palermo, de um aval da Polícia Federal, com Paolo Garzya e com Telônio Meira o *capo* rumou até Brasília, para uma audiência, que imaginava decisiva, crucial, no Ministério da Justiça. A rede de supermercados dos Castellamare, afinal, havia sustentado, financeiramente, a campanha do então Presidente da República. Bem fornido de informações, no dia 18, o titular da Justiça compareceu a um seminário, na Universidade de São Paulo, abrilhantado pela presença do senador Pino Arlacchi, da comissão anti-Máfia do parlamento da Bota, autor do livro *As Confissões de Tommaso Buscetta*. Apesar do que Tony lhe exibira, na sua visita, o titular da Justiça se encolheu ao escutar uma frase devastadora, radical, de Arlacchi: "Os mafiosos escolheram o Brasil para limparem – e para aplicarem, o seu dinheiro sujo".

Reflexivamente, o titular da Justiça prometeu tomar providências para que os envolvidos nas tais lavagens tivessem os bens devidamente retidos.

Prometeu. Mas, se esqueceu. Dispunha de outras complicações a solver, claro. Tony pensou que não deveria, nunca mais, recorrer aos politiqueiros.

▼

Meno male, no entretempo, o *consigliere* Paolì cristalizou o seu caso de amor com Mari Oliveira. Sempre que vinha ao Brasil, se aboletava com a ex-policial no quarto de Mari – debaixo dos narizes da Mamma e do *babbo*. Certa data, durante uma partida de Bridge, Tony ousou brincar com seus pais:

– Mamita, papito, cês dois se modernizaram. Juro, eu não acredito...

Ao que a Mamma replicou, numa das suas frases – avassaladoras:

– Você é que é um puritano, um atrasado, Tonino. Prefiro que o Paolì e a Mari tomem banho na minha água – é, na minha água, que eu abençoo...

Lídia se esbaldou na gargalhada, enquanto o *capo* perdia a rodada.

▼

Assim que pôde, Tony forçou o seu *consigliere* a dar um regalo singular à namorada – a sua bengala de estimação, aquela que continha, no miolinho da haste, debaixo do castão de prata, um punhal, de lâmina aterradora. Observou o *capo*, judiciosamente, que, em uma emergência, na proteção do Gerino e da Silviotta, a peça, talvez, fosse útil à ex-Federal. Melhor: Paolì ensinou Mari a manusear, eficazmente, o punhal. E Mari não mais se separou da bengala. Quando os gêmeos estranharam o fato de ela não se desvencilhar do objeto, embora não mancasse, Mari exibiu o punhal, com uma advertência radical:

– Não brinquem com isto, OK? Vocês podem se cortar, OK?

Mesmo intrigados, espantados, os gemeozinhos obedeceriam.

▼

Com parte dos dólares que extraíra do subsolo da fazenda do seu sogro, Khalid Haissa Khwyis adquiriu uma depauperada pensão-comedouro-quilo na Liberdade, a dissimulação perfeita para o seu projeto. O entra-e-sai constante de pessoas de olhos puxados não provocaria qualquer suspeita, nem mesmo na comunidade exótica da região. Na edícula do lugar, longe das vistas de quem aparecia em busca de uma cama, ou de um *chop suey*, o jordaniano instalou o seu QG. Enquanto Chu Chang-Li, com alguns integrantes da equipe do antigo dono, tocava o negócio de fachada, nos bastidores Khwyis selecionava os seus futuros pistoleiros. E não faltavam candidatos, seduzidos pela lábia insinuante daquele esquisito *rastafari* albino – e atraídos pela sua promessa de um ganho interessante. Mais, Chu havia apresentado, ao jordaniano, uma garota sensual, aguerrida, Nan Xuan-Yang, que conhecia, muito bem, o idioma mandarim.

Ao deparar com Nan, e ao desvendar os temperos que a roupa da garota escondia, o terrorista quase soçobrou. Khwyis não penetrava, na carne de uma fêmea, que não fosse uma rampeira, desde a sua visita ao motel do Triângulo Mineiro e à fazenda do sogro. Mal se lembrava daqueles idos em que bolinara Selma, e em que brincara com os filhos. Sentiu saudades dos filhos. Mas, não se incomodou com a lonjura de Selma, que se danasse a sua consorte. Adorava um bumbum, como o de Pepita Rossellini, a estrela das surubas da mansão de Villapiano, nos altos da Cantareira. Merda, a sua esposa Selma não permitia que ele se apropriasse do seu rabo, não gostava de conceder, no sexo, por trás. E Khwyis se compensava, nas prostitutas. Mas, gloriosamente, Nan aceitava se postar de quatro, como um bicho, e deixava que ele a comesse, pelo lombo. Melhor, além de desfrutar o traseiro fofo de Nan, pouco além de adolescente,

Khwyis a utilizava como a sua intérprete, a sua tradutora. Não, não temia que Nan, ou que qualquer dos candidatos, reprovados nos seus testes de coragem, de manejo de uma faca, ou de um revólver, resolvesse denunciá-lo. Na Tríade, a Lei do Silêncio vale tanto, tanto, como as normas da *Omertà*, na Máfia.

A definição dos membros da sua gangue, de todo modo, exigiria tempo – e perseverança. Paralelamente à escalação do seu elenco, os principais e os reservas, o jordaniano teria de treiná-los, e de poli-los, incansavelmente. Um processo exasperante, que acabou se estendendo muito além do que desejava despender, bem mais de um ano. Khwyis, porém, não fraquejou, não desistiu. Não admitia malograr, como acontecera no rapto de Regina Castellamare e de Lídia Brandini. Considerava que o *capo* Tony lhe devia ao menos uma parcela daqueles doze milhões de dólares que o pedantismo de Broderick Villapiano e de Fábio Monarco, o advogado chicaneiro do buldogue, havia calcinado, em 1990; os doze milhões de um resgate que, no final das contas, nem sabia como transcorrera. OK, prosperasse aquela operação de 1990, Khwyis amealharia um terço, no mínimo, do gordo montante. Agora, se limitaria a exigir cinco, ou talvez, uns seis milhões. E não incorreria na ira de Tony ao capturar duas fêmeas. Não. Tencionava sequestrar um macho, um alvo, ele imaginava, sem conotações emocionais. Ao invés de assestar a sua *vendetta* ao coração do *capo*, fixaria a sua pontaria, estritamente, nos cofres dos Castellamare. Khwyis pretendia sequestrar Leonardo Regazzoni – o magnata dos supermercados.

Precisamente como havia especulado Don Calógero Castellamare.

Enquanto a sua operação avançava, e se cristalizava, jornada a jornada, porém, duas constatações começaram a inquietar o jordaniano. Nan exibia, a cada nova conversa, e a cada nova trepada, uma soma insolente de cupidez e de ganância. Adorava queimar o dinheiro do amante com as tolices que ele, no seu adestramento de terrorista, aprendera a desprezar: roupas, fricotes, joias. E, uma inconveniência temerária para uma profissional do diabo, Nan possuía uma memória patética. Não se concentrava no elementar, no rudimentar. Nan se esquecia onde havia largado os óculos de sol; a sua caneta; o documento do Uno que Khwyis registrara em seu nome; as chaves das portas da pensão; o cadeado da câmara frigorífica; a prancheta, com os custos do comedouro.

Ninguém é perfeito, se confortou Khwyis. Na relação dos créditos e dos débitos, apostou que a garota merecia um saldo positivo. Ah, não deveria.

▼

O mês de Junho de 1997 propiciou um batalhão de surpresas agradáveis à *Famìglia* dos Castellamare. No dia 6, numa atordoante entrevista, divulgada pelo *website* do influentíssimo *The Washington Post*, dos EUA, o jornalista Pierre Salinger, que fora secretário de imprensa de John Kennedy, confirmou a informação ministrada por Tony, no princípio de 1990, a Lídia Brandini e ao Grupo Perfil, na presença de Telônio Meira, então um delegado da Polícia Federal – uma informação em que, na ocasião, ninguém acreditara. Asseverou Salinger: o presidente fora mesmo assassinado por ordem da Cosa Nostra.

Melhor, graças a indicações que o *consigliere* Paolo Garzya remetera à DIA, na Itália, a Justiça da Bota enviou ao Brasil, para uma operação de apoio à Federal e à Interpol, um time de oficiais de elite dos *carabinieri*. Resultado: em eficientes investidas paralelas, acabaram presos três criminosos refugiados no País. No Rio, Loredana Mingardini, 32 anos, acusada de coordenar parte do tráfico de drogas entre a América do Sul e a Europa. Em Recife, Pernambuco, Franco Palmerini, 41, que se apresentava como um investidor no ramo dos restaurantes e dos hotéis – mas, que, na verdade, não passava do líder de uma quadrilha de assaltantes de bancos. E, em Maceió, Alagoas, Domenico Verde, 49, autor de golpes fraudulentos de quarenta a cinco milhões de dólares na estatal peninsular de ferrovias. Verde se naturalizara e curtia a construção de um palacete ostentoso na aprazível praia da Guaxuma, pertinho da mansão de veraneio do já falecido P. C. Farias, o tesoureiro das campanhas eleitoreiras de Fernando Collor.

Na Sicília, a DIA e a promotoria de Palermo capturaram Pietro Aglieri, a quem procuravam desde o longínquo 1989. Armados inclusive de granadas, cinquenta policiais cercaram o esconderijo do canalha – enquanto outros 250 permaneciam no seu *back-up*. Acovardado, Aglieri, não ousou resistência.

▼

Num sábado de Agosto, depois de fazer a sua feira semanal, a Mamma Freda voltou ao sítio com Elia Grazie, o jipe da casa repleto de mercadorias e algumas apreensões na cachola. Elia nem mesmo descarregou as encomendas. A Mamma a tiracolo, imediatamente procurou Don Caló, que apascentava os seus cães no pomar. Auxiliada pelo grandalhão, atentíssimo aos seus lapsos de memória, a Mamma contou ao patriarca que, entre as compras, fora abordada por uma mulher – aparentemente japonesa. Após se dizer habitante da mesma Granja, a mulher, respeitosa, mas muito nervosa, lhe dissera que o seu marido gostaria de solicitar um favorzinho a Don Calógero Castellamare. Obviamente intrigado, o patriarca não interrompeu o relatório. Apenas pediu repetições, duas vezes, três vezes, até considerar o diálogo da feira bem consolidado.

▼

– A senhora seria a esposa de Don Calógero Castellamare?

À hesitação da Mamma, o grandalhão Elia se intrometeu:

– Por que deseja saber?

– Acontece que o meu marido...

– Quem é você? E quem é o seu marido?

– Ah, moramos naquela casa amarela, cercada por uma sebe... Ali, cem metros abaixo do seu sítio. Moramos naquela casa já faz uns doze anos...

– E como conhecem Don Calógero Castellamare?

Alíviada pela questão, a japonesa relaxou – e abriu um sorriso:

– Por aqui, todos conhecem os Castellamare. Desde aquela manhã, uns tempos atrás, quando o seu sítio ficou rodeado de policiais e de jornalistas...

A Mamma Freda se recordava, perfeitamente, de tal data:

– Que manhã... *Ah, maledetta matina...*

Animada pela pausa, e pela imprecação, a japonesa prosseguiu:

– Pois é... Todos ficamos sabendo da tragédia do seu filho, do seu filho Tony. Semanas depois, já bem de noite, nós revimos o seu filho na televisão...

Claro que a Mamma não se esquecera do novo episódio do drama:

– Que noite... *Ah, anche quella notte maledetta...*

E a japonesa, metralhadora, não mais parou de gorjear:

– Pois é, ahn, eu imagino como a sua família sofreu... Mas, por favor, por favor, me escute. Eu preciso lhe falar algo, ahn, sobre a minha família...

Elia se eriçou. Mas, não interferiu na arenga da japonesa.

– ...é, a minha família. Meu marido é o diretor da Área Internacional de um grande banco. E ele acha que foi envolvido numa fraude que pode acabar com a sua carreira, e com a sua vida. Por isso ele acha que, ahn, talvez...

Sem saída, Elia cortou a dissertação da mulher:

– Você tem como identificar o seu marido? Um cartão de visitas?

Instantaneamente, a japonesa sacou um cartão da bolsa, e o exibiu.

▼

Com Domi Pignatello e Elisabeth, mais Vito LoRusso e Mari Oliveira à distância, Tony Castellamare levara Lídia e os seus gemeozinhos a um passeio no Zoológico. O Gerino e a Silviotta deliraram com as girafas, o hipopótamo, o rinoceronte, os elefantes, principalmente os macacos em geral. Tony, Domi e LoRusso preferiram as feras mais selvagens, como os leões e os tigres. Lídia e Elisabeth curtiram melhor as estufas e os gradeados das aves. Mas, todos se divertiram a granel, beberam refrescos, comeram pipocas e *hot dogs*. Depois de três horas de périplo, apesar do pleno Inverno, o *capo* transpirava até pelos sapatos. Domi e Beth agradeceram, se despediram – e tomaram o seu Uno de retorno ao seu apartamento de Moema. O papai, exausto, escarrapachadaço no assento do carona, LoRusso, na direção da Veraneio, pegou o rumo da Granja. Tony chegou mesmo a dormitar – não imaginava que delírio o aguardava.

▼

Diligente, apesar do incômodo da situação, Don Calógero se antecipou às providências que o *figliolo* Tony, certamente, adotaria. No seu mundo feito de esquinas, o *babbo* não acreditava em coincidências fortuitas. Pensava:

– É, as coisas colidem. E é imprescindível compreender o porquê...

Alguma circunstância intangível depositara aquele suposto diretor de banco no regaço da *Famìglia*. Localizou Telônio Meira, lhe fez um resumo do episódio e lhe passou o nome impresso no cartão de visitas. Mais: determinou a Pippo Carotè que cavalgasse a moto que fora de Ruggiero e vasculhasse as imediações da casa amarela. Como um interessado na aquisição de um imóvel das redondezas, Pippo entrevistou diversos transeuntes, espalhou uma série de perguntas inocentes – e, em trinta minutos, recolheu o seu butim. Sim, uma japonesa e o seu marido, também um oriental, um cidadão gordinho, sisudo, de óculos de aros metálicos, talvez na cota dos quarenta e poucos de idade, ocupavam a tal casa. Também em trinta minutos, Telônio devolveu a ligação do *babbo*. Havia, no banco, um executivo com as credenciais do cartão:

– Bravo, Telônio. Agora, *per favore*, venha pra cá, agorinha, já.

Conhecedor das manhas do *figliolo*, convicto de como Tony agiria, Don Caló foi mais além. Industriou Elia Grazie a falcatruar um cenário corleonesco no salão de jogos do sítio. Sobre a mesa de sinuca, algumas tábuas grossas de madeira compensada – e, por cima das tábuas, uma das toalhas gigantescas que a Mamma utilizava, na varanda, nas suas festas de Páscoa e de Natal. Com a ajuda do Pippo, Elia ainda colocou, entre a mesa e a parede dos fundos do salão, uma espécie de praticável, um tablado extenso, vinte centímetros de altura – que retirara da miniacademia do *capo* e de Lídia. E, no centro de tal tablado, dispôs uma poltrona de braços e de espaldar imenso, quase um trono, destinado a Tony. Daí, à direita e à esquerda do trono, encaixou duas cadeiras, menos imponentes, para o patriarca e para Telônio. Praticamente perfeito.

Faltava decorar o ambiente. Vasos com flores no aparador da parede. Num dos cantos da mesa, um bandejão de prata esterlina, à espera de quitutes variegados. E, no lado oposto, um bandejão-irmão, para baldes de gelo e para uma infinidade de garrafas de bebidas supercaras. Faltava, enfim, o toque de humilhação e de submissão do visitante – de costas para as portas-venezianas da entrada do salão, um pequeno e desconfortável assento de cozinha, com um mínimo encosto. Don Caló também determinou que todos os varões da casa, exceto os detetives da calçada e do perímetro do sítio, vestissem os seus ternos de missa e as suas gravatas mais discretas. O patriarca examinou o cenário – e aplaudiu. Pensou que nem Francis Ford Coppola idealizaria algo superior.

▼

Telônio Meira às suas costas, o *babbo* esperou a subida da Veraneio nos degraus de acesso à varanda, um cigarro apagado entre os seus lábios. Mesmo sonolento, Tony sacou o sinal. Algo de anormal ocorrera. Despachou Lídia, Mari e os seus bambinos ao chalé. E, com LoRusso na sua cola, se aproximou do patriarca. Cinco minutos bastaram para que Don Caló compactasse todas as novidades em poucas frases. O *capo* lastimou que o *consigliere* Paolì estivesse em Palermo. De todo modo, enalteceu a iniciativa irretocável do patriarca:

– Maravilha, papito. Agora, temos de nos preparar, e bem depressa...

Antes de uma peça de teatro estrear, inevitavelmente ocorre uma longa sequência de ensaios. Naquela situação de emergência, porém, a *Famìglia* não podia desperdiçar o seu tempo. Tony congregou toda a sua cúpula no salão de jogos. Adorou o cenário que o *babbo* havia bolado. E iniciou a discussão:

– Que perigos nós correremos, se conversarmos com esse japa?

Elia Grazie lhe mostrou o cartão de visitas que havia empalmado:

– O Telônio já examinou e já reexaminou. Cara de legítimo, Tonino...

O ex-Federal complementou, com o máximo da sua segurança:

– E, pelo que eu já chequei, esse diretor de banco existe, mesmo...

Tony manifestou uma dúvida singelíssima – mas, pertinente:

– *Càppitu*, como você fez isso, Telônio? Hoje é sábado...

Telônio achou graça na bobagem inocente do seu cunhado:

– Eu ainda tenho os meus meios, Tonino. A Federal possui um cadastro, razoavelmente atualizado, de cartolas de banco – e coisas parecidas. Mobilizei um amigo fiel, de plantão. Além disso, pelo computador, consigo entrar num sistema chamado BBS, a sigla para *Bulletin Board System*. Dei uma olhada nas páginas do BBS do tal banco, e verifiquei que o nome do japa está lá...

Embora flagrado na sua ignorância, Tony não se abalou. Só indagou:

– E esse, ahn, BBS, também fornece os endereços das pessoas?

Coube a Pippo Carotè desvendar o resultado da sua missão na moto:

– Na casa amarela mora, mesmo, um japa, e com o nome do cartão...

Lindy Regazzoni se imiscuiu – e insinuou uma possível fragilidade:

– Legal. Mas, ahn, e se o Khwyis substituiu o japa de verdade por um homem dele? E se esse japa for um pistoleiro contratado pelo filhodaputa?

Devolvido à sua autoconfiança, Tony rebateu, instantaneamente:

– Não, não. O Khwyis não me parece sofisticado a ponto de montar uma trama tão complexa. Já sabemos que perdeu os seus contatos. Não teria como encontrar um casal de nisseis, alugar uma casa, aqui, do nosso lado, falsificar dois personagens – quer dizer, não teria como arranjar dois atores, capazes de interpretar gente real. Eu não creio que o Khwyis esteja metido neste troço...

Don Caló avalizou o raciocínio do *figliolo*. Mais do que por intuição:

– Concordo. Aliás, antes de mandar o Elia montar este, ahn, ambiente, eu já havia pensado em tudo. Esta discussão só serve, bah, como um descargo de consciência. O japa é legítimo. Precisamos ouvir o que ele tem a dizer...

Ainda doído pelo desenrolar do seu drama, Lindy exagerou no medo:

– Mas, e se esse japa for da Yakuza? E se ele for um homem-bomba?

Vito LoRusso apaziguou o *fratello* com uma peroração professoral:

– Lindy, a Yakuza não age escancaradamente. Tou com Don Caló. Além disso, é óbvio que eu pretendo revistar o japa, me-ti-cu-lo-sa-men-te, OK?

Ao que Tony encerrou a sessão – com um comentário basilar:

– OK. Nós só temos uma maneira de descobrir... Ouvindo o japa...

Daí, diante do olhar aparvalhado do *fratello*, o *capo* arrematou:

– Vamos trazê-lo aqui, agorinha, já. Então, resolveremos o resto...

Acendeu um cigarro, olhou e reolhou o cartão de visitas. Denotou dois números de telefone – escritos, com tinta, na parte de trás. E ordenou:

– Tio Elia, Pippo, terminem de enfeitar a mesa, com os petiscos e com as bebidas. E vocês todos, *per favore*, conforme o *babbo* idealizou, ponham os seus ternos e as suas gravatas. Quero tudo nos trinques. Em meia hora, tá?

Só então o *capo* percebeu que Telônio estava de tênis e de bermuda:

– Cunhado, somos do mesmo tamanho. Eu empresto uma roupa minha. Papito, ligue pro cara. Com certeza, esses números, à caneta, no cartão. Você, Vito, recepciona o japa lá na frente. Pente fino, inclusive nos sapatos, OK?

LoRusso se afastou. Tony, porém, se lembrou de um último detalhe:

– Ah, Vito, pegue aquele gravador profissional, o Nagra, no escritório do papito. Logicamente, nós teremos de eternizar o depoimento do tal japa...

A Don Caló, o *capo* transmitiu mais duas observações afetuosas:

– Papito, amarre, no seu colarinho, uma daquelas borboletinhas de seda. Você vai ocupar o trono, não eu. Mais solenidade no nosso ritual, correto?

O *babbo* acedeu, com um sorriso que envaideceria Marlon Brando.

▼

O diretor de banco despontou no portal do sítio sessenta minutos depois da convocação de Don Caló. Não imaginava a seriedade que encontraria no salão de jogos – por isso, trajava mocassins, calça jeans e uma camisa Lacoste violácea. De fato, era gordinho, quarentão, portava óculos de aros metálicos – mas, nenhum dos integrantes do comitê dos Castellamare o considerou sisudo, pelo contrário. No portal, mesmo, ele se submeteu, jovialmente, à investigação manual e ao detector de metais de Vito LoRusso. Daí, no salão, cumprimentou a todos com a efusividade de quem, compelido a relaxar, pela temeridade da sua ação, tinha se calibrado com algumas doses de uísque. Sabia beber bem, o oriental. Tanto que não refugou a oferenda de um copázio de boas-vindas. Escolheu uma botilha do raro Chivas 25, individualmente numerada, capaz de valer mais de setecentos dólares na Escócia de procedência. Brindes trocados, Elia Grazie lhe indicou o seu assento. E Don Caló, de fato, se encarapitou no trono, ombreado por Tony e por Telônio, nas cadeiras menos imponentes.

Elegantíssimos nos seus ternos de missa, Lindy, Elia, Pippo, LoRusso e Pellê se distribuíram, em semicírculo, atrás do visitante. E Tony começou:

– Pelo seu cartão de visitas, claro, já sabemos o seu nome. Todavia, em honra da sua própria segurança, e dos nosso hábitos, preservaremos esse nome entre nós. O senhor já percebeu que vamos registrar tudo que falarmos, nesse gravador à sua frente. Então, para os efeitos da nossa conversação, decidimos dar-lhe um apelido de guerra. De agora em diante, o senhor será Yojimbo.

A princípio assustado pelo ambiente, de fato hollywoodiano, o oriental se desvencilhou do receio e gargalhou com prazer, autenticamente. Idolatrava os filmes de samurais, em especial os de Akira Kurosawa e Toshiro Mifune.

– Perfeito. O Kurosawa fez *Yojimbo* em 1961, ano em que completei os meus dez de idade. De presente, o papai me levou ao cinema para vê-lo.

Impecável achado, um golpe de sorte, Tony analisou. E acelerou:

– Uma feliz coincidência, Yojimbo-san. É, começamos muito bem este nosso encontro. OK. Pelo que a sua esposa contou à minha mãe, o senhor já me conhece da televisão. Permita-me apresentá-lo, oficialmente, então, a meu pai, Don Calógero Castellamare, que vai presidir esta reunião. E, também, ao nosso *consigliere* – ahn, outro apelido de guerra, Alessandro Manzoni.

Telônio adorou ser rebatizado como o esplêndido autor lombardo de *I Promessi Sposi*, um dos romances peninsulares que Gigi o estimulara a ler. Por um triz não gargalhou, como o oriental. Claro, o *capo* mergulhava fundo na encenação. Mas, que bem traria, à *Famìglia*, aquela peça de teatro?

Propositadamente, Tony fingiu ignorar os cinco homens que rodeavam o visitante. Mas, acenou para que Elia lhe propiciasse um novo Chivas 25.

Inesperadamente, o Yojimbo recusou. E ganhou o respeito de Tony:

– Não, obrigado, chega. Eu não quero confundir a minha lucidez...

Em silêncio, o *capo* bateu palmas. E apertou o botão *on* do Nagra.

Sem vacilações, o Yojimbo absorveu alguns pigarros – e se abriu.

▼

Ainda bastante jovem, na cota dos trinta de idade, o Yojimbo se tornara o representante, em Nova York, de uma prestigiosa financeira do Brasil. Lá, se acostumara a trafegar, fluentemente, nos bastidores cerradíssimos do FMI e do Banco Mundial. Conhecera diplomatas, dignitários, especuladores, trilionários – e aprendera a navegar, airosamente, nos meandros paludosos da Wall Street. Natural que, por volta de 1983, um banco fundado no Rio de Janeiro, mas com a sua sede em São Paulo, o escolhesse como o portentoso diretor da sua Área Internacional. Hipereficiente nas suas funções, assombroso nos rendimentos que propiciava aos acionistas do banco, logo conquistou uma autonomia plena para fazer aplicações e investimentos em quaisquer negócios que considerasse apetitosos, longe do País. E lhe pareceu especialmente saborosa uma carta de intenções que desembarcou no seu fax, em 1995, com a assinatura de um certo Tafida Williams, supostamente responsável pelo Departamento de Orçamento e de Planejamento do Ministério da Aviação da Nigéria. Na sua carta, o tal do Mr. Williams lhe explicava que, graças à indicação de um cliente do banco, a quem o Yojimbo efetivamente conhecia, e pessoalmente, resolvera procurá-lo com uma proposta formal do seu governo. Claro, o Yojimbo se fascinou.

Em Dezembro de 1991, sob o comando do general Ibrahim Babanjida, o governo militarista, autocrático e corrupto da Nigéria, a nação mais populosa da África, havia transferido a sua capital, da velha Lagos, à modernosa Abuja, no papel uma cidade urbanisticamente planificada – que não ostentava, porém, uma pista de pouso para o tráfego turístico e comercial. Depois de um golpe, em 1993, Babanjida caiu e, ao seu lugar, ascendeu um colega de exército, um outro general, Sani Abacha. E, à sombra do quepe e do domínio de Abacha, a Nigéria decidiu construir um aeroporto em Abuja. Na carta-fax que enviara ao Brasil, e ao Yojimbo, o Mr. Williams anunciava uma possibilidade exclusiva, e extremamente generosa – buscava quem bancasse os custos daquela obra, a taxas de retorno absurdamente imbatíveis. O Yojimbo respondeu que o seu banco, sim, topava pensar na oportunidade de uma cooperação. E marcou um encontro com Mr. Williams, em Londres. Uma pomposa e reluzente limusine o acolheu, imediatamente, ao descer do Boeing, em Heathrow. E o levou ao coração da meca britânica, a um hotel de dezoito estrelas, no qual o aguardava uma delegação de cartolas da Nigéria: o charmoso e corpulento Paul Ogwuma, do Banco Central da nação da África, cuja reputação o Yojimbo admirava; e mais três pessoas a quem, magnetizado, não se preocupou em credenciar.

Num rápido conclave, circunstância que não produziu desconfianças no Yojimbo, os integrantes da delegação da Nigéria lhe pediram um empréstimo de cinquenta milhões de dólares. Não transtornou o diretor do banco o fato de tal montante significar absurdos dez por cento do global dos recursos ativos da sua instituição. No entanto, depressa, e sem calcular os empecilhos, atordoado pelo montante da remuneração que, obviamente, amealharia, autorizou, à mão mesmo, as remessas iniciais de quatro milhões. Pobre Yojimbo, nem denotou que, da delegação da Nigéria, não participava Tafida Williams. Nem imaginou que o cidadão que se dizia Paul Ogwuma, na verdade, era Emmanuel Nwude, o chefe de uma quadrilha de engenhosos estelionatários. Até 1997, o Yojimbo despachou perto de duzentos milhões de dólares à trupe de Nwude. Sempre, em parcelas confortáveis, menos de seis milhões cada qual – o seu limite, sem a necessidade de um aval da cúpula do banco. Milhões que viajavam através de rotas insondáveis, na Inglaterra, nos EUA, em Hong Kong e na Suíça. Quanto à pista de pouso em Abuja, nada, nadinha – estacionara na planta.

Então, nos meados de 1997, enquanto o Yojimbo curtia merecidas férias com a esposa, uma multinacional da grana quis comprar o seu banco. Lógico, aconteceu uma intrincada operação de auditoria. E os fiscais da multinacional descobriram que dois quintos dos recursos ativos do banco do Yojimbo tinham evaporado. No papel, estariam na Ilhas Cayman. Niques, entretanto, de lucros de aplicações, niques de rendimentos de investimentos ou do empréstimo. Os fiscais da multinacional rastrearam as remessas e aterrissaram nas assinaturas do Yojimbo. Apertaram e reapertaram dois dos seus subalternos. Que, para os efeitos da investigação, afirmaram considerar lídimas e genuínas todas aquelas aplicações. Mas, dois quintos dos ativos do banco? E nas Ilhas Cayman? Sem juros, e sem retorno? Os fiscais recorreram a um advogado inclemente, mestre em fraudes – e os subalternos do Yojimbo se aterrorizaram. Notificaram o seu chefe. E o Yojimbo, acuado, instantaneamente, abandonou as suas férias.

Por dias e dias, recusou-se a explicar à esposa as razões da sua extemporânea atitude. Mas, enfim, determinada noite, já anestesiado pelo álcool, confessou a sua desdita. À maneira leal de uma gueixa, sem medo do sacrifício, a mulher tentou e retentou auxiliá-lo. Até que lhe bateu uma sublime, divina inspiração. Lembrou-se da *Famìglia* Castellamare, que morava a meros cem metros de distância, num sítio-fortaleza, repleto de seguranças de preto. Lembrou-se de ter visto, na saída do sítio, no trajeto da feira do sábado, uma dama grisalha, franzina, que só podia ser a mãe do *capo* Tony, que conhecera pela televisão. Mal não faria se aproximar da senhora, na barraca dos tomates, das berinjelas, e lhe implorar ajuda. A princípio, o marido detestou aquela sugestão. Mas, na medida em que a tensão no seu banco mais fermentava, perfilhou a ideia.

▼

Com um muxoxo de tormento, vexadíssimo, o Yojimbo se dobrou:

– Pois é. Eu me envolvi, perdão, numa cagada. E eu estou ferrado.

Tony examinou as expressões faciais dos seus companheiros de clã, no salão de jogos. Unanimemente, do *babbo* a Pellê, de Telônio a Lindy, todos lhe pareceram perplexos com aquele depoimento louco. Inacreditável, pensou: esse idiota se enfiou numa enorme enrascada – e acredita que nós poderemos auxiliá-lo a se safar? De todo modo, por piedade, e por curiosidade, resolveu estender um pouco mais a sessão. Docemente, perguntou ao seu visitante:

– Concordo. Mas, de que forma serviremos a você, Yojimbo-san?

Depoimento prestado, a sua lucidez devidamente preservada, antes de responder o visitante rumou à mesa e recorreu a mais um trago de uísque:

– Bem, pelo que eu já entendi, pela televisão, os jornais, os Castellamare têm muito poder, ligações com a Justiça, na Itália, com a Polícia Federal, aqui no Brasil. Com gente graúda nos Estados Unidos. Ligações com a Máfia...

O *capo* sequer piscou. E cravou os seus olhos polares no visitante:

– Eu não compreendi, Yojimbo-san. Seja mais explícito, por favor.

Literalmente desesperado, o visitante murmurou – entre lágrimas:

– Eu quero, ahn, um favor, que os Castellamare não podem recusar...

Don Caló controlou o seu humor. Conseguiu, no entanto, retificar:

– Você está vendo o filme ao contrário, meu caro Yojimbo-san...

A rispidez da frase redespertou o homem. Que conteve o choro:

– Como é que é? Como? Agora, me perdoem, eu não compreendi...

Pedagógico, dialético, o *babbo* lhe traduziu o que havia afirmado:

– Nos nossos negócios, e na nossa *Famìglia*, meu caro Yojimbo-san, somos nós, nós, que pedimos um favor que os outros não podem recusar...

A constatação do fracasso desabou sobre o oriental como uma chuva de pedras. E o Yojimbo ameaçou se levantar. Compadecido, Tony impediu:

– Meu caro, relaxe, por favor, relaxe. Você não tem a menor obrigação de distinguir os nossos conceitos, os nossos parâmetros. Apesar da tolice que cometeu, em relação ao seu banco, e apesar da tolice que cometeu, em relação ao que está ao nosso alcance, prometo que vamos meditar sobre este assunto. Meditar, exclusivamente meditar. Não lhe garanto, porém, o nosso apoio. Pelo contrário. Não somos criminosos, creia, não somos. E não temos tanto poder quando você, fantasiosamente, imagina. Mas, de fato, eu admito, conhecemos algumas pessoas importantes, aqui e lá fora. Vamos lhes mostrar esta fita...

Inopinadamente, o Yojimbo se lembrou do gravador à sua frente:

– Não, não, não façam isso, por favor. Essa fita vai acabar comigo...

Bem ao estilo de um *consigliere*, Telônio Meira assumiu seu papel:

– Sentimos muito, ahn, Yojimbo. Não existe alternativa. Ora, se você é inocente, e se apenas se enredou numa trama, nós necessitamos dos dados que nos forneceu para o prosseguimento, ahn, do que nos propôs. *Capisce*? Além disso, o nosso pacto, não trairemos o pacto, não revelaremos o seu nome...

Tony e os outros intérpretes daquela peça seguraram o ímpeto de uma avalancha de parabéns. Telônio amara se transformar em Alessandro Manzoni e se comportara à imagem e à semelhança de Paolì – até no seu *capisce*...

Sem chance, amarfanhado pelos fatos, o desatinado Yojimbo topou:

– Compreendi. Façam o que acharem melhor. Mas, me ajudem, tá?

Engoliu uma talagada derradeira do Chivas 25, se alçou – e partiu.

Vito LoRusso o escoltou até o portal do sítio. No salão de jogos, Elia Grazie, subitamente garçom, consultou os amigos sobre as bebidas que cada qual desejava tomar. Tony Castellamare inflamou um cigarro e explodiu:

– Putaquepariu, que história! E que tipo, que tipo! E agora, Telônio?

O ex-Federal aliviou o laço da gravata, comeu uma coxinha, e disse:

– Que história, e que tipo, mesmo. Pra mim, um golpe inédito. Mas, esse Yojimbo me pareceu sincero. De fato, se enfiou numa trama devastadora...

Don Caló não resistiu e gargalhou, por trinta segundos gargalhou:

– *Càppitu*, meu genro, o seu *capisce* foi absolutamente sensacional...

A graça do *babbo* contagiou o salão. E a *Famìglia* intercambiou piadas, até que Vito ressubisse do portal e descrevesse a despedida do Yojimbo:

– O japa está moído. *Fregato*. Ele até beijou as minhas mãos...

Apesar da descontração inevitável, todavia, ninguém mais brincou.

Tony Castellamare recuperou a seriedade crucial daquela reunião:

– É, um trouxa de dar pena. Mas, que fazemos com essa fita, ahn?

Uma outra vez, Telônio Meira agiu como um *consigliere*, sereno:

– Por enquanto, nada. Na segunda, eu vou sondar, na Federal. Embora eu esteja, ahn, distanciado, ainda existe, lá, quem me atenda. Eu vou sondar se alguém ouviu algo sobre esse gênero de golpe. E, se todos me permitem uma sugestão, eu retraria o Paolì ao Brasil. O meu Manzoni desaparece, aqui...

Tony anuiu. Do telefone do salão de jogos, passou a Paolo Garzya todos os detalhes possíveis daquele evento anormal. O seu *vero consigliere* pegaria o primeiro avião de Palermo até Roma, o primeiro de Roma até São Paulo.

▼

A sequência da reunião da *Famìglia* com o Yojimbo ocorreu na noite de terça, depois da chegada de Paolì e de uma farta travessa de lasanhas que a Mamma edificara, apaixonadamente. Camadas de massa fresquinha, mais os entremeios do seu formidável *sugo* de tomates pelados, lâminas de *mozzarella* e um caminhão de minipolpetinhas aromatizadas com noz-moscada. Por duas razões o *capo* Tony não tinha desmontado o cenário do salão de jogos. Aquele ambiente havia encantado o Gerino e a Silviotta – que, apesar dos protestos de Lídia, consciente da utilização do espaço para alguma tramoia do clã, lá se fingiam numa corte, ela a rainha e ele o seu monarca, as cabecinhas encimadas por coroas de fantasias de Carnaval. Além disso, o *figliolo* pretendia lisonjear Don Caló, inspirador de toda a encenação. Divertido, o *consigliere* elogiou:

– Bravo, *babbo*, bravo Don Spielberg Castellamare. Genial, mesmo...

O patriarca gargalhou com gosto. Já nem se recordava mais dos tempos em que Tony o relegara à condição depreciativa de ignorado, com o *zio* Elia, nas discussões do caso de Lindy com a Mandala. Agradeceu, sem malícia:

– É, Paolì. O corpo se cansou. Mas, a mente permanece, inteirinha...

Os gemeozinhos na cama, Lídia e Vito LoRusso na TV Perfil, a modelo Gigi em uma sessão de fotos, Tony e Telônio Meira consideraram conveniente que Mari Oliveira participasse da reunião. Nos seus idos de Polícia Federal, a ex-agente havia detido diversos traficantes, provenientes da Nigéria. E, claro, Mari poderia subsidiar a *Famìglia* com informações adequadas e interessantes a respeito do *modus operandi* dos criminosos daquela nação da África. A ex-agente não precisou, porém, fornecer qualquer palpite acessório na discussão. Assim que escutou a fita do depoimento do Yojimbo, assim que escutou todos os comentários do *capo*, de Don Caló e de Telônio, o *consigliere* desferiu:

– Simplérrimo. Um golpe que a disseminação da Internet tornou muito comum, na Europa e na América do Norte. É. Um golpe apelidado de 419...

O número impactou Tony. Que jamais ouvira falar de um golpe 419.

– Como é que é, Paolì? *Càppitu*, que história é essa de 419?

Num átimo,Telônio se superpôs ao espanto inesperado do *capo*:

– É, que história é essa, Paolì? Ontem, eu bati um papo com um antigo colega da Federal. Não entrei em detalhes. Relatei, por cima, sem citar pessoas ou lugares, a desventura do Yojimbo. Diabos, lá na Federal ninguém sabe de nada a respeito de tal gênero de fraude. O colega até me chamou de louco...

Armado da sua paciência proverbial, Paolì ministrou uma preleção.

▼

No código penal da Nigéria, o artigo 419 corresponde, razoavelmente, ao famigerado 171 do Brasil. O artigo do trambique. E a história do golpe se iniciara bem antes, ainda nos meados da década de 80, em Nova York. Então, a Merrill Lynch, megaempresa planetária de investimentos, tinha contratado duas firmas terceirizadas para cuidarem da faxina noturna dos seus escritórios. Numa das firmas, trabalhavam, exclusivamente, refugiados da Nigéria. Claro, a ocasião fez o ladrão. Acidentalmente, apenas por curiosidade, certa data, um dos limpadores descobriu os arquivos nos quais a Merrill Lynch acondicionava as fichas dos seus clientes preferenciais. Nas fichas havia endereços, registros de contas bancárias, números de cartões de crédito com limites de saques de até 52 mil dólares, sem a obrigatoriedade de uma pré-autorização. Reportou o achado aos colegas – e a cobiça de todos se acendeu. Com a cumplicidade de um vigia, na própria máquina de xerox da empresa, os espertalhões passaram a duplicar o conteúdo dos arquivos. E, posteriormente, passaram a transferir os dados indispensáveis a cartões em branco, também surrupiados. Por meses se locupletaram, até que um descuido bobo atraísse as atenções da Merrill Lynch: duas paginetas originais, distraidamente esquecidas no platô da xerox. Além de, imediatamente, suspender a faxina, a diretoria da empresa decidiu contatar o Serviço Secreto dos Estados Unidos. Em poucos meses, detetives do Serviço Secreto rastreariam outros truques planificados por refugiados da Nigéria.

Paolì impôs uma pausa, bebeu um gole de cerveja – e lavou a goela:

– Foi o primeiro indício de um tipo de estelionato infinitamente maior. Ninguém sabe como, ou por que, esse golpe 419 nasceu na Nigéria. De todo modo, lá, a corrupção é latente – e é crônica. A Nigéria possui a sexta, ou a sétima, reserva de petróleo do mundo. E possui uma elite absurdamente sem-vergonha, que enriqueceu com o petróleo e que não se constrange em viver em verdadeiros guetos ao avesso, em bairros bilionários, cercados por barreiras de arame farpado e protegidos por holofotes e por soldados com metralhadoras. Ninguém entra, na Nigéria, sem pagar propina ao pessoal da alfândega. Ou se hospeda, num hotel destinado a brancos, sem dar gorjetas lautas ao pessoal da recepção. Deixar o passaporte e a carteira no cofre do hotel é inútil. O pessoal da recepção furta dinheiro, documentos, cartões de crédito. E o governo não toma a menor atitude. A corrupção contaminou, principalmente, o governo...

No salão de jogos do sítio, olhares atônitos seguiam o *consigliere*. Don Caló, então, não aguentou. Quebrou o silêncio. Precisava tirar uma dúvida:

– *Càppitu*, Paolì, como é que você sabe de tudo isso? E por que nunca comentou nadinha conosco? Aprendeu em dois dias, e por causa do japa?

Condescendente, o *consigliere* remolhou a boca, sorriu – e revelou:

– Por partes, Don Caló. Faz um bom tempo que eu já sei. Logicamente, nesses dois dias, com aquilo que o Tonino me transmitiu, ao telefone, sobre o tal Yojimbo, eu me aprofundei no assunto. Mas, antes, nunca toquei no tema porque eu nunca senti necessidade. Nós não mantemos negócios com gente da Nigéria. Nunca imaginei que, um dia, aquilo que eu sei, ahn, poderia se tornar significativo para a *Famìglia*. Sei, porém, porque já fui alvo desse 419...

Literalmente num choque, Tony saltou da poltrona em que se alojava:

– *Cazzo*, Paolì, você já sofreu um ataque dessa turma da Nigéria?

De mãos ao alto, e defensivamente, o *consigliere* explicitou:

– Sossegue, Tonino, sossegue. Eu não torrei um único centavo. Um ano atrás, eu não me lembro da data, recebi um fax – estranhíssimo. Provinha da Nigéria. Assinado por uma mulher, que se dizia parente de um milico preso e depois exilado pela ditadura de plantão. O cara teria depositado uma fortuna em um banco de Londres. Mas, por razões óbvias, não podia transferir o seu dinheiro a gente da Nigéria. A mulher procurava diplomatas em outras plagas, em nações pequeninas, e insuspeitas, como a minha República de Malta. Caso eu topasse, enviaria a tal fortuna – aonde eu indicasse. Mas, pra organizar as remessas, precisava, ahn, de uma comissão adiantada. É esse o outro nome do 419, o golpe da comissão adiantada. A fortuna, segundo ela, somava mais de vinte milhões de dólares. A parte da mulher ficaria em perto de dois milhões, ou dez por cento. E eu teria direito à metade dos dois milhões. Claro, claro, confiavam na minha, ahn, honestidade. Mas, parece ridículo, ela e o exilado queriam que eu vencesse uma prova de integridade – e me deram o número de uma conta nas Ilhas Cayman. Eu colocaria duzentos mil dólares na tal conta. E, assim que retirassem a minha grana, automaticamente mandariam os vinte milhões aonde eu indicasse. Eu pegaria a minha metade, mais os duzentos mil da comissão adiantada – e, também automaticamente, redirecionaria o restante a um terceiro banco. Um procedimento que não demoraria nem 24 horas...

Telônio Meira também não aguentou – e interrompeu o *consigliere*:

– Paolì, convenhamos, só um trouxa acreditaria nesse presentão...

Mansamente, e ainda mais indulgente, Paolo Garzya discordou:

– Um engano seu, Telônio. Ingênuos aos montes toparam o presentão – e outros mais. O caso da Merryl Lynch ocorreu num período em que o sistema financeiro ainda engatinhava na sua automação. Mas, nos anos subsequentes, o Serviço Secreto dos Estados Unidos constatou uma multidão de fraudes de diversos calibres. Sempre via fax, ou via Internet – porque, na imensa maioria das vezes, o fax e a Internet camuflam as pistas, e escondem os vestígios de quem realiza as safadezas. Sem dizer que as gangues da Nigéria, eu repito, não se sabe como, velozmente, habilidosamente, desenvolveram uma tecnologia específica para as suas falcatruas, uma tecnologia capaz de facilitar de forma fenomenal as suas operações safadas. Num estágio inicial, via e-mail, ou via fax, espalhavam cartas, ao estilo da que eu recebi, basicamente, a aposentados de ambos os sexos, de quem sangravam a poupança. De 1985 a 1995, sugaram quantias acima de vários e vários milhões de dólares. Depois, seguros da sua impunidade, as gangues amplificaram a sua mira no rumo dos diplomatas. Era elementar, ahn, naqueles tempos, sem os recursos atuais de criptografia e de segurança, na *web*, colecionar destinos de fax e de e-mail, comprar pacotes de companhias de telefone ou mesmo de provedores jejunos de Internet. Babacas, deslumbrados com as novas possibilidades da rede, redistribuíam as respostas, de cada e-mail que lhes chegava, a dezenas de clientes, ou centenas de amigos, simultaneamente. Ninguém se preocupava, então, em digitar os endereços de seus clientes, ou de seus amigos, naquele *slot* reservado a cópias ocultas...

Abismado, o *capo* não conteve um lampejo de sincera admiração:

– Putaquepariu, magistral, Paolì. Eu mesmo, quando comecei a brincar de e-mail, demorei bastante até entender a importância das cópias ocultas...

– Pois é, Tonino. Você – e zilhões de outros ligeiros. O golpe do 419 se tornou tão arraigado, e tão corriqueiro, na Nigéria, que os líderes das gangues até encomendaram a composição de um hino, em sua homenagem. Os otários que caíam nas suas armadilhas ganharam o apelido de *mugus*, um neologismo num dialeto local, um sinônimo para depenados. Pior, os depenados, claro, pra não se admitirem como uns cretinos absolutos, entregavam a sua grana sem reclamação. Foram raríssimos os que procuraram a polícia, foram raríssimos os que prestaram queixa. E as gangues mais e mais e mais se aproveitaram...

Don Caló se imiscuiu, na narração do *consigliere*, com uma questão:

– E você? Ahn, você procurou a Justiça, e você fez queixa, Paolì?

Embaraçado pelo que logo-logo anunciaria, o *consigliere* sorriu:

– Não, Don Caló. Porque eu não caí no golpe, acho. Talvez, por eu não ter pago a tal da comissão adiantada. Honestamente, acho, porque eu imaginei que não adiantaria coisa nenhuma a minha denúncia. Mas, eu mostrei o teor da mensagem a gente da DIA e da promotoria de Palermo. Pasme, *babbo*, mesmo gente da DIA e da promotoria já tinha recebido cartas idênticas. Um juiz lá da Ilha me disse que se comunicara com o FBI. E que nem o FBI conseguira, até então, sequer cheirar de onde procediam as intenções de fraude. O governo dos Estados Unidos chegou a pedir que a sua embaixada, na Nigéria, tentasse pressionar a ditadura – sem o mais escasso sucesso, porém. Todos os esforços do FBI e do Serviço Secreto, pra encontrar os roteiros que cada fax, cada e-mail, seguia, foram pateticamente frustrantes. As gangues trocavam de matriz quase diariamente. Constantemente forjavam *sites* e forjavam remetentes. É. É inacreditável que tal golpe tenha brotado e crescido numa nação de população paupérrima como a Nigéria. Quanto ao tal japa, bem, entrou numa gelada...

Enquanto Paolì discorria, o *capo* raciocinava. E Tony indagou:

– Paolì, me parece óbvio que não há como socorrermos, ahn, o nosso Yojimbo-san. Mas, na sua opinião, sem ironia, na sua abalizadíssima opinião, a respeito desse golpe 419, existirá alguma possibilidade, ahn, de utilizarmos o depoimento do japa em benefício da *Famìglia*? Uma sugestão, Paolì?

Num espasmo de ética, Telônio Meira se interpôs – e bradou:

– Porra, Tony, o nosso pacto. Nós não podemos sacanear o cara...

O *capo* não se abalou. Afinal, não pretendia destruir o oriental:

– Cunhado, lembre-se de que eu não prometi nada ao Yojimbo. Lembre-se de que eu disse a ele que nós exibiríamos a fita gravada a algumas pessoas daqui do Brasil e de fora. Lembre-se de que você, no seu papel de *consigliere*, só garantiu que não entregaríamos o seu nome verdadeiro. Agora, *per carità*, convenhamos, ele mesmo nos contou que a auditoria no seu banco já sabe que foi ele quem assinou as remessas. Porra, Telônio, o Yojimbo tá destruído...

Telônio não contra-argumentou. Evidentemente, Tony tinha razão:

– OK, Tonino, concordo. Mas, eu não sei de que forma, ahn...

Paolo Garzya não permitiu que Telônio se estendesse. Cortou:

– Pois eu sei. Aliás, eu sei de uma forma que, talvez, até possa atenuar a acusação que o Yojimbo, certamente, deverá amargar. Podemos mostrar a fita à Polícia Federal. Explicar que o Yojimbo é um vizinho de Don Caló, que ele pretende assumir as suas responsabilidades, sanar as suas culpas. Que ele nos procurou no desespero. Que ele admite a sua leviandade, que não roubou o seu banco, que agiu como uma besta, na fantasia, até, de proporcionar lucros aos seus acionistas. E que ele quer ajudar na investigação – etcetera etcetera...

Tony gostou da ideia. De todo modo, o *capo* necessitava de mais:

– OK. Nós satisfazemos o compromisso de auxiliá-lo. No entanto, Paolì, não consigo vislumbrar o que nós pediríamos, em troca da fita, à Federal.

O *consigliere* já havia esboçado, na mente, a solução do dilema:

– Quais são, hoje, as nossas necessidades primordiais, Tonino? Ora, não desejamos localizar aquele filhodaputa do Khwyis? Já não sabemos onde está a mulher do jordaniano? Sim, e sim. Só que não podemos apertá-la. Embora o Gumbà mantenha uma campana na fazenda do sogro do Khwyis, não podemos invadir a propriedade – e extrair qualquer informação da mulher do terrorista. Nós, não podemos. Mas, Tonino, a Polícia Federal, seguramente, sim.

Don Caló, o *capo* e Paolì fitaram Telônio Meira. Que não se mexeu.

Com um suspiro, Mari Oliveira entrou na equipe – e se ofereceu:

– Ótima ideia, Paolì. Eu preciso, mesmo, dar um pulinho até Fortaleza, pra matar as saudades dos meus pais. Levo a fita comigo. Mostro pro meu ex-chefe

– um cara de extrema confiança. Conto o que for possível. E lhe peço a compensação. Um percurso meio tortuoso. Mas, eu creio, vai funcionar...

Telônio Meira se aliviou. Não sobraria, para ele, aquela missão nefanda. Desde que abandonara a Federal, nos rescaldos da *vendetta* da Cantareira, se dividia entre o seu currículo pregresso, o amor por Gigi, a lealdade a Tony. O então diretor da instituição jamais o espremera pelo seu envolvimento naquela ação sanguinolenta de resgate. Ou, pelas mortes misteriosas dos manos Tucci nas dependências em que estavam reclusos, à espera da sua extradição. Mas, Telônio percebera que, nos bastidores da Federal, pululavam as fofocas a respeito das suas ligações com os Castellamare. Houve quem, nos corredores do edifício da instituição, se recusasse a cumprimentá-lo. Houve quem, à sua aproximação, fechasse o rosto e se virasse, abruptamente, de costas. Depois, quando aceitou assumir o comando da vigilância da rede de supermercados, os afetuosos companheiros de *happy hours*, de churrascadas, de confidências, de desabafos, sumariamente sumiram do seu alcance. Sondar, aqui e ali, não lhe parecia um abuso, uma transgressão. Mas, que moral teria Telônio para voltar à Federal, àquele conglomerado de presunções, no papel de *go-between*, de um correio, com uma fita, a sua moeda de câmbio, e solicitar um favorzão?

Paolì, porém, se envaideceu da sua namorada. Com os olhos, consultou Tony. Que lançou ao cunhado, parapsicologicamente, um raio de desprezo.

Daí, embasbacado pela disposição da ex-agente, o *capo* avalizou:

– Maravilha, Mari. Brava! É, eu também creio que vai funcionar...

Dois dias depois, e depois de um longo ensaio do que relataria, e do que rogaria como troca, Mari voou ao Ceará, uma cópia da fita na bagagem.

▼

Tony Castellamare não puniu Telônio Meira com qualquer repreensão pelo seu ostensivo refugo no Episódio Yojimbo. Compreendeu os motivos do seu cunhado, continuou a tratá-lo com respeito e com carinho – mas, exigiu que Telônio não se afastasse do sítio enquanto Mari Oliveira não reportasse todos os resultados do seu projeto tortuoso. Caso Mari deparasse com alguma barreira intransponível, no Ceará, a *Famìglia*, empacada pela falta de opção, remobilizaria o ex-delegado. Afortunadamente, contudo, para os Castellamare, e para Telônio, apenas mais três dias de ansiedade se esvaíram até que ela, por telefone, apregoasse a Paolì, orgulhosa, aquilo que conseguira transacionar.

O seu ex-chefe, em Fortaleza, não tinha a menor ideia do que seria o tal golpe 419. Mas, se impressionara com o teor da fita, com a confissão formal do Yojimbo. Considerou que, na melhor das hipóteses, o oriental não passava, mesmo, de um imbecil. Na pior, de um ladrão à beira de um flagrante e à cata de uma desculpa ou de uma atenuante. Imediatamente, agendou um encontro discretíssimo, num apartamento de Brasília, com alguns amigos irrepreocháveis da Federal e do falecido SNI, o Serviço Nacional de Informações da ditadura, que o governo de Fernando Collor havia extinguido, oficialmente, em 1990.

Desde o desmonte do SNI, sem uma função efetiva, ou sem um guarda-chuva que os abrigasse debaixo de uma nova sigla, inúmeros ex-integrantes do órgão agora engordavam os quadros da Federal ou mesmo do Gabinete Militar da Presidência da República. O antigo chefe de Mari conhecia muito bem um par daqueles renegados. Apostava cegamente na sua argúcia e no seu silêncio. Num avião de carreira, com um documento falso e com Mari a tiracolo, viajou à Capital e se alojou num hotel barato. Daí, no apartamento prefixado, exibiu a gravação – e permitiu que Mari preenchesse os vazios eventuais com as suas observações paralelas. Sorte, bastante sorte, um dos presentes ao encontro de Brasília acabara de retornar de um curso de aperfeiçoamento, na academia do FBI, em Quantico, Virgínia. E havia aprendido o suficiente sobre as gangues da Nigéria e sobre o 419, o golpe da comissão adiantada. Sentiu-se diante do filão sutil de uma mina gigantesca, de uma mina explosiva – de urânio puro.

No comitê secreto que se congregara naquele apartamento, lógico, todos conheciam Tony Castellamare e a sua aventura de agente ambíguo da DIA de Palermo. O chefe de Mari apaziguou as indecisões derradeiras ao relembrar os crimes de Khalid Haissa Khwiys, o seu grito lancinante de ódio e de vingança, ao ser detido por Mari, em Fortaleza, com seiscentos quilos de cocaína e com bandoleiros, inclusive, da N'Dranghetta da Calábria. Asseverou que Tony e a sua *Famìglia*, apesar das suas operações obscuras, nem sempre nos limites da legalidade, defendiam o Justo, combatiam o Mal. Obteve o consenso e jurou a Mari que convenceria a Federal a remunerar Tony em troca da cessão da fita do Yojimbo. Sim, prometeu, a Federal investiria contra a esposa de Khwyis.

Ao encerrar seu relatório, Mari não se poupou de um gesto de ternura:

– Tony, acho melhor vocês avisarem o Yojimbo do que aconteceu. Em mais algum tempo, eu não tenho dúvida, a Federal vai lhe dar um puta susto...

O *capo* concordou. Que o oriental se aprontasse. Pois seria preso.

▼

Mari Oliveira retornou a São Paulo, ao sítio da Granja, e à sua rotineira incumbência de superbabá dos gemeozinhos de Lídia e de Toni. Daí, duas semanas angustiantes, penosas, se arrastaram, paquidermes, pesadamente, até que, de Fortaleza, ela recebesse, por telefone, um recado em código. O seu ex-chefe a esperava com uma cesta de Natal. Tony, fulminantemente, autorizou a nova viagem de Mari ao Ceará. Num súbito rompante de desembaraço, ou de ciúme, Telônio Meira se predispôs a escoltá-la na tarefa. Porém, com idêntica velocidade, o *capo* vetou a intenção. E, de novo, sem humilhar o cunhado:

– Não, e não, Telônio. Você continua por aqui, no *back-up* da Mari.

Telônio não engoliu a peta. Sabia que Tony ainda se incomodava com a sua dualidade. Sabia que, embora cunhado, apenas eventualmente se integrava à *Famìglia*. Pior, evidentemente, não podia reclamar – nem mesmo a Gigi.

E Mari se foi, sozinha, eufórica, e mais Castellamare do que Telônio.

Num jantar, na varanda, sem se preocupar com o aspecto macambúzio do cunhado, o *capo* se dirigiu a Paolo Garzya e não conteve a provocação:

– Paolì, o Telônio levou mais de seis anos pra se casar com a Regina. Eu espero que você e a Mari se decidam antes de os meus gêmeos se diplomarem na faculdade. Façamos um trato: assim que mais esta trolha terminar, OK?

A Mamma Freda, habitualmente caladona, não resistiu, e bronqueou:

– Trolha, Tonino? E que palavrão é esse, que eu não conhecia?

Diante dos risos inevitáveis, Don Caló se explicou à matriarca:

– Trolha não é um palavrão, Fredina. É uma gíria destes idos repletos de termos sem sentido. Fredina, *cara*, se você procurar num dicionário, verá que a expressão, na verdade, significa, ahn, pedreiro sem a menor experiência...

A resposta, inopinadíssima, impactou até as orelhas de Bill e Lola.

Tony gargalhou. Quando voltou a respirar, perguntou ao patriarca:

– *Càppitu, càppitu*, como e onde você descobriu isso? Ah, conte...

Don Caló sorveu um gole de *grappa* – e enfunou o peito inteirinho:

– Eu já escutei essa expressão dezenas de vezes, aqui mesmo, lá no salão de jogos. Na dúvida, fiz o que deveria. E fui vasculhar o Pai dos Burros...

Nem Bill e nem Lola se movimentaram dos seus lugares no chão.

E o *babbo*, com uma solenidade imperial, dominante, arrematou:

– Na Internet. É, até um dicionário, mesmo, eu descobri na Internet...

Um nó tosco, absurdo, na garganta, Tony Castellamare imaginou como se tornaria oca, no futuro, a varanda, sem a presença solene de Don Caló.

▼

A sua missão formidavelmente realizada com um triunfo melhor do que o fantasiado pelo *capo*, por Paolì, até por ela, assim que regressou à Pauliceia, e ao sítio, Mari Oliveira espalhou todas as suas cartas na mesa da varanda. Um grupo cerimonioso se juntara, obviamente, como de hábito, naquela *Famìglia*, ao redor de petiscos e de beberagens. Passava de duas da madrugada. Lídia já havia retornado, com Vito LoRusso, do seu programa de TV. E, apesar das menções incisivas de Tony, que preferia a sua *sposina* longe das deliberações do clã, se enraizou, impavidamente, num dos recantos do espaço. Lídia intuía que algo soturno se tramava nos seus entornos. Queria saber o que ocorria.

O marido aceitou a sua participação. Desde que Lídia abdicasse da sua condição de jornalista, e se mantivesse caladinha. Depois da reunião, no chalé, o marido, mais do que *capo*, lhe contaria tudo, tudinho, e sem subterfúgios.

Não doutrinada sobre a existência do Yojimbo, a sua confissão, o golpe 419, os motivos reais das idas e vindas de Mari ao Ceará, demorou bastante até que a sua suscetibilidade e a sua objetividade profissional lhe sugerissem o tamanho do perigo que rondava aquela casa e os seus dois gemeozinhos. Mas, respeitou o compromisso e não se manifestou. Apenas, na sua cabeça treinada, paulatinamente colecionou os dados expostos na reunião, milionésima reunião em um punhado de semanas, e construiu, na mente, as suas próprias deduções. Um calafrio percorreu a sua pele quando Mari desembestou no seu relatório.

▼

Conforme o chefe de Mari na Federal de Fortaleza havia certificado, o novo diretor da instituição, em Brasília, remeteu um pelotão de subordinados à fazenda do sogro de Khalid Haissa Khwyis, no Triângulo Mineiro. Sim, sim, a mulher do jordaniano, Selma, de fato, desconhecia o seu paradeiro. Certa data, meses antes, Khwyis a procurara, aparentemente com saudades. Mas, mal vira os garotos e se enfurnara, com ela, em um motel das imediações de Uberaba. Então, sem uma insinuação de como agiria, posteriormente, sem informá-la do seu destino, o jordaniano se esvaecera, de vez. Pior, nunca mais dera notícias. Absolutamente desacorçoada, a mulher chegara a dizer, aos investigadores:

– O Khalid é um filhodaputa. Eu quero que esse desgraçado se foda.

Emudecido até então, apenas uma testemunha do interrogatório da filha, o pai de Selma, homem durão, decidiu se meter. Claro, odiava o jordaniano que propiciara a Selma, por algum tempo, uma vida de luxúria – mas que, no fim das contas, preso como traficante, acusado de ser um terrorista e um assassino, procurado inclusive pelo Mossad, todos os seus bens tomados pelo governo, abandonara a mulher e os seus garotos. Um safado, um crápula, e um mentiroso indecente, bradou o pai de Selma. Muito além de um desgraçado.

Um dos investigadores logo sentiu em que ponto se situava a brecha:

– Ahn, o senhor teria alguma coisa diferente, ahn, a nos acrescentar?

Sem hesitar, o pai de Selma perdeu os freios e revelou fatos que a filha ignorava. Não desejava magoá-la. Com a sua declaração, porém, pretendia, no mínimo, que Selma sepultasse, e definitivamente, qualquer perspectiva de, um dia, retornar ao jordaniano. Contou que, logo depois daquela última visita de Khwyis ao Triângulo, sem que a filha suspeitasse, havia seguido o casal, ao motel. E que, ao ver o jordaniano se escafeder, sozinho, da jornada de amor, a uma distância segura ele havia seguido Khwyis. Inacreditável, na escuridão de uma noite sem lua, pouco antes do amanhecer, o terrorista tinha retomado o rumo da fazenda, uma lanternona em punho. E tinha se enfiado no pasto do gado. Por precaução, o sogro interrompeu a vigilância. E não viu, com os seus olhos, o que o torpe jordaniano aspirava com aquele passeio no negrume.

No dia subsequente, porém, voltou ao pasto. E descobriu uma série de buracos no terreno, razoavelmente ordenados, basicamente em linha reta. O líder dos investigadores lhe perguntou se poderia verificar o mistério. E o pai de Selma o conduziu a um périplo singular. A partir do primeiro dos buracos, existia um outro, vinte passos adiante. E um terceiro, trinta passos à frente do segundo. E um quarto, quarenta passos. O périplo terminou no nono. O pai de Selma admitiu que se cansara, que desistira daquela marcha insana. O homem da Federal, no entanto, resolveu continuar na sua busca. Bingo! Exatos cem passos além do nono, onde se localizaria o décimo dos buracos, percebeu, no topo do relvado, uma mossa intrigante – como se alguém, por lá, no passado, tivesse perpetrado uma ferida. Com as mãos, mesmo, três dos investigadores escavaram e reescavaram o chão. Bingo, bingo! Debaixo da mossa, a terra parecia diferente, revolvida, pouco comprimida, nada natural, coisa de gente.

Lídia conteve a sua emoção. Tony sacou o que viria, então. Com toda a serenidade que a situação lhe permitiu, Mari Oliveira escancarou o desfecho:

– Do décimo dos buracos, quer dizer, daquele lugar ainda intacto, os investigadores retiraram um embrulho de plástico impermeável. E, dentro do embrulho, incrível, constataram que havia, ahn, uns duzentos mil dólares...

Enfurecido, atordoado, o *capo* replicou – com uma imprecação:

– *Cazzo*, putaqueépariu, duzentos mil dólares, só no décimo dos buracos. Isso significa que o Khwyis catou, pelo menos, um milhão e oitocentos...

Não sacou que Lídia se levantou e rumou na direção do seu chalé.

▼

Tony Castellamare necessitou de três minutos e de uma talagada robusta de Jack Daniel's para acalmar a sua respiração. E para perguntar ao grupo:

– Alguém se habilita? Eu estou exausto – e eu estou sem cabeça...

Como réplica, coligiu, somente, os pios dos sabiás do pomar.

Bebeu mais um gole, acendeu um cigarro, pitou, repitou, e falou:

– Bosta, bosta. Se nós houvéssemos montado uma campana, na fazenda do pai da Selma, lá atrás, já teríamos esmagado esse jordaniano do *cazzo*...

Mesmo igualmente consumido, Don Caló repôs a ordem na varanda:

– Sem cinzas na cuca, Tonino. Remoer mais esse equívoco, ahn, que nós cometemos, só vai atrasar uma tentativa de reação. Ao menos, já sabemos que o Khwyis guardou dinheiro, e talvez armas. Agora, com a grana que guardou, ele pode fazer várias coisas. É, pode fazer várias coisas, e bem diferentes...

O *capo*, desalentado, fitou o *babbo*, à espera de um arremate. Mas, antes que Don Caló reengatasse no seu raciocínio, Paolo Garzya se adiantou:

– Com certeza, com certeza, várias coisas, que eu sintetizo, se Don Caló me permite, em três vertentes. Na situação mais confortável, pra nós, pegou a grana e sumiu do País. Numa hipótese intermediária, se enfiou em algum lugar remoto e, disposto a não correr novos riscos, por enquanto, entrou em fase de hibernação. Na situação mais grave, aqui mesmo, em São Paulo, já começou a planejar a vingança. Vai usar o dinheiro, as armas, pra montar uma gangue...

Envolto na fumaceira do seu charuto, Pippo Carotè suplementou:

– Disfarçadíssimo. Quer dizer, absolutamente irreconhecível. *Certo*?

Paolì concordou. Sem desperdiçar, porém, o fio da sua meada:

– Cabalmente, Pippo. Mas, isso não me atormenta, ainda. Eu creio que, neste estágio da nossa, ahn, operação, tentar a localização do filhodaputa não é essencial. Mas, nós podemos, perfeitamente podemos, utilizar um desvio...

Tony Castellamare entendeu. E recuperou a sua liderança no clã:

– Qualquer um de vocês me corrija, se eu falar uma bobagem...

Meramente com gestos, todo o grupo assentiu. E o *capo* analisou:

– Dinheiro, e muito dinheiro, o Khwyis já possui. E, disfarçadíssimo, ele se tornou, ahn, inacessível. Mas, precisa montar a sua quadrilha. E como? Não existe a chance de o Khwyis se cercar, outra vez, com gente da N'Dranghetta, ao menos enquanto o Moràbito permanecer fora de cena. *Certo*, Paolì?

Tranquilo pelo que garantiria, o *consigliere* rapidamente confirmou:

– Sem dúvida, Tonino. A DIA continua na cola do Moràbito. E, caso o Moràbito, de algum jeito, tivesse retornado ao Brasil, nós já saberíamos...

O *capo* agradeceu num aceno. Bebericou o seu Jack – e acelerou:

– Maravilha. Isso significa que, sem a N'Dranghetta ao seu alcance, sem o apoio do Moràbito, o Khwyis precisa remontar a sua quadrilha com pessoas daqui mesmo, do Brasil, mais provavelmente de São Paulo. Ora, de que modo, se nós já dizimamos a sua turma de libaneses, de palestinos etcetera e tal?

Enfim Telônio Meira ousou um comentário. Aliás, bem pertinente:

– De volta ao passado, Tonino. De volta ao passado. Lembre-se de que o Khwyis dirigia uma confecção no Bom Retiro. Uma fábrica de roupas com as etiquetas falsas de marcas famosas. E o Bom Retiro está cheio de clandestinos do Oriente Médio, da Coreia, da China, talvez até da Nigéria. Na confecção, o Khwyis, obviamente, empregava batalhões e batalhões de clandestinos. Claro que conhecia as fichas de todos, claro que sabe com quem poderia contar em uma emergência. Não necessitou, no sequestro da Lídia e da Gigi, porque a N'Dranghetta estava à sua disposição. E porque optou por se cercar dos caras do seu tio, Raghib. Agora, sem gente da Calábria, sem os seus patrícios, pode ter procurado antigos funcionários, pra montar uma quadrilha, ahn, virgem...

Tony adorou o comentário. E aplaudiu, com uma pitadinha de ironia:

– Maravilha quádrupla, Telônio. *Bentornato à la nostra Famìglia...*

O ex-delegado não acusou a pancada. E, sobriamente, explicitou:

– Quando a Justiça tomou os bens do Khwyis e arrasou os seus negócios de fachada, deteve todas as pessoas que trabalhavam na confecção e, também, na madeireira e na lapidadora de pedras, as empresinhas de lavagem de grana, dele e do Moràbito. Todas aquelas pessoas deixaram as suas digitais, e os seus endereços, nos arquivos da Federal. Pelo que eu me recordo, umas oitenta, ou talvez noventa pessoas, se descartarmos as mulheres. Necessitamos, apenas, acessar os arquivos. E, daí, com os endereços, os homens do Gumbà...

Num solavanco brusco, o *capo* podou o cunhado. E determinou:

– Gratíssimo, Telônio. Ahn, Mari, você cuidaria desses arquivos?

Mari não chegou a abrir a boca. Pois Telônio, solerte, se interpôs:

– Não, Tonino, a Mari não. Ela já se expôs em demasia. Além disso, os arquivos a que eu me referi estão aqui, em São Paulo. Incumbir a Mari dessa tarefa significa mais uma visita ao Ceará, e mais uma gentileza que pediremos, agora sem moeda de troca. Sem falar no tempo que gastaremos, em mais seis ou sete semanas de espera. Não, Tonino. Deixe que eu toque essa trolha. Eu dou um jeito, com o Flávio, o Flávio Arruda, meu padrinho de casamento...

Telônio fisgara, propositadamente, a expressão, trolha. Pretendia, com a palavra, recordar a *Famìglia* da graça do diálogo entre a Mamma Freda e Don Caló, naquele jantar de dias antes. Pretendia desanuviar a tensão que encobria o ambiente na varanda – e, claro, resgatar a confiança de Tony. Conseguiu:

– Tá legal, Telônio, você se encarrega da trolha. Algum problema?

O cunhado sorriu, honestamente descontraído. Advertiu, porém:

– Nenhum problema comigo, Tonino. Mas, não exageremos nas nossas expectativas. Já se passaram quatro anos desde a prisão do Khwyis no Ceará. Três anos desde o seu julgamento. Dois anos desde a sua fuga. Eu não posso garantir que os clandestinos do jordaniano ainda estejam no Brasil, e nem que eles morem nos mesmos endereços. De todo modo, temos um caminho...

Saudavelmente afável, Tony Castellamare confortou o cunhado:

– Um caminho excelente, Telônio. Um brinde ao Telônio, OK?

Até Bill e Lola se espreguiçaram, contagiados pela algazarra.

▼

No chalé, Lídia Brandini aguardava, consternada, a descida do marido. Assim que o *capo* atravessou a porta, a *sposina* o confrontou, às lágrimas:

– Porra, Tony, quando essa merda vai acabar? Quando, Tony, porra?

Suavemente, pé ante pé, o marido se aproximou e a enlaçou com o carinho que lhe sobrara, depois de mais aquela madrugada infernal. Daí, sussurrou:

– Li, tá além, muito além, da minha vontade. Não sei quando essa merda vai acabar. Por mim, essa merda nem existiria mais. Eu sinto, Li, não sei...

A *sposina* se impressionou com a sinceridade do marido. Não, naquela madrugada infernal, Tony não recorria às metáforas e às sinuosidades com que acostumara Lídia em tantos outros traumas, desde o seu esbarrão fortuito em um avião, em Março de 1990. Devolveu o abraço com um vigor absurdo:

– Tonino, eu preciso ter medo de alguma coisa? Ahn, do jordaniano?

O *capo* esticou os braços, sem soltá-la – de modo a fitá-la, diretamente, nos olhos umedecidos. Então, meigamente, e quase paternal, asseverou:

– Li, deixe os temores comigo. O Khwyis vai acabar, depressinha...

Ah, não deveria, Tony Castellamare, manifestar tanta confiança.

▼

Bastaram duas semanas para Telônio Meira coletar as fichas de 77 dos clandestinos da confecção e da lapidação de Khalid Haissa Khwyis – todos ainda no Brasil, graças aos mutreteiros e aos matrimônios com nativas. Daí, enquanto os detetives de Vicenzo Mutarelli se esfalfavam, catorze horas por jornada, no Bom Retiro, nos Campos Elísios, na Cracolândia, no Centro Velho e na Liberdade, à caça de ex-funcionários do jordaniano sumido, os eventuais componentes da sua quadrilha virgem, no resto do mundo a ofensiva contra a Cosa Nostra prosseguia, inexoravelmente rigorosa. No dia 26 de Setembro, a Justiça da Itália sentenciou, com a pena perpétua, Giuseppe Madonìa, Totò Riina e outros 22 bandidos acusados de participação, direta ou indireta, no atentado animalesco que trucidara o juiz Falcone. Dentre os 22, se incluíam Pietro Aglieri e Giovanni Brusca. Enfim, em Novembro, Rudolph Giuliani, o antigo promotor que se distinguira, na década de 80, como um adversário implacabilíssimo da Máfia em Nova York, se reconduziu à prefeitura da Big Apple. Através de uma pequena subsidiária que os Castellamare mantinham na América do Norte, o *capo* Tony havia feito, simbolicamente, e legalmente, doações em mercadorias aos esforços de Giuliani. Que o convidou à sua festa da vitória. Tony viajou aos EUA com Lídia, que ainda mereceu uma entrevista exclusiva. E, além de Paolo Garzya, levou consigo a Mamma Fredda e Don Calógero, que ainda não conheciam a metrópole mais vibrante do universo.

▼

As notícias mais sensacionais, porém, a *Famìglia* Castellamare recebeu no dia 24 de Dezembro, na sua tradicional ceia de Natal. Em meio à comilança servida por Dona Freda, depois de um brinde puxado por Don Caló, a caçula Gigi se ergueu do seu posto na mesa farta – e anunciou que estava grávida.

Tony não resistiu – e deixou escapulir um comentário impertinente:

– Parabéns, *sorellina*. De gêmeos, também, ahn, você e o Telônio?

Imediatamente, Lídia lhe deu um beliscão. Mas, Gigi não se irritou:

– Não, não, Tonino, não possuímos, o Telônio e eu, ahn, a sua potência e a sua virilidade. Será um bambino só. Mas, ainda não sabemos o sexo...

O *capo* se arrependeu da bobagem, se levantou e acariciou a irmã:

– Pois que Deus abençoe mais esse novo Castellamare no mundo.

Ganhou, pela segunda gafe, um outro beliscão. Agora, de Gigi:

– Seu machista! Talvez seja nova, e Meira, não Castellamare, tá?

Enquanto Tony se envergonhava pelo tolo escorregão, os integrantes do repasto aplaudiram Gigi. Um a um, todos abraçaram a garota e o marido. Que não se retraiu. Pelo contrário, orgulhoso, feliz, propôs um outro brinde:

– Menino ou menina, terá como sobrenome Castellamare – e Meira.

Embora atordoado, Tony se esforçou para corrigir os disparates:

– Pois que Deus abençoe o primeiro, ou a primeira, Castellamare Meira, da história da humanidade. Que essa criança seja linda como os seus pais.

Coube a Lídia amplificar, com o seu humor gostosamente cáustico:

– E que seja muito mais inteligente do que a besta do seu *zio* Tony...

Todos gargalharam, simultaneamente, inclusive o *capo* sem jeito.

▼

Daquele ritual, e daquela ceia, também participavam Domi Pignatello e a sua Beth. Nem sempre os dois desfrutavam as maravilhas culinárias da Dona Freda. Mas, porque Tony não prescindia de Pellê, na guarda do mano Lindy, considerara justo e conveniente agregar o casalzinho, no evento, aos íntimos da *Famìglia*. Daí, imprevistamente, com o seu estilo tímido e refreado, numa postura inesperada para um assassino de tantas mortes, Domi pediu a palavra. Já conseguia se expressar, em português, com uma razoável desenvoltura:

– Primeiro, eu quero, ahn, agradecer, aos senhores que hoje nos aceitam, a Beth e eu, ahn, na sua casa e na sua mesa. E eu quero dizer algo, posso?

Mesmo abismado pela inaudita intervenção, depressa Tony autorizou:

– Claro, amigo Domi. Nesta casa, aqui nesta mesa, nós somos iguais.

Ao escutar o substantivo, amigo, Pignatello se empertigou. E falou:

– Muito, muito obrigado, Don Castellamare. É que, ahn, ahn, também a Beth está grávida. E, por isso, ahn, desejamos nos casar. O senhor deixa?

O *capo* se emocionou com a simplicidade do seu pistoleiro. Num pulo o agarrou e o enlaçou com uma sucessão de abraços calorosíssimos. Depois, se aproximou de Beth e, numa reverência, beijou as suas mãos e o seu rosto:

– Você é o meu anjo da guarda, Domi. E um anjo da guarda não precisa de licenças daquele a quem protege, com tanta dedicação e tanta fidelidade.

Todos irromperam em mais aplausos, um outro brinde. Só então o *capo* se apercebeu de que, num canto recluso da celebração, Lindy chorava. Correu até o *fratello caro*, afagou as suas bochechas e enxugou as suas lágrimas:

– Lindotto, eu sei o que você tá sentindo. *Càppitu*, cê não merece sofrer por causa daquela, ahn, mulher. Lembre-se, *fratello*, do que eu já passei. Perdi a Marina e três filhos, de uma vez, Lindotto. E reagi. Faça o mesmo, faça...

Mulher? Ah, Tony desejaria chamar Marcella de puta, mesmo. Mas, se conteve. Lindy entendeu e se aprumou. Daí, respirou fundo – e implorou:

– Então, Tonino, me permita que eu retome a minha vida. Que eu volte ao trabalho, ao meu apartamento, às aquarelas. Sei que isto é um paraíso. Mas, eu necessito de liberdade. Talvez, até, pra conhecer uma outra namorada. Ahn, você não suspendeu a campana na casa do pai da Marcella. Você já sabe que ela nunca mais encontrou o Khwyis, que ela não oferece perigo pra *Famìglia*, ou pra mim. Eu não mais preciso, Tonino, ficar trancafiado aqui no sítio...

Don Caló se juntou ao filho e ao afilhado. E concordou:

– Cê tem razão, Lindotto. Volte à sua vida. Chegou a hora. Vamos todos curtir esta noite, de tanta felicidade. E vamos rezar pra que você reencontre a sua, tá? Retome a sua vida, *caro* Lindotto. Mas, com duas condições, tá?

Sem saída, Leonardo Regazzoni topou. E que condições seriam?

O *babbo* respondeu no seu velho estilo, objetivo, quase geométrico:

– Ponto um, o Pellê não desgruda um instante de você, OK?

Lindy anuiu, com um olhar submissamente desenxabido.

– Ponto dois, me jure que nunca mais vai se apaixonar por tatuagens...

Após um instantezinho de perplexidade, Lindy arreganhou um sorriso. Que, logo, se multiplicou, aos jatos, mais feliz e mais ruidoso. Como um eco a troar em um desfiladeiro, todos, na varanda, mais uma vez, ovacionaram.

▼

No Brasil, compulsoriamente, qualquer banco reserva o derradeiro dia útil de cada o ano para a conclusão do seu balanço fiscal. Cerra as portas e os caixas aos clientes, e só trabalha internamente. Pois foi numa exaltada reunião, com os integrantes do conselho de administração do banco do pobre Yojimbo, que os fiscais da auditoria da multinacional da grana, interessada em comprá-lo, questionaram as contas apresentadas. Aquelas contas, simplesmente, não fechavam. Azar. Mais empenhada na caça das possíveis ramificações do golpe 419 no País, a Polícia Federal ainda não havia formalizado uma acusação ao Yojimbo – muito menos denunciado a fraude aos proprietários do banco.

Paralelamente, Khalid Haissa Khwyis pelejava na arregimentação dos componentes da sua nova quadrilha. Sempre que selecionava um coreano, ou um chinês, que lhe parecia adequado ao seu projeto, o homem falhava durante o complicado período de treinamento. Em alguns casos, o jordaniano permitiu que o fracassado permanecesse vivo. Em outros, casos de risco, sumariamente matou os coitados. Corpos sem documentos apareceram, em ruas perdidas de São Paulo, sem que os investigadores do Estado, ou da Federal, desconfiassem do desenrolar de uma tramoia mais opulenta do que uma vingança ou limpeza de arquivos nas gangues de clandestinos da cidade. Esporadicamente, Khwyis gastava um par de horas na campana da Marcella/Pepita, apenas para garantir que a puta não sumisse. Constatou que, curiosamente, a garota modificara os seus hábitos. Largara a noite, o ofício de rampeira. Aceitara auxiliar Giordano Agliardi, como recepcionista e como secretária, na oficina do pai alfaiate.

De modo a não despertar suspeitas, a cada semana o jordaniano trocava de carro alugado. Exatamente o que faziam os detetives do Gumbà. Ironia: o jordaniano e os detetives não imaginavam participar de uma mesma campana. Assim, na vigília do Réveillon de 1997, Khwyis considerou que, por um bom tempo, poderia esquecer a garota. Naquela noite, afinal, Marcella/Pepita topou escoltar o seu *babbo* a uma festinha na casa de um funcionário da oficina.

Raios, pensou o jordaniano: aquela vagabunda tinha se regenerado.

▼

Para Tony Castellamare e a sua *Famìglia*, os primeiros meses de 1998 se arrastaram, languidamente. Em Janeiro, o FBI indiciou Junior Gotti, herdeiro do ex-*boss* de Nova York, por extorsão e outras safadezas. E, em Fevereiro, finalmente, através do mesmo advogado inclemente, mestre em fraudes, que já tinha pressionado os subalternos do Yojimbo, o banco quase falido, por causa do golpe 419, conseguiu extrair uma confissão categórica, textual, do diretor da sua Área Internacional. Tony soube dos dois eventos pelo *consigliere* Paolo Garzya e pelo cunhado Telônio Meira. Não chegou a comemorar. O Yojimbo lhe fora útil. Inofensivamente útil. O *capo* ponderou que cumprira a sua parte no pacto. Não havia maculado a sua ética ao ceder a fita, com a confissão do trouxa, à Federal. O Yojimbo, certamente, se beneficiaria pela sua revelação de culpa. E, seguramente, num processo judiciário, diminuiria a sua punição.

Mais afligiam o *capo* dos Castellamare a velhice inexorável de Bill e de Lola, os seus dois cachorros tão queridos, e a absoluta falta de informações a respeito do terrorista sumido. Numa das suas cargas, no bairro da Liberdade, sob o disfarce respeitável de agentes da delegacia de estrangeiros, em busca de clandestinos que o governo do Brasil, diziam, pretendia legalizar, os detetives do Gumbà haviam descoberto um certo Chu Chang-Li, gerente de uma pensão precaríssima que, no almoço e no jantar, também servia comida por quilo. De um lado, os detetives detestaram o cardápio. E, de outro, depois de tentarem uma conversação quase impossível, com o gerente, e também com uma jovem, igualmente oriental, de nome Nan Xuan-Yang, depressa descartaram o lugar como um esconderijo do jordaniano. Chu, gaguejante, apenas lhes pareceu um retardado, um imbecil absoluto. Quanto a Nan, apesar da sua beleza, e da sua exuberância física, mal conseguia proferir duas frases em português viável.

Quando soube da visita daqueles personagens, Khwyis se assustou. Delegacia de estrangeiros? Não, coisa dos Castellamare, intuiu. O *capo* odiado ainda perseguia o seu rastro. Sem manifestar, a Chu e a Nan, a sua apreensão, precavido decidiu que, por um tempo confortável, interromperia a organização da sua quadrilha. Mas, se orgulhou de Chu, de Nan – e da preparação eficiente que lhes propiciara. Eficiente? Sim, para Chu. E não, para Nan, reconsiderou. Chu se mostrava incólume, probo, fidelíssimo. Nan agraciava Khwyis com as suas nádegas, os seus seios. Mas, o jordaniano sabia, Chu bem que o avisava, na menor distração do colega, surrupiava o troco do caixa da pensão. Khwyis quase desistiu de fantasiar que aquela malta viraria uma quadrilha, de fato.

▼

O Gumbà, obviamente, fazia relatórios cotidianos ao *consigliere* Paolì. Que também desprezou o resultado da visita à pensão. Na verdade, Paolì não se sentia à vontade com aquela profusão de alcunhas monossilábicas, Chu e Nan, Chen e Deng, Wan e Qiu, Guo e Hua, Mo e Fu. No seu cartesianismo de descendente de próceres da Velha Tradição, na Ilha da Sicília, dignitários que só consentiam a entrada, no seu clã, de parentes diretos, amigos, vizinhos ou conterrâneos, já começava a duvidar da sua própria sugestão anterior: sem uma outra opção, Khwyis se cercaria do pessoal que pudesse pescar na relação de clandestinos da sua confecção, da sua lapidadora ou da sua madeireira; que, possivelmente, se cercaria de chineses ou coreanos. Bobagem, concluiu. Mais provável que Khwyis já tivesse evaporado com seus milhões. Determinou que o Gumbà amaciasse as buscas, cortasse pela metade a quantidade de homens à cata do terrorista e até na campana da Marcella Mandala. Ah, não deveria...

▼

Providencialmente, em Junho, a *Famìglia* Castellamare pôde celebrar, num intervalo de poucas horas, os nascimentos de Marina, a bambina de Gigi e de Telônio Meira, e de Antonio Salvatore, o pimpolho de Domi Pignatello e de Elisabeth. Coube a Tony e a Lídia apadrinharem, simultaneamente, os dois rebentos – claro, numa recepção jubilosíssima no sítio da Granja. O *capo* já havia informado, à caçulinha, os motivos do seu veto a Adriano Frey e Marília Meirelles. Os motivos verdadeiros, melhor do que qualquer peta ou invenção. Um veto que Gigi absorvera, sem a mínima contestação. Várias e várias vezes Adriano a tinha procurado, na tentativa de uma explicação – ou de um perdão. Mas, em todas as ocasiões, Gigi fora implacável. Sem papo. E sem chance.

Faltou, assim, um profissional que colhesse as imagens do batizado dos dois novos integrantes da *Famìglia*. Sem problemas, porém. Mari Oliveira, Elia Grazie e Pippo Carotè se incumbiram da missão. Claro, nem de longe as fotos produzidas pelos três exibiram a qualidade dos trabalhos de Adriano. De todo modo, num pacotão de centenas, Gigi conseguiu selecionar uma dúzia e, através de Lídia, as forneceu ao Grupo Perfil. Na sua edícula, na pensão-comedouro da Liberdade, o jordaniano Khwyis, que se tornara, por falta de ação, um engolidor voraz das revistas ilustradas de fofocas, deparou com as imagens do evento. Estranhou que, nos créditos das fotos, ao invés do Adriano Frey que já conhecia, despontasse uma expressão neutra – "Divulgação".

Khwyis não se enfureceu, porém, ao pensar que havia perdido, talvez, uma referência – para quando a sua quadrilha estivesse pronta e ele pudesse desencadear o seu plano de sequestro de Leonardo Regazzoni. Afinal, apesar da ausência do nome de Frey nos créditos, em ao menos duas das imagens surgia, impávido, o rosto do principal executivo da rede de supermercados dos Castellamare. Sim, muito tempo se passara – mas, o tal Regazzoni continuava a trafegar nas imediações do *capo* fanfarrão que ele, Khwyis, detestava.

▼

Transcorreram basicamente sem transtornos os meses restantes de 1998 e quase todo o ano de 1999. No intervalo, do coração, aos 81 de idade, faleceu Antonino Salomone. Acometido de um câncer, John Gotti se submeteu a uma delicada cirurgia para a extirpação de um tumor alojado entre as amídalas e o segmento superior da sua faringe. Junior, o seu legatário, foi condenado a uma pena que, na melhor das hipóteses, um comportamento excepcionalmente puro na galera, o manteria enjaulado, até 2004. Rocco Moràbito continuou sumido. E o jordaniano Khalid Haissa Khwyis, sumariamente, se eclipsou no éter.

Não encontrou capangas suficientes para montar uma quadrilha digna das suas fantasias. Contentou-se em permanecer, escondidinho, na edícula da sua pensão da Liberdade. Eventualmente, na sua camuflagem insólita, de *rastafari* albino, Nan a tiracolo, saía em busca de um cinema, de um barzinho. Mas, ele e a garota formavam uma dupla demasiadamente chamativa. E, aos poucos, os seus passeios rarearam. Para se livrar da reclusão, adquiriu uma chácara, de muros elevados, uma casa em estilo colonial, com edícula, piscina, quadra de tênis e uma antena parabólica, num condomínio de São Roque. Num recanto da chácara, acondicionou as suas armas. Numa agência de banco da Rua da Glória, fretou um novo cofre e, lá, escondeu a maior parte da grana que ainda possuía – bem economizada, aliás, graças a um aumento crescente da cotação da moeda norte-americana, em relação ao real. E, praticamente, desistiu da sua vingança. Concluiu, desenxabido, que só um bônus do destino, um incidente afortunado, lhe permitiria perpetrar o sequestro de Leonardo Regazzoni.

Preservou a pensão, como a sua base. E Nan, como a sua concubina. Ocasionalmente, Chu Chang-Li aparecia, na chácara, com alguns candidatos à sua futura Tríade. Ultraexigente, imperioso e reclamão, invariavelmente mal-humorado, porém, o jordaniano repudiava, liminarmente, todos os aspirantes. De um batalhão de disponíveis, em mais de dois anos de testes excruciantes, ficou com meia dúzia de bobalhões – a quem Chu, esforçado, ministrava aulas de lutas marciais. Quanto a Nan, em inúmeras situações, Khwyis pensou em dispensá-la da sua gangue e da sua vida. O sexo à parte, a garota apresentava alguns predicados objetivos. Nas simulações de um combate, aprendera, com ele e com Chu, a distribuir pancadas em músculos cruciais da anatomia dos rivais. Era destemida. Não continha, porém, o prazer da mortificação dos mais fracos. Não controlava a sua avidez, a sua voracidade pelo dinheiro. Sem falar da sua inconsequente e ridícula incapacidade de se adaptar às rotinas.

Dificuldades elementares de Khwyis: como pegar Leonardo Regazzoni; e como aprimorar o caráter e a memória daquela oriental, que se olvidava do paradeiro de um simples lápis, dos restos de um sanduíche de mortadela e da latinha de creme Nívea que ele, pelo aroma, nas trepadas, saboreava; e como moderar os impulsos da garota, que se embriagava pelo poder? Ainda assim, sem alternativa, industriou Nan, graciosamente trajada de *tailleur* negro e de chapeuzinho de feltro, na direção de uma *van*, a perpetrar uma vigilância no trajeto de Lindy, entre a sede da rede de supermercados e o seu edifício, diante do Ibirapuera. Merda, absolutamente impossível apreendê-lo, com o seu bando capenga. E um latagão taciturno, na Veraneio, não largava Lindy – nunca.

Atrevida, arrojada, e já temerosa de que o amante a abandonasse, Nan se propôs, então, a examinar os arredores do sítio dos Castellamare, na Granja Vianna. Concluiu pela absoluta impossibilidade de uma surtida. Tratava-se de um lugar inexpugnável. Um exército de brutamontes protegia o perímetro da propriedade. E, quando os gêmeos do *capo* iam à escola, invariavelmente na companhia de uma mulher com panca de militarista, dois outros automóveis, obviamente blindados, a escoltavam. O relatório de Nan, de todo modo, não frustrou Khwyis. Ele sabia que seria um suicídio capturar aquelas crianças.

Sim, necessitava de um bônus, um incidente, que distraísse a segurança do *capo*, um incidente azarado para Tony Castellamare e afortunado para ele, Khwyis. Então, assim que o instante surgisse, improvisaria – e velozmente.

▼

Nos meados de 1999, apesar da sua tranquilidade aparente, o *capo* Tony decidiu que chegara o momento de ministrar um cursinho inusitado ao Gerino e à Silviotta. Os seus gêmeos, afinal, já tinham ultrapassado os oito anos de idade – e, em diversas circunstâncias, já haviam manifestado um interesse incomum pelos mistérios da *Famìglia*. Lídia tentou se rebelar. Mas, Tony insistiu:

– Você quis morar aqui, não se esqueça. Por causa das conversas de fim-de-semana com Don Caló, por causa da comida da Mamma Freda, e porque você adora o nosso chalé. Mais: por favor, Li, não se esqueça de que, sem um cursinho parecido, a Gigi, e você, talvez não se defendessem, tão bem, do Villapiano, naquele casarão da Cantareira. *Cazzo*, eu sei que os nossos filhos não correm o menor perigo. Li, nem nos piores quadros da Velha Tradição, ou da N'Dranghetta, alguém faz mal a crianças. Mas, deseje você, ou não, eles são Castellamare. E merecem uma educação ao estilo Castellamare, *certo*?

Muito mais jornalista do que *sposina*, Lídia ainda tentou argumentar:

– É, só que o Khwyis não faz parte da N'Dranghetta, e nem da Máfia.

Tony fingiu aceitar o debate. De todo modo, rebateu, imperioso:

– Lídia, o Khwyis não é louco a ponto de machucar os meus filhos.

Por extenso, Lídia. E não Li. E meus filhos. Não os nossos. Cedeu:

– Tá bom, Antonio Salvatore Castellamare. Aja como achar melhor.

O *capo* esboçou um afago. Lídia, porém, se virou, sem aceitar os dedos de Tony em seu rosto. Naquela noite, o seu programa seria uma porcaria.

▼

Quando Tony anunciou aos bambinos que passariam por um cursinho, o Gerino e a Silviotta, que adoravam o jogo de Xadrez, logo se atiçaram. Assim que retornavam da escola, à tarde, depois de brincarem com os cachorros, Don Caló os conclamava à varanda, e os instruía nos prolegômenos das aberturas, num tabuleiro lindo, que encomendara a um artesão do Embu, casas brancas em louro, casas escuras em jacarandá, as peças rigorosamente de acordo com os desenhos que homenageavam Howard Staunton, um campeão britânico dos idos de William Shakespeare. O patriarca se divertiu, em inúmeras ocasiões, ao detonar os netos, peleja após peleja, com a ingenuidade do Xeque Pastor – até que a Sil e o Gê, por sua conta, aprendessem a se proteger do mate.

Tony, eventualmente, participava daquelas sessões. Também aderira ao Xadrez, em 1990, no apartamento de Palermo, depois da bomba da Via Dante, durante o período em que, com os íntimos da *Famìglia*, se obrigou a tramar a sua *vendetta* contra os Tucci. Então, diante de Sissi Sparapani, *vero* mestre, conhecedor de todas as manhas e de todos os truques de Bobby Fischer, o melhor da história, o *capo* se habituara a consumir horas e horas de reflexão, ao tabuleiro. Mais perdia do que ganhava – até porque Sissi não lhe concedia uma folga, nenhuma vantagem. Tinha-se apaixonado, porém, pelo conceito, e curtia o fato de o seu *babbo* estimular os gêmeos. Inclusive, pedira a Don Caló que repassasse aos netos um compêndio que recebera, autografado, do autor, Orfeo d'Agostini, *ìtalo-brasiliano*, ainda na década de 50, *Xadrez básico*, um livro crucial no entendimento das 64 casas e dos quatrilhões de lances.

O Gerino e a Silviotta, todavia, não mergulhariam num cursinho sobre o Xadrez. O seu papi possuía um outro projeto, essencial, a lhes apresentar.

▼

Em várias e várias noites de saraus no salão do sítio, com o apoio de Don Caló, um insuplantável contador de histórias, Tony transmitiu aos filhos boa parte das lendas da *Famìglia*. Transmitiu sinteticamente, como conviria, ele achava, a crianças de oito anos e tanto de idade. Antítese da modernidade, o *capo* não suspeitava de que o Gerino e a Silviotta, frequentadores constantes do Yahoo, para os trabalhos de escola, em certa ocasião, curiosidade infantil, haviam clicado o seu nome no site de buscas na Internet. E haviam encontrado zilhares de referências a respeito do seu papi. Haviam aprendido que Tony já fora casado, antes. E que Tony perdera a sua primeira mulher e três rebentos num atentado à bomba, em 1988, na Via Dante de Palermo. Os gemeozinhos se impactaram, se assustaram, se entristeceram. Claro, relacionaram o passado do papi à presença de Mari em todos os seus momentos. Somaram a presença constante de Mari aos carros com homens soturnos que os escoltavam na rota entre o sítio e a escola. Aos guardas armados no perímetro do sítio. Ao fato de Lídia não sair de casa, nunca, sem Vito LoRusso na sua cola. Optaram, porém, por um pacto, por um segredo só entre ambos. Jamais revelariam ao papi o que haviam descoberto na Internet. Jamais cobrariam o passado de Tony.

No cursinho, inconscientes do que a Silviotta e o Gerino já sabiam, Don Caló e Tony tangenciaram os episódios que pudessem apavorá-los. Como o assassinato do pioneiro do clã, pelos esbirros de Benito Mussolini. Como a explosão absurda da Via Dante. E como a chacina da Cantareira. Episódios que os gêmeos assimilariam, Tony e Don Caló acreditavam, muito, e muito depois. Aqui e ali, a Silviotta e o Gerino ofereceram perguntas e deslindaram algumas dúvidas, basicamente preencheram vazios no que já conheciam. Aqui e ali, de quando em quando, cúmplices, se entreolhavam, sem que Don Caló e Tony penetrassem no seu mundinho dissimulado. Enfim, feliz por achar que os filhos dispunham de uma dose generosa do atavismo milenar do povo da Ilha da Sicília, o *capo* decidiu escalar mais um patamar no seu projeto.

Don Caló fez questão de integrar, também, o grupo docente do estágio posterior das aulas – quando, auxiliado por Paolì, pelo Pippo e pelo *zio* Elia, a atentíssima Mari de testemunha, pacientemente o *capo* ensinou aos gêmeos os mesmos truques que passara, na Sicília, a Marina e a Gigi. Como testar uma bebida, um sanduíche, para detectar soporíferos. Como transformar um reles caco de vidro numa arma de defesa ou num objeto de sobrevivência. Ou como desencapar o fio de uma luminária e eletrificar uma maçaneta. A concentração e o desembaraço dos dois pequenos impressionou os professores. E, incrível, a Silviotta, melhor do que o Gerino, acolhia mais firmemente as informações.

Na última das noites do cursinho, o *consigliere* Paolì pediu que ambos retirassem os seus anéis, os presentes de Telônio e de Gigi, as cobrinhas com as incrustações de rubi e de safira. Diante das vistas expectantes dos gêmeos, munido de uma pinça, Paolì grudou, no interior dos anéis, bem debaixo das cabeças das cobrinhas, dispositivinhos de tamanho milimétrico. E indagou:

– Vocês sabem o que são *chips*?

O Gerino se antecipou à Silviotta:

– Claro que sim, oras! Pra gente comer, batatinhas bem fininhas, bem crocantezinhas. Mas, eu aprendi na escola, um negocinho eletrônico. Você põe nos seus tênis e os *chips* marcam os metros que cê percorre, numa pista...

Tocado pela esperteza do pimpolho, Tony se controlou e conteve o seu desejo de aplaudir. O *consigliere* apenas sorriu – e propôs outra questão:

– E vocês sabem o que é um GPS?

A Silviotta se antecipou ao Gerino:

– Claro que sim, oras! Não lembro o que essas letras significam. Mas, também é um negocinho eletrônico. Os navios não usam esse, ahn, GSP?

Tony não resistiu à emoção. Ah, gerara filhos além de inteligentes:

– GPS, Silviotta. As letras significam *Global Positioning System*. Ou, no nosso idioma, no Brasil, Sistema de Posicionamento Global. Correto?

A menina se eriçou. E se apressou a devolver a lição que tomara:

– Isso, isso, papi. Os navios usam esse, ahn, esse tal de GPS, sempre que precisam dizer em que lugar estão. Enviam um sinal a um satélite, lá em cima, nos altos do céu. E o satélite responde, com a latitude e com a longitude...

O *capo* perdeu o prumo. Atoleimado, babaca, humilde, indagou:

– *Càppitu*, a sua escola, ahn, trata até dessas coisas?

Coube ao Gerino recuperar o domínio daquela sessão:

– Papi, não é só a escola. É a TV, também. A gente vê o Discovery e vê a ESPN. E a gente navega na Internet. Afinal, cê não tem muito tempo, ahn...

Quase sufocado pelo que viria, a constatação de que não compartilhava o seu tempo, como precisaria, com os bambinos, de que os filhos gastavam as horas de lazer no computador, ou diante do aparelho de TV, economizou:

– Tudo bem, verdade. Prometo que, a partir de hoje, estes encontros vão se repetir, muito mais vezes, eu prometo, eu juro, juro. Mas, já que vocês dois já sabem o que são *chips* e GPS, eu necessito explanar uma coisa. Posso?

Os dois pimpolhos, maravilhados pelo *juro*, sinalizaram que sim.

– Nós precisamos garantir que, ahn, no caso de vocês se perderem, por qualquer razão, teremos como descobri-los, o mais depressa possível, tá?

Em silêncio, novos acenos confirmativos do Gerino e da Silviotta.

– Pois bem. Me deem os seus anéis. Ahn, o Paolì já implantou *chips* de localização, por GPS, nas suas cobrinhas. No caso de vocês se perderem, ahn, se os *chips* estiverem ativados, saberemos onde vocês se encontram, tá?

Com uma incerteza fundamental, a Siviotta se antecipou ao Gerino.

– Ativados, papi? Oras, que significa se os *chips* estiverem ativados?

O *consigliere* livrou o capo da aflição. Mostrou quatro chaveiros:

– Silviotta, Gerino, esses *chips* têm um alcance de duzentos quilômetros. Mas, as suas baterias, obviamente mínimas, têm uma vida útil de apenas doze horas. Quer dizer, meio dia. Por isso, vocês têm de manter os *chips* desligados – só devem acioná-los no caso de se perderem. Com esses chaveiros, dois pra cada um, vocês ligam e vocês apagam os *chips*. Eu posso mostrar como?

De uma maleta, Paolo Garzya extraiu um aparelho que mais parecia um decodificador de TV a cabo. Conectou o aparelho numa tomada do salão e, no visor, caracteres vagos se acenderam. Então, pegou um dos anéis e um dos chaveiros. Mostrou um botãozinho verde – e clicou. Imediatamente, o visor expôs um punhado de sinais: 23º 36' 15" S, 46º 57' 12' O. E Paolì definiu:

– Esta é a nossa exata localização. Vocês deduziram como funciona?

Daí, o *consigliere*, didaticamente, à sua maneira, complementou:

– Botão esverdeado, vocês ligam. No vermelho, vocês apagam, OK? E, *per favore*, não brinquem. Conservem a vida útil das suas baterias, *certo*?

Nenhuma vacilação. Os gêmeos deduziram. E o *consigliere* seguiu:

– OK. Vou deletar o comunicador, *certo*? Vocês, por favor, reponham os seus anéis. *Bravi*! Agora, por precaução, tá, dois chaveiros para cada um de vocês, *certo*? Guardem um dos chaveiros na mochila do material da escola. E tenham, sempre, o outro, na cintura, no pulso, ou numa corrente no pescoço, *certo*? Não se afastem desses chaveiros. Caso aconteça de vocês se perderem, *per favore*, automaticamente, ahn, se lembrem de mobilizar o GPS, *certo*?

O Gerino esboçou um sim. A Silviotta, todavia, precisava contestar.

Como excluir da memória o que pescara na Internet, sobre Tony, sobre a Via Dante, sobre os irmãozinhos que desperdiçara, antes mesmo de o seu papi se juntar à sua mami, e antes mesmo de nascer? Não podia, todavia, trair o pacto que consolidara com o Gerino. Claro, na sua cabecinha de somente oito anos e tanto, a Silviotta, obviamente, se aterrorizava com a possibilidade de um sequestro por dinheiro, ou mesmo de uma nova bomba, como aquela de Palermo, que Tony escondia dos pimpolhos, mas que o Yahoo desvendara.

Respirou fundo. Sem sacanear o mano, sem revelar a Tony que já tinha acumulado uma tonelada de infos sobre a *Famìglia*, afirmou, ao seu estilo:

– Papi, a gente não vai se perder. O Gê e eu não somos burros. E, além disso, a Mari está sempre conosco. A Mari e aquele monte de homens que nos seguem por toda a parte. Cê tem medo, papi, que nós sejamos abduzidos?

Tony não digeriu a palavra, abduzidos. E Mari o salvou do vexame:

– Ela se refere, Tony, a indivíduos de um outro mundo, venusianos ou marcianos. TV em demasia. É, essas crianças têm uma enorme imaginação.

Incompetente, incapaz de discernir o que os seus bambinos já coligiam ao seu respeito, o *capo* apoiou Mari com um parágrafo boboca e confortável:

– *Figliotta*, eu acho que entendo você. Lógico que você e o Gê não são burros. Lógico que a Mari e aquele monte de homens seguem você e o Gerino, pra cuidar dos dois. Eu confio, cegamente, na Mari, e no pessoal que cuida de você e do Gerino. Mas, eu admito, tenho dinheiro, é, eu tenho muito dinheiro. E fiquei razoavelmente famoso. E a sua mãe é uma estrela da TV. Natural que você e o Gerino se tornem os alvos de algum maluco. *Càppitu*, Sil, eu apenas pretendo me prevenir. *Càppitu*, Sil, eu não desejo que você, e o Gerino, jamais se sintam ameaçados. Mas, só, que permaneçam acesos, sempre acesos. E que saibam como reagir, se houver uma ameaça. Deixei isso bem claro, ahn?

Cada vez mais Castellamare, a garota não suspendeu a sua diatribe:

– Apesar da Mari, acho que, se nos pegarem, será numa cagada, papi...

Sem repreender o palavrão, e orgulhoso da menina, Tony disse:

– Não, *figliotta*. Não por, ahn, uma cagada. Mas, por alguém sem alma e sem qualquer misericórdia. Por alguém cuja maldade não vê consequências.

Enfim, a Silviotta se calou. Com um gesto de desafogo, Tony encerrou o debate. Beijou os gêmeos e lhes estendeu uma última, crucial, peroração:

– Ah, Silviotta, Gerino, como se diz, serpente, na língua do *Nonno*?

A *figliotta* se antecipou ao mano e declarou – firme, afoitíssima:

– Meu Deus, é fácil, é simples, uma bobagem, *se dice serpe*, papi.

Tony Castellamare corrigiu, como lhe conviria, naquele cursinho:

– Pois entre nós, de agora em diante, não se esqueçam, os dois, Gerino e Silviotta, serpente significa *biscione*. Eu vou soletrar: b-i-s-c-i-o-n-e...

Claro, os pimpolhos consideraram que Tony ameaçava uma piada:

– Não, não riam, não riam, *per favore*. Eu vou repetir, *biscione*, é isso mesmo, b-i-s-c-i-o-n-e. Seriíssimo. Não se esqueçam: é um código nosso...

Os bambinos toparam. E Tony esperou que Mari os levasse ao chalé.

Depois de quase cinco minutos de emudecimento, Paolì observou:

– *Cazzo*, Tonino, existirá, no *nostro* idioma, um feminino de *capo*?

Ainda emocionado pela proficiência da Silviotta, Tony não alcançou:

– Como é que é?

– Um feminino de *capo*. A Silviotta. É, vai herdar o seu comando...

Tony sorriu, por obrigação. Havia, mesmo, graça, no comentário do seu *consigliere*. Sim, raciocinou. Caso acontecesse um embate, caso o jordaniano ameaçasse os seus bambinos, aquela menina assumiria a liderança, à frente do seu *maschio*, o Gerino. Sorveu um ímpeto de ufania. Mas, pensou em Lídia, em Marina, na explosão da Via Dante – e se entorpeceu. De que valia ter uma *figliotta* tão fantástica, aos oito anos e tanto de idade? Repensou – e chorou.

Preferia que a Siviotta se tornasse uma cantora de ópera.

Preferia que o Gerino se tornasse um jogador de futebol.

E preferia que a *Famìglia* se dissipasse, numa nuvem.

▼

Sobreveio, no primeiro dia de 2000, logo depois de o sítio abrigar uma celebração estupenda, em honra do *Réveillon* do terceiro milênio, o incidente que o jordaniano Khwyis tanto aguardava – e que a *Famìglia* Castellamare, fatalisticamente, fiava como inexorável. Depois de um banquete magnífico, na sua cama, em pleno sono, de barriga cheia com as criações apetitosíssimas da Mamma Freda, o patriarca Don Calógero sofreu mais um infarto impiedoso e acabou internado no Albert Einstein. A TV, a rádio e o jornal do Grupo Perfil não economizaram na divulgação de tão infausto episódio – Lídia Brandini, a estrela do seu *talk-show*, afinal, era a nora do maioral dos supermercados.

Pela antena parabólica da sua chácara em São Roque, também depois de um lauto repasto, de cardápio sino-árabe, coordenado por Chu Chang-Li e por Nan Xuan-Yang, o jordaniano se inteirou do episódio. Bingo, bingo! Mesmo com uma quadrilha rastaquera, Khwyis anteviu a chance sublime de pegar o *capo* odiento de guarda mole, de desfrutar aquele raro momento de frouxidão dos Castellamare. Ainda não afinara o seu projeto. Na realidade, Khwyis nem dispunha de um plano. Mas, tudo bem, improvisaria. Que Tony se ferrasse.

Ato II

Janeiro de 2000

No alvorecer garoento do terceiro milênio, o dia inaugural do ano 2000, o *capo* Tony Castellamare ressonava, placidamente, no seu chalé do sítio da *Famìglia*, na Granja Vianna, ao lado de Lídia, a sua *sposina*, quando um grito agudo, penetrante, o arrancou do leito. Instantaneamente, reconheceu a voz da Mamma Freda. Comera tanto, na festa do *Réveillon*, que logo se imaginou no despertar de um pesadelo – provocado pelo incômodo de uma indigestão. Ao grito original, porém, se sucederam outros brados, os rumores de correria da edícula à casa principal, do atropelo de passadas no piso de madeira crua da varanda. Cutucou Lídia, que abriu os olhos. Então, afogueadamente, intuiu:

– Li, meu pai! Li, putamerda, aconteceu alguma coisa com o meu pai!

Atrapalhadamente, se enfiou no roupão que mantinha, dependurado, no seu canto da cabeceira – e, descalço mesmo, galopou pomar acima. Ao chegar à varanda, viu que Elia Grazie, de joelhos, rezava. Passou pelo *zio*, atravessou o *living* e, da porta da suíte da Mamma e do *babbo*, presenciou uma cena que reembrulhou o seu estômago e comprimiu o seu cérebro. Prostrada, ao pé da cama, a Mamma Freda também orava. E, no chão, sobre o corpo inerme de Don Caló, literalmente desesperados, Vito LoRusso e Pippo Caroté tentavam a massagem cardíaca e a respiração boca a boca. Tony se persignou e pediu a Santa Rosalía que não levasse o patriarca numa data tão festiva. O Gerino e a Silviotta, afinal, esperavam pelas pizzas que a sua Nonna lhes prometera – o mundo não terminara, como anunciavam as lendas, naquela noite sagrada.

Sem comprometer os esforços ingentes, insistentes, do Pippo e de Vito, o *capo* se encostou no corpo caído e encostou a face no nariz do *babbo*:

– Ele tá respirando, *cazzo*. Ah, eu sei que ele tá respirando, *càppittu*...

Com um empurrãozinho delicado, Vito afastou Tony de Don Caló:

– É, tá sim, Tonino. Mas, ahn, deixe que nós cuidemos disto, *certo*?

Tony se alçou, e rumou ao telefone mais próximo. Não precisou ligar. A sua *sposina*, Lídia, igualmente de *robe*, sobre uma simples camisola, já havia solicitado um resgate. Em quarenta minutos, o helicóptero do seguro-saúde de Don Caló aterrissou no estacionamento do sítio. Banhado e paramentado, apesar da sua aflição descomunal, o *capo* fez questão de escoltar o patriarca até o melhor destino – o hospital Albert Einstein. Sem que os gemeozinhos, devidamente confortados por Mari Oliveira, se apercebessem da turbulência, o restante da *Famìglia* rumou em vários carros ao hospital. Ninguém, além de Tony, jamais saberia o que o *figliolo* ouviu do *babbo*, no seu último voo:

– Tonino, a *Famìglia*, agora, é sua. Cuide bem dela, como eu fiz...

▼

Não existiam, no Einstein, aposentos suficientes para a acomodação dos integrantes mais entranhados da *Famìglia*. Voluntarioso, o *capo* Tony aceitou se alojar numa das recepções dos labirintos da UTI. Em homenagem ao seu *babbo*, Tony aguentaria o desconforto de um descanso intermitente num sofá. Afortunadamente, cerca de trezentos metros acima do hospital, e na mesma alameda, no anexo de uma aprazível residência, havia uma pousada de apoio aos parentes de internados, a Villa Vicina. Lá, o *capo* instalou a Mamma, Gigi, Telônio, Lindy Regazzoni e Pellê. Quartos impecáveis, excelente alimentação – inclusive para Marina, a *bambinetta* de Gigi e Telônio, devidamente cuidada por Lucília, a mesma babá, exemplar, admirável, que já havia acompanhado a evolução da Silviotta e do Gerino, e que Lídia e Tony lhes tinham emprestado. Numa emergência, meros dez minutos, a pé, separavam a Villa e o Einstein.

▼

Don Calógero Castellamare resistiu, e bravamente, além de 96 horas, na UTI do Einstein. Consciente, pôde se despedir da Dona Freda, de Regina, do genro e da nora, e de Elia Grazie, o seu parceiro de décadas. Pôde, com uma compostura modelar. A cada um dos seus dependentes, o velho *babbo* dirigiu uma frase particular. Para Freda, o compromisso do seu amor. Para Regina, a sua benção à *nipotina* Marina. Para Telônio Meira, a solicitação de que nunca desrespeitasse Gigi. Para Lídia, a quem ele admirava, com um afeto divertido, que entendesse as atribulações de Tony e que acatasse as suas recomendações nas pelejas de Bridge. Para Elia Grazie, que continuasse a proteger o *figliolo*, até com o risco da morte, se fosse o caso. Então, a Tony, o seguidor solitário de uma história que nem sempre os dois saboreavam, o *babbo* prescreveu:

– *Figliolo*, eu não quis, ahn, esta trolha, pra mim. E eu não desejei esta trolha, pra você. Mas, ahn, a vida nos entrega os dilemas que nós precisamos solucionar. Use a sua sensibilidade, a sua imaginação. E, ahn, não titubeie.

Evidentemente tocadíssimo, Tony apertou a mão do *babbo*, beijou a sua bochecha, ajeitou os seus cabelos, e respondeu, como Don Caló gostaria:

– Papito, lá no Céu, lá, você vai sentir muito orgulho do seu *figliolo*.

Don Calógero Castellamare sorriu – e cerrou as pálpebras. De vez.

▼

Num mutirão, alguns empregados da rede de supermercados passaram a notícia aos amigos da *Famìglia* e à mídia em geral. Funcionários do Einstein se incumbiram do protocolo do velório de Don Caló. Enterro marcado para o dia seguinte, às três da tarde, no Cemitério Gethsêmani, do mesmo bairro.

▼

Assim que se inteirou do desenlace, na sua chácara de São Roque, o jordaniano Khwyis mergulhou na elaboração de um plano veloz, imediatista – e precipitado. Mergulhou, apenasmente com Nan, com Chu, e com três dos seis clandestinos que tinha, enfim, amealhado; os três, ironizou, melhorzinhos, para a sortida abrupta que fantasiava. Pela Internet, Khwyis havia descoberto a localização do estúdio de Adriano Frey. Ainda não imaginava de que forma o fotógrafo predileto de Gigi Castellamare poderia enriquecer o seu projeto. Não visualizava de que maneira o fotógrafo indicaria um caminho plausível para o rapto de Leonardo Regazzoni. Precisava tentar, porém. Como um *panzer*.

Deixou três asseclas, menos eficazes, de plantão na chácara e, com os outros, os melhorzinhos, em dois veículos, de placas furtadas, rumou até São Paulo, ao galpão-moradia de Adriano Frey. Na coleta de endereços para uma futura produção, Marília Meirelles não estava no local. De armas em punho, metralhadoras inclusive, com os capangas, Khwyis invadiu o estúdio e rendeu o fotógrafo, perplexo pela intromissão. De nada adiantaram os sopapos que o jordaniano desferiu e a maldade que Nan aplicou na sua inquisição. Regazzoni portava uma arma? De que tipo? Sua rotina, seus costumes, as suas manhas, os seus vícios? Raios, Adriano não dispunha da menor ideia de como surpreender Regazzoni. Por cinco minutos, ele apanhou e reapanhou, exclusivamente da malévola Nan, sem transmitir, sequer, uma nesguinha daquilo que o terrorista necessitava. Apanhou, até falecer, vítima da pancadaria. Enquanto Khwyis se desanimava, Nan mexeu e remexeu nos micros do estúdio. Num computador, achou os arquivos Capo 1, Capo 2 etcetera, que Marília havia registrado. Nos arquivos, imagens de gente da *Famìglia*, de Regazzoni – e, com os gêmeos, dele e de uma mulher que, repentinamente impactado, Khwyis reconheceu:

– Putaquepariu, é, é, é, a vagabunda que me prendeu, em Fortaleza...

Nan se arrepiou de apreensão. Mas, friamente, raciocinou, e disse:

– O Tony contratou vagabunda pra cuidar de guarda dos filhos. E, porra, Khalid, contratou a mulher, ahn, que já conhece a tua cara, porra. E agora?

Khwyis, logo, se desvencilhou da indecisão. Não possuía tempo:

– Foda-se à vagabunda. Eu quero o Regazzoni, e não as crianças...

Não lhe sobrava opção além de recorrer a Marcella, ou a Pepita. Na sua pressa, na sua autossuficiência, não notara que, para o seu azar, uma câmera de TV, instalada numa soleira, havia gravado toda a perversidade de Nan.

▼

O jordaniano e os seus asseclas abandonaram o cadáver dilacerado de Adriano Frey no seu galpão – e tomaram a rota da casa do alfaiate Giordano Agliardi. Khwyis preservava o seu disfarce de *rastafari* albino. Nan se vestia, discretamente, de jeans e de camiseta, uma jaqueta de brim e uma boina na cabeça. Quando os seus autos pararam nas imediações do sobrado de Agliardi, os homens de Mutarelli, fincados a uns trinta metros, não se preocuparam com aquela aparição. Fazia séculos que a sua campana, lenta, não se abalava com uma interrupção. Nan e Khwyis desceram, sós, dos seus veículos. Os homens do Gumbà mal se moveram. Um tipo estranho e uma dama gostosinha. Claro, amigos, clientes do alfaiate. Recuperaram a leitura de seus *pocket-books*.

▼

Eram quase oito da noite da véspera de Reis do ano 2000. Ninguém na rua, nas imediações. Khwyis e Nan examinaram os seus arredores e, apesar do assassinato de Adriano Frey, enfastiados pela confiança, soaram a campainha. Marcella/Pepita, a Mandala, à cata de pão e de mortadela para o jantar com o *babbo*, não estava. Agliardi imaginou que a filha, sem uma chave, já retornava da sua tarefa. Assustou-se com o aspecto do jordaniano e com as feições de oriental facínora de Nan. De todo modo, não teve como reagir. Khwyis e a sua amante o derrubaram, abruptamente – e, num instante, Nan desandou a chutá-lo e a estapeá-lo. Entre sopapos, o velhote mal escutou as perguntas fatais:

– O Regazzoni, porra? É, conte o que cê sabe sobre o Regazzoni!

Em um relance, embora aturdido, e esbodegado pelo suplício, o alfaiate realizou que aqueles canalhas, depois de extingui-lo, ainda flagelariam a sua Marcella. Por isso, estoicamente, resignadamente, suportou a ferocidade:

– Não sei! Não sei! Eu nunca ouvi falar esse nome, pelamordedeus...

Dez minutos bastaram para que o terrorista e a amante desistissem de tal inutilidade. Um desperdício, concluiu Khwyis. Meia jornada de desperdício, de São Roque ao estúdio de Adriano Frey e à casa de Giordano Agliardi. Um desperdício descomunal. Bosta, já sabia onde Regazzoni trabalhava e onde ele habitava. Acabara com Adriano Frey e com Giordano Agliardi, por nada...

Melhor impor uma campana no Einstein. Com certeza, Lindy Regazzoni apareceria no hospital. Merda de projeto, imediatista, e precipitado. Merda, ele improvisaria, sim. E não, todavia, daquela forma, cretina, amadora, inócua.

Manchada pelo sangue do alfaiate, Nan resolveu se lavar, na cozinha do sobrado. Retirou a sua jaqueta de brim e a lançou sobre a fórmica da mesa. O jordaniano, no entanto, açodado pelo tempo que escoava, logo determinou:

– Porra, Nan, vamos embora, já! Porra, vamos embora, já, caralho!

Afogadilho. E Nan se esqueceu da jaqueta, largada na fórmica. Khwyis ignorou o alfaiate no chão, e voltou aos seus veículos. Rumo ao hospital.

Azar, e ineficiência torpe, a sua amante não terminara com Agliardi.

▼

Inconsciente do drama que a esperava, Marcella voltou para casa quase cantarolante, um pacotão debaixo do braço. Além do pão e da mortadela, tinha obtido, também, uma batelada de azeitonas pretas, temperadas com orégano e com pimenta, uma das adorações do alfaiate. Mas, mal atravessou a soleira, o seu pacotão desabou no piso. O rosto moído, Giordano Agliardi se arrastava até o seu telefone. Vivia, ainda, apesar da sovaça que Nan lhe pespegara.

Marcella emitiu um berro absurdo. Mesmo à distância, os detetives dos Castellamare escutaram. Pistolas em punho, irromperam na saletinha. O líder agarrou Marcella e a amordaçou. Outro examinou o alfaite. O terceiro ligou ao celular do Gumbà – que fazia o seu plantão no Einstein. Em trinta minutos o Gumbà surgiu. Apesar do tempo enorme que passara, Marcella reconheceu o grandalhão que se fingira de Umberto Galante e que desmantelara o seu caso com Lindy Regazzoni. Estranhamente, ao invés de mais apavorá-la, a insólita presença do gigante a tranquilizou. Diante do seu *babbo* esmigalhado, chegara a pensar numa *vendetta* de Tony. Mas, ao deparar com Mutarelli, logo inferiu que aquele *capo*, cauteloso, ainda a vigiava. Mutarelli percebeu que a moça não se rebelaria. Delicadamente, retirou o pano de sua boca – e indagou:

– Que aconteceu, Marcella? Conte, que aconteceu com o seu *babbo*?

A garota não sabia. Pulou sobre o pai e o abraçou. Instantaneamente, o alfaiate abriu os olhos e puxou a face de Marcella de encontro aos seus lábios intumescidos. O Gumbà sacou que o alfaiate, num esforço de herói, ensaiava lhe contar alguma coisa. A garota controlou o pranto e atentou, por dois, três minutos. Então, constatou que Agliardi desmaiara. Num rompante de altivez, que impactou o Gumbà, se levantou, respirou fundo, e enxugou as lágrimas:

– Tão atrás do Lindy. Um mulato, de cabelos brancos, e uma oriental.

Mutarelli fustigou os seus homens – e o líder, acabrunhado, explicou:

– É, nós vimos quando os dois chegaram, Vicenzo. Um cara albino, com as trancinhas de um *rastafari*. Uma oriental, de jeans, jaqueta de brim e boina. Não carregavam armas. Supusemos que fossem amigos, clientes do velho.

Também o Gumbà respirou fundo. Fulminantemente, intuiu o óbvio:

– O Khwyis, disfarçado. E uma vagabunda da Tríade. Putaquepariu, o Khwyis conseguiu montar a quadrilha de que necessitava – com chineses...

Pelo celular, conectou Paolo Garzya – e apresentou o seu relatório.

▼

Do velório, o *consigliere* determinou ao Gumbà que levasse Giordano Agliardi à clínica do médico fiel da *Famìglia*, o mesmo amigo de Don Caló, o mesmo que já havia embalsamado Gero Castellamare, e Sissi Sparapani, o mesmo que, depois da *vendetta* da Cantareira, em 1990, já cuidara do braço baleado de Ropertino Pellegrino. Bosta, pensou, que dia para Khwyis encetar o seu ataque. Claro, precisava contar tudo ao *capo* Tony. Antes, porém, num átimo de inspiração, Paolì teve uma ideia magistral – e providencial. De um aparelho público, no saguão do hospital, se conectou a uma linha livre, da DIA, pagamento a cobrar, em Palermo. Aguardou o interlocutor ideal, para aquela situação, e descreveu o que ocorria. Solicitou ajuda. A fim de subjugar Khwyis, numa crise tão severa, a *Famìglia* careceria de um suporte extra.

▼

Sem demora, o interlocutor de Paolì redirecionou o apelo do *consigliere* dos Castellamare a uma voz distante, do outro lado do Mar Mediterrâneo.

Ao escutar que a razão do requerimento se chamava Khalid Haissa Khwyis, a voz se calou por alguns segundos e, daí, automaticamente, se remobilizou. Pediu que o interlocutor de Paolì não desistisse – e, quarenta minutos depois, um recorde no seu turno de trabalho, brincou, lhe ofereceu a sua solução de absoluta emergência: no primeiro voo possível, dois profissionais de qualidade superlativa, os seus campeões de plantão, viajariam até o Brasil. Soletrou os codinomes de ambos – e transmitiu as diretrizes sobre como reconhecê-los, e como recepcioná-los, à sua chegada, no aeroporto de Guarulhos. Quando Paolì reprocurou o seu contato, na DIA de Palermo, em mais outros trinta minutos de rude expectativa, os dois profissionais já se aprestavam, céleres, solertes, na organização da sua aventura veloz. Apenas restava, ao *consigliere*, instruir o seu interlocutor sobre como encontrá-lo: os números do seu celular, os números do sítio da Granja. Tensão. Restava esperar pelo suporte extra.

Num tempo que transcorreria, para Paolì, bem e bem devagarzinho.

▼

Demora e tensão à parte, o *consigliere*, obviamente, se aliviou. Teria, no seu suporte, dois profissionais, especializadíssimos, no encalço de Khalid Haissa Khwyis. Paolì, todavia, ainda necessitava refletir sobre a melhor forma de reprogramar a segurança da *Famìglia* Castellamare num velório – e num enterro. Enquanto o *consigliere* cismava, solitariamente, sem incomodar o seu *capo*, Marília voltou ao galpão que dividia com Adriano. Ao ver a bagunça, e o corpo inerte do marido, quase desmaiou. Pelo susto, recorreu a um gole da mesma vodca que havia encantado, dias antes, o seu *Réveillon*. Em dois, três minutos, recobrou um mínimo de calma. Claro, precisava notificar a polícia. A caminho do telefone, porém, num rompante de frieza, se perguntou: quem, e por que, teria cometido aquela violência, aquele absurdo? Conteve as lágrimas e o medo, e se sentou, diante da bancada dos micros. Apenasmente para se relaxar, para respirar, enquanto batalharia, até se revigorar. Entao, viu que um dos arquivos estava aberto. E viu que uma das imagens de Lindy Regazzoni, com os gêmeos de Lídia, preenchia toda a tela. Subitamente, lhe bateu uma hipótese radical. Uma represália do *maledetto* Tony Castellamare? Depressa, porém, descartou a ideia. Não tinha qualquer sentido o *capo* aguardar tantos meses para punir Adriano pela cagada dela, Marília. No gargalo, chupou mais uma trago da vodca e se lembrou da câmera. Ah, talvez aquela câmera secreta lhe oferecesse a resolução do mistério... Num impulso, rebobinou a fita.

Conforme pôde, no teipe em preto e branco, testemunhou a chocante e aflitiva sequência da imolação do seu parceiro por um *rastafari* albino e por uma oriental delirante, mais quatro japoneses, chineses, ou coreanos, não sabia distinguir, inclusive com metralhadoras. Não, não se tratava de uma represália do irmão mafioso da ex-amiga Gigi. Mas, por que um dos arquivos batizados de Capo estava escancarado? E por que uma das imagens de Lindy Regazzoni e dos gêmeos fulgurava na tela? Subitamente, Marília se recordou de um fato enigmático que Adriano lhe contara, fato de década, do sumiço de Gigi, logo depois de uma sessão de fotos. Um sequestro, Adriano suspeitara, por causa da fama e da grana de Tony. E se aquele *rastafari* e a sua corja pretendessem reprisar a dose, agora, contra as crianças de Lídia? Marília conjeturou que, ao invés de notificar a polícia, muito melhor agiria se consultasse a ex-amiga.

Achou Gigi, pelo celular. No Einstein. E no velório do seu *babbo*.

▼

Quase meia-noite da véspera de Reis. Num caixão, circundado por velas e por um universo de flores, Don Calógero Castellamare repousava. A nora Lídia desabara, numa poltrona, na porta do lugar. Nicinha Souza e Elia Grazie ao seu alcance, a Mamma Freda pranteava o companheiro de tantas delícias e de tantas atribulações. Paralelamente, com Paolo Garzya e com o Gumbà, no estacionamento, mesmo, do hospital, Tony realizava uma lúgubre, e dolorosa, sessão de emergência – quando a mana Gigi e Telônio Meira se achegaram.

A *sorellina* reproduziu o que Marília Meirelles lhe transmitira. Cinco e cinco são dez, o *capo* adicionou. Jordaniano danado, e filhodaputa, disfarçado como um *rastafari* albino, e com gente de alguma Tríade da Liberdade ou do Bom Retiro ou da casa-do-caralho. Numa mesma data tristíssima, a despedida de Don Caló, o espancamento do alfaiate por Khalid Haissa Khwyis e, agora, a morte de Adriano Frey. Com um arranhão torpe na goela, Tony Castellamare fisgou uma das frases formidáveis do patriarca da *Famìglia*. No seu mundo forrado de esquinas, Don Caló não acreditava em coincidências. Pensava:

– É, as coisas colidem. E é imprescindível compreender o porquê...

▼

Tony deglutiu, em silêncio, o relatório do Gumbà e, por Gigi, o relatório de Marília. Merda, na data do velório e do iminente enterro do *babbo*, o *capo* colecionava diversas trombadas. Tony se esmerou na defesa da sua lógica:

– Gigi, *per favore*, eu necessito, e muito, agora, de você, e do Telônio, OK? Ligue já pra Marília e a convença, por enquanto, a não fazer nada, nada, OK? Que ela espere por nós. Passe ao Telônio o endereço do estúdio. E você, cunhado, pegue o Pippo e o Vito, e voe até lá. Queime todos os arquivos com as fotos da *Famìglia*. Roube a fita com as imagens do Khwyis e do seu bando. Obrigue a Marília a juntar algumas mudas de roupa e a carregue com você. De um orelhão qualquer, anonimamente, ligue pro 190 e denuncie o crime. Então, se esqueça do velório, do enterro, e leve a Marília pro sítio. Tá entendido?

Gigi obedeceu, beijou o marido e mobilizou o seu celular. Não precisou insistir para que Marília mensurasse a extensão da crise. E Telônio se foi, num relâmpago. O *capo* acendeu um mentolado, inalou a nicotina – e calculou:

– *Cazzo*, o Khwyis sabe que, hoje, e amanhã, nós vamos enfrentar uma cordilheira de problemas. Eu não desejo especular. Mas, pelo que já fez, pelo que o *babbo* previu, ele pretende pegar o Lindy. Não se incomoda com a Lili, com a Gigi, os gêmeos. O Khwyis quer me funicar no bolso, é, um resgate...

Paolì e o Gumbà avalizaram a teoria. O jordaniano, indubitavelmente, pretendia se locupletar do luto, do evidente torpor e da falta de concentração dos Castellamare. E no melhor momento, a lentidão do féretro, no seu trajeto entre o Einstein e o Cemitério Gethsêmani. Uma missão insana, que exigiria o máximo de audácia e de agressividade. Paolì, pouco afeito aos meandros da cidade, optou por não palpitar. Tony, igualmente, transitava pouco por aquela região. Mas, recordou que o terrorista havia morado no bairro e, certamente, se acostumara às suas minudências. Pediu que o Gumbà chispasse até uma banca 24 horas da região – e, lá, adquirisse um guia das ruas da capital.

▼

Apesar da sua pressa e da raiva que, habitualmente, compromete a boa causa, o jordaniano Khwyis já tinha estudado, em requintes, aquela lição.

▼

Atentamente, Tony analisou o percurso que o cortejo adotaria. Como a maioria dos veículos da *Famìglia* havia parado no estacionamento principal, e como a alameda adiante do Einstein era contramão, os autos se obrigariam a circundar o quarteirão inteiro, pelo Palácio dos Bandeirantes, pela Avenida Morumbi e, daí, buscar a Praça Roberto Gomes Pedrosa, junto ao estádio do

São Paulo. Tangenciariam a rotatória. Então, ressubiriam a Giovanni Gronchi. Instantes bastaram para Tony inferir que, a obter algum sucesso, o assalto da quadrilha do jordaniano, com certeza, aconteceria na arremetida da Giovanni Gronchi, numa escalada basicamente íngreme, logo depois das bilheterias:

– É o pedaço em que os nossos veículos andarão mais devagar. E, além disso, existem duas ruas, direita e esquerda, por onde ele conseguirá fugir. Eu só vejo uma maneira viável de o filhodaputa agir: deixar um ou dois carros, de motor ligado, nessas ruas. Sair do vazio, fuzilar o Pellê, arrancar o Lindy – e se mandar. Eu não concebo nada, nada, diferente disso. Que vocês acham?

Nada, nada? Eternamente cuidadoso, o *consigliere* Paolì sugeriu:

– E se o Lindy não for ao enterro? Ou, se for, digamos, escondido?

Determinado a surpreender o jordaniano, o *capo* rebateu a proposta:

– Não, não. Eu quero que o Lindy funcione como uma isca. O Khwyis já deve saber que o Lindy tem uma Veraneio. E eu quero o Lindy na Veraneio. E só com o Pellê. Colocaremos mais dois carros, com gente do Gumbà, na frente e após a Veraneio. Assim que o Khwyis sair do vazio, ahn, vão destruí-lo...

Sem alternativa, Paolì e o Gumbà toparam. E Tony ainda ordenou:

– Ah, não digam nada ao Lindy e ao Pellê. Quero que ambos se portem com integral naturalidade. E, Gumbà, você só instrua os *seus* homens, tá?

Apenas o primeiro erro em uma desastrosa comédia de equívocos.

▼

Um projeto rastaquera, e superficial, considerou Paolì. Não, não poderia funcionar. Impossível conter, porém, a motoniveladora que a ira insensata de Tony colocara em movimento. Arriscar a saúde de Lindy e de Pellê, a fim de escalpelar o jordaniano. Don Caló não permitiria tal demência. Mas, o *babbo*, sempre clarividente, se fora para longe da *Famìglia*, e da Terra. O *consigliere* se concentrou e tentou captar as energias e os ensinamentos que, naquela crise, o patriarca lhe enviaria de um outro mundo. O *capo* Tony ainda não sabia da sua ligação para Palermo e da ligação de Palermo para os confins levantinos do Mar Mediterrâneo. Não sabia que, inquieto em relação aos humores pouco confiáveis do *capo*, em pleno velório do pai, o *consigliere* havia extrapolado as suas funções e havia mobilizado um reforço externo – os profissionais de qualidade superlativa que, sem a confusão da cólera, explodiriam Khwyis.

▼

Por excesso de sentimentalismo, e para não ampliar a sua emoção, Tony Castellamare recomendara, a um dos homens do Gumbà, que levasse Lucília e a *bambinetta* Marina, da Villa Vicina, diretamente ao sítio da Granja Vianna. Também recomendara a Domi Pignatello que, antes de o enterro principiar, igualmente deixasse o seu *figliolo*, Antonio Salvatore, no sítio, com Lucília e com Marina. Enfim, recomendara a Mari Oliveira que poupasse o Gerino e a Silviotta do velório de Don Caló. Mari deveria pegá-los na sua escola e, daí, seguir diretamente à propriedade da *Famìglia*. As duas crianças, porém, se amotinaram. Faziam questão cerrada de um último adeus ao vovô. Mari tentou se comunicar com o *capo*, à cata da indispensável autorização. Impossível, e inalcançável. Tentou o celular de Lídia, que argumentou com os pimpolhos – longamente, esterilmente. Lídia, também, não considerava conveniente que os dois gêmeos, tão novinhos, se envolvessem numa experiência magoante. Mas, acabou por aderir ao apelo das crianças. E Mari se locomoveu ao hospital.

Diante do estacionamento principal, já superlotado, Mari dispensou os blindados que a acompanhavam. Ordenou que a esperassem nas redondezas e, sozinha, perambulou à cata de uma vaga. Incrível, e desditosa, coincidência: encontrou a única, livre, bem ao lado da Veraneio de Lindy. Ah, azaradíssima decisão, no momento em que os veículos principiaram a se alinhar para o cortejo fúnebre, ao invés de permanecer, com os pimpolhos, no seu regaço, Mari escolheu se acomodar, com os dois, no banco traseiro da perua. Mais sossegado, imaginou. Afinal, não conhecia o percurso até o Gethsêmani. Não precisaria guiar. Além disso, com certeza, no instante em que Tony visse os filhos, e constatasse a sua desobediência, Lindy a ajudaria a aplacar o seu humor. Explicitou a situação ao *fratello* do *capo* – que, claro, se comprometeu a socorrê-la na eventualidade de uma bronca. Longe da saída, Pellê no seu comando, a viatura, pesadona, demorou bastante até se encaixar na comitiva. Quando principiou a aprumar na alameda do Einstein, as limusines negras que carregavam o caixão, e uma tonelada de flores, já cruzavam a rotatória da frente do estádio. Pior, os automóveis que conduziam os homens incumbidos da guarda de Lindy, se atrapalharam na barafunda e se afastaram da perua. E os homens que ocupavam os blindados nem perceberam a opção de Mari.

Fazia um calor atroz. Pellê levantou os vidros e ligou o ar-condicionado. Mas, com uma crise de bronquite, o Gerino reclamou que o poupasse do frio e que escancarasse as janelas da Veraneio. Muito pior, inconsciente do perigo que logo adviria, ignorante dos costumes de trânsito que regiam um enterro na cidade, Pellê aportou na rotatória, aziagamente, no momento exato em que o semáforo acendeu a luz vermelha – e lá empacou. Do vazio, fulminantemente, estonteantemente, de trás de uma árvore gorda, à direita da avenida, brotaram Khwyis e Nan. Enquanto o jordaniano encostava o seu revólver bem no nariz de Pellê, a sua amante arregaçou a porta de Mari e se aboletou ao seu lado:

– Celulares, e as armas! Já! Me passem celulares, e me deem as armas!

Num átimo, Khwyis empurrou Pellê, e assumiu a pilotagem da viatura. Ele e Nan atiraram os portáteis e as armas de Mari e de Pellê no asfalto. Então, ao invés de escapulir por uma das transversais da Giovanni Gronchi, conforme Tony fantasiara, o jordaniano manobrou diante da pracinha, mesmo, e pegou a rota oposta, pela Jorge João Saad, no encalço do Butantã. Os dois gêmeos nem tiveram tempo para entender o que sucedera. E os homens encarregados da escolta de Lindy, aprisionados no congestionamento, nem rascunharam uma reação. Sobrou-lhes, apenas, pelo Nextel, advertir Mutarelli do sequestro.

▼

Cerca de seis quilômetros além, dois outros automóveis esperavam por Khwyis e por Nan. Só então o jordaniano e a sua amante realizaram que, afora o seu alvo, Leonardo Regazzoni, haviam raptado, também, os filhos de Tony Castellamare. Que bosta, se entreolharam. No frenesi, Khwyis reinventou:

– Levamos todos. E, mais tarde, decidimos o que fazer das crianças.

Khwyis se enfiou num dos carros, com dois dos seus capangas, Pellê e Lindy. Chu Chang-Li, Nan, e o terceiro dos chineses, se aboletaram com Mari e os pimpolhos do *capo*. Consequência da sua genética, do seu atavismo, e do seu treinamento recente, ainda bem fresco nas suas cabecinhas, mesmo com o pulso acelerado pelo susto e pela rememoração do episódio da Via Dante, do drama do papi Tony, conforme haviam lido na Internet, o Gerino e a Silviotta souberam se controlar, e não se alvoroçaram. Quando Mari esboçou entabular uma conversa com a oriental e, de resposta, recebeu uma coronhada na nuca, a Silviotta encostou um dedo nos lábios, o seu aviso de silêncio. Encolhidinho no seu canto, o Gerino se lembrou do GPS – e fez menção de acioná-lo.

A mana sacou o gesto do Gerino, e lhe sussurou:

– Não, não, aqui não... Gê, só no lugar pra onde eles nos levarem...

Nan ouviu o murmúrio, sem entender. E ordenou que se calassem:

– Ninguém faz mal, vocês. Ficar quietinhos, ahn, e tudo acaba legal...

Sem alternativa, emudecida, Mari enlaçou as crianças e encaixou, entre as suas canelas, a bengala com o punhal que recebera de Paolì. Claro, Mari se fingiria de claudicante – e justificaria aquela muleta insólita. Khwyis à frente, os dois automóveis procuraram a Raposo Tavares. Em duas horas estariam em São Roque, na chácara do jordaniano. No trajeto, a cada cinco minutos, Nan se virou, a fim de vasculhar a retaguarda. Nada. Ótimo. Ninguém à vista, além de ônibus, de caminhões, dos veículos corriqueiros naquela estrada. Perfeito, tinham se evadido – maravilhosamente. Com cinco reféns. Khwyis pretendera capturar, só, o magnata da rede de supermercados. Mas, Nan, na sua mente superambiciosa, e de gorjeta, enchera um alçapão com os filhos do *capo*.

Pensou alto, e em mandarim. Ferraria o motorista de Regazzoni, ferraria a vagabunda de Fortaleza, e convenceria o jordaniano a multiplicar, por dez, o preço do resgate. Sobressaltado, Chu Chang-Li escutou o louco discurso.

Ah, assim que ancorassem na chácara, reportaria tudinho a Khwyis.

▼

Atônito, transtornado, de pernas bambas, pelo Nextel o Gumbà soube do assalto triunfante à Veraneio. Determinou que os seus homens voassem até o Gethsêmani – e, numa das aleias do cemitério, sem que o *capo* Tony sequer suspeitasse da sua aflição, arrastou Paolo Garzya por um braço e lhe contou o que ouvira. Incrédulo, o *consigliere* quase desmaiou. Obviamente, não podia comunicar nada, a Tony, antes que se encerrasse o cerimonial do sepultamento de Don Caló. Não podia, inclusive, por absoluta inutilidade. Pelo que escutara do Gumbà, o jordaniano agira com uma velocidade aterradora. Somente com o apoio da sua companheira, a oriental, havia dominado Pellê e Lindy bem antes do local que o *capo* imaginara. E havia se escafedido – pela rota contrária.

Pensou que deveria ter convencido Tony de impedir que Lindy fosse ao velório do *babbo*. Pensou e repensou em como informar o *capo* do fracasso da sua proteção e da sua escolta. Evidentemente, o *consigliere* não temia que o jordaniano assassinasse o *fratello*. Sim, Khwyis sonhava com uma vingança – e, claro, se limitaria a extorquir uma grana enorme dos Castellamare. Naquela operação infame, a *Famìglia* talvez perdesse, no máximo, um dos seus bravos soldados, Pellê. Tarde, tardíssimo demais para especular, porém. Ah, a cagada feita, consagrada, Paolì necessitava preservar a sua calma e orientar Tony nos procedimentos do pagamento e da troca. Calma? Talvez. Pois nem os homens do Gumbà haviam divisado que, no puçá do terrorista, coubera mais gente do que Lindy e Pellê. Assim que o caixão de Don Caló desceu à sua cova e o padre Alejandro Navarra finalizou a sua elegia, assim que Tony depositou a Mamma, com Lídia, Gigi e Nicinha, numa das limusines do cortejo, Paolì se aproximou do *capo*, morosamente, sombriamente, e arregalou a tragédia.

▼

Tony Castellamare escutou a narrativa do *consigliere* com uma placidez amargurante. Ah, mais um fracasso na sua carreira de *capo* de merda, realizou, enquanto fitava o montículo de barro que definia o túmulo do seu patriarca:

– Perdemos outra, Paolì. É, *càppitu*, bosta, nós perdemos outra...

Com um afago na nuca de Tony, o *consigliere* tentou consolá-lo:

– O Khwyis não vai machucar o Lindy. Sabe que nós pagaremos...

Num ensaio de sorriso, de canto de boca, Tony aceitou o lenitivo:

– Sem dúvida, Paolì. Mas, o filhodaputa continuará soltinho, por aí...

O *consigliere* acenou, desalentado, sem mais palavras. Enfiou um braço debaixo do cotovelo do *capo* e o afastou do relvado que se transformara no lar derradeiro de Don Caló. No sítio, com calma, e a *Famìglia* toda, esperariam o inevitável. Evidentemente, o jordaniano se comunicaria, por telefone. Passaria as suas exigências. Paolì e Tony, agora, necessitavam juntar dinheiro – muito e muito dinheiro. Suspirou. E, daí, recorreu ao seu pragmatismo proverbial:

– Temos como conseguir, e logo, a grana que o Khwyis vai pedir?

Ganhou, de Tony, uma expressão antártica, de cinismo macerante:

– Grana? Isso é fácil. Nós temos, na verdade, de montar um plano, como aquele de 1990, Paolì. E, desta vez, eu mesmo pretendo degolar o Khwyis...

Precisamente a atitude que Paolo Garzya adotaria, se fosse um *capo*.

Ah, Paolì não atingiria, jamais, o pináculo do posto de um *capo*. Paolì orçava, computava, aventava, fornecia possíveis soluções. Paolì sabia, porém, que cabia a Tony qualquer deliberação de guerra. Jogou no lixo a atitude que adotaria, a atitude que, sabia, Tony evitaria. O *capo* jamais cortaria a garganta de Khywis, jamais, e com as suas próprias mãos, por mais que Tony odiasse o jordaniano filhodaputa. Sabia que o *capo* se comportaria com objetividade:

– Paolì, mande alguém buscar o Gigli no apartamento do Lindy, tá?

Num suspiro, reconfortado pela reação de Tony, a reação que lhe soaria correta, o *consigliere* assentiu. *Capo* danado, pensar no cão do *fratello*...

As pessoas se provam em situação, diria Don Caló. Diante do perigo, Tony era, mesmo, um mago. O *consigliere*, de todo modo, reconsiderou que aquela situação, e aquele perigo, exigiriam mais do que um *capo* lúcido e frio. Ainda bem que rogara um suporte ao Mossad, o serviço secreto de Israel.

▼

Khalid Haissa Khwyis sabia que precisava ganhar tempo, muito tempo, antes de penhorar a sua promissória. Por isso, ao desembarcar na chácara, não acelerou o seu ritmo e não chamou Tony, nos números de telefone do sítio da Granja, que já tinha, em seu poder, fazia meses. Meticulosamente, se limitou a revistar os cinco reféns. De Pellê, e de Leonardo Regazzoni, retirou os cintos e os cadarços dos sapatos. Da bolsa de Mari, extraiu um aparador de cutícula e um canivete. Mas, não apreendeu a bengala com que Paolo Garzya obsequiara a sua namorada. A ex-Federal manquitolava, adequadamente, como a vítima de um tiroteio remoto, e Khwyis ignorou o cajado e o seu reluzente castão de prata. Então, das mochilas da Silviotta e do Gerino, se limitou a recolher dois pentes de metal, um espelhinho de cristal e um estilete-apontador-de-lápis.

Estranhou que os bambinos portassem, em correntinhas niqueladas, nos seus pescoços, dois penduricalhos que se pareciam com chaveiros e que eram iguaizinhos a dois outros, enganchados, em argolas, nos zíperes das mochilas. Logo, porém, desprezou tais badulaques. Coisa de moleques ricos, pensou – talvez um modismo, novo, dos privilegiados daquela idade. Além disso, não desejava enfrentar o risco de ralar os filhos do *capo*, caso tentasse arrancar, de ambos, aqueles objetos inusitados. Khwyis, também, não maltratou Pellê e não tocou em Lindy. Sequer os algemou. Meramente os enfurnou em um quarto, com grade na janela – mas, até, com um aparelho de TV. Deixou claro que a sua operação significava *business*, negócio, uma troca singela, pela grana.

Da mesma forma, Khwyis não apartou Mari das crianças. Inclusive, e educadamente, se explicou, não tencionara capturá-las. Só acontecera um puta azar, um puta acidente no seu plano. Explicitou a Mari que a detestava, desde Fortaleza – mas, enfatizou, não a machucaria. Caso Tony pagasse o que lhe devia, e o jordaniano exagerou na expressão, *devia*, todos retornariam ilesos ao lar dos Castellamare. Mari reagiu com um muxoxo e Nan lhe sapecou uma tapona no rosto. Para a surpresa da ex-Federal, o jordaniano se enfezou com a agressividade gratuita, agarrou a munheca da sua companheira – e bradou:

– Você me obedece, porra. Aqui, quem manda sou eu, ficou claro?

Num rompante, ao recuperar, na memória, a violência de Nan contra o fotógrafo Adriano Frey e contra o alfaiate Giordano Agliardi, o jordaniano se emaranhou num presságio terrível. Nan representava um perigo abominável, ao menos para o seu plano de abarcar, sem inconveniências, um resgate pelos reféns. Como agiria ele se Nan tentasse amofinar os filhos do *capo* acossado? Um calafrio, perverso, percorreu a sua coluna vertebral, do cóccix à base do cerebelo. Diante dos bambinos de Tony Castellamare, pensou nos seus – onde estariam, como estariam? Num lampejo de humanidade, aquele terrorista que destruíra famílias inteiras, sem distinguir como se constituíam, o terrorista que destruíra comunidades, anônimas, sem se interessar pelas suas composições, se lembrou dos seus garotos. Assassinara, sim. E trucidara, sim. Castigara, até mesmo aliados – por traição ou por desvio de conduta. Mas, Khwyis, ainda, não havia matado crianças a quem conhecesse, de repente, tão de pertinho.

Sorriu, pelo esôfago, menos num refrigério do que num refluxo de autoindulgência. Pensou que, na idade, envelhecia. E que, no furor, se amaciava. Havia, de todo modo, uma lógica descomunal naquele prognóstico, naquele mau augúrio. Tinha de preservar os bambinos de Tony Castellamare, mesmo que detestasse o *capo* desgraçado. E, para preservar os reféns, tinha de detonar Nan Xuan-Yang. Não fosse, Nan, bem mais cobiçosa do que ele imaginava.

▼

Marcella Agliardi adorou a clínica à qual os homens do Gumbà levaram o seu *babbo* espezinhado. Higiene, e limpeza, e decoro, dedicação, o alfaiate em um apartamento individual. O médico, todavia, lhe ordenou que retornasse à sua casa. Não tinha como manter Marcella nos seus entornos. Avisaria, por telefone, se algo inesperado ocorresse. E Marcella retornou ao sobradinho que, desde a intromissão do Galante/Mutarelli, ou desde o seu rebaixamento por Lindy, se revertera no seu asilo. Examinou a saletinha na qual o seu velho se submetera às bordoadas dos malfeitores. Incrível, os homens do *capo* tinham limpado o chão, e as paredes, tudinho. Então, na cozinha, sobre a mesinha de fórmica, Marcella vislumbrou uma inesperada jaqueta de brim. Não dispunha, Marcella, de uma jaqueta de brim. Raciocinou: só poderia pertencer a um dos agressores do seu pai. Então, investigou, fuçou. E, num dos bolsos da jaqueta, encontrou um papelucho, com um número, talvez, de telefone, anotadinho a esferográfica. Imediatamente, intuiu. Precisava notificar Tony Castellamare. O seu regresso ao sobrado, ao carinho de seu pai, de fato a havia regenerado.

▼

O reencontro dos Castellamare e dos seus agregados, no sítio da Granja, proporcionaria, ao *capo* Tony, depois da bomba da Via Dante e da perda de Don Caló, o terceiro maior abalo dos seus quarenta e tantos anos de idade. A *sorellina* Gigi se encafuara, com Beth, a pequena Marina, o pequeno Antonio Salvatore, e a babá Lucília, no salão de jogos da *Famìglia*. A Mamma Freda se enfurnara, com Nicinha Souza, na sua suíte. Peremptória, depois de mais de meio século de paixão pelo marido, a Mamma não aceitara trocar de ninho, e nem de leito – apesar do vazio imenso que já fermentava ao seu redor. No máximo, dissera, admitiria que a governanta dormisse algumas noites, talvez algumas semanas, naquele recinto, agora sem a jovialidade, e sem os desvelos, de Don Caló. Claro, claro, Tony não pretendia que, naquela data infame, a sua matriarca se interessasse em organizar um lanche, sequer. Recomendara a Elia Grazie que, com o auxílio de Domi Pignatello, cuidasse da fome de quem por lá surgisse. Pizzas, ele havia indicado. Uma maneira apropriadíssima de seus pimpolhos entenderem que, nos corações dos adultos, Don Caló vivia, ainda. Só que, espantosamente, Mari, e os dois gêmeos, não estavam na Granja.

Lídia, até então, não se preocupara com a ausência dos seus filhos. Não havia visto o Gerino e a Silviotta no enterro de Don Caló. Fantasiava que Mari tinha se atrasado no caminho da escola até o hospital – daí, até o cemitério. E que Tony, afastado da *sposina* no Einstein e no Gethsêmani, ao deparar com os bambinos, descomposto pela morte do *babbo*, furioso pela desobediência de Mari, e punitivo, tipicamente, ao seu estilo autocrático, tinha exigido que os filhos voltassem do ritual com ele. Mas, assim que a Mercedes do *capo* subiu a rampa de acesso da propriedade, Lídia notou a falta dos pimpolhos – e se apavorou. Recebeu Tony, na varanda, com um par de dúvidas agoniantes:

– Cadê o Gerino? E cadê a Silviotta?

Tony não entendeu. E redarguiu – com uma nova questão:

– Como, cadê o Gerino, e cadê a Silviotta?

Aflita, desamparada pela culpa, autorizar Mari a propiciar aos bambinos a derradeira despedida do seu avô, Lídia se engasgou com a falta de palavras. Demorou um milênio até recuperar o fôlego – e descrever o que havia tramado com Mari. Tony escutou, sem alterar uma célula no seu corpo já anestesiado pela tristeza, pela carência de sono, pela exaustão. Um metro atrás, o Gumbà e o *consigliere* avaliaram a dimensão do drama, um átomo antes de o seu *capo* reagir. Pelo Nextel, Mutarelli tentou se comunicar com Mari, e se frustrou:

– *Càppitu*, sem contato...

A sua inquietação a vibrar, Paolo Garzya pensou numa alternativa:

– Vicenzo, *cazzo*, tente o celular normal da Mari...

Já ansioso, o Gumbà teclou e reteclou. E, novamente, se frustrou:

– Desligado, ou fora da área de serviço...

Uma derradeira possibilidade, ah, e o *consigliere* quase rezou:

– Pois tente com os blindados da escolta das crianças...

A resposta abalou o Gumbà – como uma eclosão de obuzes:

– *Cazzo*, a Mari dispensou a escolta e se meteu no estacionamento do hospital. Os dois blindados continuam, parados, lá fora, à espera da Mari.

O *consigliere* vacilou. Ah, além das crianças, cadê a sua namorada?

O *capo* sugou o ar que podia. E, estouvado, aturdido, ribombou:

– *Cazzo, cazzo*, acaba de me bater uma sensação horrorosa! Horrorosa! Vicenzo, mande os homens dos blindados entrarem no estacionamento. Quero que eles descubram, já, se o carro da Mari ficou por lá. Já, agora, ontem!

Lídia se arrepiou – e se afundou nas lágrimas. Aos soluços, indagou:

– Tonino, uma sensação horrorosa? Que aconteceu, Tonino?

Ao invés de esganar a mulher, num desabafo, o *capo* anunciou:

– Li, o Khwyis pegou o Lindy e o Pellê. Eu creio que, na confusão da saída do enterro, a Mari achou mais conveniente ir ao cemitério na Veraneio do Lindy. E eu creio, Li, que o canalha pegou, também, os nossos filhos...

Ah, ninguém se arvorou a renegar aquela constatação *maledetta*.

▼

Evidentemente, ninguém tocou nas primeiras redondas que Elia Grazie e Domi Pignatello perpetraram, desavisados do drama que se desenrolava na varanda do sítio. Paralelamente, também desavisados, os três acabrunhados, e ela, arrasadíssima, apareceram Telônio, Vito LoRusso, o Pippo – e Marília Meirelles. Ao ver Marília, literalmente em fiapos, Lídia mais se perturbou:

– Tony, essa Marília tem algo a ver com o sumiço dos meus filhos?

Mistura de comando e de aflição, o *capo* explicou – como podia:

– Li, enquanto nos abalávamos com o padecimento de Don Caló, *cazzo*, enquanto nos envolvíamos no velório do meu *babbo*, o filhodaputa do Khwyis assassinou o Adriano e ainda deu uma surra brutal no Giordano Agliardi, o pai da Mandala, a Marcella do Lindy. Parte do plano do Khwyis, descobrir todas as fragilidades da segurança do Lindy. A Marília achou o corpo do marido, no estúdio dele. Felizmente, felizmente, nos informou, antes de avisar a polícia. E eu pedi ao Telônio que, ahn, cuidasse do cenário. Não me pergunte mais nada, OK? Pedi ao Telônio que a trouxesse pra cá. E não me pergunte nada, tá?

A *sposina* refluiu, cabisbaixa. Tony mobilizou Gigi e solicitou que ela e Beth, no seu chalé, se encarregassem do apaziguamento de Lídia e do conforto de Marília. A babá Lucília daria de comer a Marina e a Antonio Salvatore e se recolheria a um recanto na edícula. Aquelas mulheres, por mais combativas e resistentes que se provassem, só atrapalhariam a assembleia da *Famìglia.*

▼

Já nos últimos limites da sua sanidade, Tony congregou todos os varões disponíveis no salão de jogos. O lugar ainda mantinha, absolutamente intacto, o cenário que, vários meses antes, Don Caló havia bolado, para a recepção do Yojimbo, o cenário no qual o Gerino e a Silviotta brincavam de corte, de rei e de rainha. Presentes Telônio, Domi Pignatello, o *zio* Elia, Mutarelli, Vito e o Pippo, Tony reprimiu a sua emoção, o pranto – e sugeriu que Paolì encaminhasse a reunião. Mesmo igualmente estupefato, o *consigliere* recorreu à cautela:

– Tonino, por favor, preserve a serenidade. Vamos aguardar as notícias dos homens do Gumbà. O carro da Mari pode ter quebrado, furado um pneu. O *cazzo* do Khwyis não é insano ao ponto de sequestrar as suas crianças...

O *capo* digeriu a peta com a careta de quem trepa em um patíbulo:

– Não é, eu sei, Paolì. Mas, e se ele não pretendia isso? E se, num acaso do cacete, a Mari decidiu, mesmo, ir, na Veraneio, ao enterro do *babbo?*

Dez minutos se arrastaram, em silêncio, venenosos, como dez milênios. E, então, o tilintar trovejante do portátil do Gumbà solucionou o impasse:

– Eu sinto, Don Castellamare. O carro da Mari ainda tá no hospital...

Num tremelicão, Tony chutou a base da mesa de sinuca. E berrou:

– Putaquepariu, os meus filhos, caralho, meus filhos. Que bosta de pai e de *capo* eu sou que não consigo, de novo, porra, proteger os meus filhos?

Um brado tão retumbante, e um pontapé tão estrondoso, que o barulho atordoou a Dona Freda, sacudiu Nicinha, e ainda ecoou, bem além do jardim, do pomar, da piscina, no chalé em que Gigi e Beth, galhardamente, pelejavam para sossegar a desarvorada Lili e a aniquilada Marília. Desenfreadamente, e sem que Tony ousasse impedir, as damas, em mutirão, povoaram o salão.

O *capo* considerou que não poderia dissuadi-las. Então, pontificou:

– Tudo bem, tudo bem. Não vou sonegar nada, nadinha, de vocês. Porra, me desculpem os palavrões, além de assassinar o Adriano e de massacrar o pai da Mandala, o filhodaputa do Khwyis, aquele mesmo que, uma década atrás, capturou a Lídia e a Regina, se aproveitou da nossa inércia, *cazzo*, da nossa leniência, da nossa distração, e da minha petulância, merda, no velório e no enterro de Don Caló, e montou uma operação de *vendetta*. Eu sei lá como ele montou, agora é tarde, não interessa, e eu não pretendo entrar em detalhes – porque nós temos pressa, uma pressa danada. Meu pai cuidaria desta bosta de uma forma diferente. Mas, eu não sou o meu pai, não passo nem perto da sola do sapato do meu pai. Agora, só me cabe agir da maneira que o meu instinto manda. A Li e a Gigi já sofreram uma experiência parecida. *Business*. Apenas mais um negócio. O Khwyis sonha com um belo resgate, acha que eu lhe devo uma grana pretíssima, a grana que não concedi, pela Gigi e pela Li, em 1990. Esperou, esperou. E resolveu cobrar. A grana que, agora, eu não vou pagar.

Ao seu estilo, doce e pávido, meigamente, a Mamma Freda indagou:

– Tonino, pagar pelo quê? Eu posso saber, posso, *figliolo mio*?

Don Calógero interromperia aquela peça de teatro com uma bofetada no ar. Mas, o *capo* Tony não dispunha da sobranceria do seu *babbo*. Bem que se esforçou em aspirar, de alguma vereda cármica, os recados que o seu patriarca lhe remeteria naquele gênero de trauma. Desafortunadamente, não captou:

– Pelo Lindy e o Pellê, mamitina. Um sequestro, o Lindy e o Pellê...

Enquanto a Dona Freda emudecia e contraía o corpo, Lídia explodiu:

– E o Gerino e a Silviotta, porra! Cadê os meus dois filhos, porra?

Marido, pai e *capo*, Tony observou, agudamente, sem repreender:

– Eu já disse, Li. E chega, por enquanto! Se a Mari foi, com os *nossos* filhos, o Gê e a Sil, apesar da minha expressa determinação em contrário, ao enterro de Don Caló, nesse caso, Li, o jordaniano também levou os dois...

A *sposina* engolfou a sua cagada, a sua asneira. E Tony desfechou:

– OK, por enquanto, chega! Sem preconceito, e *per favore*, nós, aqui da *Famìglia*, precisamos somar informações, precisamos aguardar que o Khwyis nos telefone, ou mande um emissário, com o valor do resgate. Eu repito, sem preconceito. Mas, este *cazzo* de operação é *roba di maschi*. Está claro?

Com a sua ternura absurda, a Mamma Freda decidiu recolher todas as damas à sua suíte. De modo a enriquecer a sua reclusão com um toquezinho de pureza, se lembrou de convocar Lucília e os rebentos de Elisabeth e Gigi. Os dois nenês ajudariam na distração. Então, a Mamma liderou a procissão. Lídia, na rabeira do séquito, puxada pelas mãos mansas de Gigi e de Beth.

No trajeto, Gigi asseverou, bem à maneira de uma Castellamare:

– Fique fria, Li. O Tony sempre se safa desses infortúnios. Sempre.

Inevitavelmente, a *sposina* pensou no que o marido já padecera.

▼

Logo que as mulheres sumiram, o Pippo reviveu a estúpida manhã de 10 de Novembro de 1988, quando uma bomba destruiu uma BMW na Via Dante, em Palermo. Aproximou-se do *capo* – e relembrou um fato fundamental:

– Tonino, não se esqueça dos anéis, das cobrinhas com o GPS...

A galope, Tony correu até o receptor, colocado numa esquina do salão. Ligou o aparelho. Pena que a sua esperança se esvaísse, instantaneamente:

– Nada. Nem o mínimo sinal. Acho que o filhodaputa descobriu, tirou os anéis e os chaveiros do Gerino e da Silviotta. Ah, que cagada monstruosa!

Na varanda, nenhum dos integrantes da *Famìglia* ousou se mexer.

Pregado numa cadeira, Paolì se arrepiou: também ele, depois de tanto e tanto tempo na *Famìglia*, assimilava o murro do pavor na própria carne. Além dos bambinos do seu *capo*, se evaporava Mari, a única paixão da sua vida.

▼

No cativeiro da chácara de Khwyis, mesmo combalidos pelo baque do assalto, Leonardo Regazzoni e Ropertino Pellegrino começaram a rascunhar um plano mínimo de resistência. Arreliado, aviltado, pela sua ligeireza, e pela sua incompetência na proteção do *fratello* do *capo* Tony, o pistoleiro siciliano ainda se penitenciava, a caminhar, incessantemente, através do quarto. Lindy o consolou, porém, com uma lógica fria, e tão rigorosa, que surpreendeu Pellê. Observou que, simplesmente, acontecera uma emboscada imprevisível, numa situação arrevesada. Ora, quem, na *Famìglia* Castellamare, consideraria que o jordaniano se proveria de uma audácia estulta – e a fim de atacá-la, em pleno enterro de Don Caló? Quanto ao sequestro, paralelo, do Gerino e da Silviotta, continuou, fora fruto de um tolo acidente, de uma coincidência infeliz. Agora, cabia a ambos rezar, rezar, para que o terrorista não os ferisse e meramente se contentasse com um resgate que, sim, claro, escalaria o topo dos milhões.

Lindy não imaginava, talvez jamais soubesse, que Tony, motivado pelo primitivismo da sua ira, e pela sua ansiedade de detonar Khwyis, colocara os reféns naquele dilema. De todo modo, acalentava uma certeza visceral: o *capo* faria tudo para salvá-los. Pellê parou de vaguear, sem destino – e concordou. Daí, abandonou a mudez característica – e propôs uma domanda, crucial:

– Por dinheiro, Don Leonardo? Ou, ahn, ao estilo, lá, da Cantareira?

No túnel do tempo, de volta a 1990, Lindy não titubeou – e afirmou:

– Tanto faz, Pellê. Só que nós precisamos estar prontinhos para as duas probabilidades. É evidente que o Tony tentará enrolar o Khwyis, como iludiu o Villapiano, década atrás. E é claro que, desta vez, o Tony tomará o máximo de cuidado com o Gerino e com a Silviotta. Aliás, Pellê, temos de encontrar um jeito de exigir que o Khwyis nos deixe ficar com a Mari e as crianças...

De novo remansoso, o caladão Pellê reconcordou, num meneio.

Bateu em Lindy, no entanto, um anuvio, um alvoroço de inquietação:

– E, ahn, Pellê, você acha que a Marcella participou desta merda?

Sem hesitar um só instante, o siciliano rebateu, duro, irrecorrível:

– Sem chance, Don Leonardo. A Marcella? Ah, pode descartar...

Lindy não se satisfez. E relembrou uma promessa do seu *capo*:

– Tá. Mas, se a Marcella se meteu nesta trama, eu vou matá-la...

Pellê conhecia o trato. E, serenamente, com um aceno, aprovou.

Depois de um suspiro de desalento, Lindy, enfim, fechou o papo:

– OK. Temos de encontrar um jeito de manter as crianças conosco...

Noutro canto do cativeiro, Mari Oliveira formulava uma tese idêntica.

▼

Aos poucos, Khalid Haissa Khwyis realizou que, para conter a fúria de Tony Castellamare, e para obter o resgate que curtia, necessitaria tratar os seus cinco reféns como os hóspedes de um hotel campestre. Chu lhe contara o que havia escutado de Nan, sem que ela registrasse. Bosta de garota, raciocinou, com a paciência que lhe sobrava. E, então, consciente de que a agressividade gratuita e a cupidez de Nan poderiam comprometer o seu projeto, determinou que Chu a isolasse, trancafiada, na edícula da chácara, sob vigia permanente. Mais, de maneira a amplificar a fidelidade de Chu, lhe prometeu dobrar a sua parte no butim. E, ainda, não hesitou em determinar que Chu a fuzilasse, caso a sua, agora, ex-amante, abrisse as asas, e decidisse agir por conta própria.

Que se danasse o seu delírio pelo corpo de Nan. Bastaria um arranhão, em qualquer dos cinco reféns, para que o *capo* maldito resolvesse persegui-lo aos quintos dos infernos. O jordaniano sonhava apenas com um resgate, e não pretendia provocar uma *vendetta* implacável, talvez definitiva, e fatal. Khwyis jamais soubera de que maneira, em 90, Tony Castellamare havia solucionado o impasse do sequestro da sua irmã e da namorada jornalista. Tony, um *capo* muito mais fodido que Nitto Santapaola, Gotti, Villapiano e Moràbito, os seus mentores na transição da causa islâmica até aquela merda de Cosa Nostra.

Ainda se recordava, como num filme, numa sequência de *replays*, dos episódios que havia testemunhado, com o seu tio Raghib, na madrugada em que, acreditava, abocanharia uma batelada de doletas. Num retão da subida da Cantareira, o susto de cruzar com uma perua da Federal, de luzes piscantes. E o susto de cruzar, no mesmo percurso, com um comboio de ambulâncias. O susto de ver, à frente do casarão secreto de Broderick Villapiano, mais uma viatura da Federal, e uma BMW incendiada, a BMW de Fábio Monarco, o advogado do seu sócio no rapto, o chicaneiro que se incumbiria do transporte dos milhões do resgate. O susto de ler, no *Perfil do Brasil*, de 31 de Março, numa longa reportagem de Lídia Brandini, a namorada de Tony, que ela fora capturada por uma quadrilha de palestinos e de sicários da N'Dranghetta. O susto de saber que, no desfecho de uma batalha, pela repartição do resgate, os dois elencos tinham se trucidado – e não sobrara ninguém, sequer Villapiano, naquela loucura da Serra. O susto de saber, enfim, pelo mesmo periódico, que, depois, numa cela da Federal, misteriosamente, tinham falecido dois mafiosos de Palermo, Francesco Tucci e a *sorella* Bruna Maria, talvez por suicídio.

Fodido, fodidérrimo, aquele *capo* Tony. Não podia exagerar com Tony. Oscilante, apreensivo, apostou: que Nan se funicasse, mesmo. Graças à grana que tomaria dos Castellamare, compraria uma dúzia de moçoilas, muito mais esfuziantes, recuperaria os seus dois filhos e, com eles, moraria no Caribe.

▼

Já consumidas as horas iniciais do seu aprisionamento, pacientemente, e delicadamente, Mari Oliveira se empenhou em conter a ansiedade do Gerino – que, sôfrego, pretendia conectar, logo, o seu GPS. Encarcerada em um outro quarto da chácara, também com grade na janela e, felizmente, com TV para as duas crianças, como num filme, e numa sequência de *replays*, na sua mente experiente de ex-Federal, Mari analisou e reanalisou, minuciosamente, todo o roteiro da acometida – e entendeu o óbvio. Claro que o sequestro das crianças se tornara um estorvo no plano básico de Khwyis. Sim, claro, o jordaniano investira contra a Veraneio, e contra Lindy Regazzoni, o seu alvo original – e único. O rapto paralelo dela, do Gerino e da Silviotta, fora o resultado de um acidente, uma coincidência infeliz. Khwyis não esperava que Mari, e os filhos de Tony, estivessem na perua. Para conter a fúria do *capo*, e obter o resgate que sonhava, necessitaria tratar todos os reféns como hóspedes – e não como escravos. Muito melhor, pela sua reação à agressividade gratuita da jagunça oriental, o terrorista e traficante de drogas que ela, Mari, detivera, tempos antes, no Ceará, não, não admitiria que os seus reféns padecessem com uma coronhada no cocuruto, muito menos com uma esfolada ridícula de unha em uma face. Depressa, Mari reavaliou Khwyis, por um prisma mais alentador.

Ah, subsistia, no jordaniano, uma fraqueza que ele mesmo não medira, e que ele mesmo não ajuizava. Claro, Khwyis queria a grana. E, já atestara que, por dinheiro, um resgate, dispensaria todos os incômodos ao seu redor. Como a jagunça oriental. Num plano perfeito, um líder nunca humilha um escudeiro na presença dos seus reféns. Ao admoestar a oriental, na sua frente, e quase na porrada, o jordaniano lhe fornecera uma informação preciosíssima. Sim, sim, Khwyis não confiava no seu time. Mari usufruiria, sim, sim, daquele dado.

Uma ideia, então, se desenhou, translúcida, no seu espírito. Mari tinha de encontrar um jeito de convencer o terrorista a deixá-la diante de Lindy e de Pellê. Juntos, os três se autossocorreriam, os três bolariam uma estratégia para quando Khwyis oficializasse ao *capo* a sua proposta de troca. Lógico, Tony intimaria o jordaniano: não encetaria qualquer negociação sem papear com os filhos, com ela, Lindy e Pellê. Explicou a sua conclusão aos pimpolhos. Assim que falassem com o pai, mobilizariam os *chips*, um de cada vez, e um a cada sessenta minutos. Afinal, não havia necessidade de os dois *chips* funcionarem simultaneamente. Um de cada vez, lógico, economizariam as suas baterias.

Orgulhou-se pelo acerto da ideia – e dos seus desdobramentos. Tinha de pilotar os seus humores. Como um encouraçado, tinha de evitar que a pressão, inexorável, comprometesse a suscetibilidade das crianças. E também tinha de endurecer as suas fibras nervosas. Paolì! Ah, Mari imaginou de que forma o namorado, o *consigliere*, se portaria, naquela crise: escoltar as decisões do seu *capo*, e ainda zelar por ela; pela paixão que ambos, ditosos, já fertilizavam.

Consolou-se por manter a bengala, e o punhal, dissimulado no cabo.

Sossegada, ao menos por enquanto, acomodou o Gerino e a Silviotta na cama solitária do seu buraco de reféns – e os protegeu com um cobertor. Daí, construiu um travesseiro com uma das mochilas das crianças, e se deitou num pedaço do chão. Necessitava de tempo, de vigor físico, e de um repouso.

▼

Perto das onze da noite. Pelo seu reloginho Hello Kitty, que o terrorista não tinha tomado, a Silviotta verificou que a jornada se esvaía. Levantou-se da cama e, tateantemente, sobre as suas meias, deslizou até o lugar em que Mari dormitava. Confirmou a exaustão e o sono da ex-Federal. Retornou ao leito, e cutucou o Gerino. Num sussuro, diretamente no ouvido do irmão, falou:

– Gê, Gê, você tá bem? Ahn, eu percebi que você parou de tossir...

O irmão replicou com um gesto, a mão direita no ombro da mana:

– Tudo bem, Sil... É, tudo bem... É, eu parei. E a Mari, ahn?

Inacreditavelmente firme, para a sua idade, a menina esclareceu:

– Dormindo, Gê. Ahn, Gê, você tá com medo, ahn, ahn, você tá?

Evidentemente, o menino negou. Acreditava que tinha de se demonstrar mais poderoso, e quase professoral. A mana, porém, não acreditou. Em algum nicho do seu espírito, e da sua mente, considerou que necessitava, ela, fisgar o máximo de lucidez que os seus oito anos permitiam. Adotou a modéstia:

– Pois eu tou com medo, Gê. Tou com medo. Mas, só um pouquinho. Eu não acho que esse cara vai nos machucar, eu sei que o papi vai nos salvar...

Estimulado por se sentir o chefe daquela dupla, o menino observou:

– Claro que o papi vai nos salvar, Sil. Claro, é claro que vai...

Então, já confortada pela tranquilidade do Gerino, a Silviotta advertiu:

– Vai, sim, Gê. Eu não tenho qualquer dúvida. Mas, nós não podemos fazer nenhuma bobagem, Gê... É, não podemos fazer nenhuma cagada...

O Gerino quase riu do palavrão que escapou dos lábios da mana:

– Sil, se a mamita escuta você, putamerda, *cazzo*, ela enlouquece...

Palavrão em dobro. E a Silviotta aplacou o ímpeto de gargalhar:

– *Cazzo*, você fala como o nosso papi. E como o nosso *nonnino*...

Bateu, daí, em ambos, a *certitudine* de que eram os frutos de um rapto. De que Don Caló, o avô engraçadíssimo das imprecações, não existia mais. E o Gerino e a Silviotta se abraçaram, vigorosamente, por trinta segundos.

Ah, quantas saudades os dois gêmeos Castellamare sentiriam daquele *nonnino* que adorava as piadas sujas e as blasfêmias – para a zanga da sua mamita e da Vovó Freda, que se esmeravam em educá-los na vã ilusão das línguas limpinhas. Com um apertão nas almas, os dois gêmeos se recordaram de uma ocasião anterior, quase tão triste, a tarde em que haviam enfrentado, pela primeira vez, o absurdo dilema da efemeridade e da finitude da vida: as mortes de Bill e de Lola, adoentados, senis, e sacrificados por um veterinário, em pleno canil do sítio, com poucos minutos de diferença. Pela primeira vez, nas suas infâncias felizes, o seu papi tinha chorado, muito, à sua frente. Não se esqueceriam, nunca, nunca, das cenas subsequentes. Elia e Pippo a colocarem os corpos inertes dos cachorros, dentro de sacos plásticos, no bagageiro da picape do veterinário. E Tony a lhes explicar, compungido, que os seus cães, tão amados, seriam incinerados. Por isso haviam fechado questão, ir ao enterro do avô. Pela convicção de que o seu *nonnino* não padeceria na cremação.

As bochechinhas molhadas de lágrimas, a menina recuperou a frieza:

– Gê, a Mari tá certa. Precisamos esperar que o papi ligue, é, precisamos esperar que ele converse conosco. Que ele saiba, mesmo, que nós dois tamos bem. Cê aguenta esperar? Enquanto isso, topa montar um plano comigo?

Depois de um suspiro, o menino se enxugou do pranto – e jurou:

– Topo... Eu topo... Pô, é, é, é claro que eu topo, Sil...

Com um afago nos cabelos do Gerino, a menina reengatou:

– Então, temos de nos lembrar de tudo, tudinho, que o papi, o Paolì, o *zio* Elia, o Pippo, e o *nonnino*, nos ensinaram naquele cursinho, *certo*?

Noutro suspiro, o Gerino avalizou a sua participação no projeto:

– Não comer e nem beber sem termos a segurança de que o cara não pôs um remédio pra nos amolecer. E bolar algum truque, pra gente fugir, Sil...

– Isso mesmo, Gê. Com calma, e sem fazer nenhuma cagada...

Abafadamente, o Gerino riu, de fato. Mas, a Silviotta não acabara:

– Vou contar um segredo, Gê. É, um puta segredo, Gê, uma coisa que eu aprendi num filme, Gê. Quando a gente consegue passar a cabeça no meio das barras de uma grade, Gê, a gente consegue passar, também, o corpo todo...

Sem entender, o menino permaneceu calado. Mas, atentíssimo.

– Pois é, Gê. Eu já experimentei colocar a minha cabeça entre as barras da janela daqui. Deu certo, Gê. É, eu já sei, ahn, como a gente pode fugir...

A resposta do menino eclodiu, feliz, em um novo impropério:

– *Cazzo*, Sil, e nós ainda temos a bengala, o punhal da Mari...

A reação da menina completou, seca, a sua inversão de mando:

– Gê, esquece a Mari e o punhal. E você me obedece, ahn, *capisce*?

O Gerino não dispunha de alternativa. Assoberbado, só exclamou:

– Tá bom, Sil... É, é, tá bom...

Coube à menina desferir o seu suspiro de alívio – e de apreensão:

– Temos um segredo, Gê. Por enquanto, cê não diz nada à Mari...

O menino rejurou o seu silêncio total. Daí, depois de mais um suspiro, reprisou a frase que escutara, zilhões de vezes, em eventos da *Famìglia*:

– É, *'n bucca luppu*, Sil...

A menina lhe devolveu a frase como aprendera – e como devia:

– É, *crepi i'luppu, fratellino mio*...

Enleados, o Gê e a Sil se enrodilharam no cobertor. E apagaram.

▼

Perto da meia-noite, um dos guardas do acesso ao sítio anunciou, pelo intercomunicador, que uma moça, bastante alta, estranha, tencionava ver Don Tony Castellamare. Uma enviada de Khwyis? O Gumbà se dispôs a checar.

▼

Retornou à varanda, em dez minutos, e com um improviso. A tal moça, de aspecto emaciado, o seu rosto dominado por enormes olheiras roxas que, ao menos, não prejudicavam as suas feições. Além de 1 metro e 80 – mas, o seu torso recurvado, como o de uma pessoa convalescente de uma lombalgia. Vestia-se precariamente, num abrigo esportivo, encardido, moleton, tênis rafados. Na mão direita, carregava uma jaqueta de brim sujo. Imediatamente, o instinto de Tony identificou Marcella Agliardi. Sim, sim, a Mandala. Não mais, todavia, a beldade voluptuosa, de porte de ninfa, de cabeleira esvoaçante, que Leonardo Regazzoni levara à já longínqua ceia de Natal de 1990. Mesmo assim, porém, na dor, capaz de transparecer um reflexo de altivez – que impactou o *capo*.

Num lampejo, instante inicial, Tony imaginou que Marcella lá aparecera como a emissária do jordaniano. Bastou, todavia, um leve aceno do Gumbà, para que o *capo* assimilasse o contrário. Um cavalheiro, gentil, Tony apontou uma poltrona para que Marcella se sentasse. Ofereceu-lhe um cigarro, e uma dose de licor, e esperou que o improviso se transformasse numa evidência:

– Marcella, a sua presença me aborrece. Tempos atrás, eu desejei nunca mais ter você à minha frente. Mas, soube o que aconteceu com seu pai – e eu, sinceramente, me solidarizo. Agora, a que devo, ahn, esta brusca aparição?

Embaraçados, Paolo Garzya e os soldados da *Famìglia* se petrificaram. A Mandala, contudo, não desperdiçou o seu estro – e nem a sua hipoteca:

– Eu vim pagar uma conta, Tony, anh, Don Castellamare. Putzca, eu fiz um monte de besteiras na minha vida. Mas, depois que você, ahn, o senhor, é, o senhor, acabou comigo, a minha relação com o Lindy, depois, ahn, eu pensei em sacanear você, ahn, o senhor. Não tinha pra onde ir. E que bom que o meu pai, o senhor conhece, o alfaiate, o Giordano Agliardi, claro, o senhor mandou o, ahn, o Umberto, ahn, me ferrar, que bom que o meu pai me reacolheu, e já faz um tempão que eu mudei, que eu trabalho com o meu pai, eu descobri que sinto saudades do Lindy, acredite, desta casa, da Mamma e do Don Caló, até dos seus filhos, da sua mulher, ahn, é, da sua esposa, ahn, da Dona Lídia, e o senhor não tem a menor obrigação de me acreditar, eu passei a pensar na puta cagada que eu fiz, e já era tarde, não tinha como corrigir, ahn, e então o meu pai levou uma surra, e o Umberto apareceu, e me tratou com respeito, e levou o meu pai pruma clínica, e quando eu voltei pra casa, lá na mesa da cozinha, ahn, vi esta jaqueta de brim, e, no bolso da jaqueta, eu encontrei este papel...

Outra vez um *capo*, e antes de examinar o papel, Tony perguntou:

– Que conta cê quer pagar, Marcella? Como, quanto você me deve?

Silêncio total na varanda. Paolo Garzya fitou o *capo*, e engatou:

– Que conta, Marcella? Por que você imagina que nos deve? Diga...

Num jorro inexorável de lágrimas, Marcella redesembestou a falar:

– Putamerda, perdão, esta família sempre, sempre desconfiou de mim, e com razão. Mas, até aquele dia, ahn, com o Umberto, ninguém me tratou mal e ninguém me ofendeu, me desrespeitou. Eu sei que sou, ahn, eu fui, é, eu fui, uma vaca. Mas, ninguém me desrespeitou. Mereci que o Umberto, e, ahn, e eu nem sei se esse é nome dele, mereci que o senhor, ahn, Don Castellamare, me expusesse ao Lindy. Claro, é claro que o senhor tinha de proteger o Lindy de uma vaca como eu era. Mas, e o senhor não precisa crer em mim, não, não, e o senhor não precisa, é, putamerda, eu mudei. E é por isso que eu tou aqui...

Pasmado, e comovido, o *consigliere* se antecipou – e inquiriu:

– Que jaqueta e que papel são esses, Marcella? Cê pode explicar?

Pois Marcella, na *Famìglia*, já, a ex-Mandala, contou que encontrara a jaqueta, largada, e manchada de rubro, talvez o sangue do alfaiate, numa mesa da sua cozinha. E que, depois de fuçar e de refuçar, encontrara, num bolso, um pedaço de papel com um número, certamente de telefone, à ponta de Bic.

▼

Como um *fùlmine*, pelo aparelho da varanda, o Gumbà arrancou do leito o líder do time que cuidara da vigilância do sobradinho de Agliardi. E lhe pediu que redescrevesse, palavra a palavra, a cena da chegada dos intrusos da noite da surra no alfaiate. Escutou:

– Um cara albino, com as trancinhas de um *rastafari*. Uma oriental, de jeans, jaqueta de brim e boina.

Instantaneamente, o Gumbà realizou: a jaqueta de brim, da oriental *nefària*. Notificou o *capo*.

▼

Tony designou Telônio Meira para constatar de que região do Estado de São Paulo procedia aquele número. Enquanto o cunhado esquadrinhava, pediu a Vito LoRusso que acomodasse Marcella num quarto vazio do sítio. Raios, o *capo* raciocinou, as coisas colidem, mesmíssimo. Por mais que a Mandala, ou ex-Mandala, produzisse calafrios, naquela circunstância a *ragazzina* de Lindy lhe parecera autêntica, e verossímil. Solicitou as opiniões dos seus soldados. Coube ao Gumbà, contristado, quase envergonhado, selar a sua avaliação:

– Don Castellamare, ahn, eu a conheço, muito bem. Ela diz a verdade.

Uma verdade que Telônio Meira aperfeiçoou, depois de procurar alguns contatos, colegas bem antigos, confiáveis, de plantão, na Polícia Federal:

– É o número de uma chácara em São Roque, aqui por perto, Tony, hora e meia de estrada, mais ou menos. Basta continuar, pela Raposo Tavares...

Paolo Garzya, objetivíssimo, lançou a pergunta inevitável:

– E como descobriremos, exatamente, onde fica essa tal chácara?

O ex-delegado já havia aprofundado, e muito bem, a sua procura:

– Fica num condomínio de novos-ricos, Paolì, o "Outeiro das Vinhas". Eu creio que, em algum posto de gasolina, na entrada da cidade, será facílimo descobrir o endereço. Sem dizer que, lá, deve existir alguma sinalização...

Outro relâmpago. Fissurado, o Gumbà pediu licença e interrompeu:

– Telônio, anh, você falou em Raposo Tavares. Bem, o Khwyis fugiu na direção do Butantã. Pois não fica por lá, exatamente, o início da Raposo?

Num solavanco, abruptamente, o ex-delegado se empolgou:

– Belíssima dedução, Gumbà. Um número de telefone, e de São Roque, rabiscado num recorte de papel! Porra, o recorte de papel no bolso da jaqueta da parceira do Khwyis! Deus, não, não deve ser uma simples casualidade...

Também reanimado, o *capo* entendeu a dedução, e a consequência:

– *Dio mio*, é, em algum dia, sei lá quando, a garota anotou o número do telefone da chácara no tal pedaço de papel. Guardou o papel na sua jaqueta, na mesma jaqueta que, noutro dia, esqueceu na cozinha do pai da Marcella. Uma puta e afortunada casualidade! No mínimo, uma pista – e uma ótima pista...

Instantaneamente, Tony passou as suas diretrizes ao Gumbà. Num traje menos solene, traje de turista, viajaria a São Roque – com a recomendação do máximo de tato. Deveria, só, confirmar a localização da chácara, examinar os entornos, tirar fotos, e fazer um mapa. Para neutralizar suspeitas, iria, só, com um dos seus homens, Domi Pignatello e Elisabeth. Dois amigos e um casal de interessados em escolher uma paisagem verdejante. E, daí, se a tal chácara, de fato, acolhesse um cativeiro, plausível, advertiria o *capo*, imediatamente.

Melhor, o *consigliere* dispunha, ainda, de um artifício fundamental. Da sua maleta, retirou um par de objetos metálicos, da espessura e do tamanho das moedas de meio dólar, mais dois apetrechos que sugeriam chaveiros:

– Leve com você, Gumbà. GPS. Dois, por descargo de consciência, e para o caso de um pifar. Assim que puder, registre a sua localização, tá?

Obediente, com um sorriso discreto, o Gumbà anuiu. Com Domi e um dos seus homens, subiu até a casa dos Castellamare e conclamou Elisabeth. Na varanda, mesmo, os três tiraram os paletós e as gravatas. Num minuto, o Pippo despontou com duas floridas camisonas, de tamanho gigante, para o Gumbà e para o seu pistoleiro; mais uma polo, de Tony, para Domi; e um conjuntinho de saia e blusa, de Nicinha Souza, para Beth. Em outro minuto, os quatro se disfarçaram. O Gumbà examinou os apetrechos do GPS. E se despediu.

▼

Trancafiada na edícula, num quarto úmido, só um edredon no seu catre, Nan Xuan-Yang despertou, na madrugada, com muito frio. Sua jaqueta, onde estaria a sua jaqueta de brim? Na Veraneio de Regazzoni? Num dos veículos do sequestro? Num dos aposentos dos reféns? Na cama que dividia com o seu amante Khalid? Então, subitamente lhe bateu a tolice que cometera ao se lavar na pia da cozinha de Giordano Agliardi. Esquecera a jaqueta, com o sangue do alfaiate, e com o sangue do fotógrafo, numa mesa da cozinha. Encolerizada consigo mesma, tentou presumir o risco que aquela bobagem propiciaria.

A sua jaqueta, no mínimo, a encaixava em plena cena do espancamento de Agliardi. Nan pensou em avisar Khwyis. Avisar? Não, não, o seu amante acabara de sacaneá-la. Evidentemente, um usurário, Khwyis pretendia ignorá-la na partilha do resgate. Decidiu: que se funicassem a jaqueta e o jordaniano. Ah, ironia fatal, não se lembrou do papel com o número de telefone que havia escrito, semanas antes, quando voltara à Capital, às compras, caso necessitasse se comunicar com o seu rufião. Ela, afinal, tinha uma memória desprezível.

Recordou-se, porém, do punhal que mantinha pregado, numa bainha de couro suave, na sua canela canhota. Ah, aquele punhal, ainda, lhe seria útil...

▼

Embora sem nenhuma promessa, sem nenhuma perspectiva alvissareira, reestimulou Tony Castellamare o singelíssimo fato de Marcella ter descoberto um pedaço de papel, em um dos bolsos de uma jaqueta de brim, manchada de sangue – uma jaqueta que, talvez, pertencesse à facínora oriental de Khwyis. De novo um *capo*, e em frenética atividade, Tony remobilizou o cunhado:

– Telônio, você tá com aquelas fitas da câmera do Adriano Frey?

O ex-Federal tirou alguns minicassetes de um bolso, e assegurou:

– Comigo, Tonino. Comigo. Eu ainda não examinei. Eu esperei, ahn, pra ver tudo, aqui, ahn, em *Famìglia*. Eu não queria, não, ahn, me precipitar...

Tony agradeceu. Ordenou que o Pippo montasse, imediatamente, todos os equipamentos fundamentais. Então, aos engulhos, a *Famìglia* testemunhou as cenas da mortificação de Adriano Frey. Coube ao *consigliere* interpretar as imagens da indecente imolação do fotógrafo – com uma análise peculiar:

– É curioso. É bastante curioso. O filhodaputa do Khwyis não resvala, é, o Khwyis jamais resvala, no fotógrafo. E os chineses somente olham, olham, a garota esmigalhar o pobre do Adriano. Porra, ahn, me parece que o Khwyis arregimentou um bando de lorpas, que não gostam de sangue nas mãos. Veja, Tonino, veja como todos eles parecem espantados com a impetuosidade da oriental. E veja, também, como o Khwyis parece hesitante, incomodado com a irascibilidade desenfreada da parceira. *Cazzo*, o Khwyis, com certeza, deve ter procurado o tal Adriano à cata de informações sobre o Lindy. Não conseguiu nada, porque o fotógrafo não sabia de nada, ou porque a garota o nocauteou antes do tempo. Daí, o Khwyis foi atrás da Mandala, não a encontrou em casa, deparou com o pobre do alfaiate, que também não sabia de nada, e a oriental repetiu a cagada, nocauteou o Agliardi, antes do tempo. O que consideramos um lance de audácia programada, o rapto do Lindy, no enterro de Don Caló, bem diante do estádio, na verdade, não passou de um ato desesperado – que, para o nosso azar, *cazzo*, na confusão, deu certo. Essa garota é foda, é, é foda, Tonino. Talvez, *cazzo*, o Khwyis ainda perca o controle sobre essa garota...

Tony Castellamare não tinha, ainda, a menor ideia de como aproveitar a análise do *consigliere*. Essencialmente, porém, perfilhou a tese de Paolì. Sim, Khwyis havia estruturado a sua quadrilha com um bando de lorpas. Dentre os lorpas, a garota singularmente desalmada. Garota pérfida que, numa situação normal, não serviria como a cúmplice de um sequestro, a sócia de um resgate. Claro, na pressa, iludido pela fragilidade da *Famìglia*, na data do enterro do seu patriarca, iludido pela possibilidade de o fotógrafo e de o alfaiate, talvez, lhe fornecerem informações convenientes a respeito de Lindy, perpetrara uma cagada dupla ao permitir que a garota os barbarizasse. Agora, seguramente, já se preocupava, com o seu máximo empenho, em impedir que a parceira louca comprometesse o vértice do seu plano: colher um resgate. Sem dúvida Khwyis sabia que, acontecesse um só arranhão, um só, insignificantezinho, no rosto de um dos bambinos de Tony, não sobreviveria para desfrutar o seu tesouro.

Precisava, Tony, de alguma forma, antepor a pérfida ao jordaniano.

▼

Tony determinou que um dos homens do Gumbà levasse a jaqueta até a clínica do médico, o aliado da *Famìglia*, que cuidava do alfaiate. Na clínica, algum doutor de plantão compararia o rubro das máculas ao tipo de sangue de Giordano Agliardi. Mal, obviamente, tal pesquisa não faria. Sem dizer que o doutor seria instado a entregar o resultado em minutos. Transcorreram trinta minutos, no trajeto da Granja até a clínica. E mais quarenta, da clínica à informação do doutor ao celular de Paolì. Sim, existiam duas amostras de sangue na jaqueta. E uma, claro, correspondia a Agliardi. O *consigliere* fechou a conclusão:

– Seguramente, Tonino, o outro tipo deve corresponder ao do Frey. Eu não creio que o Khwyis e os seus asseclas mudariam de roupas entre as duas agressões. A jaqueta e o papel colocam a gangue em São Roque, eu acho.

Tony quase concordou. Mas, por que os seus filhotes ainda não tinham ativado os sinais de GPS? O *consigliere* apaziguou a tensão do seu *capo*:

– Eu imagino a razão, Tonino. Lembre-se de que eu insisti na questão da manutenção das baterias. Lembre-se, também, de que a Mari estava presente. Claro que a Mari deve ter dado um jeito de ficar com as crianças. Claro que a Mari industriou o Gerino e a Silviotta para só acionarem os *chips* depois de o Khwyis se comunicar com você. É lógico, Tonino. E não se oprima, OK?

Paolì pensou em rememorar ao *capo* que Mari dispunha de uma arma, o punhal, no castão da bengala, do seu regalo. Refluiu. Deixaria para depois.

O *capo* se afundou numa poltrona. *Cazzo*, precisava de um cochilo.

▼

Ao alvorecer do dia seguinte, Khalid Haissa Khwyis decidiu espairecer. O sol despontara vigoroso – e a temperatura melhorava, celeremente. Antes de verificar os humores dos seus reféns, antes de iniciar a sua negociação com o *capo* Tony, o jordaniano optou por um mergulho na piscina da sua chácara. Não imaginava que, de uma colina das imediações, dissimulado num bosque, e munido de um binóculo poderosíssimo, capaz de enxergar um rato, ou uma barata, em pleno breu, o Gumbà esmiuçava a região. Havia utilizado, no seu percurso até São Roque, uma discreta Fiat Tempra, agora parada, perto de um mercadinho das redondezas. E havia ressonado um par de horas, o suficiente para se recuperar. Melhor, a fim de amplificar os seus reflexos, tinha ingerido meio litro de café amargo, com dois tabletes de benzedrina, o mesmo coquetel a que muitos soldados norte-americanos recorriam, na selva do Vietnã.

O "Outeiro das Vinhas" possuía doze lotes generosos, 25 mil quilômetros quadrados cada qual, separados por aleias. Dez dos lotes não ostentavam mais do que cercas de arame farpado. Os outros dois exibiam muros elevados, escondidos atrás de sebes, ou de bambuzais. Claro, claro, o Gumbà raciocinou, caso desejasse se enfurnar, livre de intrusões, o jordaniano escolheria um dos lotes praticamente invisíveis das aleias. Precatadamente, como agiria um sabotador numa guerra, se locomoveu, por entre os arvoredos do bosque, em busca do posicionamento adequado. Então, quase no pico de uma elevação vizinha, se considerou num ponto magnífico, trezentas jardas de uma casa em estilo colonial, com edícula, piscina, quadra de tênis, uma antena parabólica, e três brucutus, de sentinela, em pontos, aparentemente, estratégicos. Suspeitoso, respirou fundo e, durante um bom tempo, esperou por alguma agitação. Estava prestes a desistir, rumar à chácara subsequente, quando, da casa, surgiu um cidadão de maiô, de pele tisnada e chocante carapinha branca, com trancinhas longas, dependuradas à moda de um *rastafari*. Não precisou de mais dados. Obviamente, Khwyis.

Num gesto automático, e com um sorriso agora feliz, conectou o GPS e refez o caminho de volta à Tempra em que um dos seus rapazes, Pignatello e Elisabeth, legitimamente roncavam, fatigadérrimos. Antes mesmo de os três se aperceberem do seu retorno, confirmou o seu sucesso – através do Nextel.

▼

Um apitinho alvissareiro começou a troar no receptor de GPS do salão de jogos do sítio da *Famìglia* Castellamare. Ao detectar o som indefectível, o Pippo correu ao receptor – e anotou: 23º 29' 42" S e 47º 09' 11" O. Solicitou que Telônio Meira verificasse, na Federal, a procedência daquela longitude e daquela latitude. Mas, antes que o ex-delegado declinasse a sua descoberta, o

Nextel de Paolì asseverou. O Gumbà havia descoberto um cativeiro plausível, o Gumbà havia atestado que Khalid Haissa Khwyis estava em São Roque.

Rejuvenescido pela repentina injeção de expectativas, Tony se levantou da sua espreguiçadeira – e distribuiu uma sucessão formidável de orientações. O Gumbà, com a cobertura de Domi Pignatello, retomaria o seu binóculo e a colina em que já identificara Khwyis. Elisabeth retornaria ao sítio, na Tempra, com o parceiro do Gumbà. Velozmente, nas reservas dos seus guardados de guerra, o Pippo coletaria oito mudas de roupas de campanha. Para o Gumbà, para Domi, e para mais um time de seis camaradas, cada qual de físico novo e de cabeça limpa. Esse compacto pelotão rumaria até o "Outeiro", de modo a robustecer Domi e o Gumbà – que se incumbiriam de circundar toda a chácara do jordaniano, e atestar se aquela pérfida oriental estava lá, com o terrorista.

Meramente circundar. Até Tony definir os seus objetivos posteriores.

▼

Khalid Haissa Khwyis se enxugou do banho na piscina e saboreou o seu desjejum: pão sírio, nacos de *hommus* e de *babaganuche*, uma mastigada de quibe cru, com bastante cebola e com hortelã picadinha. Então, envergou uma veste conveniente ao que programava: em tons cáqui, um safári, a blusa e as calças na mesma cor. Escovou os dentes e bochechou com um gole generoso de Malvona. Não pretendia que os seus reféns se ofendessem com o seu hálito pernicioso. Na varanda da chácara, congregou Mari Oliveira, e os dois filhotes de Tony. A ex-Federal fez questão de exagerar, muito bem, a sua dificuldade de locomoção. Melhor, altiva, Mari, não se intimidou diante do terrorista:

– Tudo OK, estamos nas suas mãos. Mas, se o senhor deseja, mesmo, merecer um resgate, eu já advirto que, pelo que conheço de Don Castellamare, preciso estabelecer, aqui, algumas condições elementares. Posso, posso?

O jordaniano sucumbiu. Um vínculo, que fosse, não lhe faria mal:

– Diga, madame, diga, é, diga. Eu sou, ahn, todo ouvidos, madame...

Mari fingiu procurar um raio de sol e conduziu as duas crianças à luz:

– Onde, como estão, Don Leonardo e Don Pellegrino? Quero vê-los.

Khwyis esperava aquela solicitação. Com um gesto de enfado, ordenou que dois dos chineses, pistolas à disposição, buscassem os outros reféns.

Ao vislumbrarem a bengala que fora do *consigliere*, Lindy e Pellê, logo, instintivamente, se recordaram do punhal secreto de Paolì – e constataram que Mari conseguira contrabandear uma arma para dentro do seu cativeiro. Com o atávico teatralismo do povo da Sicília, os adultos e as crianças, discretamente, intercambiaram expressões afirmativas de entendimento – e de cumplicidade. Sem perceber, o terrorista regarantiu que não pretendia feri-los – porém, claro, disse que esperava a tolerância de todos, até recolher o seu resgate. E, sem que Pellê e Lindy se imiscuíssem, Mari assumiu a liderança dos cinco cativos.

Circunspecta, mas atentíssima, reexaminou o cenário ao seu redor. Mais vários homens, e com armas, se espraiavam no perímetro da chácara. Nada, porém, da pérfida oriental. A cerca de trinta metros, além da piscina, outro dos chineses, o motorista do carro que a tinha conduzido, mais os filhos de Tony, até aquele lugar aparentemente bucólico, se aboletava, de atalaia, na edícula. Intuiu que o jordaniano havia segregado a parceira. Ótimo. Fitou Lindy e fitou Pellê. E, num piscar de olhos, lhes anunciou que articulara o seu projeto:

– Primeiro, senhor, agradeço por nos livrar daquela moça, ahn, radical e impetuosa. É, a moça só prejudicaria o *business* – que o senhor deseja realizar com Don Castellamare. Segundo, saiba que este garoto, o Ruggierino, filho de Don Castellamare, sofre de bronquite, uma bronquite alérgica, uma bronquite brava. Felizmente, apesar do susto que levamos, o Ruggierino parou de tossir. Mas, qualquer estresse novo pode agravar o problema dele, OK? Ahn, nós já compreendemos, mesmo sem que o senhor nos permitisse qualquer papo, que o senhor cometeu um puta, é, um puta equívoco. Queria sequestrar, somente, Don Leonardo Regazzoni. Por azar, coincidência, cagada minha, eu, e os dois filhos de Don Castellamare, estávamos na perua, ahn, que o senhor atacou...

Num meneio, o jordaniano autorizou o prosseguimento do discurso.

Inabaláveis, embora pregados, o Gerino e a Silviotta se deram as mãos. Lindy e Pellê se encostaram nos gêmeos. Sensacional, aquela Mari, os quatro gritariam, se estivessem em seu lar, no sítio da Granja. E Mari continuou:

– É, não temos como ajudar o senhor a se desvencilhar do seu equívoco. Mas, temos como ajudar o senhor a receber o seu resgate, sem que eu, e sem que Don Regazzoni, sem que Don Pellegrino, sem que as crianças, venhamos a sofrer um arranhão. Don Castellamare não vai perdoar qualquer arranhão...

O jordaniano se impressionou com a afoiteza e com o denodo da maluca que o agrilhoara no Ceará. É, tinha de respeitar aquela resoluta ex-Federal.

Lindy se encorajou com a exuberância de Mari. Daí, fingiu timidez.

E, atavismo milenar, agiu como um herdeiro de Luca e de Pietro.

Como o afilhado dileto do patriarca Don Caló, agiu insidiosamente.

– Khalid, me perdoe se eu chamo você pelo seu próprio nome, é, você já ficou famoso na nossa *Famìglia* Castellamare. Me perdoe se eu não trato você por senhor, como a Mari. Eu não tenho o treinamento dela. Eu sou apenas um economista, ahn, apenas um executivo. Estou absolutamente convicto de que o Tonino, é, ahn, o Don Castellamare, pagará todo o resgate que você solicitar. Mas, eu concordo com a Mari. O Tonino, o Don Castellamare, precisará da certeza integral de que nós passamos muito bem. E, se você me permite, nesta situação, por favor, deixe que nós cinco compartilhemos de um mesmo quarto, OK? As crianças precisam de todo o apoio dos adultos, você concorda?

Resignado, o jordaniano matutou, matutou – e, sem saída, aceitou.

Que mal faria, as crianças e os adultos, juntos, no mesmo quarto?

▼

Numa imobiliária de São Roque, o Gumbà fisgou uma carta topográfica do "Outeiro das Vinhas". Graças aos pormenores do mapa, conseguiria definir de que forma espalhar os seus homens. Eufórico, notificou Paolo Garzya.

▼

A manhã se arrastou, como uma manada de mamutes, sem que Tony e a *Famìglia* recebessem qualquer ligação de Khalid Haissa Khwyis. Diversas e diversas vezes, ora Lídia, ora Gigi, ora a Mamma Freda, uma das mulheres do clã desceu da casa do sítio, ao salão de jogos, em busca de alguma informação a respeito do paradeiro dos reféns. O *capo* se comportou pacificamente. Não dispunha da mínima informação. Claro, transmitiria o que soubesse, assim que soubesse. Não disse, porém, que já havia descoberto, numa casualidade, ou num golpe do destino, o endereço do jordaniano, numa chácara de São Roque. O telefone, então, literalmente, tonitruou. Vito atendeu. Para o *consigliere.*

Paolì basicamente ouviu. E escancarou uma expressão de felicidade.

Perplexo, Tony não entendeu o motivo daquela alegria intempestiva:

– *Cazzo*, Paolì, e de onde você arrancou essa cara de satisfação?

Chegara o momento de o *consigliere* lhe explicar o que maquinara:

– Tonino, sem a sua autorização, me perdoe, eu pedi à DIA, lá na Ilha, que nos providenciasse um auxílio. Falei, diretamente, com o Guido Bertoni, você ainda não conhece o Bertoni. Ele é o responsável pelas conexões da DIA com o FBI, com a Interpol – e, também, ahn, com o Mossad, em Telavive...

O *capo* se enregelou. Mas, não demonstrou uma oposição. Permaneceu estático, intenso, enquanto o *consigliere* inflamava um charutinho belga.

Depois de três longas tragadas, Paolì decifrou o seu mistério:

– O Mossad nos enviou dois agentes, especializados no Khwyis...

Foi Pippo Carotè quem rebateu, bruscamente – e fervorosamente:

– Porra, Paolì, dois agentes, que não pertencem à *Famìglia*?

Com um gesto brando de tolerância, o *consigliere* se justificou:

– E daí, Pippo? São dois profissionais, especializados no Khwyis...

De novo, e com um desprezo incontrolável, o Pippo retrucou:

– Porra, porra, Paolì, profissionais, ahn, construíram o Titanic...

Sem desperdiçar a sua pose de dândi, o *consigliere* assentiu:

– Verdade, verdade, Pippo. E também é verdade que um intuitivo erigiu a Arca de Noé. Você me perdoe. Esta, todavia, é uma operação de guerra. Eu me incluo, Pippo, entre os profissionais. Mas, também me considero um puta intuitivo. Esta, Pippo, é a maior operação de guerra que a nossa *Famìglia* já enfrentou. E, por mais eficiência que a *Famìglia* exiba, meu caríssimo Pippo, nós precisamos de profissionais, de fato, e com a tecnologia do Mossad...

Só então Tony Castellamare, sem mais açodamentos, interferiu:

– Tudo bem, Paolì. E cadê esses profissionais do Mossad? E que gênero, ahn, de tecnologia, eles podem nos oferecer – nesta operação de guerra?

Num suspiro, sólido, inabalável, o *consigliere* complementou:

– Acabam de desembarcar em Guarulhos. Trazem equipamentos que nós não possuímos, Tonino. Por exemplo, rastreadores, trianguladores de ligações por rádio e por celular. E visores noturnos. E os detetores de temperatura que nos permitirão saber, exatamente, onde estão as crianças, a Mari, o Lindy e o Pellê, onde estão o Khwyis e os seus capangas. O Bertoni me assegurou que os dois viriam com tudo que existe, de melhor, na localização e no resgate de reféns, Tonino. Trazem passaportes diplomáticos. E não encontrarão o menor obstáculo na alfândega. Eu vou buscá-los, no aeroporto. E você, *per favore*, segure as pontas, Tonino, antes que eu volte ao sítio com os dois. Se o Khwyis chamar, confunda o jordaniano. Eu necessito de cinco horas, no máximo...

Tony topou, num mero murmúrio. Mal, aquele absurdo não faria. Então, com o Pippo no volante da Veraneio da *Famìglia*, o *consigliere* partiu.

▼

Decidido a não fracassar, como ocorrera com ele e com Villapiano, nos altos da Cantareira, em 1990, decidido a impedir que a *Famìglia* identificasse as fontes das suas ligações no procedimento, desgastantíssimo, de negociação do resgate, o jordaniano havia comprado duas dúzias de portáteis pré-pagos. Encheu de sucos, refrigerantes, água, sanduíches, biscoitos e frutas, o quarto em que, originalmente, tinha colocado, apenas, Lindy e Pellê, e o entupiu com um sofazinho, três camas desmontáveis, e todos os cinco reféns. Por causa da bronquite do garoto, permitiu que as venezianas da janela ficassem abertas – quem, afinal, atravessaria a grade de ferro? Trancou a porta, por fora, a chave e a cadeado. Voltou a ordenar, a Chu, o cuidado infalível com Nan – e, um dos chineses ao volante de um de seus carros, rumou até Araçoiaba da Serra.

Da rodovia, mesmo, utilizou um dos portáteis e contatou o *capo*. Vito LoRusso atendeu. Explicou que Tony não estava no sítio. Que a Dona Freda se sentira muito mal por causa do sumiço dos netinhos, lastimavelmente, na mesma data do enterro de Don Calógero Castellamare. Que Tony levara a sua mãe a um médico. Que Tony sabia do sequestro de Lindy e de Pellê. Que ele já imaginava que, num acidente, num infortúnio, os seus filhos e Mari Oliveira se encontravam, no trajeto do enterro, na Veraneio de Lindy. Que Tony, claro, não culpava Khwyis pela coincidência imbecil. Que o *capo*, claro, claro, claro, toparia um resgate – desde que o jordaniano, claro, claro, claro, não tocasse em nenhum dos reféns, e aguardasse o seu retorno com a Dona Freda, em mais sete ou oito horas, caso, claro, claro, claro, se a velha senhora se recuperasse, no intervalo. Vito ainda se fingiu de idiota. E, melífluo, solicitou a Khwyis:

– Ahn, me passe o seu número. O Tony chamará, assim que chegar...

Claro, claro, claro, o jordaniano gargalhou daquela tola pretensão:

– Você me considera uma besta? Diga ao Tony que ele não tem a menor chance de me localizar. Eu tou usando portáteis pré-pagos. Um montão de pré-pagos. Sete ou oito horas? Deixe comigo. Eu sei como falar com o Tony...

Khwyis interrompeu a conexão. Mas, Vito não se frustrou. Conquistara o tempo de que a *Famìglia* Castellamare necessitava, até a chegada, no sítio, dos agentes do Mossad. E já dispunha de mais uma informação providencial. O jordaniano tentaria a sua comunicação por pré-pagos. Obviamente, sairia da sua chácara e procuraria algum ponto supostamente protegido nas vizinhanças do "Outeiro" – claro, claro, claro, num acostamento da Raposo Tavares.

▼

Seu *consigliere* a caminho de Guarulhos, via celular o *capo* lhe remeteu os detalhes da ligação de Khwyis. Portáteis pré-pagos, Paolì sorriu. O canalha do terrorista não desconfiava de que seria, pontualmente, crucificado em São Roque. Enfatuadamente, Khwyis se considerava onipotente, e inalcançável.

▼

Quarto dos reféns da chácara de Khwyis. Obviamente, com muita sede e com muita fome, Mari Oliveira se debruçou sobre uma embalagem de água e sobre um dos sanduíches que o terrorista fornecera. Antes que desencapasse a embalagem, antes que mordiscasse o pão, porém, a Silviotta se antecipou:

– Pera aí! Temos de testar se essas coisas não tão contaminadas...

Mari estacou, gelada. E se admirou com a proficiência da menina:

– E você sabe descobrir se essas coisas, ahn, tão contaminadas?

Deliberadamente, o Gerino recuou. Aprendera a assimilar a esperteza da *sorellina*. E a Silviotta pontificou, predominante, bem ao estilo de Tony:

– Pô, Mari, cê esqueceu o cursinho do meu papi e do Paolì, pô, Mari, o seu próprio namorado, cê esqueceu? Pô, Mari, é simples, é simplérrimo, Mari. Putamerda, a água, basta olhar contra a luz, basta cheirar, e basta tomar um gole, e sentir o sabor na língua, OK? Uma manchinha na água, um odorzinho diferente, um gostinho doce, ou amargo, *cazzo*, e cê joga a água fora. Melhor tomar da torneira. O sanduíche também é simplérrimo, Mari. Cê olha o pão e vê se não tem nenhuma marquinha de injeção, tá? Daí, abre o sanduíche e, de novo, basta cheirar. Um odorzinho diferente, muito doce ou muito amargo, cê joga fora. Uma manchinha na mostarda, no *ketchup*, e cê joga fora, OK?

Imprecações à parte, Mari, Pellê e Lindy se orgulharam da menina. Oito anos, ou pouco mais. A Silviotta levou um par de sanduíches ao nariz, testou um gole da água, experimentou bicotas dos sucos, e doutrinou, magistral:

– Se eu não morrer, ou não desmaiar, em cinco minutos, tudo bem...

Os cinco minutos se escoaram – e a Silviotta liberou as iguarias.

Lindy raciocinou: é, essa menina ainda vai suceder o *capo* Tony...

▼

No saguão do aeroporto, com uma plaqueta de papelão, na qual havia escrito, em letras grossas, a palavra *Guidobertoni*, Paolo Garzya aguardou um par de minutos, até que os agentes do Mossad o abordassem. O *consigliere* se impactou ao constatar que um dos profissionais, na verdade, era uma *sabra*, uma judia nascida em Israel, com traços de sangue árabe. Linda, trinta anos, talvez, de cabelos fulvos, como os de Tony, a pele bronzeada das nativas do deserto, a *sabra* saudou Paolì e, com a altivez de uma rainha, lhe apertou a mão direita e declinou o seu nome, tanto árabe como de judia: Samirah Lewin. Daí, ostensivamente na liderança da dupla, com um sorriso magnetizante, num italiano escorreito, sem *accento*, apresentou o seu colega, loiro e maciço:

– Zevi Kleijn. O Zevi acerta a bunda de uma abelha a quinhentos metros de distância. E acerta a bunda do Khwyis a dois quilômetros. Sem tremer de ódio – embora os pais dele tenham morrido num dos atentados que o canalha do Khwyis organizou. E você não vai perguntar se fizemos boa viagem?

Desconcertado, o *consigliere* sorriu. Samirah, logo, o tranquilizou:

– Esqueça o protocolo, *amico*. Ingerimos os nossos soníferos de praxe. Dormimos a viagem inteirinha. E, por causa do nosso treinamento, não temos problemas de *jet-lag*. Ahn, muito bem. Você deve ser Paolo Garzya, ministro da República de Malta, que virou o braço destro dos Castellamare, *certo*?

Mais desconcertado ainda, o *consigliere* transbordou de prazer:

– Eu mesmo. Embora use outras identidades. Como devo chamá-la?

– Sami, basta, com a tônica no i. Ele, porém, é Zéeeeevi, tudo bem?

Incrível. Imediatamente, pela confiança que *sabra* lhe transmitiu, Paolì assumiu a certeza integral de que aquela operação terminaria sem desastres.

▼

Graças aos passaportes diplomáticos, os seis imensos baús de Samirah Lewin e de Zevi Kleijn sobrepujaram, airosamente, as fronteiras da aduana do aeroporto de Cumbica. Mais árduo foi carregá-los até a Veraneio da *Famìglia*. No trajeto de Guarulhos ao sítio da Granja, com o Pippo taticamente calado, o *consigliere* Paolì exibiu, aos dois agentes do Mossad, as anomalias visuais, as contradições da megalometrópole – e, paralelamente, em pormenores, ainda lhes descreveu todos os desvãos e todos os escaninhos daquela crise. Sami e Zevi não pareceram assustados com os perigos inerentes à solução do rapto cometido pelo terrorista. Bravo! Ainda na pista da Marginal, ela antecipou:

– Certíssimo, Paolo Garzya. Adorei a ideia do GPS nos anéis das duas crianças. Do GPS do seu espião, ahn, o tal do Gumbà. É ótimo, Paolo Garzya, que você já saiba, exatamente, o endereço da base do Khwyis. É excelente que você mantenha a sua gente nos arredores do lugar. É fantástico que o Khwyis pretenda usar, apenas, celulares pré-pagos. Claro, é claro, pra se desvencilhar dos rastreadores, e dos trianguladores, o Khwyis precisará sair da sua base, e precisará se locomover. Perfeito. O Zevi e eu complementaremos a vigia, com os seus homens. E, ahn, é, assim que o Khwyis sair da base, iremos atrás...

Num tremelicão, o *consigliere* se espantou. Mas, Sami o sossegou:

– Sim, sim, Paolo Garzya, você se preocupa com a segurança dos reféns, principalmente das crianças. Raciocine comigo, porém, raciocine. Pegamos o Khwyis, quando ele se afastar da sua base. E não lhe damos tempo para avisar os capangas, lá na chácara. Pelo que você contou, o Khwyis levou um século até arrumar esses capangas, apenas chineses, e nenhum jordaniano, como ele, correto? Isso significa que se trata de capangas improvisados, amadores...

Por vaidade, defesa de cargo, o *consigliere* ensaiou um comentário:

– Mas, talvez, clandestinos provenientes de alguma Tríade, ou não?

Sami deglutiu uma risota. Entendera o incômodo do *consigliere*.

Evidentemente, o *consigliere* não lhe confessaria a mínima cagada.

– Não, Paolo Garzya, *caro mio*. Eu repito, pelo que você, mesmo, me contou, o Khwyis levou, tá bom, admitamos, uns três, quatro anos, até montar a sua quadrilha de capangas improvisados. Talvez, um ou dois, de fato, fossem de alguma Tríade, lá na sua terra, um século atrás. Eu conheço o Khwyis, ahn, e muito bem. O filhodaputa tem as suas fraquezas, como qualquer ser humano. Pode, até, sentir falta dos filhos. Mas, *caro mio*, quando monta uma equipe, o Khwyis é inclemente. Eu creio que, nestes anos que passaram, seguramente, o filhodaputa já despejou, nas calçadas de São Paulo, uma dúzia de candidatos, desastrados, à sua quadrilha. Néscios, desculpe a *parola*, que ele descartou, na sarjeta, sem que a polícia de São Paulo, ou a ex-Federal do Telônio Meira, é, eu sei tudo, também, sobre o Telônio, hoje o cunhado do Tony, o ligassem aos cadáveres. *Cazzo*, e de novo desculpe o palavrão, *consigliere mio*, cês andam muito mais devagar do que nós, Zevi, eu e ahn, a nossa organização. Nenhuma Tríade funciona adequadamente no Brasil, Paolo Garzya. O filhodaputa pode, e nisso eu creio, na sua solidão, no seu afã de uma *vendetta*, ter agregado, no time dele, algum amontoado de néscios chineses. Porém, nada de Tríade...

O *consigliere* se aprumou – e continuou em silêncio, todo ouvidos.

– OK, Garzya. Pegamos o Khwyis, não lhe damos uma chance de avisar o seu bando. E, quanto mais tempo passar, os capangas, na chácara, nervosos pela falta de contato, sem o chefe, acéfalos, se fragmentarão. É, *capisce*?

Restava um embaraço – que Samirah Lewin necessitava dissolver:

– Ahn, e esse Vicenzo Mutarelli, o Gumbà, seu espião, como ele é?

Paolì volveu atrás, nuns quinze anos. À quase cooptação de Tony pela DIA, ainda em Stanford, EUA. À sua instalação, em Palermo, por ordem de Don Caló, que já suspeitava das safadezas do primogênito Ruggiero – a Tony caberia impedir que a *Famìglia* se envolvesse nas contravenções e nos crimes que o irmão mais velho, rancoroso, sedento de grana, torpemente, cometia. Ao matrimônio de Tony com a doce *duchessina* Marina Squilacci di Salaparuta. À intervenção do *babbo* de Marina – que, conectadíssimo à Justiça da Ilha, fez com que Tony, enfim, se transformasse num *capo* paralelo à Cosa Nostra. À edificação paciente de uma malta, rebelde, de piratas, bucaneiros, dispostos a oferecerem as suas almas, e as suas carnes, pelo sucesso da Justiça na Sicília – ainda que nos bastidores, nas entrelinhas da Lei. À seleção de gente dedicada, como ele próprio, eleito *consigliere*, mais Sissi Sparapani, Pellê, e mais Domi Pignatello. E, no Brasil, o capitão da turma do *capo*, Vicenzo Mutarelli:

– Sami, o Vicenzo, o Gumbà, apavora pelo seu tamanho, gigante. Mas, é um demônio, na planificação e na fidelidade. Não se expõe, jamais. E não tem ficha pregressa, aqui ou na Itália. Sei lá como o Don Caló o descobriu, e sei lá como o Don Caló o treinou. Apenas, um dia, quando o Tony necessitou, Don Caló tirou o Gumbà do nada. Cá entre nós, Sami, o Don Caló nunca, nunca, alardeou a sua liderança. Eu escutei, duzentas vezes, a história da *Famìglia*, das perseguições do Mussolini, da tocaia que matou o pai de Don Caló na Ilha. E o patriarca nunca, nunca, entrou em detalhes, nas suas decisões. Só sei que, do nada, o Gumbà, um dia, virou uma sombra de Don Caló na proteção do sítio, da rede de supermercados, e da *Famìglia* toda. Eu nunca ousei saber da sua história. E, ahn, não importa. Eu adoro o Gumbà. E eu confio, cegamente, no Gumbà. Recentemente, ele se meteu numa missão impossível, numa missão horrorosa, saber se uma certa Mandala, uma *putana*, sacaneava o Lindy. É, você imagina, o Lindy, quase um filho adotivo de Don Caló. E foi terrível, é, terrível, Sami. Pra provar que a Mandala sacaneava o Lindy, o Gumbà topou, é, topou, seduzi-la. Absurdo, uma puta humilhação. É, mas o Gumbà cumpriu, com eficiência, e com uma eficiência rara, a sua obrigação. No fim das contas, ahn, quando a tal garota, dias atrás, e sem mais detalhes, por favor, nos ajudou a descobrir onde ficava a base do Khwyis, o Gumbà a tratou com o máximo de respeito. Você acredite, Sami, o Vicenzo é quase *zen*, quase budista, o Gumbà é um militante apaixonado do *Taijiquan*. Coleciona artesanato indígena, e cria peixes tropicais. O Gumbà, *cazzo*, Sami, é um gigante, de coração de santo.

Entretida, enredada, esquisitamente seduzida pela descrição do Gumbà, Sami devaneou que apreciaria, muito, dividir aquela ação com o gigante. Mas, sem enxergar a fantasia caprichosa da *sabra*, Paolì mutilou a sua divagação:

– Então, de volta à missão, Sami, pegamos o Khwyis. E os capangas do filhodaputa, nervosos pela falta de contato, e sem o seu chefe, acéfalos, ahn, se fragmentarão. Nós estouramos o cativeiro e libertamos os reféns. Será isso?

Reacendida, enfim, a *sabra* definiu, radicalmente, a sua planificação:

– É, estouramos, Paolo Garzya... Se a base do Khwyis, na sua chácara de São Roque, for, mesmo, o cativeiro dos reféns. Evidentemente, estouramos, é, depois de o Zevi, aqui, apagar todos, todos os capangas, daquele canalha...

Pena que a bela *sabra* do Mossad não soubesse da cupidez de Nan.

▼

Apesar do trânsito candente da Pauliceia, o *consigliere* Paolì conseguiu aportar, no sítio da *Famìglia*, antes das sete ou oito horas que Vito LoRusso havia proposto a Khalid Haissa Khwyis. O jordaniano aproveitou o interregno para visitar a, agora, ex-amante, no cárcere improvisado da edícula da chácara do "Outeiro". Na excitação pela perspectiva do acordo com Tony, e do resgate milionário dos reféns, lhe bateu a vontade irracional de uma trepadinha. Nan o acolheu com desdém – e, quando Khwyis esboçou afagá-la, lhe desferiu uma cusparada nas fuças. Inicialmente, o jordaniano se repugnou. Então, reagiu, e resolveu estuprá-la, e pelo rabo, ao estilo das surubas que dividia, na mansão da Cantareira, com Broderick Villapiano e com Pepita Rossellini. Derrubou a oriental com um soco no queixo, virou-a de costas – e lhe arrancou as calças e a lingerie. Fora gentil, até elegante, com os reféns, que lhe garantiriam a grana preta da quitação da dívida de Tony. Mas, penetrou no bumbum de Nan com rispidez. Tão rápido Khwyis ejaculou que não se apercebeu do punhal que ela preservava, numa bainha de couro suave, na sua canela canhota. Nan bem que pensou em extrair a lâmina da bainha e em utilizá-la, sua desforra, exatamente no pau já molengaço daquele carrasco inebriado pela fruição do seu traseiro. Optou por esperar uma situação mais conveniente. Os dólares do resgate.

▼

Evidentemente, Mari Oliveira não tinha como adivinhar em que nível de estrago, irreparável, já havia descambado a relação de Khwyis com a jagunça oriental de péssimos bofes. Mari sabia, apenas, que, mantivesse o máximo de silêncio no quarto que fora de Lindy e Pellê, o quarto que ela, agora, ocupava, também, com o Gerino e a Silviotta, talvez conseguisse deduzir o que ocorria nas outras dependências da chácara. As duas crianças, porém, necessitavam de distração. Por isso, lhes permitiu que se aboletassem diante da TV. Depois de esmiuçarem todo o aposento, dos rodapés às esquadrias, dos interruptores e das tomadas ao lustre vulgar do teto, às madeiras do sofazinho, das três camas desmontáveis, à mesa e as cadeiras do quarto, ela e Pellê asseguraram que, lá, não existia nenhum grampo. Ótimo, chance de Mari, Pellê e Lindy, debaterem a sua estratégia. Pellê conhecia bem as manhas do *capo* Tony, e se recordava da maneira devastadora com que a *Famìglia* Castellamare havia expugnado, em 1990, a mansão da Cantareira. Pellê previa uma operação equivalente.

Com mais frases que utilizara, desde o *Réveillon*, fez o seu relato:

– Don Castellamare, o Don Paolì, e o Vito, gostam de atacar através dos flancos. Certamente, assim que souberem onde estamos, e eu estou seguro de que descobrirão a nossa localização, vão cercar o perímetro desta chácara e vão investir pelos quatro cantos. Ah, e eu também estou seguro de que, num papo com algum de nós, provavelmente com as crianças, nos enviará um sinal, um código. Um aviso de quando, e de como, ele pretende traçar o assalto.

Traçar. Mari, imediatamente, se lembrou dos diálogos do *capo* com os bambinos no cursinho do sítio, meses antes, nas aulas de sobrevivência:

– Putamerda, putamerda, é isso, o código. Claro, o Tony vai exigir que o Khwyis lhe deixe falar com os filhos. E vai passar o tal sinal: *biscione*. É isso, *biscione*, uma palavra que significa serpente, em italiano. O Tony insistiu para que os filhos não se esquecessem da palavra. E insistiu, muito: *biscione*!

Diante da perplexidade de Lindy e de Pellê, boquiabertos pelo que lhes parecia uma brincadeira, Mary explicitou o que testemunhara no cursinho, nos saraus do salão de jogos, nas palestras noturnas de Don Caló aos seus netos, nas aulas de sobrevivência que Tony, auxiliado por Paolì, pelo Pippo, e por Elia Grazie, ministrara aos bambinos. Num rompante, Lindy compreendeu:

– É, em 87, ou 88, o Tony, e o Paolì, e o Pippo, realizaram, em Palermo, um cursinho parecido, para a Mariù e para a Gigi. Temiam o sequestro de uma delas, ou das duas. Agora, esse código, *biscione*, ahn, serpente, por quê?

Quase eufórica, mas a conter o volume da sua voz, Mari deslindou:

– As cobrinhas, os anéis com as cobrinhas que a Gigi e o Telônio deram ao Gerino e à Silviotta. No cursinho, o Paolì implantou *chips* de GPS nos dois anéis. Aqueles badulaques, com jeito de chaveiros, que o Gê e a Sil carregam, como correntinhas, nos pescoços, são os acionadores do GPS. Eu já orientei os dois. Só vão enviar o sinal depois de falarem com o pai. Um de cada vez, um a cada hora, para economizarmos as baterias. Caso o Tony, ao conversar com os filhos, conosco, use a palavra *biscione*, é, saberemos que vem nos buscar.

Pellê e Lindy se entreolharam. Fantástico, quase sempre, o seu *capo*...

Silviotta e Gerino se entreolharam. Fantástico, sempre, o seu papi...

Melhor. Com um esbarrão de cotovelo, com uma piscadinha, a Silviotta encaminhou a pontaria do seu *fratellino* às barras da grade da nova janela:

– Gê, eu já tentei, é, eu já tentei... e a minha cabeça consegue passar...

Num suspiro, o menino pensou: ah, cada vez mais fantástica a Sil.

Melhor, Mari pegou a bengala, que fora de Paolì – e a remostrou:

– Além disso, ahn, pra uma emergência, bem, teremos este punhal...

Só restavam as minúcias que os reféns necessitariam ensaiar, para o seu papo, ao telefone com o *capo*. Mari se incumbiu de coordenar, dos adultos às crianças, as falas que os cinco trocariam, com Tony, quando acontecesse a ligação. Obviamente, nenhum deles sabia a ordem que o *capo* estabeleceria no diálogo. Mas, podiam especular. E podiam bolar permutações, ao menos uma frase fundamental, para cada um. Um roteiro, capaz de conduzir o *capo*, qualquer que fosse a cronologia da conversa, ao seu código – *biscione*.

Treinaram, retreinaram, incansavelmente, todas as possibilidades ao seu alcance. Daí desembarcaram, uníssonos, num porto minimamente seguro, que Mari aprovou. Lindy e Pellê assentiram. E as crianças se devolveram à TV.

▼

Tony Castellamare recebeu os dois agentes do Mossad, no seu sítio da Granja Vianna, com a galhardia de um nobre, muito mais do que o charme de um *capo*. Instantaneamente, se fascinou com o aspecto e com o ar enigmático de Sami Lewin; e com o estilo físico, volumoso, de Zevi Kleijn. *Una rossa ed un biondaccio*, definiu, como faria o *babbo* Don Caló, mesmo sem entrevistar os recém-chegados. Cores boas, cores vibrantes, calorosas, Tony acrescentou, no seu hipocampo. Sem dizer que aqueles especialistas de Israel transudavam uma segurança devastadora. Para o incômodo da Dona Freda, que mal dormia e que, pontualmente, procurava notícias a respeito dos seus dois netinhos, de Lindy, Pellê e Mari, os agentes escancararam os seus baús e, pausadamente, diligentemente, na varanda da *Famìglia*, mesmo, repartiram a sua coleção de apetrechos, classe a classe, categoria por categoria. Vito LoRusso, pelo seu passado de guarda-costas na Sicília, e Pippo Carotè, pela sua prática com as armas, e com os seus correlatos, auxiliaram Sami e Zevi na classificação.

Calado, uma estátua, Tony testemunhou a arrumação dos equipamentos do Mossad com uma mescla de enleio, de estranhamento e de ceticismo. Seus dois filhos, os seus dois pimpolhos, o Gerino e a Silviotta, nas garras de um filhodaputa. *Cazzo, cazzo*, e de que forma tantos e tantos apetrechos esquisitos poderiam salvar os seus dois bambinos? Ao lado de Gigi e de Nicinha Souza, então, até Lídia, a *sposina* desamparada de Tony, re-irrompeu na varanda:

– Tonino, Tonino, posso saber o que tá acontecendo, por aqui?

Mais marido do que *capo*, Tony esboçou um carinho na *sposina*:

– Li, inspiradamente, o Paolì solicitou um reforço à DIA, e a DIA pediu ajuda ao Mossad. É tudo que eu posso dizer, *per favore*. Mas, eu vou repetir, e vou repetir, pela trilionésima vez, porra, me perdoe o porra, não adianta nada, absolutamente nada, vocês comprometerem, com as suas lamúrias, porra, esta nossa operação de guerra. Esqueça a cagada, Li, tire a cagada da sua cabeça e nos deixe em paz. Tudo bem, eu explico, essa moça é a Sami, e esse cara é o Zevi, vieram de Israel, especialistas no *cazzo* do Khwyis. Esse monte de trecos eles trouxeram de Israel. E, graças a esse monte de trecos, vamos libertar os meus filhos do filhodaputa do Khwyis. Agora, *per favore*, sumam daqui...

Meus filhos. Não os nossos filhos. Lídia reconstruiria a sua vida com o *capo* Tony depois daquela sequência, indigna, de estultices monumentais?

Refluiu. Refugou. Não mais embaraçaria aquela operação de guerra.

▼

Samira Lewin sacou, imediatamente, a dimensão do transtorno do *capo* dos Castellamare. Optou por reportar a Tony a sua história. A desventura da sua família, quase toda, chacinada num atentado que aquele mesmo jordaniano filhodaputa havia programado. O seu *babbo*, gerado e crescido na Velha Bota, se chamava Francesco Levi, um sefaradita, descendente de ibéricos, arquiteto em Bolonha. A sua *mamma*, Doretta, mestiça de um asquenazita bergamasco e de uma palestina, era judia por religião, herdeira de refugiados do fascismo, dos idos em que Benito Mussolini, puxa-saco dos nazistas de Adolf Hitler, se predispusera a perseguir os não-arianos, alojados na Lombardia, entornos de Milão. Tinham se apaixonado, o Francesco e a Doretta – e se casado. Daí, na década de 60, tinham emigrado a Israel, a um *kibbutz*, na Galileia. Lá, tinham feito três filhos: Vittorio e Letizia, mais velhos, e ela, Samirah – na realidade, a Serena Levi. Então, num dia quentíssimo dos meados da década de 70, a passeio em Jerusalém, depois das suas preces no Muro das Lamentações, os Levi procuraram um bar, à cata de sucos geladinhos de pêssegos frescos.

Uma bomba, por controle remoto, obra de Khwyis, destroçou duzentas pessoas das imediações – inclusive Francesco e Doretta, Vittorio e Letizia. Salvou-a, Serena, estar bem deitadinha num carrinho de bebê, cujo esqueleto metálico a protegeu do choque e do fogaréu. Compungido, um dignitário do Mossad a recolheu, a criou como sua – e a educou no ódio rigoroso por qualquer terrorista que aparecesse ao seu alcance. Uma adolescente, mesmo, Serena se alistou no serviço secreto da pátria de adoção dos seus progenitores. E se transformou, celeremente, numa fúria, inimiga número um de Khwyis. No Mossad, dentre uma cachoeira de apelidos eventuais, adotara aquele, de Samirah Lewin – pela facilidade da superposição das suas letras iniciais.

A *sabra* também contou a Tony que Zevi Kleijn, obviamente, possuía diversas identidades – e que, também ele, acumulava uma galáxia de motivos para barbarizar o jordaniano. Enfim, ainda asseverou que, por quase três anos, desde que Khwyis se escafedera da cana de Franco da Rocha, os dois colegas vasculharam plagas e plagas atrás da sua pista. Confessou que, ao menos em seis ocasiões, invariavelmente com passaportes diplomáticos, e sempre sem o conhecimento, ou sem a anuência, oficial, das autoridades do Brasil, ambos tinham entrado no País – na cola do sacana. Uma patética inutilidade. Oleoso, escorregadio, o terrorista ludibriava a sua perseguição. Até que Paolo Garzya, o *consigliere* dos Castellamare, via DIA, rogasse aquela ajuda ao Mossad. Naturalíssimo que o Mossad designasse os dois para a emergente missão.

Comovido, tocado pela narrativa de Sami, o *capo* se limitou a indagar de que modo ela projetaria a sua investida à chácara do jordaniano. A *sabra* reprisou o que já dissera a Paolo Garzya, na viagem do aeroporto até o sítio. Mas, com um aprimoramento fundamental, que estonteou quem escutava:

– Tony, tudo que você, o Paolì, o seu espião, os seus homens, ahn, tudo que a *Famiglia* fez, até agora, apesar da sua preocupação com seus filhos, ou com os reféns, tudo, Tony, foi absolutamente impecável. Eu diria, sensacional. Obra de profissionais, como o Zevi e eu. *Però*, se você me permite, ahn...

O *capo* enrugou a testa. E, sem comentários, aguardou a sequência.

– O seu espião, sim, achou a localização do Khwyis. Mas, me desculpe, não temos certeza de que os reféns estão, com ele, naquela chácara, *certo*?

Paolo Garzya se interpôs. E, acreditava, com uma dúvida legítima:

– Como, não temos certeza? O Gumbà viu, ele viu o Khwyis por lá!

Sami retrucou, direta, e com uma singeleza absolutamente juvenil:

– Mas, ahn, o Gumbà, não viu nenhum dos reféns. Não viu, *certo*?

Sobrou, para Tony, deglutir aquele truísmo cruel – e impiedoso:

– Pois é, não viu. Depois que o Gumbà flagrou o Khwyis na piscina da chácara, abandonou a sua vigilância por um bom tempo. É. Nem antes, e nem depois de voltar à sua campana, o Gumbà viu os reféns. Apenas, ahn, por uma questão de analogia, assumimos que os reféns estão na chácara. Mas, Sami, eu sou obrigado a concordar com você. O filhodaputa pode ter trancafiado os cinco em qualquer outra toca. Como você sugere que nos comportemos?

Antes de se estender, e de desfechar a sua elucidação, Sami cravou:

– Há mais uma dificuldade, ahn, Tony Castellamare. Seu *consigliere* me contou que o Khwyis tem uma garota na quadrilha dele. Uma garota, oriental, que, praticamente sozinha, esmigalhou o tal fotógrafo e quase assassinou o tal alfaiate. O seu espião, ahn, o Gumbà, viu a garota lá na chácara, ahn, viu?

A domanda neutralizou a animação que já incendiava o *capo*:

– Merda, verdade. O Gumbà não viu a garota lá na chácara. E daí?

A *sabra* lhe forneceu a resposta, com um dogmatismo matemático:

– Parece perfeitamente possível que o Khwyis tenha incumbido a garota de ficar com os reféns e, ahn, numa outra toca. Mas, não se abale, e nem se constranja, *per favore*, Tony Castellamare. Eu aprendi muito com a literatura portuguesa. Como dizia o Eça de Queiroz, ahn, ninguém está ao abrigo de uma silabada. Os erros acontecem, e as bobagens se superpõem. Não se abale – resolveremos isso. Por enquanto, necessitamos, o Zevi, aqui, e eu, tomarmos um bom banho, e trocar de roupa. Em trinta, quarenta minutos, no máximo, nos aprontaremos. Enquanto isso, tente se comunicar, ahn, com o seu espião, o Gumbà, na chácara. Indague se ele tem alguma ideia do paradeiro da garota, OK? E daí, Tony Castellamare, daí, alguém precisará nos conduzir até a chácara, até onde o Gumbà mantém a sua tocaia. Já começou a escurecer. Claro, levaremos os nossos equipamentos todos. E, lá, usaremos os visores noturnos e os detectores de calor – e descobriremos, sem engano, quantas pessoas estão na chácara, inclusive, ahn, a tal garota. Se o Khwyis aprisionou os reféns na chácara, nós descobriremos em que quarto da casa, ou em que dependências diferentes da casa, até, o Khwyis acomodou os adultos, e as crianças. Enquanto isso, ahn, vamos rezar para que o Khwyis contate você, Tony. Exija, exija, exija, que o Khwyis coloque os seus filhos no telefone. E, você sabe como, dê um jeito de seus filhos acionarem os anéis com GPS. Caso o sinal dos anéis bata com o sinal do espião, não teremos qualquer dúvida.

Tony saboreou a resposta – e dedicou uma prece a Santa Rosalía.

▼

Perto de oito da noite, horário de Verão em quase todo o Brasil, pleno lusco-fusco do entardecer em São Roque. Na propriedade do terrorista, acesas, somente, algumas lâmpadas amareladas. Ao lado de Domi, nas sombras dos arvoredos do bosque da colina, que tinha se transformado no seu lar, o Gumbà se defendia de um enxame de mosquitos, insuportáveis, quando Khwyis, mais um dos chineses, iniciou uma outra movimentação, tomou um de seus carros e se enfiou numa das aleias do "Outeiro". Pelo Nextel, o Gumbà havia parolado, e várias vezes, no decorrer daquele dia, com Vito LoRusso e com Paolì.

Já sabia que Vito havia instado Khwyis a aguardar um retorno eventual do *capo*, em visita, com a Mamma, supostamente, a um médico qualquer. Já sabia que, para cada ligação ao sítio dos Castellamare, o jordaniano utilizaria, exclusivamente, celulares pré-pagos. Já sabia que, ousadamente, o *consigliere* havia convocado dois especialistas do Mossad, o serviço secreto de Israel – e que tais profissionais já estavam em São Paulo. Já sabia que Khwyis dispunha de, no máximo, uns sete brucutus, que intercambiavam a sua sentinela, no perímetro da chácara. Já tinha espalhado os seus camaradas, em roupas de campanha, e em posições estratégicas, nos arredores. E já tinha respondido a Paolì que não dispunha da menor informação sobre a oriental maléfica. Intuiu, porém, o que lhe pareceu razoável: o terrorista havia trancafiado a garota na edícula, em cuja porta os seus capangas se revezavam, de metralhadoras em punho. Nada mais conveniente, para Khwyis, afinal, do que isolar uma garota tão violenta, e capaz de prejudicar o seu projeto de resgate. Precisamente o resgate que, naquela sua nova sortida, o jordaniano sairia – para solicitar.

Reflexivamente, pelo Nextel, notificou Paolì. O *consigliere* aproveitou o mote para informar que os dois especialistas, conduzidos por Vito LoRusso, já viajavam até São Roque. Que o Gumbà se despreocupasse, e não largasse a sua tocaia. Graças ao GPS, os agentes encontrariam o seu esconderijo. Então, por fim, Paolì determinou que o Gumbà e Domi se submetessem às ordens do líder dos agentes. Restava, somente, uma derradeira, crucial, observação:

– Ahn, Vicenzo, o líder dos agentes é uma líder, é, Samirah, OK?

Uma líder, o Gumbà engoliu, sem contestar. Imaginou uma garota com as feições de uma bruxa e um corpo de halterofilista. Mas, tudo bem, OK, OK, obviamente sabia que o *consigliere* dos Castellamare não lhe imporia, nunca, que aceitasse o comando de uma burra. A Samirah teria de ser muito boa.

▼

O GPS do Mossad, infinitamente mais avançado que o *gadget* de Paolo Garzya, colocou Sami Lewin e Zevi Kleijn a milímetros do dorso de Mutarelli – que vigiava, sozinho, enquanto Domi Pignatello, exausto, tentava ronronar, a sua cabeça debruçada em uma moita de folhas secas. Um assobio típico de Vito LoRusso, um outro código da *Famìglia*, desentorpeceu o pistoleiro, que cutucou o Gumbà. Num sussurro, Domi lhe solicitou que não se mexesse:

– *Sono arrivati, Gumbà.* E fique quieto! Eles estão às suas costas...

Num esforço, lentíssimo, o Gumbà mal revirou o seu torso, retorceu os olhos – e viu, precisamente a milímetros, dois vultos embrulhados num tecido negro, as faces confinadas dentro de máscaras de esquiador. Incrível! Como os agentes do Mossad haviam escalado a colina, tinham se aproximado, sem que ele escutasse um mínimo clique? Respirou fundo – e tentou sintonizar a visão na escuridão que já caía, inexorável. Um dos vultos lhe fez o sinal clássico de OK, em círculo o dedo polegar e o dedo indicador. O Gumbà entendeu. Com uma palmadinha, no ombro de Domi, lhe pediu que prolongasse a vigília:

– Acho que eles querem conversar comigo. E eu vou com eles, tá?

Domi acenou a sua concordância. E o Gumbà se arrastou na direção que os agentes lhe apontavam – para além de um enorme matacão de granito.

▼

Depois de relaxar na sauna, e num banho de piscina, Tony Castellamare se enfiou no canil dos seus cães pastores. Não possuía mais Bill e Lola – mas, em dois dos seus herdeiros, Batman e Robin, batismos escolhidos pelo Gerino e pela Silviotta, reencontrara a sua antiga fascinação de criador de campeões. Aqueles dois cachorros, a quem ele mesmo adestrava, sob as orientações de Domi Pignatello, o ajudariam a estruturar o que definiria com o jordaniano.

▼

O venerando relógio-cuco do *living* do sítio dos Castellamare já iniciava o seu gorjeio das nove da noite quando um telefone fixo ecoou. O *consigliere* Paolo Garzya examinou o Bina de identificação da chamada, e apregoou:

– Um aparelho anônimo. É o Khwyis, Tonino... é, é, com certeza...

Pausadamente, o *capo* lavou a garganta em um golaço de cerveja:

– Atenda você, Paolì. Gaste algum tempo. Deixe o cara se enervar...

Paolì prendeu o jordaniano na linha por quase um minuto. Mentiu. Tony estaria em outras dependências; pedira que alguém fosse buscá-lo. Khwyis, no entanto, também dispunha das suas manhas. E não dissipou o seu vezo:

– Sem problema, sem problema, seja quem for você. Não há como você identificar esta chamada. E o Tony, ahn, precisa mais de mim que eu dele...

Tony escutou, pelo viva-voz. Decidiu encurtar aquele jogo diabólico.

Como primeira frase da transação, rascunhou uma piadinha idiota:

– Khalid, *sono io*, Tony Castellamare. Ahn, você me reconhece?

Com uma risadinha maliciosa, e provocativa, o terrorista brincou:

– De que modo, é, se nunca nos vimos, e se jamais nos amamos?

Anthony Hopkins, seu meio-xará. E o *capo* quase admirou o jordaniano, que havia tangenciado a reminiscência de um lindo filme de 1987. Conheceria o terrorista a película de David Hugh Jones? Impossível. Apenas, uma outra estúpida coincidência. Por segundos, Tony se distraiu do seu alvo. Rodaram, pela sua cabeça, aflita, as cenas de *84 Charing Cross Road*, com Hopkins, Anne Bancroft, Judi Dench, filme que vira, com a *sposina* Lili, em um cinema da Pauliceia. Um enredo delicioso, sobre a troca de cartas entre um livreiro de Londres e uma jornalista de Nova York. Reagiu. Não, uma outra coincidência. Nada além de mais uma outra coincidência. Suspirou. E retomou a rigidez.

Daí, sem mais rodeios, amolecido Khwyis, investiu, cruamente:

– *Cazzo*, quanto você quer, ahn, quanto quer, pelos cinco, Khalid?

Surpreso com a mudança de tom do *capo*, o jordaniano engasgou:

– Quanto, ahn, e pelos cinco reféns, Tony Castellamare?

Instantaneamente, incisivo, o *capo* ampliou a sua aspereza:

– Os cinco, Khalid, inteiros, sem um arranhão. Meus dois filhos, a Mari, o Lindy e o Pellê. Quanto você quer, pelos cinco, os cinco, inteirinhos?

Percebeu, pelo ruído de um isqueiro, que Khwyis acendia um cigarro. A sua transformação havia abalado o terrorista. Talvez Khwyis imaginasse que o *capo* não invadiria o tema, tão velozmente, sem falar com os dois filhos:

– Só o que você me deve, Tony, desde 1990. O que você me deve...

Tony arremedou o jordaniano. Inflamou um mentolado – e tragou:

– Desde 1990? Jamais prometi nada a você, Khalid. Nunca, jamais...

Khwyis começou a se incomodar com o trajeto daquele papo:

– Doze milhões de doletas, Tony Castellamare... Desde 1990...

Coube ao *capo* ensarilhar uma risotinha aguda – e penetrante:

– Ah, ah, é, aqueles doze milhões...

Também sem rodeios, e cruamente, o jordaniano rebateu:

– Exatamente, é, aqueles doze milhões, Tony Castellamare.

Num impulso, Tony resolveu apostar. Khwyis, claro, soubera do fim de Villapiano. Claro, pelo Perfil, e pelo texto de Lídia. Soubera do fim dos seus capangas, dos bandidos da N'Dranghetta. Mas, e o chicaneiro Monarco?

– Bem, Khalid, exatamente, como eu combinei com o seu sócio – era seu sócio naquele *business*, não era, o Brodie Villapiano? – exatamente como eu combinei com o Brodie, meu caro, aqueles doze milhões eu entreguei ao Fábio Monarco. E, em troca, o Monarco me devolveu a Lídia e a Gigi. Por um acaso, meu caro Khalid, o Monarco não repassou a sua parte no tesouro?

Num acesso de tosse, o terrorista quase explodiu – de raiva:

– Porra, Tony, eu fui lá, até a mansão da Cantareira, pra me encontrar com o Brodie. Só vi gente da Polícia Federal, perua com as luzes piscando, viatura com as sirenes tocando. E eu vi o carro do Monarco, queimado...

Uma interrupção, uma hesitação. Tony sacou que Khwyis desconhecia o fim do chicaneiro. Uma brecha – e providencial. Que o *capo* aproveitou:

– Que azar, Khalid, é, que puta azar. Então, cê constatou, ao vivo e em cores, que aconteceu um puta quebra-pau na mansão do Brodie. Pelo que eu entendi, os seus capangas – eram seus capangas, não, Khalid? – brigaram com o Brodie e com os bandidos da N'Dranghetta. Brigaram, provavelmente, pelo resgate. Mas, como eu combinei, o Monarco desceu a Serra com a Lídia e com a Gigi – e, num restaurante de Santana, me devolveu as duas. Provavelmente, eu creio, o Monarco pegou a parte dele, e se mandou, antes do quebra-pau.

Sutilmente, Tony respirou fundo e deixou que a dúvida se inoculasse no jordaniano. De novo, percebeu o ruído de um isqueiro. De novo, um cigarro. E o terrorista demorou cerca de dois minutos – até recuperar a compostura:

– E o carro do Monarco, queimado, porra, é, como você explica?

Tony sentiu que o jordaniano se abatera. E replicou, cinicamente:

– Eu não explico nada, Khalid. Aliás, nem me interessa o que ocorreu com o carro do Monarco. Talvez, ele tenha usado um outro automóvel, quem pode dizer, agora? Eu cumpri a minha promessa, entreguei doze milhões. E o Monarco me devolveu a Lídia e a Gigi. O resto é problema de vocês dois...

O jordaniano permaneceu em silêncio. E Tony, então, atirou a isca:

– Tudo bem, Khalid, chega de remexer no passado. Nós temos um novo negócio a discutir. Só que, hoje, eu não disponho mais de doze milhões. Meu pai acaba de morrer, o dinheiro da *Famìglia* e dos supermercados, claro, está congelado. Preciso recorrer às minhas reservas pessoais. De muito menos.

Khwyis acendeu um terceiro cigarro. Matutou, matutou – e vacilou:

– Porra, Tony Castellamare, e quanto você me dá, porra, a metade?

O *capo* permaneceu ereto – apesar do pontapé, direto, nas costelas:

– Não, não me aperte, meu caro Khalid. Aliás, Khalid, raciocine comigo. O meu pai acaba de morrer, Khalid. As contas da *Famìglia*, e das empresas, entrarão em inventário. Eu acho que você imagina, ahn, o que é um inventário. Se você não imagina, eu conto, sinteticamente, Khalid. Um advogado, e um juiz, fazem o levantamento, completinho, das contas, dos bens de quem acaba de morrer. E os herdeiros, ahn, digamos, legais, reais, não podem tocar em um tostãozinho, é, nenhum tostãozinho, enquanto esse inventário não termina. E o levantamento se arrasta, Khalid, talvez, por décadas. Claro, claro, meu caro, eu dou um jeito de antecipar o resultado. Mas, Khalid, o inventário das contas e dos bens do meu pai, no mínimo, deve durar um ano. Você me entende?

Enquanto o silêncio do jordaniano, mais o soprar desarmonioso das suas baforadas, se infiltravam naquele desafio verborrágico, através do viva-voz o *consigliere*, Telônio, o Pippo, e o *zio* Elia, acompanhavam de que forma, para eles mentecapta, o *capo* conduzia tão insólito debate. Ora, que pretendia Tony Castellamare? Até onde Tony esticaria a sua sinuosa diatribe – e por quê?

O *capo* ignorou as emanações que provinham dos seus soldados:

– Khalid, meu caro, eu sei quanto valem os meus filhos, dez, ou cem, ou mil vezes mais do que você fantasia. Mas, raciocine comigo. O meu pai acaba de morrer, e eu tou duro, duro. E, *cazzo*, Khalid, não tenho como prover o que você fantasia, como resgate. Pior, meu caro, quando alguém, como eu, nesta situação, *precisa* saber quanto custa a mercadoria que deseja adquirir, Khalid, automaticamente demonstra, ahn, que não pode pagar, cê me entende? Muito pior, meu caro, agora, sem o meu pai, por um bom tempo as minhas despesas vão superar o que eu possuo. Khalid, não importa o tamanho do patrimônio da *Famìglia*. Até o fim do inventário, a minha renda será zero, zero, *capisce*? É, Khalid, eu estou momentaneamente pobre, é, estou pobre, cê me entende?

Paulo Garzya começou a vislumbrar a mosca que o *capo* queria atingir. Psicologicamente, Tony acossava Khwyis, não lhe deixava o menor espaço de manobra, naquela negociação. Paulatinamente, empurrava o jordaniano contra a parede de um beco sem escapatória. Claro, não lhe interessava o volume que o terrorista exigiria, o volume que já decidira não pagar. Meramente pretendia obrigar Khwyis a aceitar a única condição com que, de fato, sonhava: forçá-lo a reunir os cinco reféns numa mesma ligação, ainda que pelos pré-pagos. Com os reféns numa mesma ligação, num mesmo lugar, ficaria bem mais fácil, para o Gumbà, e para os agentes do Mossad, confirmarem a sua localização. Bingo. O *consigliere* escancarou um sorriso e, num aceno, incentivou o *capo* a seguir naquela senda. Atoleimado, titubeante, esmorecido, o terrorista devolveu:

– Tá, porra, pobre Tony. Então, por que você me perguntou quanto eu queria, pelos cinco? Caralho, porra, é, por que você me perguntou, ahn?

Sem insinuar qualquer susto, ou qualquer temor, o *capo* anunciou:

– Khalid, eu inquiri, ahn, por descargo de consciência. Porra, Khalid, eu repito, é, eu sei quanto os meus filhos valem, só os meus filhos, dez, ou cem, ou mil vezes mais. Porém, hoje, *cazzo*, só posso oferecer a você o que há nas minhas reservas. Tudo, tudo que há nas minhas reservas. Pegar ou largar!

Tony quase escutou o coração do jordaniano se acelerar:

– E quanto há, ahn, nessas suas reservas, Tony Castellamare?

Sempre cruamente, e sem rodeios, o *capo* chutou uma quantia:

– Em 24 horas, Khalid, eu arrumo uns três milhões e seiscentos...

O jordaniano nem piscou. Apenas rebateu, como um aprendiz:

– *Cazzo*, eu topo, é, Tony Castellamare! É, é, *cazzo*, eu topo!

Faltavam, porém, alguns apertos no parafuso. E Tony pontificou:

– OK, Khalid. Mas, antes, ahn, obviamente, eu quero falar com os meus filhos, com a Mari, com o Lindy, com o Pellê. Todos os cinco, e numa mesma ligação, OK? Eu quero ter a mais absoluta *certitudine* de que todos, os cinco, estão perfeitos, intactos. Outra coisa, Khalid, mantenha aquela sua oriental, e você imagina a quem eu me refiro, longe dos cinco, você me entende? Caso a sua oriental interfira no nosso *business*, Khalid, eu castro você, é, eu castro, eu castro você, com uma gilete enferrujada, castro, cê me entende, Khalid?

Estivessem frente a frente, o *capo* veria o queixo de Khwyis desabar no colo. Como, aquele Tony danado, soubera de Nan? – o jordaniano se intrigou. Não mereceu a menor chance de indagar. O *capo* havia podado a ligação.

▼

Assim que o viva-voz emudeceu, o *consigliere*, o Pippo, Telônio e o *zio* Elia, não aguentaram – e circundaram o *capo*. Pasmado, Paolì averiguou:

– Tony, de onde você tirou a ideia de encaixar o Monarco no papo?

Com um sorriso arreganhado, de bondosa alegria, o *capo* elucidou:

– Do canil. Fui brincar com o Batman e o Robin, e me veio da memória o pavor do Monarco, naquele galpão, pelado, amarrado numa cadeira, o pinto numa bacia, com pedaços de carne, e os nossos cachorros, famélicos, ao seu redor.

Num instante, o idiota revelou o paradeiro da Lídia e da Gigi. No papo com o Khwyis, eu intuí uma brecha, e improvisei. É, parece que funcionou...

O *consigliere* se serviu de uma dose de Campari – e, daí, celebrou:

– Funcionou, deslumbrantemente, Tonino. Certo momento, no papo, eu achei que você tinha se perdido. Mas, parabéns. Cê provou que o cara tá louco pra se livrar do estorvo. Aceitou, e na lata, uma grana muito, muito menor...

O sorriso arreganhado do *capo* Tony, porém, rapidamente se esvaiu:

– É, Paolì, você tem razão. O Khwyis já mediu o tamanho da cagada, da sua vulnerabilidade. Notifique o Gumbà e os agentes do Mossad. E conte o que ouviu. Agora, não podemos desperdiçar nem dois segundos de atenção.

Num lampejo, e depressa, o *consigliere* se muniu do seu Nextel.

▼

O desenrolar absurdo do duelo verborrágico, com Tony Castellamare, literalmente emperrou Khwyis em um acostamento da Raposo Tavares. Por cinco minutos, um dos seus pré-pagos ainda na mão, o jordaniano matutou e matutou. Teria, alguém da *Famìglia*, flagrado, Nan e ele, na sua fulminante ação de sequestro? E teria, alguém da *Famìglia*, acompanhado a viagem dos seus dois automóveis até São Roque? Implausível, considerou, na confusão que fora a saída do enterro do pai do *capo*. Além disso, Nan lhe garantira que havia checado, constantemente, o fluxo de veículos na estrada. Pensou, então, numa campana eventual de alguém da *Famìglia* – no estúdio do fotógrafo ou no sobrado do alfaiate. Subitamente, recordou que, em todas as ocasiões nas quais ele, Khwyis, efetuara a sua vigília, no sobrado, percebera, ao menos, um ou dois carros, de vidros fumê, parados nas imediações. Também notara veículos estranhos, a menos de meio quarteirão do sobrado, na data exata em que Nan havia dilacerado o alfaiate. Sim, concluiu: certamente desconfiado da Marcella/Pepita, o *capo* decidira espreitar a namorada de Lindy Regazzoni. E alguém vira, ele, Khwyis, e com Nan, entrar e sair do sobrado. Obviamente, o mesmo espião havia descoberto o corpo de Agliardi. Ainda assim, porém, de que modo o *capo* maldito soubera da ferocidade de Nan? De novo, e noutro lampejo, deduziu: o alfaiate havia sobrevivido, e havia denunciado a oriental.

E Fábio Monarco, o advogado chicaneiro a quem detestava, tanto como odiava Tony Castellamare? Seria verdade que Fábio Monarco havia recebido os doze milhões do resgate, e sumido com a grana? Ou fora Tony, mesmo, o mentor do massacre dos homens da N'Dranghetta e dos homens que o seu tio

Raghib lhe cedera, para o sequestro de Lídia Brandini e de Gigi Castellamare? Aliás, cadê o seu tio Raghib? Diante de um dos seus asseclas chineses, atônito, no acostamento, o jordaniano acendeu o enésimo cigarro – e resolveu que não ensandeceria com tantos e tantos embaraços. Afinal, Tony lhe prometera três milhões e seiscentos mil dólares. É, afinal, não havia como o *capo* atacar a sua chácara sem comprometer a saúde dos seus dois bambinos e dos outros três reféns. Tony havia declarado, categórico: os cinco, perfeitos, intactos. Sim, o *capo* maldito, e traiçoeiro, o deixara abobalhado com o seu discurso repleto de torções e desvios. Mas, ele, Khwyis, ainda possuía os reféns, e os dois filhos de Tony. Esperaria o amanhecer, e colocaria os reféns, os cinco, em contato com seu *capo*. Colocaria, lá na chácara, mesmo. Por um ou por vários dos seus pré-pagos. E só o Mossad, talvez, ah, Khwyis ironizou, poderia detoná-lo.

▼

Acobertado pelo matacão de granito, na colina que dominava a visão da chácara de Khwyis, mesmo na escuridão o Gumbà se impactou com a beleza e com a afoiteza de Sami Lewin. Boa? Muito mais do que meramente boa, uma *sabra* espetacular. Igualmente, se impactou com o porte físico, exuberante, de Zevi Kleijn. De imediato, absorveu a *certitudine* de que aqueles especialistas, aqueles profissionais do Mossad, recuperariam, ilesos, os reféns do jordaniano filhodaputa. Como pôde, no desconforto da colina, o Gumbà estendeu a carta topográfica do condomínio. Uma lanterninha-caneta na boca, à moda de um vagalume, Zevi iluminou a delineação das curvas de nível. O Gumbà mostrou os postos em que depositara seus homens, riscados por tinta fosforescente. A *sabra* o elogiou pela eficiência. E, em italiano, o cativou com a explanação de como ela, e os agregados da *Famìglia*, agiriam, nas próximas horas. Primeiro, solicitou ao Gumbà que retornasse ao posto de Pignatello e lhe determinasse a sua atenção total, na vigia da chácara. O terrorista, afinal, poderia ressurgir a qualquer instante. Daí, pediu ao Gumbà que retornasse com ela, e com Zevi, ao recanto em que LoRusso se implantara. Numa situação menos perigosa, e inacessível para quem presumisse, na chácara, os quatro conferenciaram.

Sami se abasteceu de um punhado de sensores de temperatura. Ensinou, ao Gumbà, a Domi e a LoRusso, o manuseio dos equipamentos. Precisariam dividir as tarefas. Exibiu, também, o fuzil de precisão que Zevi utilizaria. Só o seu companheiro atiraria nos asseclas do jordaniano. Asseverou que Zevi seria capaz de abater todos os capangas de Khwyis, no máximo, em vinte segundos.

Sem barulho. E asseverou que nenhum dos chineses, sequer, se aperceberia da queda de um dos seus colegas. Tudo aconteceria com uma velocidade brutal, fulminante, e sem equívocos. Restava a etapa mais importante, e essencial, da sua missão: verificar, pelos sensores, onde estavam os reféns, e a oriental.

▼

Quando Khwyis reapareceu, na sua chácara de São Roque, a *sabra* Sami e Zevi já se dispunham, com LoRusso, com Domi e com o Gumbà, no melhor ângulo de observação, no topo da colina da propriedade. Mesmo através das lâmpadas amareladas, nos entornos da chácara, o time, agora multiplicado, dos inspetores dos Castellamare, conseguiu recontar a quantidade dos asseclas do terrorista. Além do que se fora com o jordaniano, outros seis capangas. Então, retornado da sua peripécia, pela porta do carona, Khwyis desceu, esbaforido. Automaticamente, Sami apontou um supermicrofone direcional ao seu rosto. E escutou Khwyis bradar que acertara os termos do resgate dos cinco reféns. E bradar que Tony era um *capo* fodido, fodidíssimo, e que todos os membros da sua quadrilha teriam de preservar uma atenção descomunal na inviolabilidade da propriedade. Claro, o jordaniano sabia que os seus companheiros estavam arrebentados. E sabia que apreciavam relaxar, com uma boa cachaça, mesmo em serviço. Daquela noite em diante, porém, proibiria a pinga. Todos, todos precisariam se sacrificar mais um pouco, pelo dinheiro que receberiam. Enfim, recomendou que os seis capangas estabelecessem turnos severos de sentinela, quatro horas de sono para quatro de prevenção. E insistiu com Chu para não se desgrudar de Nan, que não poderia sair, nunca, da sua reclusão na edícula.

Como, a edícula? Sami se inquietou com a palavra. No idioma italiano, *edìcola* lhe sugeria uma banca de revistas. Cutucou o Gumbà – que, de sorriso arreganhado, apontou o apenso da casa. A *sabra* pegou um dos seus sensores de temperatura e o direcionou ao apenso. Numa placa enegrecida de vidro, que mais parecia uma minitelevisão, despontou uma mancha esverdeada, no formato de um corpo, reclinado, provavelmente em um catre. E, provavelmente, o corpo da oriental maléfica. Então, Sami esperou que quatro dos asseclas de Khwyis se reposicionassem no perímetro da propriedade, esperou que o jordaniano se acomodasse, com os restantes, dentro da casa, e determinou que LoRusso e o Gumbà assestassem os seus outros sensores através das paredes da edificação principal. Inexperientes, os dois não souberam ler, imediatamente, tudo que os instrumentos indicavam. Sami os ajudou. E, enfim, os sintonizou num mesmo lugar. Pelas nódoas que, só ela, logo, decifrou nas telas, denotou a presença de cinco pessoas. Num murmúrio, leve, didática, revelou aos companheiros:

– Aqui, à esquerda, menorzinhos, creio que deitados numa cama, estão os filhos de Tony Castellamare. Aqui, eu capto uma energia muito forte, creio que um aparelho de TV. Estas duas imagens me parecem de pessoas, diante do aparelho de TV. E existe uma quinta, aqui, em pé, perto de uma janela. Posso jurar, ahn, que os cinco reféns estão em um mesmo quarto, este, na traseira da casa. Agora, aqui, creio que na sala da casa, alguém em pé. Pelas vibrações, eu creio, alguém que se enfezou, pouquinho antes, alguém cujo calor aumentou, de raiva ou de excesso de exercício. É o Khwyis, com certeza. E aqui, é, aqui, neste cantinho, três caras sentados, talvez ao redor de uma mesa. Vocês vejam que, desta coisa que parece uma bancada, emana uma energia mais marcante. Eu aposto em pratos de comida, que os caras acabaram de aquecer, talvez, em um micro-ondas. Sem dúvida, os cinco reféns estão em um mesmo quarto.

Num tremelicão, o Nextel de Gumbà o excluiu daquela investigação. O *consigliere* Paolì, num resumo do papo de Tony com o jordaniano. O Gumbà retransmitiu, aos seus companheiros, o que soubera. E passou, a Paolì, as infos que recebera de Sami: os reféns, todos, os cinco, na chácara do "Outeiro".

▼

Enfim desonerado, pela primeira vez, desde que seguira, de helicóptero, com Don Caló, ao hospital, no alvorecer do milênio, Tony Castellamare se refestelou numa poltrona – e decidiu comer. Pediu que Elia Grazie produzisse sanduíches de *alici* e pediu que o Pippo chamasse as mulheres à varanda. A Dona Freda despontou, cambaleante, duas, três décadas envelhecida. Lídia e Gigi, os olhos emoldurados por edemas violáceos, amparavam a matriarca. Marília Meirelles e Marcella Agliardi preferiram se postar à distância, perto da mesa de baralho. Nicinha Souza se propôs a auxiliar o *zio* Elia, na cozinha.

Uma inefável solidariedade parecia unir aquelas damas. Ainda sentado, o *capo* debuxou um sorrisinho. Serviu-se de um trago, agora do potente Jack Daniel's. Investigou, uma a uma, as feições ao seu redor. Sentiu pena, muita e muita pena, de Marília Meirelles. E, inexpectantemente, sentiu um toquezinho de admiração por Marcella Agliardi. Resolveu agregá-las ao seu discurso:

– Sem entrar em detalhes, e sem criar falsas esperanças, eu preciso dizer que já sabemos onde estão as crianças, a Mari, o Lindy e o Pellê. Já sabemos que estão todos vivos, inteiros, intactos, saudáveis. Também já sabemos como livrá-los, e incólumes, do cativeiro. Amanhã, durante o dia, possivelmente.

Lídia não resistiu. Atirou-se sobre o marido, praticamente de joelhos, e, entre soluços, o agarrou. Antes que a *sposina* emitisse qualquer frase capaz de irritá-lo, Tony se levantou da poltrona, a abraçou com o máximo de ternura e, depois de segundos, se liberou e a acomodou, mansamente, na almofada:

– Calma, Li, calma, por favor. Não me pergunte nada. Eu já deixei claro, por favor, por favor, sem detalhes. Só conclamei vocês pra lhes transmitir um mínimo de tranquilidade. Pra garantir, ahn, que nós mantemos a situação sob controle. Que não permitiremos, ahn, um acidente imprevisto. Além disso, eu preciso fazer, é, dois agradecimentos, à Marília e à Marcella – que sofreram, e sofreram terrivelmente, ahn, com a morte do Adriano, e com o espancamento do, ahn, Don Giordano Agliardi. E assim mesmo, corajosas, bravíssimas, nos procuraram e nos forneceram informações indispensáveis a respeito da autoria do rapto, da localização da base do Khwyis. Marcella e Marília, eu duvido que algo possa compensá-las pelo seu padecimento e pela sua perda. Mas, não vou me esquecer de vocês, ahn, de como nos apoiaram, nesta crise diabólica...

Demasiadamente abalada para calcular o tamanhaço da sua colaboração, Marília não se moveu. Marcella, porém, emocionada ao ouvir o prefixo, *Don*, à frente do nome do seu babbo tão malbatarado, se envaideceu, e devolveu o cumprimento – com um arremedo de continência. Então, impetuosamente rejuvenescida, a Mamma se aproximou de Tony e, sem recatos, indagou:

– Mas, Tonino, que riscos correm os meus netinhos, e os outros?

Com um falso bom humor, o *consigliere* tentou diminuir a pressão:

– Dona Freda, lembre-se de que a Mari, ahn, a Mari, a minha noiva, faz parte dos reféns. Eu não colocaria a minha noiva em perigo, Dona Freda. E o Tony não colocaria os seus netos em perigo. Mas, bem, convenhamos, riscos sempre existem. Só que um raio, ahn, não cai duas vezes, no mesmo lugar...

Noiva. Ah, enfim o *consigliere* Paolì delineava a ex-Federal como a sua noiva. Tony conteve um comentário, uma anedota. Porém, retransformada em jornalista, mais do que na *sposina*, e muito mais do que na genitora dos filhos do *capo* dos Castellamare, Lídia se alçou, quase grosseira, e enfurecida:

– Porra, Paolì, não cai! Só que, putaquepariu, caralho, o mesmo canalha que me pegou, e à Gigi, dez anos atrás, é o crápula que pegou os meus filhos. Porra, Paolì, *cazzo*, Tony, que riscos correm, é, é, é, é, os meus filhos?

O *capo* desprezou a sequência verbal e a ênfase no pronome. Depositou o seu Jack na balaustrada da varanda, e encerrou o papo, antarticamente:

– Os riscos de um avião que tomba, Li. Um leão escapar do zoológico, invadir o nosso quintal e devorar o seu gato. E eu enlouquecer e enforcar o *zio* Elia. Aliás, por falar no *zio*, ei-lo, e os sandubas. Por favor, tou com fome.

Lídia se reafundou na poltrona e na impressão, nada profissional, de que o marido jamais a desculparia por ter avalizado, sem o seu conhecimento, que Mari levasse o Gerino e a Silviotta ao enterro de Don Caló. Nosso quintal, seu gato, ela refluiu, e pela bilionésima vez, numa semana. Cometera uma cagada descomunal. Na sua ansiedade, natural, mais afastava o *capo*, e o marido.

Coube a Gigi, genialmente, lapidar o *iceberg* que crescia na varanda:

– Eu também tou com fome. Sugiro que nós, damas desta noite, todas nós esbodegadas, como os varões desta *Famìglia*, aliás, nos alimentemos com os sanduíches do *zio* e, então, deixemos aos homens a condução da crise...

Telônio Meira se orgulhou de Gigi e lhe passou um pão com *alici*.

Gigi venerava *alici*. Mordiscou o pão, eufórica pela solução da sua fome – mas, principalmente, por perceber que Telônio apreendera algumas manhas dos Castellamare. Beijou a bochecha do marido e sussurou, ternamente:

– Telônio, *per favore*, não deixe o meu irmão sozinho, OK? O Tony tá desesperado. E não aguenta mais a pressão da Lili. Putamerda, a Lili ainda vai levar o Tony a um ataque cardíaco. Não deixe o meu irmão sozinho, OK?

O ex-delegado anuiu. Aquela *Famìglia* maluca o havia viciado.

▼

Confiante de que nada de peculiar ocorreria até o alvorecer, Sami Lewin deixou Zevi Kleijn de plantão, com Vito LoRusso e com Domi Pignatello, no topo da colina em que Vicenzo Mutarelli fincara a sua posição de comando, sobre a chácara de Khwyis, no "Outeiro das Vinhas". Examinou o seu relógio de múltiplas funções. Praticamente, meia-noite. Concluiu que dispunha de seis a oito horas, no mínimo, até o jordaniano acordar e, daí, fazer a sua ligação, culminante, a Tony Castellamare. Recomendou a Zevi, a Vito, e a Domi, que descansassem, em turnos convenientes. E, com o Gumbà, iniciou uma penosa peregrinação, através do bosque e do mato, em busca dos outros seis rapazes da *Famìglia*. A cada qual, entregou um relógio semelhante ao seu e ensinou, num italiano cativante, de que forma o regulariam, como despertador. Bem ao estilo de James Bond, o relógio ostentava um pino que, no instante aprazado, saltava da caixa e batucava no punho do portador. Os homens da *Famìglia*, claro, necessitariam repousar, por um bom tempo. Então, Sami retornou com o Gumbà ao matacão de granito do seu encontro original. Aboletou-se, ao lado do gigante, numa cavidade, confortável, do rochedo – e, branda, desferiu:

– Vai funcionar. É, eu não tenho dúvida, Gumbà, vai, vai funcionar...

O gigante sorriu, naquele breu, quase impenetrável, atrás do matacão. E Sami não sacou a cintilação, contente, das retinas ultraverdes do Gumbà, nem o rebolado, infantil, do seu cavanhaque, em pleno júbilo, pela possibilidade de uma relação inusitada com a *sabra*. Sami não mensurou. Mas, pressentiu:

– Ahn, me conte, de onde provém esse seu apelido, ahn, Gumbà?

Mutarelli conteve o tesão que Sami já proporcionava. E foi gelado:

– Do dialeto da minha gente. No idioma culto, *compare*, ou compadre – que, na Ilha dos meus ancestrais, virou *compàr*, e daí *cumpà*. Em Nova York, os imigrantes da Sicília passaram a falar *goombah*. Na *Big Apple*, o pessoal do John Gotti – cê ouviu falar do Gotti, seguramente, não? – criou a expressão *goombata*, sinônimo de camaradagem, de quadrilha, de Cosa Nostra, ou coisa parecida. Assim que me contratou, o Don Caló, pai do Tony – cê já ouviu falar em Don Caló, obviamente – me fitou e, imediatamente, cravou, o Gumbà...

A *sabra* também sorriu, sem demonstrar. E continuou a averiguar:

– E, por acaso, Gumbà, ahn, ahn, você trabalhou com o John Gotti?

Quase com repulsa, o grandalhão se afastou um tico – e replicou:

– Porra, contra o John Gotti, minha cara. É, contra o John Gotti. Eu sei que o filhodaputa não teve nada a ver com a bomba que, em Palermo, destruiu o carro de Don Castellamare – você ouviu falar da bomba, não? A bomba que matou a primeira mulher e os três filhos do Tony – é, você conhece a história. Mas, antes do Tony, eu só tive um *capo*, Don Caló, e que Deus o guarde...

Sami gostou da reação do Gumbà, da sua manifestação de honestidade, e de lealdade. Pensou que, talvez, depois daquela missão, teria o melhor prazer em conhecer a região, ao lado do gigante. E lhe deu um tapinha no ombro:

– É, que Deus guarde Don Caló. E não se preocupe com a pergunta que eu fiz, Gumbà. Eu sei tudo. Ou quase tudo. Ou, muito mais do que você, *my darling*, imagina. Eu sei que os Castellamare, apesar dos seus métodos pouco convencionais, ahn, são gente do Bem. Aliás, Gumbà, você imagina, claro, que os meus métodos, e os do Zevi, também são, ahn, nada convencionais...

Ah, *my darling*. Num suspiro, o Gumbà se aliviou pela cumplicidade. E se empolgou ao perceber que o tapinha da *sabra*, sutilmente, e paulatinamente, se transformava num carinho, suave, nos músculos robustos do seu ombro:

– Obrigado pela sua confiança, Sami. É, obrigado, mesmo. Aprendi com Don Caló: nós somos quem protegemos, aqueles a quem nós defendemos...

A *sabra* depositou a cabeça no peito do grandalhão – e completou:
– Isso, isso. Adorei essa frase. Agora, vamos dormir um pouco, OK?
Mutarelli enlaçou Sami, com o braço destro – e relaxou, molengaço:
– É. Fique à vontade. Fique à vontade, Sami, *darling*. Até mais tarde...
Não percebeu que a *sabra*, meigamente, e maciamente, já ressonava.

▼

Tony Castellamare devorou um pão derradeiro com *alici*, desfrutou um gole de cerveja, e pensou nos seus gêmeos. O Gerino e a Silviotta idolatravam *alici*. Principalmente nas pizzas de *mozzarella* de búfala, com um turbilhão de alcaparras espalhadas no seu topo já superderretido – e os filés dos peixinhos devidamente lançados, na cobertura, assim que as pizzas se despediam do fogo. Don Caló ensinara ao *zio* Elia: alcaparras e *alici*, só, depois de as pizzas prontinhas. No inferno de um forno de lenha, quase quinhentos graus de calor, as alcaparras e os filezinhos se desmanchavam, irrecuperavelmente. O *babbo* e o *zio*, judiciosamente, terminantemente, também vetavam qualquer despejo de azeite nas suas redondas clássicas. Doutrinava Don Caló: nas pizzas, ainda em fase de montagem, o óleo de olivas só serve para engordurar; e, naquelas que vão à mesa, só serve para rebaixar a temperatura. Com Don Caló, o *zio* Elia aprendera a espargir o azeite, exclusivamente, nos *cornicioni* das pizzas, para que a moldura das redondas ficasse bem douradinha, bem crocantezinha.

Naquela noite, ou quase madrugada, inicialmente de tensão descomunal, enfim de algum alívio, sem tempo para a massa das pizzas, Tony optara pela singeleza e pela praticidade dos sanduíches – mas, saciara o seu apetite.

O *capo* engoliu o último naco, com lágrimas a deslizarem através da sua face, das pupilas até o queixo. Saudades do seu pai, preocupação com os seus dois filhos. Pessoalmente, em punho uma Cobray M-11/9, semiautomática do serviço secreto dos Estados Unidos, transformada por Pippo Carotè, de modo a disparar mais de vinte balaços por segundo, com pentes de carregação de 96 cartuchos, ao invés dos habituais 32, Tony havia liderado, em 1990, o resgate de sua mana, Gigi, e da sua então namorada, Lili, numa missão insana contra o brutal Brodie Villapiano e contra o calhorda Khwyis, numa mansão secreta da Serra da Cantareira. Havia, com o auxílio solerte dos seus cães, inclusive Bill e Lola, de quem lhe brotaram mais saudades. Havia, com a ajuda intempestiva do seu irmão Ruggiero – que se sacrificara, ao lado de Sissi Sparapani, um dos seus soldados mais inestimáveis. Saudades do Gero, saudades de Sissi. E ele, o *capo* Tony, agora dependia da eficiência de dois agentes do Mossad, a quem havia conhecido meramente de relance. Suspirou fundo, e resolveu confiar nos dois agentes, na inspiração do seu *consigliere* Paolì, no voluntarismo de Mari, do Gumbà – e no atavismo milenar dos bambinos, o Gerino e a Silviotta.

Determinou que o *consigliere*, Telônio Meira, o Pippo, e o *zio* Elia, se recolhessem, cada qual, à sua espreguiçadeira na varanda. Tinham, todos, que repousar. Nada, nada, nada ocorreria – até a ligação culminante de Khwyis.

▼

Conforme havia se acostumado, desde que comprara a sua chácara, logo depois de o sol subir, potente, no lado leste de São Roque, o jordaniano optou por reespairecer. Decidiu que não faria a ligação ao *capo* Tony antes de um novo mergulho na piscina e antes de enrabar Nan Xuan-Yang, a sua prisoneira involuntária. A proximidade do resgate o exaltara. Khwyis tinha de gastar a sua eloquência dispensável, todas as energias que, em situação tão limítrofe, lhe pareciam além de supérfluas. Mal esboçou um mimo na garota. E, sem que Nan tivesse a chance de manifestar repulsa, sem que um murro a nocauteasse, simplesmente a virou de lombo, arrastou as suas calças, a sua lingerie, agora fedorentas pelos dias de clausura, e sem banho, e a violentou. Pateticamente, demorou a gozar. Não conseguia tirar o resgate da sua cabeça. Largou Nan, de quatro, na edícula, e marchou, perturbado, até a base dos seus pré-pagos.

Solícito, e solerte, Chu Chang-Li viu que o jordaniano se esquecera de trancar, com a chave e o cadeado de praxe, a porta da edícula. Cumpriu a sua obrigação, cerrar a porta, e impedir que Nan se escafedesse. Mas, incomodado pela tolice de Khwyis, abandonou a sua atalaia, foi atrás do seu chefe – e o advertiu do equívoco. O terrorista não se aborreceu com a bronca, insólita. Ao contrário, agradeceu. E, autoindulgente, excessivamente confiante, seguro de que nada mais comprometeria os seus desígnios, quando Chu lhe pediu um gole de pinga, acedeu, descomunal estupidez. Entregou-lhe uma garrafa, ainda tampada, e o dispensou. Daí, pessoalmente, abriu o quarto dos reféns – e os conduziu à varanda. Lá, ao se aprochegarem da luz, Mari e Pellê, através das vistas, instantaneamente, conspiraram. E se o *capo* Tony já tivesse detectado onde estariam os reféns? E se o *capo* Tony já tivesse montado uma campana na chácara? Obviamente, de maneira a serem identificados, claro, os reféns precisariam se expor. Mari empurrou as crianças até o fulgor do sol. Enquanto os cinco se exibiam, enquanto Sami, o Gumbà, Zevi, LoRusso e Domi, com os seus binóculos, reconfirmavam o que já tinham constatado, pelos sensores de calor, enquanto o Gumbà, via Nextel, reassegurava à *Famìglia* o seu achado, o jordaniano anunciou, com a arrogância tola de um cacique do universo:

– Tá na hora de vocês falarem com o Tony. E não se iludam. O *cazzo* do Tony jamais encontrará vocês, ou a mim, OK? Tá na hora de vocês falarem com o *capo* de merda. De eu ganhar as minhas verdinhas, minhas doletas...

De leve, a Silviotta cutucou o Gerino. E, num murmúrio, observou:

– Gê, não se esqueça do que nós combinamos, é, não se esqueça...

Noutro murmúrio, o Gerino devolveu a confiança à sua *sorellina*. Claro, Khwyis não imaginava que os reféns, as crianças, inclusive, haviam ensaiado, mesmo no seu cativeiro, o diálogo que travariam com Tony Castellamare.

▼

Khwyis também não imaginava que Tony Castellamare, e o seu comitê de *Famìglia*, Telônio Meira, o *zio* Elia, o Pippo e o *consigliere* Paolì, haviam ensaiado, no sítio da Granja, o diálogo que se desenrolaria, na transação do resgate. Lógico, Tony se esforçaria para impor uma cronologia na conversa. Impossível prever, porém, se Khwyis aceitaria a sua sequência. Os integrantes da *Famìglia* somente podiam especular, bolar permutações, ao menos uma questão fundamental, para cada qual dos reféns. Um roteiro, capaz de conduzir o *capo*, qualquer que fosse a ordem do diálogo, ao seu código – *biscione*.

Treinaram, e retreinaram, inesgotavelmente, todas as probabilidades ao seu alcance. E, daí, desembarcaram em um roteiro preciosamente coerente.

▼

Passava das dez da matina quando Khwyis, por um dos seus celulares pré-pagos, em viva-voz, procurou Tony Castellamare, desde a chácara de São Roque. Mas, de novo, o *capo* reprisou a indolência, e a tortura da lentidão das respostas, o Pippo a atender, e a fazer com que o jordaniano se enfezasse:

– Porra, Tony, você vai negociar comigo, ou vai desistir do buzinés?

Evidentemente, Tony sofreu pela demora, a delonga, e a procrastinação, ardilosamente propositais. Evidentemente, queria ouvir as vozes dos filhos, de Lindy, Mari, Pellê. Mas, ampliou a sua paciência e manteve a sua estratégia. O Pippo esticou, reesticou o papo, com o terrorista, a uma fronteira angustiante.

Tony necessitava, claro, solapar a resistência do seu adversário. Estendeu o artifício torpe, muito além do aguentável. E, então, se ofereceu, malicioso:

– Khalid, tou aqui. Pela ordem, e na minha cronologia, OK? *Per favore*, você me coloque, no fone, o Gerino, a Silviotta, o Pellê, a Mari e o Lindy. É, e nessa ordem. Não discuta, *per favore*. Essa cronologia, Khwyis, vale, é, vale, pra você, três milhões e seiscentos. Coloque os cinco, na ligação, *capisce*?

As suas doletas quase no bolso, pedante, Khwyis sucumbiu, topou:

– OK, pobre Tony. Tão todos aqui. Vamos lá, na sua ordem, OK...

Obviamente, ele imaginava, superintenderia o papo, no viva-voz.

O Gerino assumiu a sua posição de primogênito – e garantiu, sólido:

– Papi, nós tamos bem, a Siviotta e eu. E a mami, papi, e a mamita?

Sinteticamente, ao garoto, o *capo* transmitiu o seu primeiro recado:

– Triste, *figliollo*! Mas, a mami adora você. E eu me orgulho de você, meu herdeiro. Bravo, bravíssimo, *figliollo*! Agora, ahn, cadê a Silviotta?

Com o primeiro recado, Tony iniciara um prélio de riscos imprevisíveis. A Silviotta recebera a bola – e não poderia desperdiçar a continuidade daquela sequência. Bingo! Estoica, a menina só aperfeiçoou a refutação do irmão:

– Papi, papi, saudades... Aqui tem comida, tem refrigerantes, tem TV, de vez em quando a gente tem sol. Mas, Papi, só nos falta tomar banho. É, banho de chuveiro. O cara nem deixa a gente entrar na piscina, papi. Nós sentimos saudades de você, da mami, da *nonna*, de todo mundo, até do *zio* Paolì...

O *capo* falcatruou uma risota de compreensão e de conivência. Sacou a mensagem cifrada da Silviotta, que se lembrara das aulas do *consigliere*:

– Aquele chato do *zio* Paolì, *figliolla mia*? Não se incomode, Silviotta, eu não vou mais deixar que o Paolì perturbe você. Ahn, e cadê o Pellê?

O pistoleiro siciliano imaginava, e bem, o que o seu *capo* desejava dele – um aval. Sim, já sabia do cursinho de sobrevivência das crianças. Preservava a sua calma e se recordava da *razzia* da Cantareira. Imaginava que a *Famìglia*, agora, massacraria Khwyis e os chineses, sem que o filhodaputa do jordaniano sequer pudesse se mobilizar, exatamente como acontecera, em 1990, com o animal *nefàrio* do Broderick Villapiano. E não, não temia um outro assalto ao seu ombro, baleado na investida da Serra. Pellê detestava abrir os lábios. Mas, para aquela circunstância, extraordinária, tinha ensaiado – 22 palavrinhas.

– Don Castellamare, os seus bambinos são extraordiários. É, o Gerino e a Silviotta mais nos ensinam do que aprendem conosco. *Capo*, parabéns...

Para Khwyis, um diálogo até então babaca, e despretensioso. Mas, para Tony, a integral corroboração de que, no cativeiro, Mari e as crianças haviam informado Pellê, e talvez Lindy, das aulas do seu cursinho, no sítio da Granja. Só quando coube à ex-Federal assumir um dos pré-pagos, Khwyis abandonou a sua lassidão, o seu tédio de soberano da situação, e alardeou autoridade:

– Cautela, moça, é, muita cautela. Eu tou pregadinho em você, OK?

Mari não se abalou. Conhecia, admiravelmente, a sua parte no papo:

– Don Castellamare, apenas esperamos que o senhor cuide, como deve, do nosso resgate. Eu confesso, eu admito, a minha perna ainda dói, ahn, e eu não cesso de mancar. Mas, o Khwyis não tocou um dedinho, um dedinho, em nenhum de nós. Merece que o senhor lhe dê um prêmio – de boa conduta...

O terrorista se inflou, presunçoso, jactante pelo elogio. E interferiu:

– Pois é, Tony. Eu cumpro a minha parte. Agora, cuide da sua, tá?

Idiota, o *capo* pensou. Um idiota absoluto. Um dedinho, um dedinho. O filhodaputa jamais entenderia que Mari se referia aos anéis, às cobrinhas com o GPS. Mancar. Ah, Khwyis descurara da bengala, e do punhal, de Paolì.

Tony, contudo, ainda tinha um último recado a remeter aos reféns:

– Fique frio, Khalid. Cuido. Mas, ainda não escutei a voz do Lindy...

Khwyis, imediatamente, entregou o aparelho a Lindy, que balbuciou:

– *Fratello, tutto bene*? E quando você vai pagar o nosso resgate?

Do outro lado, saltou uma palavra que mais pareceu um xingamento:

– *Biscione*!

Às gargalhadas, Khwyis eclodiu, enquanto interrompia a ligação:

– Raios, ahahah, o Tony chamou você de bichona, ahah, bichona...

Lindy, Pellê, Mari, e as crianças, falsificaram o seu constrangimento.

Claro, claro, necessitavam brincar de cumplicidade, pela ofensa suposta do seu *capo*, e do seu papi, ao *fratello* de Tony Castellamare. Os cinco haviam testificado, claro, claro, que Tony os arrebataria do seu cativeiro *maledetto* – e arrebataria, de forma tão intempestiva, que o torpe Khwyis, insulado no seu "Outeiro", com um séquito grotesco de beócios, mais afeitos à pinga do que às armas, às lutas marciais, ridiculamente não captaria, nunca, nunca, a iminência da *salvezza*. Então, cinematograficamente macambúzios, os cinco ignoraram as gargalhadas do captor – e deixaram que o jordaniano, mulamente reaceso, os levasse ao quarto da chácara, e lá os retrancasse, a chave e a cadeado.

▼

No sítio da Granja, por um universo de motivos, os aplausos pulularam. Primeiro, a crucial *sicurezza*, pelo Nextel do Gumbà, de que a *Famìglia*, de fato, sabia, indelevelmente, do paradeiro dos cinco reféns. Depois, o sucesso, insofismável, do *capo* Tony Castellamare, no diálogo com o filhodaputa.

Afortunadamente, Tony já não necessitaria do aval derradeiro – do sinal do GPS dos seus filhos. Mas, ainda assim, no salão de jogos, estacou, até que troasse o apitinho do equipamento de detecção. Decorreriam dez minutos.

▼

No quarto do cativeiro da chácara de Khwyis, Mari autorizou o Gerino a acionar o seu GPS. Claro, não sabia da campana que Tony havia estruturado, e não sabia da presença dos dois agentes do Mossad no seu encalço. Confortou-se, no entanto, por dispor da sua bengala, com o punhal que fora de Paolì.

▼

Enquanto a expectativa galopava, desenfreadamente, como o estouro de uma manada de mamutes, Paolo Garzya riu, pelo fígado, ao pensar em um seu compatriota, Luigi Pirandello, poeta e dramaturgo, siciliano de Agrigento, que escrevera diversas obras lapidares na sua educação ginasiana. *O falecido Mattia Pascal*, sobre um cidadão neurastênico que finge o seu suicídio e, dois anos depois, volta à sua terra, com uma nova identificação. *Seis personagens à procura de um autor*, em que os protagonistas de uma peça se lamentam ao serem abandonados pelo seu criador. "Manicômio, manicômio", o *consigliere* se lembrou do que o seu professor dissera à sua turma, nas suas aulas, em uma escola pública de Palermo, ao definir a obra de Pirandello. Subliminarmente, e pela mente, ainda afinada, apesar da exaustão, Paolì comparou Pirandello à aquela situação insana. Onde, como terminaria a sua carreira na *Famìglia*?

Absortamente, se prometeu, *finita*, *kaputt*, depois que aquele apitinho, no aparelho de detecção do GPS, propiciasse a *salvezza* dos filhos de Tony, de Lindy, de Pellê, e principalmente da sua Mari. Paolì não aguentava mais tanta tensão inútil, tanto sacrifício, tantos perigos. Por que, e para quê? A *Famìglia* nadava em dinheiro, e a rede de supermercados lhe propiciava uma infinidade de confortos, abomináveis em relação ao pauperismo da imensa *maggioranza* da população do Brasil. Merda, por que, e para que, Tony, e os Castellamare, atraíam tantas desditas? Matutou e matutou. E, intimamente, resolveu. Assim que os reféns, intactos, ressurgissem no sítio, ah, solicitaria a sua demissão.

O apitinho do receptor do GPS interrompeu a sua divagação. E, antes mesmo que Tony se mexesse, o *consigliere* leu os números da localização:

– Magnífico, Tonino. É, seguramente, o sinal de um dos anéis. Quase as mesmas coordenadas do sinal do Gumbà, do sinal da Sami. Magnífico...

Imediatamente, retomou o Nextel e determinou: *missione*, avante.

▼

Quase duas da tarde. Na chácara, inopinadamente, Khwyis se recordou que, ao detonar, abrupto, a conversa de Tony com os cinco reféns, deixara de acertar o procedimento do pagamento do resgate. Bosta, bosta, precisaria fazer mais uma ligação ao sítio dos Castellamare. Da chácara, uma outra vez? Não, nunca. Já dera bandeira em demasia. Reconvocou um dos seus chineses e, em punho os celulares pré-pagos que não utilizara, se encarapitou em um dos seus automóveis e rebuscou a Raposo Tavares. Naquela ocasião, até Mairinque.

▼

Com Vito LoRusso ao volante, Sami e Zevi seguiram o terrorista a um lugar que lhes pareceu além de conveniente. Um lugar obscuro da estrada de terra batida, que conectava o "Outeiro" até São Roque. Um lugar isolado, com um ótimo ponto de observação, um pico que dominava mais de quatrocentos metros de trajeto, um barranco de um lado, uma ribanceira do outro. Depois de vasculhar, minuciosamente, os arredores, depois de asseverar que não existia nenhuma casa nas imediações, Zevi aprovou o posto – e, com a prática de um assassino à distância, se acomodou no lugar, duas armas de precisão ao seu alcance. Um fuzil, com silenciador. E um lançador de granadas incendiárias.

▼

Pobre Khwyis, não imaginava que, à sua partida, Chu encheria a cara de pinga. Desde que se afundara no Brasil, mais de dez anos antes, o jordaniano abdicara, e quase totalmente, do apego religioso ao Corão, o livro sagrado dos muçulmanos, o livro cujas letras o seu Deus, Alá, havia revelado, ao profeta Maomé, em 114 *suras*, ou capítulos, cada um dos capítulos segmentado em *ayats*, versículos, desvendadores de seus desígnios. Em quase três décadas de terrorista valoroso, o combatente irreconciliável dos infiéis judeus, ou cristãos, levianamente se transformara em um contrabandista; um traficante de drogas; nas suas confecções, um adulterador de grifes celebradas; na sua empresa de importações e de exportações, na sua madeireira, na sua lapidadora de pedras preciosas, um lavador de dinheiro. Ao invés de prosseguir na causa do Islã, por grana, por conforto, pelo pecado do sexo, se envolvera com a Máfia, com a N'Dranghetta, surubas na mansão da Cantareira. Numa chispa de lucidez, num microcosmo de arrependimento, pensou que incorreria nos castigos mais escabrosos de Alá. Que fazer, se a sua carruagem já não possuía freios?

Pior, Khwyis não imaginava que os seus outros capangas, ao divisarem o braço direito do chefe, com uma garrafa à mão, também requereriam a sua parcela de cachaça. Os chineses acuaram Chu – que, já desacorçoado, topou escancarar a despensa da chácara, e lhes ofereceu um caixotão de botilhas. A gandaia, inesperada, preocupou Mutarelli e Sami – que, depressa, avisaram Paolì. Aquela farra incongruente poderia escapar do controle da *Famìglia.*

Ou, talvez, e num regalo do azar, poderia simplificar a sua operação.

Sem pestanejar, o *consigliere* anunciou: que não se descontraíssem.

▼

Não funcionou a viagem de Khwyis a Mairinque. Não conseguiu o sinal indispensável aos seus pré-pagos e se obrigou a tentar a ligação de um orelhão da rodovia. Evidentemente, a cobrar. O Bina do sítio indicou uma sucessão de números estranhos – mas, mesmo assim, o Pippo atendeu. Escutou a melodia eletrônica, a frase de costume – e, logo, absorveu a voz nervosa da linha:

– É o Khalid, porra, porra, porra, me chame o Tony Castellamare...

Ironicamente, e sacanamente, o Pippo não conteve uma gozação:

– Acabaram-se os seus pré-pagos, Khalid? OK, eu dou um jeito...

Quando Tony pegou o aparelho, Khwyis estava em plena erupção:

– Putamerda, Tony, eu tenho os seus reféns, e vocês se divertem?

Depressa o *capo* entendeu – e recuperou o domínio da transação:

– Por isso eu não gosto de pré-pagos, Khalid. É, nem sempre o sistema funciona, como deveria. Mas, eu sei bem por que você me procurou, de novo. Você me cortou, horas atrás, ahn, sem que nós combinássemos de que forma eu vou pagar o resgate, e de que forma você vai entregar os reféns, *certo*?

Absolutamente desatinado, e às imprecações, o terrorista se sacudiu:

– Caralho, Tony, você me cortou, você! E o meu dinheiro, cadê?

Com a austeridade e com a cerimônia de um rei, o *capo* respondeu:

– Às seis da tarde, Khalid, o meu pessoal me jurou, os seus três milhões e seiscentos estarão comigo, todos, em verdinhas. E, em mais duas horas, meu caro Khalid, eu carregarei a sua trolha, e só eu, só, aonde você determinar.

Khwyis aliviou a tensão, com um suspiro longo – e, daí, explicitou:

– OK, eu acredito, pobre Tony. Acredito, mesmo. Nos 58 quilômetros da Raposo Tavares, há um hotel-restaurante, piemontês, muito antigo, famoso na região, o Torinese. Às oito da noite, estarei lá, à sua espera, diante de uma macarronada, Tony. Você pode deixar, ahn, eu banco a sua macarronada...

Pelo saco, o *capo* sorriu. Mas, permaneceu solene, e pacientíssimo:

– Eu não conheço. Mas, encontro. E, como já disse, vou só eu, com as malas das suas doletas. Numa Mercedes, bordô. Ahn, quer saber a placa?

O jordaniano não entendeu a questão. Mas, se submeteu, e topou:

– Diga lá, pobre Tony, qual a placa da sua Mercedes, ahn, bordô...

Fulminante, Tony rebateu – e numa frase que zuniu como um raio:

– CAP-0999. Ou, ahn, *capo* 999. É, uma placa significativa, *certo*?

Antes que o terrorista mordesse a isca da ironia, Tony arrematou:

– Eu dispenso a macarronada, Khalid, por melhor que seja. Ahn, prefiro a comidinha da minha Mamma. Mas, eu aguardarei você, lá no Torinese...

Negociação quase costurada, com direito a um *overlock*. O jordaniano rememorou os seus idos no ramo da confecção – e se considerou triunfante. O *capo* dos Castellamare, sem uma alternativa, se acocorava, e de quatro, à sua total disposição. Khwyis, então, lhe vendeu os retalhos de suas condições:

– Porra, Tony, *cazzo*, você para a sua Mercedes, bordô, você para, no estacionamento do Torinese. E eu encosto um dos meus carros ao seu lado, e eu encosto um outro dos meus carros atrás da sua Mercedes. Um outro, é, com os reféns. Daí, você transfere as malas pela janela, eu confiro as doletas – e eu me mando, me mando, com a chave do outro dos meus carros, aquele atrás da sua Mercedes. Eu me mando e esqueço você, lá, apertado, sem saída, porra. É, pobre Tony, sem saída, nem com a sua Mercedes, ahn, bordô, *capo* 999, você terá como me perseguir. Você gosta, Tony Castellamare, do meu projeto?

Obviamente, o *capo* enalteceu a suposta perfeição daquela porcaria:

– Brilhante, Khalid, eu lá, apertado, e sem saída. Algo mais, Khalid?

Na sua petulância, o jordaniano ainda propôs uma complementação:

– Sim, algo mais, pobre Tony. Eu deixo quatro dos reféns, inclusive os seus dois filhos, atrás de você. Mas, levo o Regazzoni comigo – e solto o cara num acostamento qualquer da Raposo. Ahn, pobre Tony, pegar ou largar.

Tony não estendeu, mais, aquele diálogo inútil – e fingiu capitular:

– Um bom trato, um trato justo, Khalid. Até as oito, lá no Torinese...

Depositou o aparelho no gancho – e riu, abertamente, com a boca.

Khalid Haissa Khwyis não estaria vivo, às oito horas daquela noite.

▼

Instruções devidamente bordadas, Paolì comunicou ao Gumbà, a Sami, a Zevi, a LoRusso e a Domi, de que forma correriam os minutos subsequentes. Sim, o jordaniano retornava à sua chácara, desde o acostamento de Mairinque. Demoraria, pelo menos, meia hora. Daí, ao avistá-lo, na estrada de terra que conduzia de São Roque ao "Outeiro", Zevi, imediatamente, deveria remetê-lo, sem remorsos, ao Céu de Alá. Sim, Khwyis merecia um desfecho heroico.

▼

Quando o veículo que acolhia Khwyis, e um dos seus chineses, cruzou a curva fatal e despontou, na estrada de terra, a quatrocentos metros do pico que dominava a região, entre São Roque e o "Outeiro", um barranco de um lado e uma ribanceira do outro, sem nenhuma residência nas imediações, Zevi Kleijn assestou o seu fuzil, com silenciador, e comprimiu o gatilho. Bravo, bingo, um tiro impecável, em um dos pneus do veículo de Khwyis, um Passat de vidros esfumaçados. O Passat escorregou, deslizou no piso da estrada. E, no instante em que, parecia, desembestaria na ribanceira, Zevi comprimiu o outro gatilho – do seu lançador de granadas incendiárias. A pelota de metal, rubra, e brutal, atingiu o veículo do terrorista em pleno capô. O Passat titubeou, e começou a transitar no ar. Daí, num salto digno de uma acrobacia olímpica, perpetrou um voo triplo, capotou e recapotou – e se esborrachou, nas fraldas do abismo.

Sólido, digno dos seus atributos profissionais, Zevi Kleijn afirmou:

– Sami, nós acabamos com o filhodaputa do Khwyis. É, acabamos.

A líder dos agentes do Mossad concordou. E garantiu ao Gumbà:

– Vicenzo, sem mais problemas. Nós acabamos com o filhodaputa...

Sami fantasiou, ensimesmada: que aquela frase se cristalizasse, em uma verdade, em uma realidade. Ah, aprendera a considerar que o terrorista seria um filhodaputa eterno, que o jordaniano jamais faleceria. A sua incumbência, e a sua obrigação: caçar Khwyis, até que o cadáver se expusesse, inteiramente, às suas pupilas. Não viu o corpo do canalha, calcinado – porém, admitiu:

– Sem problemas, Zevi. E, agora, nós acabaremos com os chineses...

Sinteticamente, Sami relembrou, a Zevi, o seu plano, inexorável. Depois do jordaniano, aos profissionais do Mossad, restaria apagar os vários chineses do "Outeiro", libertar os reféns, e embelezar, com galhardia, a sua missão.

Pena. Nem a ribanceira, com a explosão do Passat, matara Khwyis.

▼

Assim que o tiro perfeito de Zevi Kleijn perfurou um dos pneus do seu veículo, Khalid Haissa Khwyis realizou que sofrera um atentado. Privilegiado pela sorte, minutos antes, a fim de extrair mais um cigarro, do maço no bolso da camisa, o jordaniano havia se soltado do cinto de segurança. Ah, diabólico Tony Castellamare, o jordaniano intuiu, não tinha a menor intenção de pagar o seu resgate. Queria, mesmo, apenas, e exclusivamente, ferrá-lo. *Cazzo*, *cazzo*, de onde proviera aquele *cazzo* de tiro perfeito, num dos seus pneus? Enquanto o seu Passat se enrodilhava, num voo triplo, naquela ribanceira, e enquanto a sua porta se escancarava, e o expulsava, abruptamente, atleticamente, no rumo de uma touceira, Khwyis, aliviado por sobreviver, vislumbrou que um outro petardo inflamava, e definitivamente, o seu veículo, e um dos seus capangas chineses. Bosta, caralho, o terrorista realizou, e que *vendetta* maldita do *capo* Tony, merda, bostamerda, com quem negociara um acordo. Don Castellamare arruinara aquele acordo. Um *capo* fodido, e fodissíssimo. Khwyis recuperou o seu raciocínio. *Cazzo*, um *capo* que o iludira – e um *capo* que o ludibriara.

Outra vez, é, outra vez, merdabosta, uma década depois. Na sua viagem, do banco do seu Passat até a touceira que o acolheria, com as suas ramazinhas macias, Khwyis pensou na sua existência torpe: onde, e como, se equivocara? No apogeu do seu voo, chegou a pensar que o seu erro fora nascer. E nascer jordaniano, virar terrorista, bandido incompetente, perseguido pelo Mossad e pelo maldito *capo* Tony Castellamare. *Là ilàha illà Allah*, Khwyis rezou, em silêncio, enquanto aterrissava, incrivelmente, quase intacto, cortes superficiais na epiderme dos braços, equimoses no queixo, uma queimadura ainda indolor no peito, uma luxação em um joelho, um sapato perdido no vazio. Pensou na sua *vendetta* inconsequente, pensou nos doze milhões de 90, nos três milhões e seiscentos de 2000 – bostamerda, *cazzo*, ele ainda acumulava uns oitocentos pacotaços de doletas, no seu cofre da Rua da Glória, e não necessitava de mais grana; ainda possuía, se pretendesse, o bumbum alvissareiro de Nan, e os seus dois filhos, no Triângulo Mineiro. Ah, ah, apesar da sua devoção à causa do Islã, o jordaniano não se sentia um discípulo irredutível de Alá. É, Khwyis fumava, e Khwyis bebia, desrespeitava o Corão, o documento sagrado do seu povo. Desrespeitava a tradição do passeio de Maomé no Buraq, o cavalo branco, alado, que trafegara até o Paraíso da sua gente. Desrespeitava a nona das *suras* do Alcorão, aquela que lhe prometia o prazer edênico, definitivo.

Là ilàha illà Allah, o jordaniano reprisou a sua pregação. Desabado na touceira, então, Khwyis se arrastou, e se escondeu, numa moita, entre os tufos da floresta tropical. Empacou, imobilizado, e garantido por uma conjuminação providencial de galhos e de verdes. Khwyis talvez conseguisse, de lá, retornar à sua pensão-comedouro da Liberdade, ao seu cofre da Rua da Glória, ao seu butim, à sua grana escondida – e, depois, é, depois, de mais aquela *vendetta* burlada, talvez pudesse detonar Tony e a sua *Famìglia* Castellamare. Detonar? Não, melhor esquecer a *vendetta*, matutou – defraudado, como se achava.

▼

Sami Lewin, Zevi Kleijn e Vicenzo Mutarelli cometeram um erro idiota e elementar – apenas pelo voo triplo do veículo de Khwyis, com um dos seus chineses ao volante, à distância acreditaram na morte do terrorista. Inclusive, celebraram. Seria um bico, uma brincadeira de crianças, daquele episódio em diante, a *salvezza* dos cinco reféns do jordaniano, na chácara do "Outeiro". De fato, a etapa subsequente do roteiro poderia acontecer, escorreita, conforme o projeto dos agentes do Mossad idealizara. Eliminado o filhodaputa, em meros quinze minutos, Sami e Zevi, com o Gumbà a tiracolo, ressurgiriam na sua colina acima da chácara. Ainda prevalecia a boa luz do dia, das seis da tarde, o horário de Verão no Brasil. Zevi Kleijn se reacomodou no topo do morro – e apontou o fuzil com silenciador. Três dos capangas de Khwyis se dispunham no perímetro da propriedade, e Zevi atravessou todos eles, nas têmporas, com os seus projéteis, no intervalo de uma respirada. Mirou, então, na dianteira da edícula, na testa de Chu Chang-Li – que, uma tonelada de cachaça no bucho, cambaleava na atalaia da pérfida Nan Xuan-Yang. O balaço estourou o crânio de Chu – e o, agora, ex-braço destro de Khwyis, tombou, numa pancada seca, contra a porta da edícula. A oriental maléfica não escutou o rumor dos tiros. Apenas ouviu o barulho do baque do torso de Chu na esquadria da sua prisão. Estranhou aquela situação. Mas, decidiu: puxou o punhal que mantinha, numa bainha de couro, na canela, e começou a separar os pinos das dobradiças.

▼

No quarto que, então, representava o seu cativeiro, na chácara de São Roque, estimulada pela Silviotta, a discípula perfeita do cursinho do *capo* e do *consigliere* da *Famìglia*, Mari também se muniu do seu punhal, escondido na bengala que fora de Paolì – e, com a sua lâmina afiadérrima, cortou a ponta do fio da TV e, engenhosamente, conectou a tomada à maçaneta na porta. Quem tentasse encostar a mão, naquela maçaneta, padeceria, com um choque rude. A ex-Federal, e os outros reféns do terrorista, ainda não sabiam, claro, que Zevi Kleijn já havia despachado cinco dos chineses encarregados do seu rapto.

▼

Ordem de Sami, uma ordem precipitada, ela, Zevi, Domi, o Gumbà, Vito LoRusso, e os outros seis rapazes dos Castellamare, abandonaram a sua vigília, nas imediações da chácara de São Roque, e iniciaram a descida, em um ritmo de trote, à propriedade do jordaniano. Sim, ainda restavam dois dos chineses da Tríade, alquebradíssima, de Khalid Haissa Khwyis, uma quadrilha sem o seu chefe, de néscios acéfalos; ambos, claro, evidentemente, inebriados pela pinga, na casa principal. Cagada radical, porém, a *sabra* se esquecera da estouvada Nan Xuan-Yang, a prisioneira da edícula. Pior, não havia calculado que a sua descida, no mato, demoraria, ao menos, uns cinquenta minutos.

▼

Pois vinte minutos bastaram para Nan recolher os pinos das dobradiças da porta da edícula. A oriental teve mais trabalho para empurrar o corpo inerte de Chu, que se debruçara, contra a esquadria, ao desfalecer. De todo modo, Nan escapou. Melhor, a oriental assumiu a metralhadora que Chu portava.

▼

Os chineses que subsistiram não comprometeram a missão da *Famìglia* Castellamare. Efetivamente, muito além de alcoolizados, não perceberam que os seus colegas de quadrilha já estavam extirpados. Coube a Nan, de posse da metralhadora que fora de Chu, invadir a casa principal da chácara, e fuzilá-los, num rompante. No cativeiro, Mari, Lindy, Pellê, e as crianças, ouviram o troar da metralhadora. E se precataram, atrás do sofazinho. Eufórica por se imaginar a majestade da situação, a oriental resgatou, de um dos asseclas, as chaves do cadeado e da porta do cativeiro dos reféns – e tentou escancará-la. O truque do fio funcionou. E Nan recebeu um choque absurdo, que quase decepou a sua mão. No interior do quarto, maravilhosa, inefável, a Silviotta logo sugeriu:

– *Cazzo*, eu sei como fugir daqui. É, eu sei, Mari. Eu posso? Posso?

Desatinada, mas fascinada pela determinação da garota, Mari topou:

– Como, Sil? Me explique, como cê vai fugir daqui, é, me explique...

E a Silviotta revelou o seu truque da cabeça entre as barras da grade da janela. Provou, fisicamente, que conseguia ultrapassar as barras. Lógico, se a menina conseguia, também o Gerino poderia fazer. Atravessaram, os dois.

Enquanto os gemeozinhos se escafediam do cativeiro, Pellê orientou:

– Eu acho que Don Castellamare já começou o seu ataque. Vocês dois se escondam, e esperem por um sinal. Vocês se protejam, se protejam, OK?

Já fora do quarto, os dois manos acorreram à procura de um abrigo – e se aboletaram, exatamente, atrás da edícula, onde o dono original da chácara havia instalado uma churrasqueira. Inconsciente dos inimigos que provinham, pausadamente, mas, inapelavelmente, dos arredores da chácara, Nan tentou, de novo, segurar a maçaneta. Bosta. Um outro choque, outro berro de susto.

▼

No seu trote ansioso, desde a colina em que Zevi havia acabado com os quatro chineses, Sami escutou o rumor da metralhadora. Só então se recordou da pérfida oriental, detida na edícula. Merda, *cazzo*, raciocinou. Além dos dois bebaços, ainda precisaria neutralizar a oriental. Com um grito, estimulou Zevi, o Gumbà, Domi e LoRusso, a acelerarem, imperiosamente, a sua descida.

▼

Mari, Pellê e Lindy decifraram o brado. Um brado de mulher. Claro, da pérfida oriental. A canalha havia se livrado da sua reclusão, na edícula. Claro, obviamente, algo de estranho, e muito estranho, ocorria na chácara de Khwyis. Lindy avalizou a tese de Pellê: sim, Tony Castellamare já tinha desencadeado a sua investida de *salvezza*, talvez com o trucidamento dos capangas chineses do jordaniano. Mas, infortúnio, o *capo* talvez não soubesse que Khwyis havia aprisionado aquela moça maléfica. Merda, a moça livre. E as crianças, como as duas crianças se safariam do ódio da oriental desgraçada? Nan solucionou a questão. Ao invés de reexperimentar as chaves, na porta ou no cadeado, pela terceira vez, recorreu à metralhadora. E, enfurecida, num jorro de detonações, rompeu a madeira e o metal, esbagaçou a porta e o cadeado. Só que, ao invadir o quarto, imediatamente percebeu o inominável. Lá não estavam, mais, os dois reféns que valiam, o Gerino e a Silviotta, os filhos de Tony Castellamare. Viu, apenas, Mari Oliveira, Lindy Regazzoni e Pellê – e reagiu, embasbacada.

▼

O punhal na mão canhota, a metralhadora na destra, Nan decidiu acabar com os três adultos, numa única rajada. Pateticamente, porém, a metralhadora pipocou. O seu pente se esgotara no fuzilamento dos chineses remanescentes e no arrombamento da porta. Atônita, arremessou a arma falida sobre os reféns – que se desviaram, e se mobilizaram, para uma batalha menos desequilibrada, os três contra Nan, contra a sua lâmina reluzente. Pellê se antepôs. Afinal, era o protetor oficial de Lindy e, por extensão, era o responsável pela defesa da *Famìglia* na chácara. Mari, todavia, logo recuperou a bengala e, do seu castão de prata, reextraiu o punhal do *consigliere*. Ah, lâmina versus lâmina. Mulher versus mulher. Mari e Nan ensaiaram os seus primeiros gestos de desafio.

▼

Depois de se asilarem, por alguns minutos, junto à churrasqueira, atrás da edícula da chácara do terrorista, agitados, mas conscientes, a Silviotta e o Gerino, audaciosamente, resolveram atuar por contra própria. Investigaram os arredores, constataram que havia quatro chineses abatidos, entre a edícula e o perímetro da propriedade. Cadê os outros?, se interrogaram. Mesmo na dúvida, tateantes, juntinho às paredes, resolveram circundar a edificação, na direção da varanda. No seu percurso, ao longe, duzentos metros, vislumbraram que diversos homens, todos com roupas de combate, cada qual de um recanto das imediações, desciam pelas elevações das vizinhanças. Melhor, naquele grupo de heróis, a Silviotta, reflexivamente, identificou Vito, Domi e o Gumbà:

– Gê, o *zio* Vito tá lá. Eles vieram nos libertar. É gente do papi, Gê...

Num aceno, o mano concordou. Então, excessivamente confiante de que a sua *salvezza* se tornara inexorável, decidiu zarpar até a casa principal.

▼

Aconteceu, daí, uma sequência tenebrosa de eventos. Sami viu, na sua descida da colina, que os dois gêmeos se moviam, inadvertidamente, no pátio da chácara. Pellê também viu, às costas de Nan, e do seu punhal, que o Gerino e a Silviotta se achegavam, perigosamente. Mari pensou em desferir um uivo de aviso. E Lindy quase cometeu a maior cagada de toda a sua existência:

– Não, não, Gê, Sil, não entrem na casa! Fiquem fora, longe da casa!

Nan intuiu que as crianças se aproximavam da varanda. A sua chance de dominar um dos filhos do *capo* Tony, abiscoitar os seus milhões. Só que, num relance, vacilou: cadê Khalid, onde, é, onde estaria o seu ex-amante? A cinco metros da varanda, o Gerino estacou. A oriental ainda se esforçou para catá-lo, e apreendê-lo. Não teve tempo suficiente, porém. Num salto, que envaideceria um recordista mundial, Mari alcançou Nan e, com uma estocada primorosa no pescoço, lhe flagelou a carótida. Nan desmoronou, em plena hemorragia, o seu sangue a fluir, num vendaval, enquanto o seu corpo trepidava, aos espasmos. Com a velocidade de um *sprinter*, Pellê pulou sobre a oriental e evitou que os gêmeos testemunhassem a finalização daquele sacrifício, selvagem, bestial.

▼

Quando Sami desembarcou, na varanda da chácara do terrorista, com o Gumbà, Zevi, Domi, LoRusso, e os seis rapazes da *Famìglia*, a ex-Federal e Pellê já tinham encafuado as crianças diante da TV. Claro, claro, os filhos do *capo* Tony jamais se olvidariam daquele sequestro, e daqueles eventos. Claro, obviamente, necessitariam de um apoio psicológico – para se apaziguarem do susto e das imagens da chacina. Fisicamente, porém, estavam inteiros, como o Gumbà explicou a Tony, pelo Nextel. Agora, mais uma vez, ao estilo de 90, os homens do gigante precisariam higienizar todo o cenário, e suprimir qualquer suspeita de que o clã dos Castellamare havia engendrado aquela carnificina.

▼

Coxeante, depois de se certificar da extinção do seu motorista, Khwyis, impetuosamente, reanimado por um fio de esperança, decidiu retornar, a pé, mesmo, até a sua chácara. Talvez não tivesse sofrido um atentado. Talvez não fosse um tiro a razão do estouro de um dos seus pneus. Talvez não fosse uma granada o motivo da explosão do seu Passat. Talvez, até, ainda encontrasse a propriedade circundada pelos seus chineses, com Nan na edícula, os reféns no confinamento do cativeiro. Lógico, necessitava de roupas limpas, de calçados viáveis. Num dos lotes, sem muros, do "Outeiro", viu um varal, ninguém por perto. Sorrateiramente, se imuscuiu no lugar e, do varal, furtou uma camiseta e uma *blue jeans*. Num tanque de lavagem, encontrou um par de tênis, sorte, do seu tamanho. Revestiu-se e, sempre a pé, pelo bosque, marchou até a chácara. Então, aterradoramente, a sua esperança precária se esvaiu. Do topo da mesma colina em que Mutarelli montara o seu posto de observação, Khwyis denotou que vários homens, em trajes de combate, e nem se preocupou em verificar a quantidade, arrastavam os seus capangas, defuntos, ao rumo da varanda. Num sufoco de desengano, enfim, anotou, sete corpos – seis chineses, e Nan.

O jordaniano quase gritou, de zanga, de ódio, de fúria, e de solidão. Ah, o *maledetto* Tony Castellamare, *capo* filhodaputa e traidor. Não aguardou que os homens de Tony banhassem os corpos, e a casa, com galões de gasolina, e tocassem fogo no que fora o seu valhacouto, o seu singelo paraíso, o seu asilo. Enquanto, às suas costas, as chamas começavam a crepitar, Khwyis retomou, no mato, a rota de São Roque. Lá, alugaria um táxi, voltaria à capital, à pensão do bairro de nome safado, Liberdade. E meditaria no que fazer, no futuro.

▼

Motivadíssima, feliz porque havia arrebatado o troféu da sua carreira no Mossad, sem a menor dúvida de que o execrável Khalid Haissa Khwyis, enfim eclipsado deste mundo, já dormitava na eternidade dos discípulos devotos de Alá, a *sabra* Samirah Lewin, a líder dos agentes do Serviço Secreto de Israel naquela missão irregular, ilegal, se empenhou nos procedimentos de desfecho da operação. Graças à fina pontaria de Zevi Kleijn, ela acabara, supunha, com o jordaniano, e com os seus capangas chineses. E providenciara a *salvezza* dos pimpolhos do *capo* Tony Castellamare. Mas, ainda, Sami necessitava mostrar, ao universo, que tinha suprimido, mesmo, o filhodaputa, sem se comprometer, e sem comprometer a *Famìglia*, na chacina do "Outeiro". Como? Na edícula da chácara do jordaniano, pescou uma pochete – e, dentro da pochete, uma carteira, com um documento de estrangeira, Nan Xuan-Yang. Melifluamente, a *sabra* largou o documento na beirada da piscina. Os rapazes do Gumbà, e da *Famìglia*, cuidariam da cremação dos bandidos – mas, depois, no rescaldo daquele massacre, alguém, da polícia de São Roque, ou da Federal, acharia o documento, investigaria o passado de Nan, encadearia a oriental a Khwyis.

▼

Complementada a sua tarefa de sanitização, e de purificação, da chácara de Khwyis, os rapazes dos Castellamare, mais os profissionais do Mossad, nos veículos da *Famìglia*, reencetaram, de São Roque até o sítio da Granja, o seu roteiro a um futuro, acreditavam, bastante diferente daquele do terrorista. Num dos carros, ao volante, na sua ansiedade pelo que os bambinos do *capo* haviam testificado, Pellê liderou, pausadamente, o cortejo dos automóveis – de certa forma, um reprolongamento do féretro do enterro de Don Caló. Igualmente arrasado pelo degolamento, bem à sua frente, e dos gêmeos de Tony, obra de Mari, aniquilante, contra a louca oriental, Lindy Regazzoni se acomodara, sob a carga de uma tonelada de pesares, no assento ao lado de Pellê. No banco de trás, entre os torsos cálidos de Mari e de Sami, as damas que, ali, se assumiam como duas nutrizes, simbólicas, o Gerino e a Silviotta, os seus anéis de GPS já desligados, descambaram num sono reconfortante. Enfim, noutros veículos, e também taciturnos, apesar do sucesso absoluto da sua missão, seguiam Domi, LoRusso, Zevi, o Gumbà, e os seis homens da *Famìglia*. O percurso, desde o "Outeiro das Vinhas" até a Granja, se esticaria por três horas, quando meros noventa minutos, sem congestionamento, bastariam a tão lânguido cortejo.

Claro, os profissionais do Mossad, e dos Castellamare, se consideravam recompensados pela destruição de Khwyis e dos seus chineses. Mas, também, todos curtiam, sorumbaticamente, dolorosamente, uma constação: os filhos do *capo* Tony necessitariam de um imenso, e incomensurável, apoio psicológico, para absorverem, assimilarem, e digerirem, aquele massacre que acontecera ao alcance das suas retinas. Caberia ao *capo* Tony, e à sua *sposina* Lídia, caso a *sposina* não se descompensasse, à vovó Freda, até mesmo a Batman e Robin, os cães pastores da *Famìglia*, às pizzas do *zio* Elia, e às saudades feiticeiras de Don Caló, o reencaixe das duas crianças ao seu cotidiano, à normalidade.

▼

Um temporal apavorante desabou sobre a Raposo Tavares, na região de São Roque e do "Outeiro das Vinhas". Ainda na rodovia, Sami escutou as trovoadas, olhou para trás, e pensou que aquele aguaceiro ajudaria a acalmar as chamas que deveriam consumir a casa do jordaniano e os corpos dos seus capangas. Mas, não se incomodou. Evidentemente, qualquer perícia, por mais inconsistente e por mais superficial que fosse, depressa constataria que, lá, ocorrera um incêndio proposital. Qualquer perícia captaria traços de gasolina no ambiente – e atestaria a intenção de uma queima deliberada de arquivos. Os projéteis que Zevi havia disparado? Ao penetrarem no alvo, instantaneamente se fragmentavam e, mesmo com a extinção do incêndio, não deixariam traços da sua origem. Não haveria como qualquer perícia conectar o morticínio ao Mossad e à *Famìglia* Castellamare. De todo modo, assim que pudesse, já no sítio do *capo*, Sami se comunicaria com Israel, e pediria cobertura. Obtivera o triunfo, o fim de Khwyis. Só que, azar, não sabia, Khwyis continuava vivo.

▼

Apenas faltaram rojões, e uma banda marcial, no sítio dos Castellamare, na recepção dos heróis da missão dramática – e dos filhos do *capo* Tony. O novo patriarca da *Famìglia*, bem ao estilo de Don Caló, optou por permanecer nos degraus da varanda, e por conceder todas as primazias a Lídia e à Mamma Freda. Economizaria as suas lágrimas e permitiria que o Gerino e a Silviotta se fartassem na visceralidade da sua relação com as duas mulheres. Também fez questão de consentir que os bambinos, por minutos, brincassem com Batman e Robin, e de que Lindy se relaxasse com Gigli. Paralelamente, poderia abraçar Domi, Pellê, Vito LoRusso, o Gumbà, seus seis rapazes. Enfim, poderia, com o máximo de solenidade, cumprimentar Sami Lewin, Zevi Kleijn, agradecer a sua eficácia cirúrgica. Só então enlaçou e beijou os gêmeos, num balbucio:

– Amo vocês, eu amo vocês. Por vocês, eu teria dado a minha vida...

O Gerino ameaçou uma resposta. Mas, com um dedo sobre os lábios do menino, Tony impediu. Reenlaçou e rebeijou os pimpolhos. E explicou:

– Não falem nada, nada, agora. Apenas, curtam este momento, OK? Nós teremos muito, muito tempo, depois, pra conversar sobre o que houve, tá?

Ganhou, da Silviotta, um carinho nas faces que não escanhoava desde o desencadear daquela guerra. E ouviu um comentário que quase o demoliu:

– Cê fica bonito com essa barbinha vermelha, papi, muito bonito...

Num esforço descomunal, para não chorar, Tony arreganhou o riso:

– Prometo não cortar. Prometo. Mas, não prometo até quando, tá?

Alguns metros atrás, Lídia escutou o diálogo e esboçou se juntar ao trio. Tony, porém, rapidamente se alçou – e retomou a sua autoridade de *capo*:

– OK, agora, já, os dois, e rapidinho, a um banho, um belo banho de chuveiro bem quente, com muito sabonete, e com muito xampu. Então, vamos todos comer, OK? Você devem estar com uma puta fome. Nós, também...

Enquanto a Silviotta e o Gerino se reencontravam com o cotidiano do lar dos Castellamare, outra vez o *zio* Elia, com a ajuda do Pippo, se incumbiu da produção de uma montanha de pizzas. Por causa da demora da viagem do cortejo desde o "Outeiro" até o sítio da Granja, o *zio* teve o tempo suficiente para montar, num improviso, um universo de massa. O *capo* esperou que os filhos se locupletassem dos pedaços à sua disposição. Daí, pegou ambos pelas mãozinhas e os transportou ao salão de jogos, a um *dottore* grisalho, de jaleco azulado – Diógenes Marone, o amigo médico do saudoso Don Caló. Lá, com os equipamentos ao seu alcance, Marone se aprestou à verificação imediata, e indispensável, das condições dos ex-reféns. A medição da temperatura e da pressão arterial. O exame de pele. O auscultamento dos pulmões e do coração. Em uma hora, o *dottore* Marone remeteria os gêmeos às camas, no chalé:

– Por cima, Tony, eles tão perfeitos. Agora, cuide das cabecinhas...

Lídia fez questão, como conviria, de se deitar com os bambinos.

▼

Atenuada pela confirmação da saúde dos netos, a Mamma Freda pediu a Nicinha Souza que a acompanhasse até a sua suíte. Tony Castellamare, porém, ainda precisava administrar, em *Famìglia*, o rescaldo da missão no "Outeiro" de São Roque. Com aplausos, dispensou os seus seis rapazes. Daí, na varanda, Batman, Robin e Gigli a focinharem por entre a multidão de pernas, escutou Sami, e Zevi, e o Gumbà, e Lindy, e Vito LoRusso, e Domi, e Pellê. Presentes Mari, Paolì, Elia, o Pippo, o cunhado Telônio, e até a irmã Gigi, escutou de que forma sucedera o fuzilamento do terrorista na estrada de terra, e de que forma transcorrera a higienização da chácara do jordaniano. Ao lado de Mari, encostadinho no calor da namorada, o *consigliere*, então, se lembrou de alguns detalhes, fundamentais, para o arremate da operação. Conciso, enunciou:

– *Fratello*, temos que recuperar a Veraneio do Lindy. Provavelmente, a prefeitura achou a perua, abandonada, e a guinchou. Ahn, temos que inventar uma boa história pra recuperar a Veraneio. Nós também temos que recuperar o carro que a Mari deixou no estacionamento do Einstein. Ahn, vai nos custar algum dinheiro, me desculpe a piada, bem menos do que o resgate do Gerino e da Silviotta – mas, é crucial que nós retiremos o carro do hospital. Além disso, Tonino, *càppitu*, nós temos que resolver o que faremos com a Marília e com a Marcella. É, a polícia já sabe que o Adriano foi assassinado. E a Marcella...

Ao ouvir aquele nome, Marcella, num sobressalto, Lindy vociferou:

– A vaca? De novo? Tava metida nesta bosta? Eu degolo a Marcella!

Mais Castellamare do que o *capo*, Gigi se interpôs, e explicou a Lindy que a Marcella havia participado, maravilhosamente, da missão de *salvezza*.

Lindy ouviu, e reouviu, e se acalmou. Então, solicitou ao *capo*:

– *Dio mio, incredibile*. E eu posso vê-la, Tonino? Cê me autoriza?

Com um outro sorriso escancarado, o *capo* anunciou: sim. Gigi se alçou da poltrona em que se alojava e, num instante, buscou a ex-Mandala. Nunca, e nunca mais, naquela *Famìglia*, Marcella seria ironizada pelas suas tatuagens. Mas, após tanto tempo de distância, ao rever a namorada, quase esposa, que o tinha humilhado, esbugalhadamente, inclusive diante de Don Caló, bateu em Lindy uma sensação quase incontrolável de repulsa. Coube a Tony amainar a revolta do *fratello*. Levou Marcella até um canto do jardim, junto às roseiras da Mamma Freda, e a entregou a Lindy, com uma frase firme e definidora:

– Lindotto, a Marcella merece aplausos, e o seu maior respeito, tá?

Enquanto Lindy e Marcella caminhavam, através das roseiras, o *capo* determinou, ao Pippo, que se responsabilizasse pela Veraneio do *fratello* e pelo carro de Mari Oliveira. Ah, trivialidades, perto de como fazer os filhos se desvencilharem do seu trauma. Bosta, como o Don Caló se safaria do nó?

▼

Tony quis saber, de Mari, e de Pellê, como o seu *fratello* se portara no cativeiro de Khwyis. Ouviu, apenas, elogios. Mari e Pellê, propositadamente, sonegaram do *capo* a quase cagada que Lindy cometera ao ver os gêmeos às costas de Nan. E Tony, também propositadamente, não revelou aquilo que só ele, o *consigliere*, e o Gumbà, conheciam: a sua vasta cagada de praticamente oferecer Lindy, Pellê, os filhos, ao rapto. Escolheu um comentário distraído:

– Espero, espero muito, que o Lindy não se reapaixone pela Marcella.

Um charutinho dentre os dedos, o *consigliere* replicou, placidamente:

– Sem chance, Tonino. A mágoa do Leonardo, pelo que testemunhou no filme do Vicenzo, vai levar anos, e anos, até desaparecer. Ele, talvez, perdoe a Marcella. É mais cavalheiro, e mais diplomata, do que eu. Mas, eu assevero, o Leonardo não se esquecerá, nunca, daquele filme. Cê pode se tranquilizar.

Com uma bandeja enorme à mão, o *zio* Elia serviu *grappa* geladinha a todos, desfrutou um gole longo – e, também, confiantemente, concordou:

– É *sangue* do meu *sangue*, Tonino. O Lindy será capaz, até, de ajudar a moça, o alfaiate. Por nobreza. *Però*, que a Gigi, a Mari e a Sami me perdoem a vulgaridade, depois daquele filme, *io sono sicuro*, amor de pica nunca mais.

Coletivamente, todos gargalharam, pela candura do *zio* grandalhão.

▼

Da fato, no papo com Marcella, no jardim, Lindy Regazzoni se atestou um fidalgo. Reforçado pela companhia de Gigli, o pastor pregado à sua coxa canhota, suave aceitou o arrependimento de Marcella, meigo acreditou que a garota havia se regenerado. Mas, quando escutou a insinuação de que, talvez, os dois pudessem recomeçar do zero, Lindy foi firme – e foi quase severo:

– Sem chance, Marcella. A nossa história acabou, *kaputt*, *finita*. Eu tou gratíssimo pela sua coragem de reprocurar o Tony. Você nos ajudou, é, ajudou muitíssimo. E eu prometo recompensar você, e o seu pai. Agora, por favor, vá dormir. Pela manhã, eu levo você à clínica do Marone, faço uma visita ao seu pai, deixo um presente pros dois. E só, só, nada além disso. Vá se deitar...

Da varanda, Tony viu que a garota, cabisbaixa, e lentamente, se afastou de Lindy, na direção do quarto que ocupava com Marília Meirelles. E, então, se lembrou do que Paolì lhe indagara, minutos antes: que seria de Marília?

▼

Lógico, depois da ligação de Telônio Meira para o 190, o anúncio de um assassinato no estúdio-moradia de Adriano Frey, a perícia havia recolhido o corpo do fotógrafo ao IML, no aguardo do surgimento de um parente, ou de amigo qualquer. E lógico, também, por se tratar de um personagem de muito prestígio na mídia, o crime, enigmático, se transformou em assunto nobre nos principais periódicos da Pauliceia. Onde estaria Marília Meirelles, a produtora e companheira de Frey? Existiria uma relação entre o seu sumiço e o crime? De alguma forma, Tony raciocinou, precisaria inocentá-la – e, com a única, e exclusiva, prova cabal, a fita que Telônio havia surrupiado. Claro, precisaria repor a fita no seu lugar de origem. Bolar um truque para que a fita fosse parar na polícia, sem vestígios da sua passagem pelo sítio. Precisaria predispor Marília a entender que, mesmo absolvida pelo teor da fita, ela ainda teria de prestar depoimento, enfrentar um interrogatório penoso, inclemente, e suportar a tensão sem escorregar, e sem conectar os Castellamare ao assassinato do marido. Entender, enfim, que só existiria aquela maneira de resgatar o corpo de Adriano e de lhe proporcionar um sepultamento idôneo: mentir, sofismar, obedecer ao *capo*. E, assim, sobreviver. Como compensação, um lenitivo ralo, mas um consolo, Tony lhe propiciaria uma viagem longa pela Velha Bota.

Candentemente, sem se poupar dos detalhes, sem se esconder na pose de um *capo* peremptório, Tony expôs a sua teoria à assembleia da *Famìglia*. Funcionaria? Gigi entendeu o dilema do irmão e acedeu em sondar Marília.

▼

Em meia hora, Gigi reapareceu na varanda, Marília a tiracolo. Sim, sim, a viúva de Adriano Frey topava desafiar o holocausto. Topava repor a fita que a isentaria e que inculparia o terrorista e os chineses, desde que Gigi e Telônio Meira a escoltassem na armação. Topava o depoimento, o interrogatório. Mas, queria ajuda na fabricação do seu roteiro. Como devolver a tal fita sem estatuir um vínculo entre os Castellamare e o assalto ao estúdio do seu marido?

Tony reconheceu a dificuldade. Olhou ao redor, e pediu palpites.

O *consigliere* ofereceu uma saída arguta, perspicaz, pertinente:

– Nada melhor do que a realidade, Tonino. Ainda que a verdade cheia de matizes. Eis o meu plano. Amanhã, bem cedinho, o Telônio e a Gigi vão, com a Marília, até o estúdio. Como se a Marília não soubesse de nada. Como se a Marília tivesse passado uns dias, aqui, no sítio, com o Telônio e a Gigi. Nesse caso, Marília, você precisará manter um autodomínio absurdo, mesmo, diante de qualquer pergunta que lhe façam. Você estava aqui, no sítio, e, preocupada pela falta de notícias do Adriano, que não atendia às suas chamadas, pediu, ao Telônio e à Gigi, que fossem, com você, até o seu galpão. Ao chegar lá, bem, constatou, ahn, a bagunça, e se lembrou da câmara escondida – e da fita...

O ex-delegado, solidariamente – mas, cautelosamente, objetou:

– Por mim, sem problema, eu vou com a Marília. Mas, e se a polícia, ao vasculhar o estúdio do Adriano, achou a câmara, e não achou a fita? Ora, isso significa que alguém tirou a fita. Então, repentinamente, a fita sai do nada...

Convicto, Paolì não se abalou com a barreira interposta por Telônio:

– Meu caro, primeiro, eu não creio que a polícia, que você conhece, ahn, muito, e muito melhor do que eu, tenha pensado em procurar uma fita, lá, no estúdio do Adriano. Segundo, claro, Telônio, o mero fato de você, delegado famoso da Federal, ahn, estar lá, com a Marília, uma testemunha solidíssima, e fidedigníssima, no momento em que ela fisgar a fita do seu escaninho secreto, ahn, *cazzo*, caro Telônio, esse mero fato consagrará a verdade, e acabará com qualquer desconfiança, *certo*? Além disso, *cazzo*, terceiro ponto, Telônio, você mesmo entregará a fita, e não à polícia comum, mas a alguém da Federal. Por exemplo, que tal aquele seu padrinho de casamento? Você, e só você, Telônio. Você garantirá que a Marília ficou tão, tão abalada, ao deparar com a bagunça, e ao ver a fita, com as cenas do assassinato do marido, que voltou, aqui pro sítio da *Famìglia*, ao abrigo da Gigi. Você dirá que ela, a Marília, obviamente, permanecerá à disposição, para um depoimento. Mas, e eis o engenho, ahn, do meu quarto e último ponto, Telônio, você dirá, sim, ao seu amigo da Federal, que você reconheceu, no *rastafari* das imagens da fita, o Khwyis, *certo*?

Telônio revacilou, na sua mente delimitada pelo pudor, pelo decoro que orientara a sua carreira como delegado. Pela sua paixão por Gigi Castellamare, que lhe dera Marina, a garota que dormitava em um bercinho do sítio. Pela sua submissão contraditória aos desígnios de Tony. Pela saudade do sogro, Don Caló. Por algo anômalo, que não era capaz de definir. Austero, reobjetou:

– Impossível, Paolì. Ora, por que o Khwyis atacaria o Adriano? E com o seu bando improvável de chineses? Lembre-se de que eu já estive na Federal e recolhi aquela lista dos funcionários do Khwyis. Raios, se eu voltar à Federal, com a fita, estupidamente criarei uma analogia – a *Famìglia*, e o Khwyis...

Sami Lewin decidiu se intrometer, com uma observação educativa:

– Vocês me perdoem se eu invado os assuntos, ahn, da *Famìglia*. Mas, eu concordo com o Paolì. A Marília tem de reconhecer o marido, e claro que tem de sepultá-lo. Se não provar, com a fita, que não participou do crime, vai se transformar na suspeita de número um. Além disso, a conexão da *Famìglia* e do Khwyis já existe, pelo que o Paolì me contou, desde 1990. Obviamente, a Federal sabe da preocupação do Tony com a fuga do Khwyis. A Federal não enviou gente, em busca do paradeiro do Khwyis, à fazenda do pai da Selma? A única forma de a Marília se livrar de qualquer suspeita está na fita. Só que, e eu reconcordo com o Paolì, não pode correr o risco de se confundir – em um depoimento precipitado. Além disso, há algo que, ainda, ahn, eu não disse...

O conclave se paralisou, suspenso, no ar, diante daquela surpresa. Sami lavou a garganta com um trago de *grappa* – e, didaticamente, prosseguiu:

– Na, ahn, edícula, da chácara do Khwyis, eu descobri uma carteira, com o documento de estrangeira da Nan Xuan-Yang. E, propositadamente, larguei a carteira na beirada da piscina, é, num lugar que o incêndio não alcançaria...

Tony se admirou com a previdência da *sabra* admirável do Mossad:

– *Brava*! Eu já compreendi. Quando a polícia encontrar os cadáveres na chácara, e encontrar a carteira, e encontrar o carro na estrada, com o Khwyis e o seu motorista, somará três e três e, bingo, unirá os dois episódios. Perfeito. Talvez a polícia conclua, como em 90, que aconteceu uma briga de quadrilha. Mas, por que razão o Khwyis realizaria um assalto ao estúdio do Adriano?

De novo, com toda a sua percepção de *consigliere*, Paolì elucidou:

– Escolher um alvo, para um sequestro. Ora, o Adriano não era fotógrafo de modelos e de celebridades? O jordaniano não pretendia, necessariamente, capturar alguém da *Famìglia* Castellamare. Poderia ser qualquer famoso...

O *capo* e a *sabra* se satisfizeram, num aceno. E Tony arrematou:

– Melhor do que isso, impossível. A Marília nos ajudou, bastante. E tem o direito, legítimo, de realizar, em honra do Adriano, um enterro decente. Nós cuidaremos do enterro, Marília, garanto a você. De resto, por mim, o plano tá amarrado. O Telônio e a Gigi vão, com a Marília, ao estúdio. De lá, o Telônio telefona ao padrinho – se eu me recordo do nome, o Flávio Arruda. A Gigi e a Marília retornam ao sítio. E, no estúdio, com a fita, ahn, que a Marília achou, e lhe mostrou, o Telônio aguarda o Arruda. Exibe a fita, e denuncia o Khwyis. Enquanto isso, aqui, pacientemente, nós esperamos pelos desdobramentos dos dois, ahn, incidentes, de São Roque. Claro, pode acontecer de a Federal surgir, aqui no sítio, à cata de um depoimento da Marília. Mas, caso isso ocorra, até então, a Marília estará mais descansada – e, ahn, mais preparada. *Certo*?

Faltavam últimos detalhes – que Tony, claro, necessitava relembrar:

– Telônio, não se esqueça, ahn, de limpar a fita. Digitais, apenas, as suas e as da Marília, OK? E não exagere no papo com o Flávio Arruda, OK?

Praticamente meia-noite. Ninguém ousou contestar Tony Castellamare. O *capo* determinou que todos se recolhessem. E rumou ao seu chalé. Ironia, não disporia de uma cama para se esticar. Naquela que, habitualmente, dividia com Lídia, a *sposina* ressonava, enleada aos gemeozinhos. À distância, Tony se persignou e lançou vários beijos aos três. No seu *closet*, catou uma manta e voltou à varanda. Batman e Robin ao seu lado, se jogou numa espreguiçadeira. Não conseguiu dormir, porém. Algo de esquisito o incomodava – Khwyis.

▼

De madrugada, mesmo, por um dos apetrechos que trouxera de Israel, sem que ninguém da *Famìglia* se apercebesse, nem mesmo o *capo* Tony, que se sacudia numa espreguiçadeira da varanda do sítio, Samira Lewin remeteu, em código, uma mensagem ao seu comando no Mossad. Além de revelar que acabara com Khwyis, explicou ao chefe o dilema, sem alternativa, de Tony Castellamare: devolver a fita com as cenas do sacrifício de Adriano Frey, sem conectar a *Famìglia* ao assassinato. E solicitou ajuda. Numa outra mensagem cifrada, imediatamente, o superior de Samira repassou o problema ao adido-militar da embaixada da sua pátria em Brasília, também ele um dos agentes do Mossad. Logo de manhãzinha, o adido-militar solicitou uma audiência privada ao diretor-geral da Federal. E, em nome da colaboração das duas nações na luta contra o tráfico de drogas e o terrorismo internacional, em termos diretos, incisivos, solicitou que a Federal não se intrometesse no caso, e que deixasse a sua conclusão com o Mossad. Imediatamente, Brasília notificou São Paulo.

▼

Telônio Meira cumpriu, minuciosamente, a missão que a assembleia da *Famìglia* lhe propusera. Selecionou, para a sua ligação, do estúdio-moradia do fotógrafo, exatamente Flávio Arruda, o seu ex-colega mais íntimo da Federal, o seu padrinho de casamento – e o convocou ao endereço do assassinato. Lá, retransmitiu a Arruda, tim-tim por tim-tim, o roteiro desenhado por Paolì, por Sami e pelo *capo* Tony. Arruda não fez perguntas. Engoliu a peta, e a fita, conforme recebera. Ganhara um regalo precioso: uma pista do terrorista que a Federal havia detido – mas, que fugira da cadeia, e nem o Mossad conseguira recapturar. Perseguiria tal pista. Quem sabe, não mereceria uma promoção?

▼

Assustado pela fumaceira e pelo cheiro forte de queimado, provenientes das chamas que o temporal da tarde anterior, de fato, como Sami supusera, havia apagado, um vizinho da chácara de Khwyis, no "Outeiro", conclamou os bombeiros de São Roque. Mais do que um incêndio no mato, os bombeiros se certificaram de um crime múltiplo, com sete cadáveres semicarbonizados. Na aparência, os cadáveres de sete chineses – e, ao menos, uma carteira intacta, com o documento de estrangeira de uma rapariga, Nan Xuan-Yang. Quase ao mesmo tempo, um lavrador das imediações encontrou o Passat que fora do jordaniano – mas, sem Khwyis; apenas um oitavo oriental, detonado, no seu interior. Os bombeiros, evidentemente intrigados, advertiram a Federal. Logo que a informação desembarcou no escritório da entidade, no bairro da Lapa, na capital, Flávio Arruda, o ex-colega e padrinho de Telônio Meira, embora exausto, e prestes a deixar o seu plantão, somou quatro e quatro. Um bando de chineses, e como os que se alardeavam na fita do assassinato de Adriano Frey. Outra obra, outra *vendetta*, dos Castellamare? Ou, mais uma pista de Khwyis? No momento em que Arruda desistia do seu repouso, e se aprestava a requerer uma viatura, para viajar, até São Roque, o diretor da Federal, em São Paulo, congregou a sua equipe a uma reunião de emergência. OK, os seus homens poderiam acompanhar o caso – mas, sem atrapalharem o *capo* protegido da DIA. Pois, naquele episódio, Tony Castellamare trabalhava com o Mossad.

▼

Os misteriosos eventos de São Roque, obviamente, atraíram a atenção da mídia. Além de reportagens de rádio e de TV, provocaram uma cobertura, impressa, no Perfil. Avalizador de um acordo com Betinho Vinhas, meses e meses antes, Tony lhe repassou as infos que interessavam. Sete chineses, seis homens e uma mulher, num incêndio na casa colonial de uma chácara; outro oriental num Passat, descambado numa ribanceira – e a poucos quilômetros de distância. Coisa de alguma Tríade, explicou Tony a Vinhas, que incumbiu o seu sub Baruel de enviar dois repórteres e um fotógrafo ao local. Por causa da intensidade das coincidências, o Perfil publicou uma vasta matéria, de página inteira, capa de caderno, inclusive com as fotos de um arsenal de armas leves e de metralhadoras, enfurnadas num dos aposentos da chácara. O jornal também estampou um *fac-símile* do documento de Nan. E especulou sobre o motivo da chacina: uma briga fatal pelo tesouro das drogas. Nem uma linha, todavia, sobre o terrorista execrável. Nem uma palavra sobre Khalid Haissa Khwyis.

▼

Diante de um exemplar do Perfil no sítio, o *capo* Tony se espantou: por que nem uma linha sobre Khwyis? E mobilizou o cunhado Telônio, que se comunicou com Flávio Arruda, na Federal. O ex-colega de Telônio lamentou: apesar da pista, da conexão que a fita consagrara, o jordaniano e os chineses, aparentemente o terrorista se escafedera, mais uma vez. Quando Tony contou a Sami e a Zevi que o filhodaputa sumira, mais uma vez, os dois profissionais do Mossad se sentiram devastados. Merda, merda, como Khwyis se livrara do tombo do seu carro, na ribanceira? E aonde fora, depois daquela porrada?

Paralelamente, no seu apartamento do Jardim Bonfiglioli, o Gumbà leu o mesmo jornal. E, instantaneamente, se recordou do rosto e do nome de Nan Xuan-Yang, a oriental da pensão-comedouro da Liberdade, a garota que havia descartado na sua busca dos capangas eventuais de Khwyis. Só que, ao invés de derramar cinzas na cabeça, fez uma ligação ao *capo* e lhe falou da cagada. Tony não repreendeu o Gumbà. Mais um equívoco desafortunado na comédia de estultices que a *Famìglia* cometera. Imediatamente, o *capo* determinou ao seu capitão que escolhesse um batalhão para uma investida ao endereço antes desprezado. Um batalhão enriquecido por Sami e por Zevi. Enorme azar. O jordaniano também vira a matéria do Perfil. Já tinha chispado da pensão, já tinha raspado a cabeça, e os seus *dreadlocks*. Já tinha esvaziado o seu cofre no banco da Rua da Glória. E, em mais um carro de vidros impenetráveis, todo de preto, um ponto negro numa imensidão escura, invisível ao exterior, já tinha rumado até o Triângulo de Minas. Lá, na fazenda do sogro, Khwyis sonhava se despedir dos seus dois filhos. De Uberaba, pegaria a rota de Mato Grosso. Daria um jeito de cruzar a fronteira – e de se mandar, de vez, do Brasil.

No quintalzinho da pensão, o Gumbà berrou – poligloticamente:

– *Càppitu*, *nobody*, *niente*, *nulla*, nada, é zero, *cazzo*, *ziiiro*!

Sami, ao menos, recorreu a um toque charmosinho de sarcasmo:

– Querido, você sabia que foram os árabes que inventaram o zero?

Apesar da inutilidade da informação, o gigante apreciou o querido:

– Ahn, é, os árabes... É, tá bom. E agora, Sami? E agora, Sami?

A *sabra* pegou o gigante pela mãozorra, e o conduziu até a rua:

– Agora, cê escolhe um restaurante decente. E eu pago a conta, tá?

O Gumbà não titubeou. Sonhava com aquela *sabra* no seu regaço:

– Decente? Pois nós iremos, *cara mia*, a um sen-sa-cio-nal...

Dispensados os seus homens, o Gumbà assumiu um dos automóveis do time, apenas com Sami e com Zevi. Teria de introduzi-los no Fabrizio's.

▼

Com Pellê e Marcella a tiracolo, Leonardo Regazzoni pegou a Mercedes que fora de Don Caló e, na clínica do *dottore* Marone, prestou uma visita, de cortesia, a Giordano Agliardi. O alfaiate se comoveu ao ver a filha ao lado do ex-namorado, que ainda não conhecera, que ela não conseguira preservar.

Pena, um homem particularmente elegante, muito bonito, ultraeducado. Agliardi ouviu uma explicação, basilar, do que acontecera, e da razão do seu espancamento. Como bom peninsular, embora não pertencesse a nenhum clã da Cosa Nostra, aceitou, solenemente, o pedido de sigilo. Então, se eletrizou quando Lindy lhe ofereceu duas passagens de primeira classe, até Roma, e até Palermo, mais *vouchers* de hospedagem em um hotel de vinte estrelas, mais uma missiva personalizada a um certo Ergenziano Lancellotti, proprietário do albergue chique, e cinquenta mil dólares, em *traveller checks*. Seis meses de farra, na ensolaradíssima Ilha da Sicília, uma primazia que não havia saboreado em toda a sua vida. Não hesitou em pespegar um beijo na mão de Regazzoni:

– *Io ti ringrazio, signore. Verìssimo, io ti ringrazio per me e per...*

Lindy interrompeu a homenagem, recolheu a sua mão – e observou:

– Não agradeça... Ahn, a Marcella mereceu o regalo. E o senhor precisa se recuperar do que sofreu, Don Giordano, ahn, no melhor paraíso do mundo. Divirtam-se, ambos. E se esqueçam de nós. *Un buon viaggio. Ed addio...*

O alfaiate realizou que nunca mais veria o rosto de Lindy Regazzoni.

▼

Sami Lewin e Zevi Kleijn se fascinaram pelo Fabrizio's. Jamais, antes, os dois haviam apreciado relíquias gastronômicas de *réchaud*, cometidas à sua mesa, com direito a palpites nos condimentos. Sugestão do Gumbà, optaram por pratos nada *kasher*, clássicos do restaurante – depois de ostras gratinadas, ele escolheu um mignon com molho de mostarda e alecrim; ela selecionou *fettuccine* com manteiga, cebolinha verde, camarões e *peperoncino rosso*.

Extasiado na sua delícia, um legítimo Stroganov, à moda russa, que um francês, Thierry Costet, o *chef* da corte do Czar Nicolau, havia aprimorado, no começo do Século XX, o Gumbà, então, decidiu propor, para o *dessert*, uma preciosidade tipicamente nativa do Brasil – doce de goiabas e queijo branco de Minas Gerais. Incrível: no exato momento em que desfrutavam a sua primeira garfada do doce e do queijo, os três, simultaneamente, sentiram que aumentou o seu ritmo cardíaco: Minas, onde se localizava a fazenda de gado e de café do sogro de Khalid Haissa Khwyis. E se o jordaniano, na sua correria, decidisse se despedir dos filhos? Num *fùlmine*, o Gumbà se comunicou com Paolì.

Tony e o *consigliere* nem se abalaram a uma conferência. Pelo telefone, na empresa de um amigo leal da *Famìglia*, no aeroporto de Congonhas, Paolì encomendou um jatinho de aluguel, no qual coubessem seis pessoas. Ordenou que o Gumbà rumasse, celeremente, ao hangar da empresa. Cuidaria de reunir mais três dos seus detetives, de lhes fornecer uma maleta de armas leves que, pessoalmente, levaria ao aeroporto. Explicou ao gigante: caso, de fato, Khwyis pretendesse se despedir dos filhos, talvez já estivesse em viagem, de ônibus ou de automóvel. Quase quinhentos quilômetros, num trecho razoavelmente curto para o terrorista vencer em sete, oito horas, cuidadosamente – claro, Khwyis não se exporia a um acidente, e nem a uma multa, por excesso de velocidade. Putamerda, talvez o terrorista, até, já estivesse em Uberaba. Mas, de jatinho, o time da *Famìglia*, apesar do seu atraso, aterrissaria, no Triângulo, num quarto da duração da viagem sobre rodas. Talvez ainda restasse algum tempo para o time da *Famìglia* montar uma campana na fazenda. Custava nada tentar...

▼

Uma torpe câmara de ar, furada por um prego babaca, sobre o asfalto da estrada que ligava a Pauliceia ao Triângulo, retardou o jordaniano. Putamerda, Khwyis não se empenhara em verificar a qualidade da sua reserva. *Cazzo*, no porta-malas, sim, ostentava o equipamento de troca do pneu e um estepe. Mas, o estepe estava vazio. Caralho, pensou em xingar Alá. Mas, de que adiantaria, no asfalto da rodovia, xingar Alá? Bosta, de que adiantaria imprecar? Naquele segmento da estrada, e a quilômetros do posto de serviço mais próximo, longe de um orelhão de socorro, bosta, e merda, putaquepariu, ele teria de pedir uma carona – ou de andar até um borracheiro. Duas, três horas de desperdício.

▼

No sítio da *Famìglia*, enquanto ansiava pelas notícias, boas ou ruins, dos seus enviados até Uberaba, o *capo* Tony Castellamare aproveitou o fato de os dois gemeozinhos desfrutarem as férias na escola e, propositadamente, sem Lídia, que tinha uma reunião de pauta, na TV, decidiu levá-los a um passeio no Parque Burle Marx, em São Paulo, nas fraldas do bairro do Morumbi. Tony ministrou uma lição de botânica aos seus bambinos, lhes exibiu a imponência das árvores veneráveis como a sacambu, a bacupari, a suinã e a jerivá. E, daí, diante de um tabuleiro de Xadrez, quadrados de grama em cores contrastantes, que o projeto do paisagista implantara, propôs uma pugna. Pensou Tony: um duelo acirrado de Xadrez, com os dois filhos, naquele rescaldo do sequestro, seria singularmente ilustrativo. No tabuleiro de grama, porém, não havia peças para o desenrolar de um prélio. O papi conseguiu algumas folhas de papel em branco, à caneta rascunhou as 64 casas, registrou as posições originais das 32 peças, brancas e pretas, torres, cavalos, bispos, reis, damas etcetera, e sugeriu, aos pimpolhos, uma peleja de memória. Os gemeozinhos não se abalaram.

O Gerino adotou o lance inicial, peão na casa quatro do rei. E o seu papi replicou, agressivamente, Defesa Siciliana, o peão na casa quatro do bispo da dama. Diante da perplexidade dos gemeozinhos, que meramente conheciam as jogadas mais elementares, simétricas, bobinhas, o *capo* entrou no assunto que o carregara àquele passeio – e àquele lugar. Interrompeu a pugna e esclareceu aos filhos os motivos do sequestro. Retornou ao passado. Falou da bomba de Palermo, sem tratar das mortes de Marina e dos seus rebentos. Tangenciou o rapto de Lídia e de Gigi, em 1990. Explicitou aos filhos que era, e que seria, sempre, o alvo de uma cobrança. E que os herdeiros não se desvencilhariam, nunca, daquele estigma. Claro, Tony se lastimou pelo legado, *maledetto*, que deixaria aos dois. Pediu a ambos, porém, que o perdoassem. Obviamente, não tencionara colocá-los em risco. A manifestação da Silviotta quase o afogou:

– Papi, o Gê e eu amamos você. Claro, nós amamos a mami. Mas, papi, nós dois sabemos do esforço que cê faz pra cuidar de nós dois, o Gê e eu. E, papi, ahn, nós sabemos que esta nossa *Famìglia* não é uma família normal.

Sem reação, paralisado, Tony continuou a escutar. A voz do Gerino:

– Papi, cê imagina quantas entradas você tem na Internet, lá no Yahoo? Putamerda, papi, a gente já pesquisou, a gente já sabe – que você é um agente de uma coisa contra a Máfia; a gente já sabe que, antes da mami e de nós, cê foi casado com uma outra mulher, a Marina, como a garota do Tio Telônio e da Tia Gigi. E a gente já sabe que você teve outros três filhos, é, duas gêmeas, como eu e a Sil, a Alessandra e a Graziella, e um menino, o Calógero, como o nosso *nonno*. Papi, a gente já sabe. É, não adianta esconder isso da gente.

Imediatamente, a Silviotta engatou no desabafo devastador do irmão:

– Nós dois, o Gê e eu, nos lembramos das aulas do nosso *nonno*, o Don Caló, das coisas que ele dizia, papi, sobre a nossa *Famìglia*. Nós adorávamos as coisas que o *nonno* contava, e nós adorávamos quando ele xingava, falava palavrões. A gente ria, papi, *cazzo*, putamerda, papi, que a mami não saiba do que eu vou dizer: mas, papi, nós gostamos de conversar, com você, muito mais do que com a mami. Papi, a mami fica brava, e muito brava, quando nós dois, o Gê e eu, soltamos palavrões. E a mami grita que somos mal-educados. Mas, papi, o Gê e eu não soltamos palavrões, ahn, na escola, com os nossos colegas, nem com os nossos professores. Nós só soltamos palavrões em casa, putamerda, papi, entre nós, de brincadeira, papi. E você aguenta e dá risada, papi, e a mami, papi, ela fica furiosa, ela já disse que esta *Famìglia* é doida, papi, que ela não sabe por que se casou com você, papi. Putamerda, o Gê e eu soltamos palavrões lá em casa. Mas, papi, nós não sofremos daquela doença, ah, *cazzo*, papi, eu me esqueci do nome, putamerda, é, papi, uma doença, e as pessoas falam palavrões e palavrões sem parar, e como é que é, ahn, Gê?

À indecisão do Gê, que não assimilou o desabafo, Tony indagou:

– Como é que é? Uma doença, palavrões e palavrões sem parar?

O Gerino se lembrou, outra vez, da Internet. E recuperou o estro:

– Putamerda, papi, uma professora nos ensinou, na escola, uma doença, papi, desculpe, e a gente checou na Internet, tem gente que diz palavrões atrás de palavrões, uma doença, *cazzo*, o nome tem a ver com o Xadrez, *cazzo*...

O *capo* e papi Tony já não aguentava mais aquela maneira simplória, inocente, ingênua, com que os seus rebentos pelejavam com os palavrões:

– Sil, Gê, convenhamos, vocês estão exagerando. Tudo bem, tudo bem, eu não creio que vocês digam tantos palavrões por causa de uma doença. Mas, eu repito, convenhamos, vocês estão exagerando. Que doença seria essa?

A garota, quase, chegou ao mote. Matutou, matutou, e escancarou:

– Putamerda, papi, eu acho que sei. Xadrez. A doença, ahn, da Torre...

Num lampejo, feliz, eufórico, realizado, o Gerino complementou:

– Putzca, lembrei, lembrei, papi, é, é, a doença da Torreta, putzca...

Um carrilhão, subitamente, reverberou em Tony. Claro, ele havia lido a respeito da tal doença, a Síndrome de Tourette. Por um triz não se estilhaçou com as gargalhadas inexoráveis. Seus gemeozinhos, os palavrões, as queixas de Lídia e da Dona Freda, os ensinamentos do colégio, e a disponibilidade das pesquisas na Internet. Recuperou a respiração, o seu fôlego, e pontificou:

– Meu filhos, se chama Síndrome de Tourette. E não tem a ver, apenas, com o abuso dos palavrões, das blasfêmias, das obscenidades. Tem a ver com os cacoetes, com os tiques nervosos, com a vontade de fazer caretas bruscas, com movimentos estranhos de corpo, um montão de situações. Fiquem, vocês dois, bem sossegados, OK? Não pegaram, ahn, essa doença, do seu *nonno*, o Don Caló, nem de mim. Além disso, ahn, essa doença, sinceramente, legal que vocês tenham aprendido e investigado, legal que vocês sejam curiosos, sempre queiram saber mais, essa Síndrome não tem nada a ver com a mania de vocês dispararem palavrões. *Cazzo*, e putamerda, eu também não contenho os meus palavrões, e não vou, jamais, reprimir os dois, vocês conhecem mais coisas, é, muito mais coisas, do que eu fantasiava. Sério, não se incomodem, OK?

A Silviotta retomou a liderança daquele triálogo afetuosíssimo:

– *Cazzo*, papi, putamerda, me desculpe pelo *cazzo*...

Tony se arremessou contra os bambinos e os prendeu nos braços:

– Sil, Gê, como dizia o *nonno*, nunca façam nada que obrigue vocês dois a pedirem perdão. Mas, neste caso, tou tranquilo, bem tranquilo, OK?

Faltava, no entanto, ainda, a meninota fechar o seu raciocínio:

– O Gê e eu amamos você, papi, e nós amamos a mami, papi, por favor, papi, por favor, não se separe da mami, por favor. E não esconda mais nada da gente, por favor... Não adianta, papi, na Internet, a gente descobre tudo...

Impactado por constatar que, num computador, pela Internet, qualquer pivete poderia devassar o seu passado e colecionar o que imaginava serem os seus mistérios, Tony Castellamare quase riu, no fígado e na alma. Mais e mais se orgulhou pela proficiência dos seus dois filhos – e pelo fato de ambos, antes daquele insólito e triste confronto, jamais terem, sequer, insinuado o que sabiam a seu respeito. Mas, não se envaideceu com aquela comparação, ele e Lídia, comparação ao mesmo tempo linda e dolorosa. Jamais diminuiria Lídia, diante dos gêmeos. Nem cobraria Lídia pela expressão, doida, que ela usara, na caracterização da *Famìglia*. Daí, num esforço descomunal, se resgatou:

– Fiquem aliviados, vocês dois. Adoro a Li. Não penso, nem de longe, em me divorciar da mami. Mas, somos diferentes, fazer o quê? Eu vejo a vida de um jeito, eu ganhei do meu pai, que ganhou do pai dele, e assim pra trás, este jeito de encarar a vida. Infelizmente, meus filhos, eu não posso fugir do que o destino me ofereceu. E eu vou fazer o que puder para poupar vocês dois desse destino, acreditem no seu papi, OK? Eu só peço, na verdade eu ordeno, que vocês respeitem a mami como ela é. Eu adoro a Li. E a Li, como eu, ahn, do jeito dela, protege vocês, como eu. Ahn, palavrões, legal, como o *nonno*. Comigo vocês tão liberados, *cazzo*, putamerda. Mas, cês respeitem a mami, tá bem? Vocês não precisam me contar o que ela diz, e nem contar a ela o que eu digo. Só saibam que nós dois batalhamos para permitir o melhor a vocês.

Os pimpolhos, aparentemente, se satisfizeram – e Tony descambou ao fundo do poço, na questão que, como papi, como *capo*, mais o torturava:

– Vocês se assustaram? Vocês se impressionaram com o que viram?

Engenhosa, a Silviotta permitiu que o Gerino assumisse o comando:

– Um pouco, papi. Só um pouco, no começo. Por causa da história da bomba, lá em Palermo. Ficamos com medo de uma nova bomba, na Veraneio do Lindy. Mas, e aí, e quando aquela chinesa louca deu um tapa na cabeça da Mari e o cara ficou puto, nós percebemos que o cara não queria nos machucar, que o cara só queria dinheiro. Daí, a Sil descobriu, ahn, que nós podíamos escapar pela grade da janela. E daí a Sil se lembrou daquele truque do fio na maçaneta da porta. Quando a confusão começou, nós pulamos a janela e...

A súbita hesitação impactou Tony. Encerraria a conversa? Ou, naquele desabafo, induziria os dois filhos a regurgitarem, de vez, todo seu trauma?

O Gerino respirou fundo – e se provou um Castellamare, de fato:

– Primeiro, nos escondemos atrás da churrasqueira. Então, nós vimos o Domi, o Vito e o Gumbà lá na colina. Eu achei que já estávamos salvos. E fiz uma cagada, papi. Resolvi dar a volta na casa. Nós vimos os caras mortos, mas não olhamos muito pra eles. Só foi horroroso, mesmo, quando a Mari, ahn...

Uma nova vacilação. Tarde, porém, para interceptar a recordação.

Coube a Silviotta, airosamente, apoiar o irmão, que já lacrimejava:

– É, papi, foi horroroso. A Mari, com o punhal da bengala do Paolì, e aquele sangue todo... É, horroroso. Ainda bem que o Pellê nos tirou de lá...

Quase tremelicante, Tony sucumbiu ao pranto – e abraçou os filhos:

– OK, OK, OK, façam de conta que foi um filme, um pesadelo, tá...

Alguns minutos depois, recuperado dos soluços, indagou dos dois:

– Ahn, vocês têm pesadelo, à noite? Cês sonham com o que houve?

Não, disse o Gerino. Não, confirmou a Silviotta, que ainda observou:

– A gente reza, papi. A gente reza, e a gente agradece, por ter você...

Um sorriso sublime de desafogo se espalhou pelo rosto de Tony:

– OK, OK, vamos pra casa. Lá, nós continuaremos a nossa partida...

Gastaria três horas para explicar as armadilhas da Defesa Siciliana.

▼

Assim que redesembarcou no sítio, o *capo* soube, pelo Pippo, que Sami se comunicara: ela e o seu grupo, recém-chegados a Uberaba, tinham alugado dois carros discretos, e já montavam a sua guarda na fazenda do sogro do terrorista. Melhor. Com um *gadget* que a *sabra* trouxera de Israel, já tinham interceptado o telefone do lugar. Daí, ficariam na espera, vigilantíssimos.

Tony mal teve tempo para saudar a Mamma Freda, que envelhecera dez anos, entre a morte de Don Caló e o sequestro dos netinhos, mas rejuvenescera um século, desde a sua *salvezza*. Na cozinha, Nicinha e Marília ao seu lado, a Mamma fazia a massa fresca com que perpetraria as suas fenomenais lasanhas recheadas por um oceano de minipolpetinhas. Submeteu o restante da missão às duas e, um braço na cintura do *figliolo*, caminhou até a varanda. Percebia, pela energia e pela vibração, emanadas através do torso relaxado de Tony, que ele se livrara de uma tonelada de aflições. Com certeza, no seu passeio, com o Gerino e com a Silviotta, o *figliolo* havia tentado, e havia conseguido, amainar as dores todas do rapto, do cativeiro, da chacina que culminara no resgate das crianças. Mas, como era o seu costume ancestral, evitou qualquer pergunta.

Não precisaria de qualquer resposta, aliás. Ao adentrar a varanda, e ao ver que os netinhos, diante do tabuleiro do *nonno* e do livro de d'Agostini, estudavam uma competição de Xadrez, se orgulhou das suas raízes na Sicília. A Mamma não curtia, como os varões da *Famìglia*, as coisas da sua Ilha e o seu atavismo milenar. Padecera um absurdo brutal com o sacrifício produzido pela bomba de Palermo; pela *vendetta* do seu Tony contra os Tucci e contra Villapiano; pelo fim heroico, embora torpe, do seu primogênito Ruggiero. No entanto, lhe bastou a cena dos netinhos, do tabuleiro, e do livro, para se sentir um milênio mais vigorosa. Tony sacou que a Mamma também se distendia:

– Não, não, crianças, quando o d'Agostini escreveu esse livro, o Bobby Fischer, já falei dele a vocês, o mago da Defesa Siciliana, o maior do Xadrez em todos os tempos, ainda era quase um bebezinho. E eu vou explicar melhor, vocês me permitam. A Defesa Siciliana nasceu na região dos Abruzzi, no Mar Adriático, entre a Itália e a antiga Iugoslávia, vocês devem saber, eu acho, é, a Iugoslávia não existe mais, vocês aprenderam isso na escola, e na Internet?

Velocíssimo, o Gerino replicou, com a imponência de um marechal:

– Oras, claro que sim, papi. Tem uma guerra por lá. A guerra da Bósnia. Tá na Internet, tá no jornal e na TV da mami. Eu até decorei todos os nomes dos países da Iugoslávia, papi, são nomes engraçados, muito engraçados. Tem a Sérvia, a Croácia, a Macedônia, a Eslovênia, Montenegro, e tem a Bósnia, acho que é Bósnia Rersogonivesna. É isso mesmo, papi, Rersogovinesna?

Sem rir, como a situação propiciaria, o capo, mansamente, explicou:

– Bósnia-Herzegovina. Ah, é, um nome complicadinho, *figliolo mio*...

Enquanto o Gerino absorvia a informação, e enquanto a Mamma Freda, na fronteira daquele triângulo, examinava o diálogo de Tony com os filhos, os seus dois netinhos, o *capo* retomou o cursinho. Agora, aulas de Xadrez:

– Ahn, Mamma, me desculpe o palavrão, putamerda, lá no Século XVI, graças a um tal de Giulio Cesare Polerio, como réplica ao lance normal, peão quatro na coluna do rei, o Polerio inventou o peão quatro do bispo da dama. Um escândalo, então. Mas, aos poucos, alguns patrícios nossos, como o Paolo Bói, apelidado de Siracusano, mestre nativo da Ilha, começaram a abusar da réplica. Naquele início, meus filhos, a réplica do Polerio e do Bói parecia uma ofensa. É, ninguém usava aquela defesa que, por causa do Bói, Siracusano, virou Siciliana. Só que, no campeonato mundial de 1972, na peleja de número 21, em Reykjavik, na Islândia, com a Siciliana, o Bobby Fischer acabou com o soviético Boris Spassky – e se tornou, de fato, o número um do Xadrez.

Deglutidas as infos do pai e do *capo*, sob o testemunho discreto da sua *Nonna*, o Gerino e a Silviotta devotaram as suas atenções às aulas da Defesa Siciliana. Efetivamente, em três horas, ambos dominariam, ao menos, os doze primeiros lances de uma pugna antológica, a 21ª e última da disputa do título da galáxia, em 1972, na Islândia, pelo trono universal. Naquela pugna, com as pretas, e a Defesa Siciliana, Fischer sobrepujou Spassky, e abiscoitou o troféu do planeta. Os doze primeiros lances, decoradinhos, Tony se envaideceu dos pimpolhos. Mas, teria muito a ensiná-los, no Xadrez – e na sua existência.

▼

Do mesmo motel vagabundo, de beira de estrada, em que estivera com a mulher, no seu encontro derradeiro, já nem se lembrava quando, Khwyis ligou à fazenda do sogro. Teve sorte, Selma atendeu, e não o sogro. A princípio, Selma pensou em bater o aparelho na cara do jordaniano, a quem considerava um ex-marido. Mas, pelos filhos, escutou o apelo que lhe pareceu autêntico. Khwyis admitiu os transtornos que causara, anunciou que pretendia sumir do Brasil, e da vida dela – mas, apenas, desejava, e necessitava, se despedir dos rebentos. Selma aceitou revê-lo. Sim, sem notificar o pai, levaria os filhos ao motel. Não sabia da campana do Mossad e dos homens de Tony Castellamare. E não sabia que o seu telefone fora grampeado. Sequer percebeu que, ao sair da fazenda, automaticamente, dois carros passaram a segui-la. Quando Selma estacionou, no pátio do motel, reflexivamente a *sabra* soube: o terrorista que, durante anos, e sem sucesso, tanto havia caçado, se alojara naquele lugar.

Com um binóculo de visão noturna, Sami confirmou a sua intuição.

Khwyis abriu a porta do seu quarto e tentou beijar Selma – que refugou. Os filhos, porém, toparam o seu abraço. Em pé, mesmo, os quatro gastaram alguns minutos de conversa. O jordaniano, então, entregou uma maleta fornida à mulher. Obviamente, pensou Sami, repleta de dinheiro. Não se incomodou com a maleta. Que os filhos do terrorista se locupletassem. Selma e os filhos, então, retornaram ao seu veículo e Khwyis reentrou no quarto. No instante em que Selma desapareceu na distância, a *sabra* orientou o seu time: o Gumbà e os três homens de Tony Castellamare cobririam a retaguarda. Fazia questão de invadir o quarto, pessoalmente, com Zevi Kleijn. Fazia questão de colocar as suas próprias mãos na pele do terrorista. Aguardou, via rádio, que o Gumbà a avisasse do seu posicionamento. Bingo. Zevi ao seu lado, calmamente, Sami rumou até o quarto de Khwyis. Examinou os arredores. Ninguém por perto. Premiu a campainha. Esperançoso de que fosse Selma, de volta por qualquer motivo, o jordaniano se mostrou, num segundo, um sorriso arreganhado no rosto. Pois noutro segundo o sorriso se transformou numa micagem de pavor. E, enfim, a micagem se tornou um berro de dor. Sami abateu Khwyis com um soco no esterno, o osso do meio do peito, e com uma pancada diretérrima na ponta do queixo. O nocaute, sem remissão. Cumprira, enfim, a sua tarefa.

▼

Tony Castellamare não comemorou, e nem se empombou, ao receber a notícia da nova detenção de Khalid Haissa Khwyis. Mais se preocupava com as condições dos filhos, com a possibilidade de recosturar a sua relação com a *sposina* Lídia. Sim, acumulava um exército de irritações pelas atitudes da sua mulher. Mas, amava Lídia, e compreendia Lídia, e desculpava Lídia – ainda que, ele assumia, devesse à *sposina* um batalhão de escusas, também. Na mesa da varanda, diante das lasanhas espetaculares da Mamma Freda, e esgotada a sobremesa, de frutas flambadas com o sorvete que os bambinos idolatravam, o *capo*, numa mistura de frieza e de emoção, embargado e eufórico, afirmou:

– A Sami, o Zevi e o Vicenzo, ahn, o Gumbà, capturaram o Khwyis, lá em Uberaba. E eu já recomendei, ahn, que entreguem o filhodaputa à Federal. O Telônio vai cuidar disso, sem que nos encham o saco. Eu não sei, claro, o que nós poderemos defrontar no futuro. Mas, tenho de aproveitar este ensejo, ah, me desculpem a palavra lastimável, ensejo, para afirmar algumas coisas...

Enquanto o Gerino e a Silviotta se reentreolhavam, cúmplices, Lídia se eriçou, evidentemente ansiosa pelo porvir da sua *Famìglia*, e daquela trolha. Tony, o papi e *capo*, entretanto, dispunha de uma surpresa a lhe oferecer:

– Li, desde quando você não tem férias, ahn, desde quando, ahn?

Acuada pela domanda inesperada, a *sposina*, assoberbada, vacilou:

– Férias, eu sei lá... Faz um século que eu não tiro as minhas férias...

Tony escancarou um sorriso de marido, de pai e de *capo*. E disse:

– Eu comprei cinco pacotes de viagem ao Disneyworld, a Orlando, e ao Epcot Center, e ao parque dos flamingos, e Lili, me perdoe, eu sei, eu sei, que você não gosta de palavrão – mas, comprei, um pacote até a putaqueopariu.

A Silviotta e o Gerino, diante do putaqueopariu do papi, controlaram as suas gargalhadas. Lídia, porém, não resistiu e riu bastante. Sentiu que Tony, o marido e o *capo*, se reaproximava. Cinco pacotes, quem mais iria com eles?

– Tonino, *amore*, o Gê, a Sil, você e eu. E por que cinco pacotes?

Com um suspiro de desafogo, pela reação acolhedora de Lídia, o *capo* apontou a cabeceira oposta da mesa da varanda, onde estava a Dona Freda:

– Pra Mamma, Lili. Você imagina essa delícia sem a *nostra* Mamma?

Lídia não precisou responder. Naquela noite, na sua cama, no chalé do sítio, recuperaria, com seu marido, e com o *capo*, todo o tempo esgarçado.

▼

O ex-delegado Telônio Meira, discretamente, sem envolver o Mossad, e sem comprometer a *Famìglia*, ajudou Sami Lewin a entregar Khalid Haissa Khwyis à Polícia Federal. A fuzilar o terrorista, no motel de Uberaba, a *sabra* preferira prendê-lo e repassá-lo ao governo do Brasil. Para a sua causa, muito melhor seria que o jordaniano sofresse o procedimento público de extradição. Claro, o canalha mobilizaria um batalhão de advogados, alegaria a condição de marido de Selma, de pai de dois filhos nativos. Lutaria, bastante, em todas as instâncias jurídicas, para não ser remetido a Israel. Sami, no entanto, tinha uma fantasia bem diversa na sua mente, no seu coração, na sua epiderme.

▼

Conforme havia prometido a Betinho Vinhas, meia década antes, Tony Castellamare passou o furo da detenção de Khwyis ao Grupo Perfil. No exato instante em que Telônio Meira e os enviados do Mossad largaram o terrorista, algemado, inerme, na caçambona de lixo de uma churrascaria da margem da rodovia Fernão Dias, do nada surgiram Flávio Arruda e quatro detetives da Federal. Enquanto o padrinho de casamento de Telônio Meira verificava as condições de Khwyis e se certificava da incolumidade do seu estado físico, só uma equimose, descomunal, na ponta do queixo, também do nada apareceram Zé Renato Baruel, dois repórteres, um fotógrafo e um cinegrafista do Perfil.

Flávio Arruda não se perturbou com a intromissão. Claro, Telônio havia avisado o seu padrinho da presença da mídia na captura oficial do jordaniano. Flávio Arruda, até, fez questão de posar, Khwyis ao seu lado, ainda meio tonto mas, absolutamente dominado, para o fotógrafo e para o cinegrafista. Quando Baruel lhe perguntou, sacana, como Arruda soubera do paradeiro do terrorista, o Federal inflou os pulmões, assumiu um ar glorioso, triunfante, e observou:

– Como vocês, obviamente, eu disponho das minhas ótimas fontes...

Baruel sorriu, ressorriu, e pensou: filhodaputa de Tony Castellamare.

▼

A fantasia de Sami Lewin tinha um nome: Vicenzo Mutarelli, o Gumbà. Na varanda do sítio da Granja, ajudou Zevi Kleijn a reempacotar os seus baús de apetrechos – porém, notificou o colega que não voltaria a Israel, ao menos por algum tempo. Claro, explicaria a sua razão, por telefone, ao seu chefe no

Mossad. Com Vicenzo Mutarelli, a linda *sabra* levou Zevi até o aeroporto de Guarulhos, se despediu do amigo, calorosamente, agradeceu a sua eficiência – e, daí, sem mais delongas, feliz, se aboletou no apartamento do Gumbà, no Jardim Bonfiglioli. Talvez o *capo* Tony lhe propiciasse um novo emprego.

▼

Paralelamente, depois de uma conversa com o seu *capo*, seu amigo de mais de milênio, Paolo Garzya desistiu de abandonar a *Famìglia*. Precisava de Tony, como Tony necessitava dele. E, sem o jordaniano na linha de frente dos seus adversários, poderia se limitar aos trabalhos que mais adorava, a compra de azeites, de alcaparras, de *pecorino*, de atum e de vinhos. O *consigliere* não conseguiria, jamais, se desvencilhar do seu passado, e da sua história com os Castellamare. Abençoado por Tony e por Lídia, por Telônio e por Gigi, enfim se casou com Mari Oliveira. E os gemeozinhos levaram as alianças ao altar.

Com o suporte de Tony e de Gigi, que lhe propiciaram o dinheiro e uma recomendação a Pepe Camaro, um fotógrafo amigo de Milão, capital da moda no planeta, Marília Meirelles obteve uma colocação na Itália. Lá, depressa, ela se esqueceria da tragédia da morte de Adriano Frey. Quanto à ex-Mandala, ou Marcella Agliardi, se transformou em sócia do *babbo* alfaiate – e desenvolveu uma linha de vestimentas femininas, inspirada em motivos budistas, que logo se tornaria *griffe* de sucesso, nas *Fashion Weeks* do País. Lindy Regazzoni se enganchou numa outra colega de cursinho de artes. Numa outra. E, daí, numa outra, até que o *fratello* Tony lhe recomendasse, com o seu humor severo:

– Lindotto, cá no sítio, de agora em diante, só com a definitiva, OK?

A viagem ao Disneyworld, ao Epcot Center, e ao parque dos flamingos, efetivamente reaproximou Lídia e Tony. E, efetivamente, funcionou como um antídoto maravilhoso para o trauma do Gerino e da Silviotta. Principalmente porque a Mamma Freda nunca havia se divertido, tanto, em toda a sua vida de quase oitenta de idade. Além de comer hambúrgueres e *hot-dogs*, com batatas fritas em gordura vegetal, coisas que abominava, liminarmente, a Mamma se esbaldou no passeio subterrâneo dos Piratas do Caribe e na escuridão da Montanha-Russa Espacial. Numa lanchonete do Epcot, disse ao *figliolo*:

– Tonino, o Caló tinha de estar aqui, conosco. Tinha, *cazzo, cazzo*...

Tony, os filhos, e Lídia, se arrebentaram de rir com os palavrões.

▼

Na festa de Natal de 2000, a primeira, na *Famìglia*, desde o falecimento do seu patriarca, a Mamma Freda reprisou o cardápio de 1990. Mas, foi um conclave diferente que se acomodou à mesa da varanda. Não havia mais Don Caló. E Leonardo Regazzoni não carregou, consigo, nenhuma namorada nova. Em contrapartida, o *consigliere* Paolì e Mari Oliveira já exibiam as alianças douradas nas suas mãos esquerdas. E Vicenzo Mutarelli, o Gumbà, estreante naquele ritual sagrado dos Castellamare, ostentava, à sua direita, a linda *sabra* Sami Lewin, a quem Tony contratara como uma assistente especial da rede de supermercados. Durante a ceia, entre o risoto e a *pasta*, quando Tony resolveu propor um brinde, uma das infinitas celebrações que enriqueceriam a noitada, Lídia o interrompeu com um gesto, inopinado. Silêncio absoluto à mesa:

– Pessoal, eu quero contar uma novidade. Todos, prestem atenção...

Uma novidade que Lídia não havia anunciado nem ao seu marido:

– Eu tou grávida, de novo. *Per favore*, aplaudam a mim e ao Tony...

Perplexo Tony, atônitos os presentes, a Silviotta não aguentou:

– Putamerda, Mami, putamerda, mais dois gêmeos na *Famìglia*?

Até Batman e Robin deliraram com o putamerda duplo da menina.

Impressão e Acabamento
Prol
EDITORA GRÁFICA